AF191985

SZABÓ CSABA

PSZINOKRÁCIA

novum ⬦ pro

Ez a könyv
e-könyvként
is elérhető

www.novumpublishing.hu

© 2023 novum publishing

ISBN 978-3-99146-023-7
Lektor: Sósné Karácsonyi Mária
Borítókép: Szabó Csaba
Borító, tördelés & nyomda:
novum publishing

www.novumpublishing.hu

Climate neutral
Print product
ClimatePartner.com/16547-2201-1002

PSZICHOKRÁCIA

A történet egy fiktív, közeli jövőbeli disztópiában játszódik, mely egy online kihívással kezdődött. A kihívás lényege az volt, hogy élő adásban kellett szellemet vagy démont idézni, és ez az esetek kisebb részében sikerült is. A trend futótűzként terjedt el a világon, mígnem a sikeres szeánszok száma is exponenciálisan növekedni kezdett. Ez azt eredményezte, hogy a világot ellepték a kísértetek, így a hivatalos álláspontot a halál utáni életről kénytelen volt az emberiség megváltoztatni. Magyarországon egy szekta önmagát pártnak kiadva indult az aktuális választásokon, azt ígérve, hogy tudják a megoldást a kísértet-problémára. Ezzel párhuzamosan pedig egy könyörtelen, titokzatos sorozatgyilkos is tevékenykedni kezdett, aki csak egyre több és több nyugtalan lelket hagyott maga után.

SZIKRA EGY TŰZVÉSZHEZ

Napjainkra ismét elértünk egy új őrülethez, mely a fiatal generáció, pontosabban főleg a tizenévesek körében hódít. Ez az új trend minden közösségi médiában és videómegosztó platformon jelen van. Nemzetközi szinten „Awakening Challenge" azaz „Felébresztés kihívás" néven fut, és lényege az, hogy élő adásban kell megidézni egy bármilyen túlvilági entitást egy tetszőleges módszerrel. Nincs leszabályozva, mindenki úgy próbálkozik, és akkora létszámmal, amekkorával csak akar. Eddig nem volt semmi rendkívüli ezekben az élő közvetítésekben, inkább poénosra sikeredett élő streameket tudott visszanézni a kíváncsiskodó nézelődő. De lehetséges, hogy ez nem marad örökké így.

Mint mindegyik, a mai is egy átlagos délutánnak ígérkezik a Klebelsberg Gimnázium közepesen jó állapotú falai között. Van, aki az utolsó fűszálba kapaszkodva tanul a holnapi kémia záródolgozatra, hiszen a hónapokkal előre bejelentett dolgozatokra mindig az utolsó napon a legjobb ötlet készülni. Mások az esélytelenek teljes nyugalmával fociznak kint a pályán, állnak sorban a büfénél, vagy éppen a telefonjaikba merülve zárják ki a rideg valóságot, hogy egy ugyanolyan rideg, de legalább kellemesnek kinéző világba temetkezzenek a virtuális térben. Ez utóbbi tábort erősíti Nemes Veronika is, aki most is csak a telefonjának kijelzőjét görgeti, miközben a fejére boruló fekete kapucni, és az oldalt kilógó, szintén fekete hajtincsei tökéletesen elzárják a hétköznapok nyomasztó gondolatai elől. Ahogy böngészi a hírfolyamot, látja az ismerősei muszáj-mosollyal ékesített szelfijeit, keserédes hangulatban úszó motiváló bölcsességeiket, egy kis politikai mocskolódást, kedvenc együtteseinek új lemezeiről szóló híreket, egy-egy fekete profilképet, és így tovább. Némelyik felett el is mereng gondolataiban: „Vagány gyerek vagy, Kornél, tegnap még azt mondtad nekem, hogy nem tudsz élni nélkülem, ma meg kapcsolatban vagy... Mindegy, lapozzunk!".

A következő gördítés után – habár Veronika nem egy politikus alkat – elkerülhetetlenül belefut egy ilyen témájú veszekedésbe, amibe bele is olvas, majd azt gondolja magában: „Pontosan megérdemlitek egymást! Élettelenek… politizálnak ahelyett, hogy élnének", de a következő bejegyzés nem hétköznapi, pontosabban a trendeket tudatosan kerülő Veronika hírfolyamában. Egy élő adás az, amit a számok alapján tízezer ember néz, és habár a lány nem tud németül, mégis kíváncsian nézi és hallgatja az adást annak különös atmoszférája miatt. Koromsötét van, csak néhány gyertya pislákol, és ezeknek fénye vetül néha hol egy ablakkeretre, hol egy éjjeliszekrényre. A felvételen egy fiatal fiú látható, ki egy darabig németül beszél a gyertya lángjai felett, aztán egy sokkal titokzatosabb nyelvre vált, hangzása alapján talán arámi vagy sumér, de semmiképpen sem latin, mivel azt Veronika értené, hiszen kitűnő latinból. Miközben a látottakat értelmezi, hirtelen a semmiből egy kezet érez a vállán. Ettől az élménytől a vállától a talpáig végigrohan a lányon egy elektromos jellegű zsibbasztó érzés. Még a nyelve is elzsibbad. Ez a folyamat nagyjából egy ezredmásodperc alatt zajlik le. Hirtelen felkapja a fejét, de semmi rendkívüli nem tárul szeme elé, csak Bálint, az osztály önjelölt humoristája.

– Bálint! Hogy a jó isten verne már meg egyszer!

– Mi az? Megijedtél?

– Meg hát! Mert elbambultam. Hogy állsz a szervezéssel?

– Hadilábon. De ne is firtassuk! Mit nézel?

– Ja, hogy ez? Ez valami német fickó, aki csinál valami okkult dolgot, de tök sötét van, és nem látok semmit.

– Mi a fene? Hozzád is eljutott?

– Mert mi ez?

– Gondoltam, hogy nem tudod. Ez egy körülbelül három hónapja tartó kihívás: emberek megpróbálnak szellemet idézni élő adásban.

– Volt, akinek sikerült?

– Dehogy! Hogy lett volna? Szellemek nem is léteznek.

A lány enyhén csalódottan visszanéz telefonjára, és látja, hogy valami történni kezd: mintha a gyertyák fényesebben ragyognának. És emelkednének is. A fiú hangja is egyre rémültebbnek tűnik. Ez nem is jöhetett volna jobbkor Veronika számára, így flegmán, magabiztos mozdulattal fordítja a kijelzőt a szkeptikus Bálint felé, és ehhez a gesztusnyelvi rendszerhez illő hanghordozással hinti el a kézenfekvő kérdést:

– Akkor szerinted ez mi?

– Zöldhátteres megoldással összevágott speciális effekt?

– Élő adásban?

– Simán! A híradót is úgy szokták! De akkor legyen damil.

– És azt a lángoló gyertya nem égetné el? Vagy legalább megvilágíthatná.

Aztán ahogy a gyertyák tovább emelkednek, a kis lángok belekapnak a sötétítőfüggönybe, és a tűz nappali világosságot idéz elő a mesterségesen elsötétített szobában. Az ijedt tini rögtön a poroltó után szalad, és végül is sikerül eloltania a tüzet. De a fiú eddig maradt komoly, és hirtelen kontrollálhatatlan röhögőgörcs tört ki belőle, majd a nevetéstől alig érthetően beszélni kezdett a kamerához: „Hier war nichts Gespenst, ... nur eine Angelschnur, ... und ziemlich viele von euch, die sie glauben hätten".

– Látod, Vera? Én mondtam! Nagy kamu az egész!

– Mit mondott a végén a srác?

– Nem értem, mert nagyon röhög, de valami olyasmit, hogy „Nem volt kísértet", meg hogy „Jó sokan elhittétek".

– Ó, ez nem igazság! Azt hittem, történni fog valami érdekes.

– Ami azt illeti, fog, de már a valóságban. Feltéve, ha eljössz velünk a hétvégi kocsmatúrára.

– Nem is tudom, nem szeretem a zajos helyeket meg az alkoholt, de köszi a meghívást.

– Várj! Eszembe jutott még egy ötlet: Mi lenne, ha megcsinálnánk mi is az Awakening Challenge-et, megjátszanánk, hogy sikerült a szeánsz, de... de... na? Kitalálod?

– Na, milyen csavaros történetet találtál ki? Ne kímélj!

– Nem mondanánk el, hogy csak szívatásról volt szó. Vagyis elmondanánk, de csak azután, hogy az egész osztály kanyar nélkül bevette.

– És ebbe én miért menjek bele?

– Gondolj bele! Belőled nem nézné ki senki, hogy ilyen szintű pranket hozol össze… mármint úgy értem, hogy nem gondolná senki, hogy képes lennél hazudni. Így sokkal hitelesebb is lesz, ráadásul egy kicsit törleszted azt a sok cseszegetést, amiben részed volt.

– Hát jól van. Mercédesz is fel fog ülni ennek a tréfának?

– Garantálom!

– És mennyire fog kiakadni?

– Mint a szobamérleg az anyja alatt.

– Oké, meggyőztél! Vágjunk bele!

– Zsír! Hatkor nálam? Meg addig megpróbálom beszervezni Zoliékat is.

– Persze! Addig én beszélek Kírával, te meg intézd Zolit, jó?

Este hat óra előtt húsz perccel Veronika meg is érkezett Bálintékhoz, de ez nem is volt meglepő: mindössze egy utcasaroknyira laktak egymástól.

Ahogy közeledik az idő, úgy a szürkéskék viharfelhők is gyülekeznek, és ennek Bálint örül, mert úgy gondolja, hogy megfelelő hangulatot teremt majd az időjárás a szeánszhoz, de ugyanakkor aggódik is, nehogy emiatt a gerlepár ne jöjjön. Ugyanis ehhez az előadáshoz Bálint kulcsszerepet tartogat nekik. Ahogy sejteni lehetett, már hat óra, de se Zoli, se Kíra nincs sehol, ennek ellenére a már jelen lévők úgy döntenek, hogy előkészítik a színpadi elemeket. Beállítják a kamerát az élő adáshoz, behozzák az asztalt, és a házilag készített Ouija-táblát, meggyújtják a gyertyákat, és várnak. A feszült várakozás csendjét csak a párkányon koppanó esőcseppek törik meg, majd hirtelen döngeni kezd az ajtó. Azonban a kétszemélyes csapatnak még megijedni sincs ideje, egy ismerős hang üti meg a fülüket: „Na! Van itt valaki? Engedjetek be, szétázunk itt kint!" Bálint megkönnyebbülve nyit ajtót régi barátjának:

– Azt hittem, már el sem jöttök.

– Bocsi, hogy késtünk, csak szembe fújt a szél.

– Mindegy, gyertek be!

Ahogy az új vendégek is belépnek a ház előterébe és a vizes kabátjaikat a fogasra akasztják, Kírának szemet szúr egy feke-

9

te szemeteszsák csak úgy a padló közepén, majd félig viccesen megjegyzi:

– Azt a kuka mellé szokták tenni, ha azt akarod, hogy el is vigyék.

– Ja, ez? Ebben különböző kellékek vannak, amiről még nem kell tudnotok. A lényeg, hogy te, Zoli és Vera lesztek a tábla körül, és én leszek a „szellem". Ahhoz, hogy a reakciótok hiteles maradjon, jobb, ha még nem tudjátok, mikkel készülök, de bármi furcsaságot észleltek, az én leszek.

– Nyugi, tudom, Vera elmondott mindent, amit tudnunk kell, csak viccelek. Nekem mi is lesz a feladatom pontosan?

– Csak ott ülni, és úgy tenni, mint aki nem tudja, hogy egygyel többen vagyunk. Majd Zoli mondja a szöveget.

– Jó, hát akkor kezdjünk hozzá! A kamerát beállítottad?

– Ó, igen, jó is, hogy mondod. Be van állítva, csak majd nyomd meg a gombot a tetején, meg köszönj be a nézőknek, utána meg minden megy a terv szerint. Én meg átmegyek az előtérbe, ott hallgatózom majd, és csinálom a saját részemet.

Miután mindenki elfoglalta saját helyét, el is kezdődik a szeánsznak tűnő mutatvány. Kíra indítja a felvételt, majd lényegre törően bemutatja a csapatot, és hogy mi fog történni: „Sziasztok! A nevem Kíra, és velem van a barátom, Zoli, és a barátnőm, Veronika. Ma pedig, ha minden jól megy, szellemet fogunk idézni". Ezzel a lány megfordul, ránéz a másik két résztvevőre: „Kezdhetjük?"

– Naná! – jön az egybehangzó válasz a költőinek tűnő kérdésre.

A szerepét Zoli veszi a legkomolyabban: halványan sem látszik rajta, hogy többet tud, mint a nézők. Egyre csak hajtogatja a megtanult szöveget: „Hús a húshoz, vér a vérhez, szellem, megidézünk téged". Ezzel a mondattal elsősorban csak időt akar húzni, hogy minél többen csatlakozzanak a nézők soraiba. Természetesen saját profiljáról Bálint is követi az adást, így látja a nézőszámot. Eldöntötte, hogy 150 nézőnél fogja kezdeni enyhébb trükkökkel, majd egyre látványosabbakkal, ahogy növekszik a nézettségi szám. Ezalatt Zoli is abbahagyta a mantrázást, és belekérdez a légkörbe: „Van itt valaki?" Néhány másodperc múlva a plafonról lenyílik egy addig észrevétlen ajtó, és kinyúl rajta egy hosszú, vékony kar, melynek alapszíne szürke, vagyis inkább olyan szürkésfehér, és nagyon sötétkék, már majdnem fekete erek sűrű hálózata rajzolódik rajta körbe. Azonban a kéz olyat tesz, mire nem számít senki: integet. Ráadásul elég energikusan, és ha a kézhez tartozó arc is látszana, bizonyára széles lenne a mosolya. Zoli eddig bírja: elneveti magát, majd felkiált a plafonra: „Bálint, hogy az ég áldjon meg! Így nem tudom komolyan venni". A mondat alig hangzik el, a felismerés végigrohan a csapaton: *ez is lement élőben?* Valószínű, hogy igen, tehát a látszatot már nem lehet tovább fenntartani, így Veronika már indulna a kamera felé, hogy leleplezze az egészet, mikor Bálint nyit be az ajtón: „Bocsi, srácok! Ez besült. Bent maradt a ventilátor meg a kereplő. Hagyjuk az egészet, és menjünk inkább kocsmatúrára".

– Akkor az nem a te karod volt? – kérdezi kétségbeesett hangon Zoli.

– Milyen kar?

– A plafonból egy csapóajtón keresztül nyúlt le egy kar.

– Csapóajtó? Ebben a házban normális padlás sincs, nemhogy padlásajtó.

– Már lekapcsoltuk a kamerát, nem kell tovább játszani.

– Na jó! Megmutatom, mit akartam eredetileg.

Bálint ezzel ki is borítja a szemeteszsák tartalmát, és elkezdi mutogatni sorban a kellékeket:

– Ez egy e-cigi, ennek a gőzét befújtam volna a kulcslyukon, hogy szellemnek nézzék. Ez itt a kis kézi ventilátor, amivel a gőznek adtam volna egy kis löketet. Ez maradt bent ugyebár. És végül a kereplő, ami, ha csak lassan forgatom, olyan, mint a nyikorgó padló. Ezt a lepedőt meg eltettem, de végül elvetettem az ötletet, mert hülyén nézett volna ki még félhomályban is. Én ennyit terveztem, úgyhogy nem értem, milyen karról beszéltek.

Úgy tűnik, most már egyre kevesebb a kételkedő, a szobát síri csend tölti ki, és ha a gondolkodás folyamata hanghatással járna, az lenne az egyetlen zörej. Veronika végül meghozza az első javaslatot:

– Akkor derítsük ki! Kapcsoljuk fel a villanyt!

Amint a szobát elárasztja az ötven wattos izzó enyhén sárgás fénye, a csapat a padlásajtót kezdi keresni. A csendet megtöri a házigazda magabiztos, de enyhe félelmet sugalló kijelentése:

– Látjátok? Megmondtam, hogy itt nincs semmiféle csapóajtó.

– De akkor mit láttam? Hogy csináltad?

– Azt nem tudom, hogy mit láttál, de nem én csináltam. Lányok, ti láttatok valamit?

– Én semmit, de nem is figyeltem a plafont, csak a szellemtáblát.

– Kíra? Te láttál valamit?

– Nem tudom! Felnéztem, mikor Zoli elnevette magát, de nem emlékszem. Talán mintha valami elmosódott foltot láttam volna. Mint mikor egy fehér macska gyorsan elfut előtted. Csak ez a plafonon volt. De lehet, hogy csak beképzeltem.

– Aha. Tehát mondhatjuk, hogy háromból másfelen láttátok. Zoli, Kíra? Ez nem a ti meglepetésetek?

– Már hogy lenne az, bátyja? Bíztam a te trükkjeidben, nem terveztem kiegészíteni.

– Nyugodtan elmondhatod, amúgy is csak egy játéknak szántam, hogy szórakozzunk. Semmi baj nincs, ha...

– De nem érted, hogy én azt tényleg láttam!?

Bálint észreveszi barátja fokozódó ingerültségét, úgyhogy bölcsebbnek látja, ha nem feszíti tovább a húrt, így műfajt vált:

– Jó, rendben. Akkor mit csináljunk? Ha nem kísértet volt, és nem is te találtad ki, akkor betörőnek kell lennie.

– Betörőnek? Este hétkor? Mikor még mindenki ébren van, és éli az életét?

– Ki tudja? Egy bűnöző is lehet ostoba.

– Oké, de hogy nyúlt át a plafonon? Biztos nincs semmilyen titkos ajtó odafent?

– Nem tudok róla, de szerintem közel száz százalék, hogy a plafonunk egybefüggő.

– Hát ez atom jó! Mit csináljunk akkor? Papot hívjunk, rendőrt vagy pszichiátert?

– Egyelőre egyiket sem, járjunk utána, hogy ki vagy mi szórakozik velünk!

– Biztos nem! Felejtsd el, hogy én oda felmegyek!

– Ne már, Zoli! Ne legyél már ilyen gyáva!

Ezen a ponton Kíra is becsatlakozott a párbeszédbe:

– Hagyd békén! Ő tudja, mit látott, meg elmosódva én is láttam, úgyhogy ne feszegessük, ha nem muszáj!

– Jó, oké, leállok. Csak kíváncsi lennék rá, hogy akkor most valaki behatolt az otthonomba, vagy csak valamiféle optikai csalódásról van-e szó.

– Hát akkor nézd meg egyedül! Zoli már kifejtette a véleményét, Vera sem úgy néz ki, mint aki fel akarná fedezni a házat, az én álláspontomat meg szerintem sejted.

– Akkor majd reggel megnézem a nyomokat. Szerintem bárki is volt, biztos lelécelt már, mikor felkapcsoltuk a villanyt. A legjobb lesz, ha most...

A villanykörte hirtelen szétdurrant, a sötétség pedig fokozatosan nyelte magába a szobát és annak teljes tartalmát, a hangokat is beleértve. Hosszú percekig még lélegzetvétel hangját sem lehetett hallani, de a csendet Zoli cinizmusa törte meg:

– Na, ez! Ez még igazán kellett az összképhez! Te, Bálint! Van zseblámpád, vagy valami hasonlód? A telefonomnak nincs vakuja.

– Az enyémnek van. – Ez a válasz Veronikától megnyugtatóan hatott volna a csoportra, ha nem folytatta volna így:

– Bassza meg! Ez lemerült!

Így nem maradt más hátra, tapogatózni kellett a sötét szobában. Kíra érzett valami hideg, fémes érzést az ujjai alatt. Hosszú, vékony, hengeres formájú tárgy lehetett. Ez bizonyára a radiátor csöve lesz, ami jó hír, mert az ablakkeret is ott lesz a közelében. A lány kezei lassan átcsúsztak egy szintén hideg, de már száraz, és nagy, sima felületre. Igen! Ez lesz a fal, már mindjárt megvan az ablak! – gondolta magában a fiatal leány, és egyre magabiztosabb tempót vett fel, mígnem az ujjai találkoztak valami hideg, nedves és puha valamivel. Már vette volna a levegőt a sikolyhoz, mikor eszébe jutott, hogy Bálintnak nem mániája a rend megőrzése, és az ablaktörlő rongy maradt a párkány belső oldalán, ami megázott a hanyagul bezárt ablak és az eső csapatmunkája miatt. Nem béka volt. Ez a felismerés visszahozta a tapogatózó Kíra vérkeringését, így megérezte a kisujjával a redőny zsinórját, amit rögtön fel is rántott, hátha az utcai lámpák adnak némi fényt. Azonban a látvány, mely így tárult elé, nem volt olyan, melyre akár még ilyen körülmények között is számíthatnánk: óriásira nyílott, koromfekete szemek nyelték el egy pillanat-töredék alatt felfedezőjének minden életerejét, közben tű alakú fogakat tartó száj indult nyílásnak, de ezt már az ifjú hölgy nem várta meg: hátat fordított, és a fal mentén lecsúszva ülő helyzetbe görnyedt. Eltelt körülbelül négy teljes másodperc is, mire hisztérikus nevetés tört elő a mára már túl sokat látott szőkeségből. Ezzel egyidőben Bálint is felkiáltott:

– Mi a lófasz ez!?

Emiatt Zoli a szerelméhez, Vera meg Bálinthoz indult.

– Mi az? Mit találtál?

– Itt, mikor tapogatóztam, éreztem az ujjaimmal egy lábszárat, pont akkor, mikor Kíra a redőnyt húzta fel. És ha hiszed, ha nem, egy pillanatra láttam is.

– Nem a Zoli lába volt az?

Zoli itt kilépett a saját beszélgetéséből Kírával, hogy megszakítsa Veronikáékat:

– Negatív! Én nem éreztem, hogy bárki is fogná a lábamat.

Majd később ugyanonnan folytatódott a beszélgetés:

– Tehát nem az övé. Hogy nézett ki?

– Furcsa, de fehér volt, egészen fehér. És mintha visszeres lett volna, vagy nem is tudom, olyan nagyon ocsmány fekete erezete volt. De szerintem csak megmaradhatott bennem a karos történet.

A csapat korábbi „gyávája" most hirtelen megtáltosodott, és már-már katonás hanghordozással tett javaslatként megfogalmazott parancsot:

– Na jó! Ez nekem sok! Én kimegyek, és bárki is szórakozik velünk, földbe mángorolom! Jössz velem, tesó?

– Muszáj leszek, mert látom, nagyon akarsz. – Bálint bátorságából most már csak ennyi látszott, de követte Zolit az udvarra.

Eközben a lányok is ötletelni kezdtek:

– Szerinted találnak kint valakit?

14

– Nem tudom. És nem tudom azt sem, mi lenne a jobb.

– Hogy érted?

– Hogy találnak-e valakit, vagy sem.

– Nem értelek, Vera. Kifejtenéd bővebben is? Nagyon titokzatos lettél.

– Furcsának fog tűnni, úgyhogy próbálj meg nem kinevetni, rendben?

– Rendben, csak mondjad már mire gondolsz!

– Akár betörő az, akár kísértet, mindkettő meg tud ölni minket. A kettő közül márpedig volt itt valami. Ha a betörőnk nem egy varázsló, akkor végig igazam volt: kísértetek márpedig léteznek!

– Szerintem igazad van. Egyetlen emberi lénynek sem lehet olyan arca, amilyet én láttam kint az ablakban.

– Arc? Kifejtenéd bővebben?

Nyikorogva, lassan nyílik a bejárati ajtó, és óvatos léptek hallatszanak: a fiúk is megérkeztek, majd annyit mondtak:

– Nem láttunk semmit.

Pár másodperces csend után elhangzott egy kérdés:

– Akkor most mit csináljunk?

A házigazda végül is bedobta az utolsó ütőkártyáját, mert az erkölcse ezt diktálta:

– Higgadjunk le! Szerintem bárki vagy bármi is volt az, most már biztos atyaúristen, hogy elpárolgott. De persze biztos, ami biztos, ma éjszakára maradjatok itt nálam, és mielőtt megpróbálunk elaludni, tereljük el a figyelmünket!

– Tereljük? Erről? Hogyan?

– Mit tudom én? Majd bekapcsoljuk a tévét háttérzajnak, hátha más jut eszünkbe.

– Jó, de anyudék mikor érnek haza?

– Fater éjszakás, nyolc előtt nem fogjuk látni, az anyám meg a barátnője születésnapi buliján van, szerintem ő sem biztos, hogy hatig hazaér. De nem erőltetem, csak hogy ne kelljen még ilyen állapotban a sötétben sétálni vagy tekerni.

– Anyám úgy tudja, hogy a koliban vagyok, szóval, ha tényleg nem zavarok, maradnék.

– Jaj, Vera, máskor sem zavarnál, nemhogy ilyenkor! Többiek?

– Hát akkor mi is maradunk, de később megháláljuk.

– Ne hálálkodjatok! Én is félek.

A fiatalok végül elérték azt a pontot, mikor már hajlandóak voltak próbát tenni a nyugalomra, úgyhogy bekapcsolták a tévét, remélve, hogy az majd a megfelelő mederbe tereli vissza szétzilált gondolataikat. Először egy dokumentumfilmet adtak a csernobili katasztrófáról, de mikor a narrátor megszólalt, hogy „régen több százezren éltek itt, de ma már csak egy szellemváros", a csatornaváltás tűnt a legjobb opciónak. A következő csatorna műsorán apokaliptikus szektákról ment egy szintén baljós hangulatú műsor. Itt már nem bírta ki, és Kíra közbevágott:

– Nincs valami DVD-d inkább? Ezek a késő esti műsorok olyan bizarrok, főleg így, ebben a helyzetben.

– Várj, a következőn híradó lesz.

Azonban ilyenkor már a híradó hangulata sem olyan volt, mint délután: „Katherine Schneider, a híres üzletasszony önkezűleg vetett véget életének, a búcsúlevéllel záruló naplójában hajmeresztő tapasztalatokat…"

– Na jó. Utolsó próba, ha a következőn sincs normális műsor, feladom.

Azonban most már sikerült olyan adást találni, ami nem borzolta tovább a kedélyeket: egy jávorszarvasokról szóló ismeretterjesztő műsor ment.

– Úgy látszik, kezd visszatérni a szerencsénk. Ez jó lesz?

– Persze, ezzel elleszek.

– Oké, én elalszom, mert holnap még azt a kémia dogát is meg kéne írni, de ha van bármi, kelts fel nyugodtan! Ja, és ez vonatkozik a többiekre is!

HOL VAN MINDENKI?

A reggeli ébredés, habár nehézkesen sikerül az ébresztőóra hangjára, teljesen megszokott körülmények között megy végbe. A nappali világosság váltja le a mindent elfedő sötétet, így a szobában is. A galambok is hallatják jellegzetes éneküket, mialatt odakint a pázsitra telepedő harmat cseppjei prizmaként tördelik meg a narancssárgás napfényt. A tegnap éjjel egyetlen nyomasztó tanúja csak az izzó szilánkjai a padlón, na meg az a tény, hogy most négyen ébredtek ott, ahol máskor csak egy ember szokott. Egy kis kötelező szemdörzsölés és nyújtózkodás után mindenki erőt gyűjt az újabb naphoz, és jobbnál jobb kérdések versenyeznek egymással: „Ti is felkeltetek már? Miért ráz így a hideg? Van valakinek tüze? Ti mit álmodtatok?" És egyszer csak a sok véletlenszerű kérdés között Bálint emel ki egy gondolatot:

– Szerintem lassan induljunk el! Már fél nyolc van.

Ettől a mondattól mintha mindenkit szúrásban lecseréltek volna: eddig sosem látott nyüzsgés kezdődött el a szűkös lakás egyik hálószobájában. Volt, ki elszívta a napindító cigarettáját, de a többiek inkább elkezdték keresni a tanfelszereléseiket. Mikor rájöttek, hogy azt nem hozták magukkal a szeánszra, először pánikba estek, de aztán úgy döntöttek, hogy majd ott rögtönöznek.

A földút, mely mentén Bálinték laktak, még a szokásosnál is csendesebb volt, még az a minimális szintű külvárosi mozgolódás is elmaradt. Egyszer csak Bálint megtöri a csendet:

– Ez furcsa! Laci bácsi ilyenkor szokta áthajtani a teheneket az úton. Hol lehet?

– Micsoda? Ebben a városban vannak tehenek? – csodálkozott Veronika.

– Igen, de csak itt, az isten háta mögötti részén, és szerintem Kígyósmező összes tehene Laci bácsié.

– De akkor most hol van szerinted?

17

– Nem tudom. Lehet, hogy ő is elaludt, vagy csak elnézte az órát.

– Arra nem gondoltatok, hogy nála is történhetett valami abból, ami nálunk? – vágott közbe Zoli, jó szokásához híven.

– Jaj, ne már, tesó! Tuti, hogy a tegnapira van értelmes magyarázat.

– Annak én is örülnék. Mi az elméleted?

– Nem tudom, de észrevettem, hogy reggel nyitva volt az ablakom. Lehet, a szél befújt pár csepp esőt, és szétrepedt a körte.

– És az arc, amit Kíra látott?

– Az ablakom alatt van egy tuja, biztos annak az ágait rendezte össze a szél furcsa alakzatba, és valószínűleg az tűnt arcnak hirtelen ránézésre.

– Jó, és az eres végtagok? Amit én láttam, te meg még meg is fogtad.

– Nos azt még nem tudom… – kicsit hosszabb szünet után folytatta a mondatot – de nem biztos, hogy rögtön szellemekre kell gondolni.

– Fiúk! Nem furcsa, hogy kiértünk a kövesútra is, de még itt is alig van mozgás? – szállt be Kíra ezzel az észrevétellel a beszélgetésbe.

– Azért itt már csak van jövés-menés, szerintem csak simán az öreg Laci bácsival történt valami.

– Oké, hogy egy-két autó, meg a menetrend szerinti buszok mászkálnak, de ez nekem akkor is gyanús.

– Öt perc múlva nyolc. Szerintem mindenki beért vagy a melóba, vagy a suliba, és ezért ilyen gyér a forgalom. Meg mi is mindjárt odaérünk. Hányadik óra ma a kémia?

– Harmadik.

– Ó, akkor idő, mint a tenger. Vegyük ki az első tesit, hogy átnézzük az anyagot. Mondjuk, hogy meghúzódott a lábunk!

– Mind a négyünknek egyszerre?

– Akkor majd rögtönözünk.

Az út végén a gimnázium magas, díszes rácsú kapuja fenyegetően fogadta a négy felkészületlen diákot. Több aspektusban is felkészületlenek voltak: a kémiatudásuk négyüknek együtt nem tudott volna kitölteni egy papír ezresnyi helyet, de ez csak a kisebbik gond volt. Ugyanis az intézmény rideg légkörére egy egész tanév nem tudta volna őket felkészíteni. A folyosók kongtak az ürességtől, így jobban látszott az épület igazi arca. Eddig elvonták a figyelmet a falakról a jó kedélyű klikkek harsány nevetései, a „menő srácok", és lányok divatos kiegészítői, és néha-néha egy-két verbális vagy esetleg tettleges konfliktus. De ezek híján láthatóvá váltak a régi vakolat hibái, repedései, az ódon ajtók egyre csak öregedő, itt-ott púpos, itt-ott foszló festése, na meg persze az a rengeteg firka, amelyeket dühös, vagy csak egyszerűen lázadó személyiségek hagytak ott: anarchia-jelek; obszcén ábrák, és rímelő mondatok; híres, vagy kevésbé híres rapperek nevei és metálegyüttesek logói; na meg persze kétes eredetű telefonszámok. A sok bizarr, érdekes, vagy értelmetlen ábra mellett szív alakban körberajzolt monogramokat is fel lehetett fedezni, az idilli kis részletet viszont rombolta a mellé ragasztott rágógumi képe. Furcsa táj ez annak, aki csak ebben az állapotában látja: egyszerre üvölt és egyszerre csendes, egyszerre lüktető és egyszerre merev. Minden részlet elmesél egy személyes élményt: egy boldog pillanatot, egy dührohamot vagy egyszerű gonoszságot, feltéve, ha hagyjuk a részleteknek, hogy beszéljenek. Ami pedig még inkább kesernyéssé teszi az egész hangulatot, hogy ez az iskola végig ilyen volt a prémium hatású kerítésein túl, de eddig a nyomok nem jutottak szóhoz. Egyszer csak ezt a statikus állapotot megtöri a kinyíló vécéajtó. Egy eddig csak látásból ismert évfolyamtárs lép elő. Visszafogott külsejű ifjú ő, aki semmiképpen sem illik bele ebbe a vad környezetbe: egyszerű, tiszta ruházata és ápolt frizurája miatt tanárnak is nézhetnénk, de kora elárulja tanulói mivoltát. Bálint persze megszólítja:

– Bocsi, ne haragudj, de találkoztál valakivel eddig?

– Persze, de nem sok emberrel, tőlünk, a C-ből csak én vagyok, meg pár kilencedikest láttam még, de őket nem ismerem.

– Ennyi?

– Igen. A ti osztályotokból csak ti négyen vagytok?

– Eddig úgy fest. Tanárokat láttál?

19

– Reggel a portást, meg azt a csávót, aki szakkörön lengyelül tanít. De a neve nem ugrik be.

– Mindegy, a neve nem fontos. Az igazgatót láttad már?

– Nem, de az autója kint parkol. Keressük meg?

– Benne vagyok. Ja, bocsi, még be sem mutatkoztam: Kővári Bálint.

– Balla Martin.

A bemutatkozás persze a végéig folytatódott:

– Nemes Veronika.

– Váradi Zoltán.

– Major Kíra.

– Nagyon örvendek, Balla Martin. Induljunk az igazgatóhoz? Néhány lépcső végigmászása és némi tájékozódási zavar után végül előkerült az igazgató irodája, melynek állapota meglepően tiszta volt. Az alagsor és a földszint mércéjéhez meg aztán főleg. A sárgásan csillogó fémes névtábla, a tökéletesen tükröző kilincsgomb, és a szivacsos bőrrel bevont ajtó azonnal elárulta, hogy egy magas tekintélyű személy lesz a túloldalán. Zoli kopogott be, mert az öt jelenlévő közül ehhez neki volt a legnagyobb bátorsága. Nagy kő esett le mindenki szívéről, mikor egy mély férfihang szólt vissza:

– Tessék!

Az ajtó lassan nyílt ki, és egyesével fedte fel az öt fős csapatot az igazgató szeme előtt, aki már egyből nyitottsággal fogadta a kétségbeesett diákokat:

– Miben segíthetek?

– Csak azt szeretnénk tudni, hogy rajtunk kívül van-e még valaki ebben az épületben.

– Várjanak! Utánanézek...

A hosszúnak tűnő rövid csendet a klaviatúra és az egér kattogása tette kevésbé, vagy talán még inkább nyomasztóvá, de oldódott a feszültség, mikor az igazgató úr a telefon kagylóját emelte a füléhez, és tárcsázni kezdett: „Na szevasz, Feri! Jelezte nálad valaki, hogy ma nem jön be? ... Hát vegyesen: diák is, pedagógus is... A keleti szárnyban? ... Az jó, mert mi is itt vagyunk. Akkor kiküldök egy kör e-mailt. Köszi, viszhall".

– Hát a helyzet az, hogy senki sem jelezte, hogy ma nem jön, de körülbelül a teljes létszám kétharmada hiányzik. De lehet, hogy jóval többen is. Ritkán mondok ilyet, de nem értem, mi van.

– Hol van mindenki?

– Fogalmam sincs. Milyen órátok lenne most?

– Még testnevelés, de azután fél csoportnak latin, fél csoportnak angol.

– Jó, hát akkor keressék meg a tanáraikat, ha nincsenek bent, menjenek haza. Martin, ön egyedül van?

– Igen, igazgató úr.

– Akkor önre bízom: haza is mehet, de ha akar, csatlakozhat az A osztály maradékához.

– Köszönöm szépen! Viszontlátásra!

– Viszontlátásra!

Ahogy az ajtó becsukódik, egyre hangosodó suttogás veszi kezdetét, hogy egyeztessenek a potyára megjelenők. Martin, az „új fiú" kezdeményezi a beépülést:

– Figyeljetek! Ha ti maradni akartok, beülhetek hozzátok?

– Hogyne, de csak ha tényleg szeretnéd – reagált lelkesen Veronika.

– Felőlem maradhattok, de én biztos, hogy tiplizek.

– Ne már, Zoli! Most ez hányadik igazolatlanod lenne? – Kíra így próbált hatni barátjára.

– Tudja a hóhér! Valószínűleg nem írják be, mert 500 tanulónak ezt úgysem fogják bevésni.

– Igaza van Zolinak. Ne fussunk felesleges köröket, inkább derítsük ki, hogy hol vannak a többiek!

Veronika végszavára a maradék létszám is elhagyta az épületet, és úgy döntöttek, hogy „detektívest játszanak", azonban amire később bukkanni fognak, köszönőviszonyban sincs a játékkal. Az iskola előtti padokra telepedve ki cigivel, ki rágcsálnivalóval elkezdett ötletelni, először magában, majd hangosan:

– Gondolkodjunk! Mi lehet az a hely, ami befogad alsó hangon 500 embert, és az idejárók mindegyikét érdekli? – vetette fel az ötletet ismét Martin.

– Honnan veszed, hogy egy helyen lesznek? – csavart egyet Bálint a gondolatmeneten.

– Egyazon napon hiányzik majdnem mindenki, túl sok véletlen kéne ahhoz, hogy mindenki máshol legyen.

– Ez is igaz. Gondolod, valami járvány lehet?

– Jaj! Miért lenne járvány? Szerintem amit tegnap csináltunk, azzal függ össze.

– Na, Zoli lebuktatott titeket. Miben sántikáltok? – jegyezte meg sanda vigyorral a banda ötödik tagja.

– Mindegy! Hülyeség az egész.

De Bálint hiába próbált terelni, Martin kíváncsiságát nem volt egyszerű csorbítani, pláne ha már a dolgok felét tudta, tehát folytatta a faggatózást, melyre később Veronika adott választ:

– Oké, Martin. Elmondom, nem fogok kertelni: megcsináltuk azt a bugyuta netes kihívást. Eredetileg meg akartuk viccelni a nézőinket, de úgy fest, hogy valamit tényleg felébresztettünk.

– Hú, de vad! Már most bírlak titeket.

– Tudtam, hogy bolondnak fogsz nézni.

– Jaj, dehogy! Isten ments! Érdekel a téma.

– Hiszel a kísértetekben?

– Még nem tudtam eldönteni. Sem bizonyítani, sem cáfolni nem sikerült eddig senkinek. De hogy jön ez ahhoz, hogy tök üres a suli?

– Mióta van ez az internetes marhaság, mintha egyre több helyről jelentenének szellemeket vagy furcsa eseményeket.

– Áh! Biztos nem függ össze! Furcsaságokból eddig is volt sok a nagyvilágban: Amityville, Roswell, a Mary Celeste, meg a Bermuda-háromszög. Utóbbit idővel meg is sikerült magyarázni.

– Igen, de eddig elszigetelt esetek voltak, most meg mintha minden mindennel összefüggne. Tegnap lehet, hogy megidéztünk egy fehér bőrű, fekete erezetű szellemet. Aznap a késő esti híradóban említettek egy német nőt, aki elvileg kísértetjárás miatt ölte meg magát, most meg ki van halva a város. Meg maga a kihívás is... Miért pont szellemidéző, miért nem valamiféle kóstolás, vagy éneklés, ami eddig is volt?

– Jól van, Vera. Ez valóban furcsa, de szerintem nem kéne összefüggéseket keresni. Külön-külön kéne megvizsgálni az eseteket, a hiányzó diákok rejtélyével kezdve, és tuti, hogy tök hétköznapi dolgok állnak a háttérben.

– Jól figyelj, Martin! Most Bálintot, mint az örök szkeptikust hallhattad, de tegnap nem volt ilyen racionális, mikor rámarkolt a kísértet lábára.

Martin szemei erre duplájára tágulnak, majd lassan, de határozottan fordul a csapat szkeptikusa felé:

– Mi a rosseb? Te tényleg érintettél kísértetet?

– Talán az volt, talán nem, de közben el kéne indulnunk megkeresni a népet.

Az út, melyet ezúton tesznek meg, más: más maga az útvonal is, illetve már valószínű nyomokra is bukkannak. Egy villanyoszlopon egy kis ragasztott szórólapot látnak meg, rövid, de hangzatos szöveggel: „Szeretettel várunk mindenkit a Harmadik Szem Mozgalom lakossági fórumára április 8-án, 8.13-kor a Kinizsi Pál téren". Ekkor még nem sejtették, hogy ez egy nyom, csak Kíra szemfülessége miatt találták meg ezt a nyomot, aki akkor még gúnyolódó, poénkodó hangon hívta fel rá a figyelmet:

– Nézzétek már! Újabb viccpárt: még azt mondja, hogy „Harmadik Szem Mozgalom". Ki veszi ezt komolyan?

– Hadd nézzem! 8.13-kor, április 8-án? De hiszen az ma van. Hány óra van?

Erre Veronika ránéz a toronyórára, majd közli:

– Pontosan 8.13.

Eközben Martin a karórája alapján azt mondja, hogy „már mindjárt fél kilenc." Tehát megállapítják, hogy a toronyóra késik.

– Király! Akkor még odaérünk.

– Miért mennél oda, Bálint?

– Nem tudom. Valami azt súgja, hogy ott lesz mindenki a Kinizsi téren.

– Gondolod, hogy ez a szektapárt ilyen népszerű lenne? Most látom először a szórólapjukat.

Majd ahogy Zoli jobban szemügyre veszi a kis papírdarabot, ő is hozzáadja a saját meglátását:

– Hát, kincsem, a papírt én is most látom először, de a logót szerintem nem. A nyakamat rá, hogy láttam már ezt korábban is, de hogy hol... Ha agyonvernének, sem jönnék rá.

Majd Martin felteszi a legfontosabb kérdést:

– Elmegyünk akkor? Legfeljebb majd röhögünk egyet ezen a párton is.

Ahogy a csoport egyre csak halad a Kinizsi tér irányába, úgy a távolban egyre nagyobb tömeg rajzolódik ki, a tömegben pedig egyre több ismerős arc is feltűnik. A pódiumon fekete öltönyös, fekete nyakkendőt, és szintén fekete inget viselő, korosodó, kopasz úriember áll. Ez az ember a párt elnöke, Csonka Jávor. Ez az ember egy kiváló agitátor erőteljes vezetői ambíciókkal, a probléma csak az, hogy eddigi kampánya nagyon csendes volt. Erre a fórumára viszont mégis elment majdnem a teljes város. Az iskolát potyára felkereső diákok már csak a beszéd közepére csatlakoztak be, de ez nem volt probléma, mivel a lényeget a végére szánták a párt kommunikációs szakemberei:

„... az új valuta bevezetése lesz a megoldás. A gazdasági programunk ismertetése után engedjék meg, hogy kitérjek egy aktuális és globális krízisre. Sajnálattal kell észrevennem, hogy habár a szemünket kiveri a jelenség, mégis, a társadalom még mindig elutasító és megvető magatartást tanúsít azok irányába, akik megoldást keresnek. A halál utáni életet a mai napig kutatták lelkészek, filozófusok, sőt még tudósok is, egészen a történelmünk hajnalától két héttel ezelőttig. A válasz egyértelmű: van tovább!"

Ezt a mondatot a közönség hangos üdvrivalgása és tapsvihara követte, az agitátor elmosolyodott, és felbátorodva folytatta a más körülmények között skizofrén tünetnek tűnő szónoklatát.

„Van tovább, de sajnos a földi életünk kerülhet veszélybe emiatt. Az internetes őrület új kapukat nyitott a túlvilág és a földi élet között, melynek eredménye az lett, hogy kísértetek járják be immár nem csak Európát – hogy egy klasszikusra utaljak –, de az egész világot is. Mondjuk ki: amit most élünk, az egy kísértet-apokalipszis. Mi ezt a problémát először úgy oldanánk meg, hogy kormányunk elismerné a szellemek létezését..."

A tömegből ekkor egy cinikus hang szólal meg:

– Ja, a kazahok is faszául elismerték!

Pár másodpercre még a levegő is megfagyott, még a lélegzeteket sem lehetett hallani, majd halk duruzsolás kezdődött meg, melyben Bálint is feltette a kérdését a mellette álló Martinnak:

– Milyen kazahok? Mi történt?

– Nem tudom a teljes történetet. A kazak kormány állítólag elismerte, hogy léteznek szellemek, és valami munkások rituálisan megölték magukat. Vagy egymást? Ez a rész homályos.

A duruzsolás egy csapásra abbamaradt, mikor Csonka Jávor visszavette a szót:

„Először is megkérném önöket, hogy kerüljék a trágár kifejezéseket! Itt kiskorúak és hölgyek is lehetnek. Másodszor pedig a kazak kormány meggondolatlansága és a társadalom váratlan reakciója nem a mi ténykedésünk következménye. Szóval ott tartottam, hogy elismernénk a szellemek létezését, mert a tudatosság az első lépés. A világunkat anyagtalan lények kezdik birtokba venni, éppen ezért a megoldást sem a látható világ berkeiben fogjuk keresni, mert a materialista szemlélet ebben a helyzetben annyit ér, mint egy VHS kazetta a videomagnó összerakásánál."

Ezt a mondatot halk, de tömeges nevetés, illetve kuncogás követte, melyet a politikus ismételten kedvező jelként könyvelt el.

„Erről további részleteket olvashatnak az ingyen elvihető, 100 oldalas programfüzetünkben. Záróként figyelmükbe ajánlom Katherine Schneider szomorú naplóját, melyet különleges engedéllyel mutathatok be önök előtt. Aki eddig nem ismerte volna, Schneider asszony egy nemzetközileg is ismert vállalatigazgató volt, stabil anyagi és érzelmi háttérrel. Az ő naplója lesz az, ami alátámasztja, hogy ezzel a problémával igenis foglalkoznunk kell. Ez a rövid, pár oldalas napló a programfüzetünk hátoldalán található. Köszönöm a megtisztelő figyelmüket! Jövő héten szavazzanak a Harmadik Szem Mozgalomra!"

A beszéd lezárását a szolid, de mégis határozott taps igazolta, illetve a lassan szétoszló, eközben bőszen pusmogó tömeg. A hangfoszlány-halmazokból néha-néha ki lehetett érteni egész mondatokat, sőt párbeszédtöredékeket is, melyek egytől egyig a hallottak elemzéséről szóltak:

„Nem tudom, de lehet, hogy mégiscsak elmegyek szavazni..." „Ez is ugyanolyan tolvaj banda lesz, mint az előző száz." „Legalább itt már van valami program." „Ezek őrültek." „Nem mocskolódik, tehát bízom a fickóban." „Amúgy miért is jöttem én el erre?"

A szónoklat hatása más területeken is megmutatkozik: még este, a családi vacsora mellett is ez a téma. A Kővári család mindhárom tagjának rendkívüli estéje volt, amit reggel nem állt módjukban átbeszélni, így majdnem huszonnégy órával tolódik. A kérdést a családfő teszi fel elsőként:

– Kinek milyen napja volt?

– Nagyon húzós: Judit teljesen szétcsapta magát, ezért szabadságot vett ki. Elvállaltam ma az ő műszakját, megcsináltam a rábízott kimutatásokat, és képzeljétek: lehet, hogy meg fogják duplázni a fizetésem. Szóval megérte elmenni arra a bulira.

– Nagyszerű hír! Lehet, hogy nekem is emelik, de majd később kifejtem. És fiam, neked milyen volt a suli?

– Ha hiszed, ha nem, elmaradt, mert nem volt meg a létszám.

– Az osztályodban?

– Az egész suliban. Mindenki ellógta, és valami szektás fószer beszédjén találtunk meg mindenkit.

– Szektás? Miféle szekta?

– Elfelejtettem a nevüket, de a vezetőjük valami Csonka... Csonka... Hú, nem tudom.

– Csonka Jávor?

– Igen, honnan tudod?

– A társam az egész járőrözés alatt csak róluk beszélt, hogy szavazzak rájuk, mert megállítják a világvégét, meg ilyen ökörségek. Nem is értem, hogy lett rendőr az az idióta.

– Hát neked milyen volt a napod?

– Most keltem fel, vagy két órája, mert tegnap, mint te is tudod, bevállaltam az éjszakát, így a főkapitány azt mondta, hogy holnap nem muszáj bemennem az őrsre, és megemeli a fizetésemet.

– Ó, ez nagy királyság! És hogy döntesz, bemész holnap?

– Szerintem igen, és erről beszélni is akartam veled: Zoli haverodról tudsz valamit?

– Hát ma például ő volt az egyik ember, aki még volt a suliban, de ezen kívül nem tudok róla sok mindent.

– Nem volt furcsa? Nem tűnt másnaposnak, vagy ilyesmi?

– Dehogy! Miért kérdezed?

– Mert amikor visszafelé tartottunk az őrjáratról, kiugrott a kocsi elé, hozzánk vágott egy fürt banánt, és elszaladt.

Erre Bálint visszafogottan kuncogni kezd, mire az apa elfojtja a csírázó derűs hangulatot:

– Annyira nem vicces, mert megrepedt a szélvédő, és a banánok szét is mentek rajta. Ha akkor jön valami szemben és nem látom, akkor ott halok meg Tamással együtt.

– Nem azért nevetek, mert mulatságosnak találom, csak anynyira abszurd, hogy nem tudtam, hogyan reagáljak.

– Talán nem hiszel nekem!?

– Jaj, dehogy! Isten ments! Elhiszem, csak azt nem értem, hogy erre Zolinak mi oka lett volna.

– Szerintem be volt rúgva, de lehet, hogy visszaszokott a herbálra, csak nem tudsz róla.

– Hány óra környékén volt ez?

– Olyan hajnali 3-4 körül lehetett nagyjából.

Bálint végül felismerte, hogy valami nem stimmel: eszébe jutott, hogy Zolinak erre az időpontra van alibije, mégpedig az, hogy abban a házban aludt, ahol most hangzik el ez a felettébb furcsa beszámoló, de tudta, hogy ha bevallja apjának, akkor azzal elveszíti a bizalmat, mert a családfő nem szereti, ha távollétében az ő beleegyezése nélkül vannak a házában. Így hát Bálint csak ennyit válaszolt apjának:

– Jól van, megpróbálok beszélni vele.

A vacsora után szétoszlik a család, Bálint a szobájába tartva pakolás közben megérzi zsebében a Harmadik Szem Mozgalom programfüzetét, amit még tanítási időben tett el magának. Valami azt súgja neki, hogy el kell olvassa, mielőtt elalszik, főleg azt a híres naplót...

KATHERINE SCHNEIDER

Március 30.: Sosem vezettem még naplót, nem is volt rá időm, de valami miatt úgy érzem, ezt az időszakot muszáj lesz rögzítenem, ráadásul a pszichiáterem is ezt tanácsolta. Néhány napja furcsa zajokat hallok, melyek nem is zavarnának, ha be tudnám őket azonosítani. Nem hasonlítanak semmire, amit eddig hallottam. Olyanok, mint a visszhangzó sikolyok, de van valami enyhén fémes hangzásuk is. Ma is hallottam ezeket a hangokat, de már nem csak éjszaka, hanem nappal is. Ha leírom a dolgokat, azt remélem, utólagos visszaolvasáskor sikerül majd megértenem a történteket.

Március 31.: Kezdenek érdekesebb fordulatot venni az események. Két felnőtt bernáthegyim van, és pár perccel ezelőtt mindketten megtébolyodtak. Most pontosan 23.02 van, és arra riadtam fel, hogy mindkét kutyám mereven bámul a semmibe és veszettül ugatnak. Mivel egyedül élek, nem mertem kimenni, hogy utánajárjak. Amit két bernáthegyi sem tud elkergetni, azt valószínűleg én sem. Szeles idő van, előfordul, hogy egy-két ágat az ablaknak csap a szél, de ezt máskor nem ugatják meg. Ráadásul nem is ide néznek. Mostanra hallgattak el, és 23.31 van. Magamhoz veszem a legnagyobb gyertyatartót meg egy elemlámpát, és utánanézek, hogy mit ugattak.

Április 1.: Amikor ezt a mondatot írom, 00.12 van, bevilágítottam minden bokorba, a sziklakertbe, sőt még a medencébe is, de sehol semmi. Szó szerint semmi: se ember, se állat, se nyomok. Megpróbálok elaludni, de nem biztos, hogy könnyű dolgom lesz. Borzalmas rémálom ébresztett fel 5.30-kor. Azt hallottam, hogy az álmokat érdemes rögtön ébredés után lejegyezni, mert reggelre a 70 százalékát elfelejtjük, szóval kezdem is. Egy sárga iskolabuszon utaztam, csupa olyan emberekkel, akiket én ismertem, de ők egyáltalán nem ismerték egymást. Ez a busz az a tipikus amerikai jellegű jármű. Sötét volt, és borongós időjárás, ennek ellenére az égen tűzijátékok villantak fel, egyik a másik után, de csupa zöldek. A sofőr hátrakiabált az utastérbe: „Szálljon le mindenki! Nem tudunk továbbmenni." Hát így tettünk: leszálltunk egy elhagyatottnak tűnő erőmű környékén. Olyasmi volt, mint a csernobili Vlagyimir Iljics Lenin atomerőmű, de tudtam, hogy ez nem azonos vele. Egy barna csimpánz jött elő a romok közül. Nagyon élénk barna színe volt, mintha egy rajzfilmből jött volna elő, de ez realisztikus volt. A szemét egy furcsa maszk takarta, mint ezek a báli szemüvegek, csak ez mintha nyers csirkebőrből készült volna, de keménynek látszott. A varrások, melyek összefogták a maszkot, olyanok voltak, mint valamiféle hanyag sebész munkája. A maszk ezen kívül a majom arcához is oda volt öltve. Az állat letépte ezt a förmedvényt, de jobban járt volna, ha otthagyja, mert így a szemei kibuggyantak az üresen tátongó szemgödreiből, és mintha egy hosszú ínszalag vagy idegköteg tartotta volna meg a lógó szemeket, nagyjából térdmagasságban. El akartam fordulni, de nem tudtam. Ébredés előtt még láttam, ahogy a majom elkezdi szopogatni a saját kilógó szemeit. Undorral vegyes félelem töltött el, mely hatására a saját izzadságomban úszva pattantam ki az ágyból. A nap további részében nem történt semmi furcsa, de ezen álom emlékétől nem tudtam szabadulni, ennek ellenére nem beszéltem róla senkinek.

Április 2.: Egész nap azt éreztem, mintha valaki vagy valami figyelne. Reggel óta mintha nem lennék egyedül. Lett volna két nagyon fontos online üzleti tárgyalásom egy kínai és egy amerikai ügyféllel, de mindketten észrevették, hogy valami nyomaszt. Lixin Chen, aki mindig is figyelmes volt hozzám, rá is kérdezett: „Mi nyomasztja ennyire, ha szabad kérdeznem?" Meglepődtem, mert igenis nyomasztottak dolgok, de nem gondoltam, hogy látszik is, tehát kitérő választ adtam: „Csak ilyen üzleti dolgok." Láttam, hogy nem hiszi el, de attól folytatta a megbeszélést a beszerzések ügyében, majd a konzultáció végén megadta a magántelefonszámát, és annyit mondott, hogy ha meggondolnám magam, keressem ezen a számon. Az amerikai kolléga, Daniel Blake, már nem volt ilyen nyitott, egyáltalán nem tűnt fel neki semmi, amit nem is bántam, mert még a szomszédaimnak sem akarom elmondani, nemhogy a világ másik felének. Ez azonban nem változtatott azon, hogy éreztem mindig egy plusz személy jelenlétét. Amikor elmentem zuhanyozni, a pára ellepte a teljes fürdőszobát. Igen, a forró vízről áprilisban sem tudok lemondani. A tükör is bepárásodott, de tisztán kivető volt egy írás: „Beszélj rólam!" Nem tudok elaludni, mert állandóan ez jár a fejemben: Kiről beszéljek? Kinek? Ki és mikor írta az üzenetet a tükrömre? Hogy került a házamba?

Április 3.: Még mindig kimerült vagyok a tegnapi nap miatt. Kihívtam a rendőrséget, betörés gyanúja miatt. Nem volt már párás tükör, mikor megérkeztek, de a biztonság kedvéért le is fotóztam. Mindent rendben találtak, nem volt megbütykölve sem a zár, sem az ablakok, sőt a két kutya is egészséges, és – bernáthegyi viszonylatokban – éber volt. A rendőrök emiatt azt hiszik, hogy én írtam fel a saját tükrömre a szöveget, de elvitték, hogy ujjlenyomatokat keressenek rajta. Görcsben van a gyomrom azóta folyamatosan, mert mi van, ha mégis én írtam fel, csak nem tudok róla, mert alvajáró vagyok, vagy ilyesmi. Bár én nem emlékszem, hogy bármikor is jó ötletnek tartottam volna ilyen gyerekes tréfákkal riasztani a rendőrséget. „Beszélj rólam!" Miért pont ez? És miért pont aznap, mikor Lixin megadta a számát? Teljesen biztos vagyok benne, hogy valaki tönkre akar tenni.

Hazajöttem a munkából, és mintha már árnyékokat is láttam volna. A legijesztőbb az volt, hogy egy videóhívás alatt Daniel Blake megkérdezte, ki van még velem az irodában, mert nagyon zavarja, hogy ott mászkál fel-alá. Egyedül voltam, úgyhogy fogalmam sincs, mit láthatott. Szóval úgy döntöttem, mégis csak felhívom Lixint, mert ez már több a soknál. Elmondtam neki mindent, amit itt már leírtam, és még a szemem is libabőrös lett, mikor elkezdtem a rémálmomról beszélni. Még csak a zöld tűzijátékokhoz jutottam el, de ő félbe is szakított: „Volt ott egy álarcos majom, lógó szemekkel?" Úgy éreztem, hogy ott a helyszínen elájulok, meg sem tudtam szólalni. De Lixin folytatta:

– Az öcsém emiatt került szanatóriumba. Ópiumfüggő volt, és a drog szépen lassan tönkretette: megszállottjává vált a zöld tűzijátékoknak, és a lógó szemű csimpánznak. Amikor a hagyomány szerinti kínai újévet tartottuk, és meglátott az égen egy zöld tűzijátékot, pánikszerűen menekült, és azt hajtogatta, hogy „ne hagyjátok, hogy levegye az álarcát". Akkor mégsem volt őrült az öcsém?

Azt mondtam neki, hogy ha ő őrült volt, akkor én is, és elég sokáig beszélgettünk a kísértetekről. Bemutatta saját országának szellemvilágát, sőt még a szomszédos Japánét is. Egyszerre lélegeztem fel és borultam ki: soha nem hittem a szellemekben, és kiborított, hogy a kényelmes és stabilnak tűnő világom egyik napról a másikra kártyavárként omlik össze. De ugyanakkor fellélegeztem, hogy nem vagyok őrült. De nem is tudom, mert lehet, hogy jobb lett volna, ha csak én őrültem volna meg: arra legalább van gyógymód.

Április 4.: Ma hajnalban átéltem életem legrosszabb ébredését. Éreztem, hogy alig kapok levegőt. Még megpróbáltam kicsit aludni, de aztán kinyitottam a szemem. Láttam, hogy valami a mellkasomon ül. Először csak egy fekete sziluettet láttam, de ahogy tisztult a kép, rájöttem, hogy ezt már láttam valahol: ez az a majom, az előző álmomból. Mindkét szeme belelógott az arcomba, és az orrom hegyével még éreztem is annak kocsonyás állagát. Nem tudom, hogy a döbbenettől, a fáradtságtól vagy a félelemtől, de nem jutott eszembe, hogy fel kéne állni és elfutni. Lehet, hogy képes sem lettem volna rá, de ez már nem derül ki. Ahogy az a csimpánz lógatta a szemeit, közben még vigyorgott is rám azokkal a kusza fogaival és az üresen maradt szemüregével. Belenéztem a szemüregébe, és ekkor a szemgolyókat már az államnál éreztem, közben az állat szabályosan vihogott, de nem a csimpánzok jellegzetes hangján, sokkal inkább hasonlított emberi nevetésre, de csak a ritmusa, a hangszín viszont tényleg csimpánzos volt. Ez nem tudom meddig tartott, de szerintem egy félóra is meglehetett, majd leugrott rólam és elszaladt – a csukott ablakon keresztül, amit sikeresen össze is tört. Biztos vagyok benne, hogy nem álmodtam, mert amikor egy álomban rájövök, hogy álmodom, akkor felébredek. Most is felmerült bennem, hogy ez megint csak egy álom, de az ébredés elmaradt, ráadásul volt befejezése is. Az ablak most is be van törve, megpróbálok visszaaludni, hajnali fél kettő van. Ha az ablak reggel is össze lesz törve, akkor nem tudom, hogy reagálok. Felébredtem, 6.20 van. Az ablak még mindig ripityára van törve, szóval ez lesz életem legsietősebb útja a munkába. Lehet, hogy haza sem jövök, de nem tudom, hova menjek.

Végeztem a munkával is, és mégis inkább hazajöttem, most 19.30 van. Kínomban nem tudtam mihez kezdeni, felhívtam Lixint, aki megint megnyugtatott azt illetően, hogy nem őrültem meg, bár hozzátette, hogy ez a csimpánz eddig még sosem lépett interakcióba a környezetével. Egyre biztosabb voltam abban, hogy egy állat kísértete jár a nyakamra. Ha viszont állat volt, akkor ki írta a tükrömre, hogy beszéljek róla? Többen is kísértenek, vagy ez az egy lény nem is az, aminek tűnik? Amikor lefekvéshez készülődtem, az ágy mellett belerúgtam valami kemény, de könnyű tárgyba. Egy porcelánbaba volt, de nem is akármilyen: kislány koromban pontosan ugyanilyen babám volt, talán ez pont ugyanaz is. Nagyon kopottas volt, és itt-ott szakadt is, és fogalmam sem volt róla, hogyan került ide, mert a gyermekkoromról senkinek sem beszéltem, mióta Düsseldorfból Berlinbe költöztem. Kezdek megőrülni? Úgy érzem, hogy nem bírom már sokáig, de hova a pokolba menjek? Ez az otthonom, itt a cégem, itt vannak a barátaim, és a rokonaim is. És ha elmennék, honnan tudjam, hogy nem-e jönnének utánam?

Április 5.: A hálószobám ajtaját bedeszkáztam, és soha nem fogok oda belépni: tegnap nem aludtam semmit, és szerintem ma sem fogok. Mintha rongyból lennék, közben még az a furcsa, fázó érzésem is van, mely mintha redőnyként mozogna bennem fel-alá. Elaludtam az előző mondat után, bent sem voltam az irodában, pedig társigazgató vagyok. Most keltem fel, nem tudom, és nem is érdekel, hogy hány óra van. A nap aranysárga színe áraszt el mindent – lehet, hogy most kelt fel, de lehet, hogy pont nyugszik, nem tudom. Most kihasználtam a csendet, hogy felidézzem, mi történt velem eddig, szóval felsorolás szinten írom le visszamenőleg, hogy a naplóvezetés előtt miken mentem még át: volt, hogy csótányok özönlötték el a házat – a rovarirtó ugyan eltakarította őket, de nem tudott rájönni, hogy honnan és miért gyűltek össze. A két kutyám egyszer egy félóráig ugatott a semmibe, de ezt lehet írtam már. Volt, hogy az elektronika őrült meg, az éjjeli lámpa elkezdett ki-be kapcsolgatni – mikor a villanyszerelő kijött, ő rendben talált mindent. Szóval, mindent összegezve, száz százalék, hogy kísértetek terrorizálnak. Elgondolkodtam azon, hogy ha én is kísértet lennék, vajon ugyanígy félnék tőlük? Vagy akkor is zaklatnának, ha egy lennék közülük? Na de nem vagyok kísértet, úgyhogy nem foglalkozom ezzel, megpróbálom összeszedni magam.

23.31 van, és eddig bírtam, ez volt az utolsó csepp a pohárban: nem fogok mellébeszélni, láttam magam, ahogy a saját kapuim előtt futok, ugyanabban a pizsamában, amiben most vagyok, és ugyanolyan kócos hajjal, ahogy most vagyok. Biztos vagyok benne, hogy az tényleg én voltam, a másom arcát bár nem láttam, a csuklóján ugyanúgy ott volt a pillangós tetkó. Azonnal tudtam, hogy mit láttam: a saját kísértetemet. Előfordulhat, hogy egy élő személynek is látják a szellemét, és ha valaki a saját mását látja, az a halál előjele. Legalábbis a nagyapám generációja még így tartotta, és most úgy érzem, hogy igazuk volt. Tehát meg fogok halni. Ahhoz képest elég nyugodt vagyok. Vagy talán pont emiatt?

Április 6.: Ez az utolsó bejegyzésem. Már mindent elintéztem: megírtam a végrendeletemet is, melyet a széfben őrzök. Aki ismeri a kombinációt, arra tartozik is annak a tartalma. Alaposan átgondoltam, és nem lehet már lebeszélni róla. Nem tegnap, és nem is két hónapja kezdődött, az élet fokozatosan erre az útra terelt: hiába vittem sokra, hiába vagyok egy nemzetközileg ismert cipőgyártó cég társigazgatója, és hiába szereztem meg mindent, amire vágytam, mégis ürességet érzek. Üres vagyok, mert nincs már mit megszerezzek, és még ha lenne is, nem tudnám kivel megosztani. Sosem volt férjem, sem gyerekeim, de még egy szoros barátságom sem. Akik eddigi életemben igazán törődtek velem, azok az elmúlt napokban előbukkanó élőhalottak. Vegyes érzéseim vannak: félek is tőlük, mert minden ismeretlen félelmetes, de most az egyszer igazán fontosnak éreztem magam. Fontos voltam, de csak a halottaknak, így hát hozzájuk költözöm végül. Nem öngyilkosság az, amit tenni fogok, hanem csak átalakulás egy magasabb rendű entitássá, és aki igazán szeretné, azzal ott leszek ezek után is, ha elég figyelmesen keres. Zárásként csak annyit fűzök még hozzá, hogy egy dupla csövű sörétest fogok használni, aminek elvileg szét kéne morzsolnia a fejem. Ha esetleg a túlélném a lövést, a rám találónak üzenném, hogy fejezze be, amit elkezdtem.

Katherine Schneider voltam, ti meg vigyázzatok magatokra!

GYÜLEKEZŐ FELLEGEK

Bálint a naplót olvasva nem tért napirendre. Már hajnali egy volt, de még mindig emésztette az olvasottakat, közben a saját élményeiről villantak be véletlenszerű emlékképek, és ezek közül egy rendszeresen vissza-visszatért, ez pedig a feltételezhető kísértet lábának érintése, mely emlék egyre élénkebb lett minden egyes felidézéskor. Bálint itt eltöprengett, még ha csak rövid időre is, de megfordult a fejében az a lehetőség, hogy léteznek szellemek. Tudta, hogy Katherine Schneider sikeres üzletasszony volt, ehhez pedig szükséges alapfeltétel a józan ész. Bálint most először érezte azt, hogy elmélete szembe megy a valósággal. Felmerült benne még az is, hogy a napló hamis, de ez akkor még ijesztőbb lenne, mint a túlvilág létezése, mert Schneider asszony valóban öngyilkos lett, amit még a híradó is bemondott. Tehát ebből az következne, hogy adott egy politikai párt, amely valakinek a tegnapi öngyilkosságával akarja megnyerni a néhány nap múlva megrendezett választást. Erre az „etikátlan" kifejezés édeskevés, ez nettó pofátlanság, és gyomorforgató kampány, de persze csak ha ez az elmélet az igaz. Bálint arra a következtetésre jutott, hogy a napló nem lehet hamis, mert egy olyan komoly párt, mint a Harmadik Szem Mozgalom, nem merne megkockáztatni ekkora botrányt. Ráadásul volt még egy részlet: a Doppelgänger, azaz mikor Katherine meglátta önmagát az utcán. Ekkor Bálintnak eszébe jutott, hogy az apja is látta Zolit az utcán. Ahogy meglátta a párhuzamot, a libabőr úgy terjedt el a fiún, mint a pestis Európán, úgyhogy reggel az első dolga az volt, hogy beszéljen a barátjával, de már több okból is. Ahogy eljött a reggel, idegesen és sietősen távozott otthonról a Kővári család legfiatalabb tagja, hogy még otthon találja a barátját. A hosszú, elnagyolt lépések és a gomolygó porfelhő köhögésre és szédülésre kényszerítette Bálintot, de kapkodása végül is elérte a célját, mert sikerült utolérje a barátját, akit lihegve szólított meg:

– Várjál! Várjál! Beszél... beszélnünk... beszélnünk kell!

– Ne fáradj! Apád már megoldotta.

– Találtam valamit, ami tisztázhat.

– Ja persze, mondjuk azt, hogy van jobb dolgom is hajnali háromkor, mint banánokat hajigálni rendőrökhöz!?

– Többek között ez is, de találtam egy furcsa részletet Schneider asszony napló...

– Hagyjuk azt az agymenést! Nekik kézzelfogható bizonyíték kell. Apád még viszonylag rendes volt, nem akar feljelentést tenni, de az a tuskófejű társa lehet, hogy még ma fel fog nyomni.

– Tamás!? Miért tenne olyat?

– Azért, mert egy utolsó pedálgép, és alig várja, hogy legyen egy ügy, ami miatt közelebb kerülhet a húsosfazékhoz.

– Nem, ő nem olyan, apám sem tudna együtt dolgozni vele, ha így lenne.

– Ó, dehogynem! Látszik rajta, és biztos úristen, hogy mire hazamegyek, ott lesz a boríték a postaládában.

– Ebben az esetben tudom igazolni, hogy nálunk aludtál aznap! És szerintem akkor már Kíra is, és beszélek még Verával.

– Igen!? És mit fog szólni apuci, hogy a kicsi fia megszegte a házirendet!?

– Fordulj fel akkor! Mássz ki belőle akkor ahogy akarsz!

Zoli életében ez volt az első olyan pillanat, mikor be kellett látnia, hogy alulmaradt egy meggondolatlan, hirtelen elszólás miatt. Ráadásul egy nagyon régóta meglévő barátság is veszélybe sodródik emiatt. A fiatal kamasz, aki eddig azt hitte, hogy a világon minden csak miatta létezik, rádöbbent, hogy azt az egyetlenegy vékony cérnaszálat, amin most függött a jövője, pont most vágta el. De mire ezek végigfutottak az agyán, Bálint már eltűnt a horizonton, és már csak az iskolai folyosón futott össze vele hétfő reggel. Ettől függetlenül Zoli mégis elment Kírához ebben a zavaros lelki állapotban is, mert most tényleg támogatásra volt szüksége, amit eddig nem csak szíve választottjától, hanem annak családjától is rendszeresen megkapott, és hogy ez így is maradjon, tudta, hogy meg kell válogatnia a szavait.

Bálint eközben már lassan, komótosan hazaért, s otthon az apja már furcsa kérdésekkel fogadta:

– Hova volt ez a nagy rohanás?

– Á, inkább hagyjuk!

– Hé, nem azért kérdezem. Hétvégente nem rendőr vagyok, csak szülő. Rajta, csak bökd ki!

– Jó, de ígérd meg, hogy nem leszel dühös!

– Tudod, hogy mindig meg tudunk beszélni mindent, szóval csak bátran!

– Zoliról van szó. Beszéltem vele, de összevesztünk.

– Összevesztetek!? Óvoda óta országos cimborák vagytok. Mi történt?

– Lehet, hogy találtam valamit, ami tisztázni tudná, de agresszíven elutasította, én meg nagyon csúnya mondatot vágtam hozzá. Meg azt is mondta, hogy te is beszéltél vele. Ez igaz?

– Igen, beszéltem vele, de csak annyit mondtam, hogy én személy szerint nem akarok ügyet ebből, de a társam tűkön ül, és mondtam neki azt is, hogy gondolkodjon el, hogy milyen enyhítő körülményeket tudna felhozni a büntetés csökkentéséhez. Mit találtál, ami tisztázhatja?

– Hát ez az. Pont emiatt leszel dühös.

– Ugyan már! A barát az barát. Olyan, amilyen, de ki kell állni mellette.

– Nos, azon az estén, amikor hozzátok vágta a banánokat, itt volt nálunk, és...

– Szinte éreztem – reagált a szabadnapos járőr szigorú tekintettel.

– Tudtam, hogy ki fogsz borulni.

– Nem, nem akadok ki. És mikor ment el?

– Pont ez az! Nem ment el, csak reggel, velem együtt a suliba. Egész éjjel itt volt.

– Fiam! Rám van írva esetleg, hogy félnótás!?

– Nem! Nem ezt mondom! Csak annyit, hogy akit láttatok, nem Zoli volt.

– Hát akkor ki? XVI. Benedek pápa!?

– Ez is hülyén fog hangzani, úgyhogy most tényleg ne borulj ki!

– Ezek után már nem lep meg semmi. Ha már elkezdted, mondd végig!

– Zoli kísértete.

A családfő abban a testhelyzetben maradt hosszú másodpercekig, amilyenben a mondat kiejtésekor volt, se köpni, se nyelni nem tudott, majd hirtelen leült a földre, és ijesztő hangú nevetésben tört ki. Ezalatt Bálint is elmosolyodott néha, de csak addig, míg a beszélgetés nem folytatódott:

– Zoli kísértete!? Eszem megáll! Te ennyire sötétnek nézel engem? Mi történt veled? Sosem hittél az ilyen hókuszpókuszokban.

– Elolvastam Katherine Schneider naplóját az éjjel, és ő is látta a saját szellemét.

– Ja! Az mindjárt más! Egy hataloméhes politikus összeír mindenféle sületlenséget egy halott üzletasszony nevében, és ez meggyőz. Így értem!

– Nem csak az! Mikor itt volt Zoli, megidéztünk egy szellemet, én meg rámarkoltam egy lábra, amiről nem tudni, kié volt, Kíra meg látott egy arcot az...

– Hé! Hé! Hé! Lassabban! Milyen szellem, milyen láb, milyen Kíra? Ez így túl sok egyben.

– Major Kíra. Tudod, Zoli barátnője.

– Igen, őt látásból ismerem.

– Na! Ő is jött Zolival, és mikor szellemet idéztünk, látott egy arcot az ablakban.

– Nem egy másik haverodé volt, akit még nem említettél meg nekem, hogy elhívtad?

– Csak Veronika volt még itt.

– Jó, ő még belefér. De tényleg csak ennyien voltatok?

– Igen! Esküszöm!

– Nagyszerű! Akkor folytasd a szellemekkel.

– Az röviden annyi, hogy poénnak szántuk, de lehet, hogy csak megidéztünk valamit.

– Na, ilyen egy tökéletes szombat reggel! A fiad elrohan, mint akit a tatár hajt, majd mikor visszajön, bevallja, hogy két nappal ezelőtt három haverjával kísértetet hívtak az otthonodba, ráadásul a fiad egyik haverja még az életedet is veszélyeztette

aznap, holott elméletileg épp a lakásodat bitorolta ezidő alatt.
Remek! Egyéb óhaj-sóhaj?

– Hát csak ennyi.

– „Csak" ennyi!? Hála a jó istennek, hogy „csak" ennyi! Tudod mit!? Nem tartom a hátamat féleszű haverod miatt! Húzd ki a szarból, ahogy akarod, de rám ne számítson!

– Most megharagudtál rám?

– Nem, de szükségem lesz egy kis csendre, hogy gondolkodjak.

Míg Bálint házhoz ment a két pofonért, addig Zoli is megérkezett Kírához és családjához a város központján keresztül. Útja kicsit zajos volt, de nem a térben, amiben tartózkodott, hanem a koponyája belsejében: számtalan kétely és megválaszolhatatlannak tűnő kérdés foglalta le útján a lázadó fiút. Hosszas kerékpárútja után végül megérkezett a második otthont jelentő, kacskaringós rácsú spiáter kerítéshez, mely mögött már mesébe illő szőke hercegnőként várta Kíra a való élet sárkányaival hadakozó lovagját. A kötelező összeborulás és szenvedélyes csókjelenet után beinvitálta a meggyötört fiút a derűs arcú ifjú hölgy. Még be sem értek az ajtón, Zoli elé rohant egy a derekáig érő kisfiú, aki büszkén viselte az Ottó nevet, és a tényt, hogy ő Kíra öccse. Ottó persze egyből rá is zúdította Zolira saját gondjait:

– Szia, Zoli! Képzeld, a múltkor láttam egy nagyon ijesztő filmet, és nem mertem utána aludni.

– De ugye tudod, hogy ami ott van, az nem valódi?

– Igen? Honnan tudod?

Ezt a beszélgetést félbeszakította Peskó Karola, Kíra és Ottó édesanyja:

– Fiatalúr! Azt is áruld már el Zolinak, hogy honnan szerezted azt a lemezt!

A kisfiú lesütött szemmel, a lábujjhegyével a parkettát piszkálva vallotta be:

– Apa fiókjából vettem ki.

Erre a családanya ránézett Zolira, majd elkezdte a beszédét:

– Látod? „Apa fiókjából." Na, szólj hozzá! Utána csodálkozik, hogy nem tud aludni, mikor világosan elmondtuk neki, hogy nem piszkálunk egymás cuccaihoz, „apa se lopja el a kisautóidat."

Zoli csak egy enyhe rosszalló mosolyt vett magára, majd röviden reagált:

– Hát, a gyerekek már csak ilyenek. Nagyon kíváncsiak.

– Remélem, ha nektek lesz Kírával gyereketek, majd elzárod előle azokat a cuccaidat, amelyek nem neki valók.

Kíra itt csatlakozik be a beszélgetésbe, hangot adva annak, hogy édesanyja túl intim határokra lépett:

– De anya! Ne beszéljünk még a gyerekről, totál zavarba hozol!

– De most miért? Téged talán a gólya hozott?

– Ne már! Zoli még le sem pakolta a cuccait.

– Jó, rendben, befejeztem. Na és Zolikám! Milyen szelek járnak feléd újabban?

– Ne is tessék kérdezni! Sík ideg vagyok! Nyakamon az érettségi, amin hétszentség, hogy bukni fogok, összebalhéztam Bálinttal, meg... Á, mindegy! Nem is akarok panaszkodni. Míg itt vagyok Kírával és önökkel, nincs is rá okom.

– Ez nagyon kedves tőled, de tudod, hogy a panaszaidat is szívesen meghallgatjuk, hátha ki tudunk főzni valami megoldást.

– Ezekre szerintem sajnos nem lehet.

– Dehogynem! Mindenre lehet, csak akarni kell!

Egyszer csak nyílik az ajtó, és Major Móric, a leendő após lép elő, aki egyből a lényegre tér:

– De jó, hogy már itt vagy, Zoli! Fel akartalak hívni, hogy mit szólnál egy kis családi bulihoz.

– Juj! Születésnapja van valakinek? Bocsánat, de elfelejtettem, tetszik tudni...

– A fenét van születésnap! A sógorom végre eldöntötte, hogy szeretné azt a szalonnasütögetést.

– Ja! Hogy ez az a buli? Teljesen kiment a fejemből, de most bevillant, hogy hoztam hozzá kenyeret meg paradicsomot.

– Akkor? Te is benne vagy?

– Persze, rám is fér egy kis kikapcsolódás, meg Karola néni testvérét még úgysem ismerem.

– Kikapcsolódás? Baj van?

Mielőtt Zoli válaszolhatna, Karola lopja el tőle a szót, és viccesen megjegyzi:

– Hogyne lenne, de csak félig hajlandó beszélni róla.

Kíra ránéz a barátjára, hogy jelezzen neki, most már ideje egy kicsit kettesben is időzni, de ezt Ottó, a szemfüles gyermek lévén észreveszi, és gátlástalanul rángatja meg nővére pulóverének alját:

– Én is mehetek veletek?

Kíra sóhajt egy nagyot, majd elgyötörten Zolira néz, aki csak bólint egyet. Az idősebbik testvér így már tud méltó választ adni öccsének:

– Jól van, de csak egy kicsi ideig, utána segíts anyáéknak készülődni, és majd megyünk utánad, csak még külön Zolival is akarok foglalkozni. Így jó lesz?

Ottó erre nem válaszol, csak széles mosollyal és csillogó szemekkel bólogat. Hárman mennek be a szobába, és a kisfiú pontosan ugyanonnan folytatja, ahol félbe lett szakítva:

– Hogy érted, hogy nem valódi, amit ott látok?

Kíra és Zoli csodálkozva néznek össze, majd a gyereket a nővére kérdezi meg:

– Most melyikünkhöz szólsz?

– Zolihoz. A filmnél hagytuk abba.

Zolit a felismerés hirtelen csapja meg, a homlokához csapva szólal meg:

– Ja, hát persze! A film! Szóval melyik részétől ijedtél meg a legjobban?

– Amikor a baltával levágták a néni fejét.

– Aha, értem, és volt még benne valami?

– Volt egy bácsi, akit meg átszúrtak egy nagyon nagy késsel.

– Értem. Figyelj, Ottó! Amit láttál, az egy slasher horror, ami felnőtteknek készült, és csak trükk az egész.

– Mint a bűvésztrükkök?

– Igen, pontosan! Csak ez nem egy ember trükkje, hanem vagy harmincé.

– És a néni, akit lefejeztek, az él?

– Persze, hogy él, sőt még a feje is megvan, mert nem őt fejezték le, hanem egy bábut, ami ugyanolyan, mint ő.

– Én ezt nem értem.

- Tudsz adni kölcsön egy LEGO-embert, egy kis gyurmát, meg egy műanyag kést?

- Igen.

Amíg Ottó a dobozában serényen keresgélt, Kíra ámultan figyelte barátját, és próbálta kitalálni, hogy vajon mire készülhet.

Ottó megtalálta a kért tárgyakat, melyeket nővére barátjának rendelkezésére bocsátott. Zoli a gyurmából gyorsan készített egy körülbelül két centis kis emberkét, majd a LEGO-embert mutatta a tátott szájú kisfiúnak:

- Ez itt az igazi néni lesz a filmből.

Aztán felmutatta a gyurmafigurát is:

- Ez meg az a bábu, amit nálam sokkal ügyesebb emberek hónapok alatt készítenek el.

Ekkor elővette mobiltelefonját és kamerázni kezdte, ahogy a LEGO-embert lépteti, és itt megállította a felvételt. Ránézett Ottóra:

- A film forgatása közben itt elment a néni máshová, de nem látszik a filmen, mert kikapcsolták addig a kamerát, és most figyelj: a kamera még ki van kapcsolva, odateszem a gyurmafigurát, és még mindig nem vesszük fel, hanem most.

Aztán elindította a felvételt, majd a műanyag késsel lefejezte az általa gyúrt emberkét, és befejezte a felvételt. A videót megmutatta a kisfiúnak:

- Na? Ilyesmi volt a film is? Most ne nézd, hogy mennyire élethű vagy sem!

- Igen! Az is így volt!

- Látod, itt milyen vidáman csináltuk ezt a felvételt? Ugyanígy megy nagyban is. Félsz még?

- Nem én! Köszi szépen, Zoli!

- Szívesen, Ottó!

Mondani sem kellett, a gyerek azonnal vidám léptekkel ment a szüleihez, és még lehetett hallani, ahogy mondja nekik: „Anya, apa, már nem félek! Zoli elmagyarázta, hogy csinálták a filmet."

Közben Kíra is hozzáfűzi a magáét:

- Ejha, kincsem! Tökéletes apuka leszel! Le vagyok nyűgözve!

- Gondolod?

- Persze, még apa sem magyarázta el így Ottónak, csak any-
nyival tudta le, hogy „ez csak egy film." Hidd el, te egy nagy-
szerű ember vagy!

– Ugyan! Ti vagytok az igazán kiváló lelkű emberek, mert
nem a lázadó punkot látjátok bennem.

– Azt is látjuk, de azt az oldaladat is szeretjük. Amúgy látom,
téged is nyugtalanít valami.

– Azt már nem lehet gyurmával megoldani.

– Mi van, ha mégis? Mármint úgy értem, hogy néha sok-
kal egyszerűbb a megoldás, mint ahogy azt elsőre gondolnánk.

A fiatal férfi erre mindent elmondott a lánynak, részletesen
az elsejétől a végéig, de Kíra ezt egyelőre csak néma, támogató
együttérzéssel tudta lereagálni. Közben Kővári Albert, a szigo-
rú családapa és felelősségteljes rendőrjárőr is helyére pakolta a
gondolatait, s készen állt arra, hogy fiával kompromisszumra
jusson, de ami ennél is fontosabb, elhatározta, hogy hétfő reggel
visszanézi az április 8-ai, hajnali 3.45-ös felvételt, amit a szol-
gálati jármű fedélzeti kamerája rögzített, de előtte még fiával
akart tisztázni néhány fontosabb dolgot. Mikor összefutott Bá-
linttal, egyből beszélgetést kezdeményezett Albert:

– Hé! Gondolkodtam, és szerintem a fedélzeti kamera fel-
vétele lesz a kulcs.

– Hogy érted ezt?

– Fáradtak voltunk mindketten, sötét is volt, az események
is gyorsan történtek, nem is biztos, hogy Zoli volt az, csak va-
laki, aki hasonlított rá.

– Akkor ez azt jelenti, hogy...

– Igen, de csak hétfőig. Felhívom Tamást, hogy legalább a
hétfőt várja még ki azzal a feljelentéssel, te meg szólhatsz Zoli-
nak, hogy a hétvégéjét nyugodtan töltheti.

– Oké! Ez nagyon jó hír! Fel is hívom.

Bálint egyből előveszi mobilját, és tárcsáz, a telefon kicsöng,
de nem veszi fel senki. Ezt nagyjából egy negyedóráig játssza.
Zoli eközben bosszankodik az állandóan csörgő telefonja miatt,
és Kíra kérdez rá végül:

– Ki keres?

43

– Vajon ki? Bálint...

– Ne legyél ilyen levert! Mi van, ha fontos?

– Biztos csak ki akar osztani már megint, hogy ne legyen a hétvégém se normális.

– Szerintem inkább vedd fel, ha esetleg így van, akkor majd kitalálunk valamit, de ki tudja... Lehet, hogy pont jó hírt kapsz.

– Már meg letette. Tudod mit? Visszahívom.

– Jobb lesz így, hidd el!

A csendet a telefon monoton sípolása töltötte ki, és a feszültség kézzelfogható jelenléte a légkörben, de nem sokáig, mivel Bálint szinte azonnal felvette, és már rögtön bele is szólt:

– Hallod, lehet, hogy meg vagy mentve!

– Hogy érted?

– Mindent elmondtam itthon faternak, és eszébe jutott, hogy a fedélzeti kamera tisztázhat.

– Komolyan emiatt kellett ennyi ideget megennem? – motyogta Zoli csak úgy halkan, az orra alatt.

– Mi? Nem hallak!

– Semmi, csak azt mondom, remélem, tényleg megoldja az ügyet.

– Biztos lehetsz benne. Itt voltál nálunk, és ki fog derülni, hogy csak összekevertek valakivel. Szóval hétvégére nyugodj le, és üdvözlöm Kírát is.

– Rendben, köszi! Átadom.

– Nem is tartalak fel tovább, csak ennyit akartam. Jó hétvégét, és minden jót!

– Köszi, neked is!

A hétvége innentől a normális rend szerint ment tovább: Bálint és Veronika összefutottak a téren, hogy kieresszék a fáradt gőzt, Zoli pedig Kíra családjával készült az esti szalonnasütögetésre, amire Peskó Árpád, az eddig rejtélyes nagybácsi is eljött. A dolgok akkor vettek igazán merész fordulatot, mikor leszállt az éjszaka, a tücskök belekezdtek az ilyenkor szokásos koncertjükbe, és a tűz fénye narancsos színárnyalatot adott a körülötte ülőknek. Ottónak sok volt ez a nap, így ő hamarabb elálmoso-

dott, de a felnőtt társaság még maradt, és Zolinak lehetősége
nyílott közelebbről megismerkednie Árpáddal.

– És ön mivel is foglalkozik pontosan?

– Jaj, Zoli, tegezz nyugodtan, nyolc évvel fiatalabb vagyok
Karolánál.

Erre Karola zavartan felnevetett és odavágta öccsének:

– Most ezt muszáj volt? Mindenki megtudja, hogy öreg vagyok!
Majd később Zolira is ránézett, és így folytatta:

– Tudod mit? Tegezz engem is! Akartam már mondani koráb-
ban is, de most van itt az ideje. A kamasz meglepődött, de meg-
próbálta tegeződve folytatni a beszélgetést, habár nem mindig
sikerült. Árpádra nézett, és megismételte a kérdést:

– Akkor ön... izé... te... Hol is dolgozol pontosan?

– Szabadúszó újságíró vagyok, de ez nem lényeg, mert egy
ideig tuti nem írok egy betűt sem.

– Miért? Mi történt?

– Legutóbb, mikor terepen voltam, az elég okádék módon
sült el.

– Merre voltál?

– Kazahsztánban.

– Tegnap vagy azelőtt Kírával meg Bálinttal voltunk valami-
féle lakossági fórumon, és ott volt egy fickó, aki beszólt, hogy
„a kazahok is faszául megoldották", vagy ilyesmi.

– Én voltam az a fickó. Kíra nem mondta el neked, hogy ro-
konok vagyunk?

Erre Kíra is közbelépett:

– Tényleg te voltál az? Öcsém, hogy milyen kicsi a világ! Is-
merős volt a hangod, de nem gondoltam, hogy tényleg te vagy
az. Sosem jártál ilyen politikai rendezvényekre, ezért is kerültél
inkább a kulturális rovathoz.

– Igen, én voltam, de ne kérdezzétek, miért mentem, én sem
értem. Egyszerűen ott kellett lennem, mert úgy éreztem, hogy
ha nem megyek, lemaradok valamiről.

– Így voltunk ezzel mi is. De mi volt Kazahsztánban? Eltelt
azóta már több mint egy hét, de még nem beszéltél róla.

Zoli erre udvariasan jelezte, hogy Árpádnak nem kell erről beszélnie, ha még nem akar, megérti, ha túl friss és nehéz a téma, de az újságíró mégis úgy döntött, hogy belekezd:

– Itt a hazai mainstream sajtó nem foglalkozott vele, csak egyszer megemlítette, hogy Aidar Sadykov, a kazak belügyminiszter bejelentette az országos televízióban, hogy kísértetek márpedig léteznek, tudósaiknak sikerült áttörést elérniük, és úgy fest, a túlvilág a jövőben ugyanolyan úticél lehet, mint most Róma vagy Párizs. A szerkesztőségünk elég izgalmasnak találta, hogy kiküldjenek minket, és másnapra már le is szállt a gépünk Nur-Szultanban.

A KAZAHOK MEGOLDOTTÁK

Már kora délután volt, mikor megérkeztünk, pedig hajnalban szálltunk fel. A repülőtér hatalmas volt, de éppen csak korszerű, viszont elmaradottnak egyáltalán nem lehetett nevezni. A főváros pedig egyszerűen lenyűgöző volt. Minden csak úgy csillogott-villogott, és olyan benyomásom volt, mintha egy amerikai nagyváros utcáit szelném, egyedül a cirill betűs kiírások emlékeztettek arra, hogy egy poszt-szovjet államban vagyok. Szóval ne legyenek illúzióitok, Kazahsztán igenis modern ország, ne tévesszen meg senkit, hogy „sztán" a vége. A szállodai szobánk igaz, hogy csak három csillagos volt, de olyan tiszta környezetben nem tudom, mikor jártam utoljára. Majdnem falméretű üvegablakok keltették azt a benyomást, hogy csak a szabad ég alatt – azaz már inkább benne – vagyunk. Tökéletes kilátás nyílott a városra, és felhőkarcolókat, nagy irodaházakat és nyüzsgő sugárutakat láttunk, amíg a szem ellátott. Tényleg, komolyan mondom, tiszta New York az egész. De mielőtt elkezdtem volna azt hinni, hogy nyaralni vagyunk, Dávid kollégám visszarángatott a valóságba:

– Van egy nyerő ötletem! Zavarjuk le azt az interjút a tudóssal, nem kell, hogy hosszú legyen, de dobjuk össze! Utána már lehet élvezni a várost. Mit mondasz?

– Egy ekkora sztorit nem akarok letudni egy mínuszos hír formájában, főleg így, hogy még ki is utaztunk. Csináljuk meg, de kéne még valami plusz is, nem?

– Oké, majd megoldjuk, úgyis van rá időnk bőven, majd kitalálunk menet közben valamit.

Így végül nyakunkba vettük az eddig ismeretlen várost, és nem volt egyszerű a feladatunk, mert sem kazahul, sem oroszul nem beszélt egyikünk sem, de akivel interjút akartunk, az tudott angolul. Odajutni volt nehéz, mivel a két hivatalos nyelven kívül még beszélnek néhányan németül, törökül meg arabul, de angolul nem túl sokan. Tehát minden egyes útbaigazítás-kérésünk olyan volt, mint a lottó. Ezzel a részlettel nem untatnálak titeket, a lényeg, hogy megtaláltuk a kutatóközpontot, felmutattuk az újságírói igazolványunkat, és szóltunk, hogy dr. Berik Karimovot keressük. Ez zökkenőmentesen ment, mert már várták az érkezésünket. Az interjú angolul ment végbe, de most magyarul idézem fel nektek, már amennyire sikerül. Szóval külön kérdéseim voltak nekem is és Dávidnak is, és én kezdtem el a kérdezősködést:

– Mit kutatnak önök ebben a laborban?

– Válaszokat keresünk olyan kérdésekre, melyeket eddig senkinek sem sikerült tisztázni.

– Hogy érti ezt? Kifejtené bővebben?

– Például, hogy mi volt az ősrobbanás előtt, van-e élet a földön kívül, van-e élet a halál után, létezik-e isten, lényegében a tudomány szürke zónáit akarjuk feltérképezni.

– Ez izgalmasan hangzik! Úgy tudom, a napokban a halál utáni élet kapcsán tettek felfedezést, ez igaz?

– Igen, ez így igaz. Fekete lyukakat akartunk laboratóriumi körülmények között létrehozni, és egyet sikerült: az elmélet, miszerint az eseményhorizonton egyensúlyozva utazhatunk a múltba is, megállta a helyét.

– Hogyan sikerült ezt letesztelni?

– Volt nálam egy öt tengés érme, amit '93 óta magamnál tartok babonából. Nagyon kopott, karcos és matt volt már, de nézze csak! – Ekkor a tudós megmutatta a csillogó érmét. – Teljesen olyan, mintha most verték volna, pedig már több mint 40 éve kivonták a forgalomból.

– Tehát, ha jól értem, ez az érme most ebben a pillanatban a '90-es években tartózkodik, míg mi a 2036-an?

– Dióhéjban ez a lényeg. Külön idősíkon vagyunk mi és az érme, de ugyanabban a térben.

– Hogy jön ez a halál utáni élethez?

– Úgy, hogy elméletben pár évtizeden belül képesek leszünk visszahozni elhunytakat, ha azoknak földi maradványait az eseményhorizonton sikerül megtartani a kellő ideig.

– Akár hamvakból is?

– Elméletben képesek leszünk arra is.

– De akkor itt nem kísértetekről van szó?

– Nem, dehogy! Csak egy kis játék az idő szövetével.

– Akkor a kormány miért a kísértetek létezéséről beszélt?

– Nem akarok politizálni, de szerintem elsősorban a hazai sajtó szenzációhajhász címeit értették félre a kormányzati tagok. Mi egy percig sem állítottuk, hogy szellemeket idézünk meg.

– Nagyon örvendtem, dr. Karimov! További szép napot!

– Én is örültem a szerencsének. Minden jót!

Ezután Dávid is feltette a kérdéseit a doktornak, én meg már azon elmélkedtem, hogy milyen formában írjak cikket erről. Ez önmagában egy címes hírhez már elég, de még mindig egy kicsivel többet szerettem volna tudni, hátha lesz abból leades is. A dolgok estefelé kezdtek furcsább irányba menni, mikor a szálláson bekapcsoltuk a tévét. A híradóban olyan természetességgel mutogattak szellemvideókat, mint nálunk frissen született koalákat. Nyelvi nehézségek miatt nem értettük, miről van szó pontosan, de a képekből arra jutottunk Dávid barátommal, hogy itt valami nem stimmel: konkrét szellemidéző videókat mutogattak, melyeket már korábban láttam ilyen-olyan internetes oldalakon, ráadásul vannak szavak, melyek minden nyelven ugyanúgy vannak, mint például *telefon, internet, web, szoftver, komment, profil,* tehát csupa informatikai és közösségi médiai kifejezés. Szerintem a kazah kormány nem, vagy nem csak a tudomány miatt ismerte el a túlvilág létezését, itt annál jóval összetettebb dolgok álltak a háttérben. Ami miatt pedig beszéltam Csonka Jávornak, hogy a „kazahok is faszául megoldották", az az lesz, ami ezután történt. Későre járt, de egyszer csak két kolléganő dörömbölt be az ajtónkon, és egyből azzal kezdtek, hogy húzzunk el innen, mert baj van. Aztán kinéztem azokon az óriási ablakokon, melyek nappal szemkápráztató városképet mutattak, de éjjel gore filmet. Vagy 30-40 koszos, csapzott, munkásruhás alak járt az utcán, öltözetük alapján szenet vagy bauxitot bányászhattak. Sisakjaikon még égtek a fejlámpák, így az arcukat nem lehetett látni, mivel a lámpák mögött voltak. A mai napig itt van a szemem előtt az a kép, ahogy az egyik fogja a csákányt, a lábfejei közé illeszti a kövesúton, majd meglendíti felfelé, a szerszám pedig egy nagyjából 20 körüli srác állába szúródik. Mint mikor egy hal bekapja a horgot. Aztán fogta a munkás, és méretes bakancsával szegycsonton talpalta a fiút, közben hátrarántotta a csákányt, így a fiú állkapcsa egy az egyben kiszakadt a helyéről, és még ezek után sokáig életben is volt. Egy másik munkás fejezte le ásóval, talán kegyelemből, de talán csak azért, mert nem szerette a félmunkát. Ez az egy részlet annyira sokkolt, hogy észre sem vettem, mi minden történt még addig, már csak a nyomait láttam a mészárlásnak: egy letépett kar a járdaszegélyen, emberi belekre kötött levágott lábak felakasztva egy jelzőlámpára, na meg csontok, hús, belsőségek, és egész holttestek mindenhol. Mintha felrobbant volna egy hentesüzlet. De Dávid elrángatott az ablaktól, mert sietnünk kellett, hiszen fogalmunk sem volt akkor, hogy ezek mit és miért akarnak. Gyorsan összepakoltunk, még a bőröndjeinkből ki is lógott ez-az, és siettünk a reptérre, közben imádkoztunk, hogy hamarabb induljon gép, minthogy megjelenjen itt egy bányász. Míg vártunk a gépre, kiérkezett a kommandós osztag plexipajzsokkal, és Kalasnyikov gépkarabélyokkal. De még egy így felfegyverzett embertől sem féltek ezek az ámokfutók, rá is kiabált az egyikőjük egy rohamrendőrre valamit, de az beleeresztette a tárat. Noémi tudott kicsit oroszul, úgyhogy megkértem, hogy fordítsa le, mit mondott a bányász a rendőrnek. Noémi így fordította: „Úgysem mersz mindannyiunkat lelőni, mert szellemekként még veszélyesebbek leszünk!"

FEJETLENSÉG

Árpád történetéhez már csak a tücskök, a békák, és a tűz ropogó hangja tudott kommentárt fűzni: túl sok kérdés gyűlt össze a fejekben, és ezek a kérdések egyszerre szerettek volna kitörni. Időre volt szükség, hogy a hallgatóságból valaki meg tudjon szólalni. Karola törte meg a csendet annyi időre, hogy bejelentse, hogy hoz még egy kis szenet a tűzre, de ezután ugyanazok a halk éjszakai dallamok helyettesítették a már-már kínosnak mondható csendet. Móric egy sokat látott bölcs ember volt, és neki is voltak kérdései. Az eddig szűkszavú úr most végre megszólalt:

– De egy ekkora eseménynek miért nincs nagyobb híre itthon?

– Mert az átlag magyar embert nem érdekli Kazahsztán. A német nő öngyilkossága előtt naplót írt: ez kell a népnek! Egy „sztánra" végződő nevű országban a tömegmészárlást valahogy itt nyugaton nem tekintik igazán nagy hírértéknek.

– A halál az halál. Akkor is, ha itt van, akkor is, ha Közép-Ázsiában.

– Te így látod, de csak mert tőlem, a sógorodtól hallod első kézből. Hidd el, ha az újságban olvasnád, át is lapoznád.

– Lehet, de akkor is furcsa, hogy ennyire kevesen hallottak róla.

A következő kérdéssel Kíra rukkolt elő, és ez a kérdés már személyesebb, de óvatosabb volt:

– És hogy lehet, hogy ezt végignézted egy hete, és eljöttél ide is, ráadásul ilyen nyíltan tudsz róla beszélni? Már ne vedd sértésnek, arra gondolok, hogy mennyire rázott ez meg téged?

– Pont azért beszélek róla ilyen nyíltan, mert megrázott. Gondolhatod, még nyitott koporsós temetésen sem voltam soha, erre mit dob a gép? Lerak egy emberi mészárszék kellős közepére.

– Meg tudlak érteni, én is jobban szeretem hangosan feldolgozni a bajaimat, bár ilyen durva élményem még nem volt.

– Ne is legyen! Azóta nulla-huszonnégyben rémálmaim vannak, a saját üvöltésem riaszt fel éjjelente, és néha már nappal is látok olyan dolgokat, amiket nem kéne. Ezért is jöttem el végül, hogy történjen már végre valami, hogy hátha vagy ki tudnám beszélni, vagy el tudnám fojtani végre.

Egy furcsa mondat ütötte meg Zoli fülét, melyre már-már zsigerből reagált:

– Nappal is? Bocsi, hogy így bemutatkozásképpen ezzel nyitok, de miket látsz, amiket „nem kéne"?

– Megcsonkított embereket. Olyan sérülésekkel, melyeknek halálosnak kellene lenniük, de ezek olyan elevenen mozognak, mint te vagy én.

Zoli erre nagyon megrettent, és elkezdett szépen lassan hátrálni félelmében. Árpád félig viccesen annyit szólt ehhez, hogy „annyira azért nem ijesztő ez, meg lehet szokni." A rémült fiú erre csak annyit tudott kinyögni, hogy „nem az a baj", és reszketve mutatott Árpád mögé. Minden tekintet követni kezdte Zoli ujját, és egy árnyékot láttak, mely egyik jelenlévőhöz sem tartozott. Az árnyék a falon terült el, és egy jól kivehető emberi sziluett volt egyetlen apró hibával: nem volt meg a feje. Ráadásul a mozgása sem volt teljesen szabályos: mintha úszna valamiféle folyadékban; lassú, mégis folyamatos. Mindenki meglepődött, de csak a két fiatal rémült meg. Móric racionális magyarázatokat kezdett keresni, Árpád meg elfogadta azt a lehetőséget, hogy az egy szellem. A bölcs és mindig hidegvérű Major Móric most úgy döntött, hogy ő maga deríti ki, mi az az árnyék. Lassan indul el, de minden léptét feszült tekintetek őrizték. Kíra halkan egy nyársat nyújtott apja felé, hogy legyen önvédelmi eszköze, de erre a férfi csak legyintett, és ugyanolyan lopakodó tempóban közelítette meg az árnyékot. Az óvatos, mégis határozott embert egyszer csak elfedte az éj leple, de mindenki meglepetésére kacagva tért vissza:

– Jaj, ezt nem fogjátok elhinni, úgyhogy inkább gyertek velem!

A társaság még kicsit ijedt, ezért Móric rájött, hogy ennyi bátorítás nem elég.

– Nyugodjatok meg! Ez biztos, hogy senkit sem fog megenni, nézzétek meg!

Árpád megtörte a sort, ő ment elöl, majd a két fiatal is követni kezdte. Mire odaértek, Móric már tűkön ült, hogy megmutathassa a trükköt:

– Nézzétek! Karola itt hagyta a kabátomat. Kimosta, vállfára tette, és kilógatta ide hátra a körtefára.

Árpádnak ez nem volt elég, úgyhogy hozzátette, hogy szerinte látszania kellett volna a vállfa árnyékának is, ráadásul lábai is voltak az árnynak, ez meg csak egy kabát. Ezt Zoli is helyeslően egészítette ki:

– Igen, plusz ez egy kemény, vaskos farmerkabát. Milyen szellő tudta volna úgy mozgatni? Az már a tüzet is meglóbálta volna.

– Már most szimpatikus vagy nekem – közli Árpád az új ismerősével. – Hiszel a szellemekben?

– Nem tudom eldönteni. Inkább hiszek, de el tudom képzelni azt is, hogy talán mégse léteznek. De ha csak ez az egy eset döntheti el, akkor hiszek.

– Na látod! Pontosan ugyanígy vagyok ezzel én is.

Móric persze romboló racionalitással lép a párbeszédbe:

– Ugyan már! Egyértelmű, hogy az az én kabátom volt: a tűz is lobogott mögötte, az is becsaphatta a szemünket, amit meg lábaknak láttatok, lehettek akár faágak is. Higgyétek el, hogy ebben semmi rendkívüli nincs.

A végső szót Kíra mondja ki ebben a kérdésben:

– Most apának adok igazat, mert szeretnék még aludni is az éjjel. Majd holnap, Árpi! Holnap már lehet, hogy azt mondom, neked van igazad.

A fáradt és zaklatott család szép lassan magára hagyja az eloltott tűzhely gomolygó füstoszlopát. Árpád haza, Móric és Karola az egyik, míg Kíra és Zoli a másik szobába mennek, de persze elalvás előtt a fiatalok még utoljára értelmezni próbálják a látottakat. Zoli így nyugtatja párját:

– Jobban belegondolva, szerintem lehet, hogy az tényleg csak a faterod kabátja volt.

– Ezt csak azért mondod, hogy megnyugtass!

– Na jó, tényleg csak azért mondom.

Kíra erre halkan felkuncog:

– Hú, de aljas vagy! Azt kellett volna mondanod, hogy „nem, dehogy, kincsem, rájöttem, hogy apád végig jól gondolkodott".

– Nem, dehogy kincsem, rájöttem, hogy apád végig jól gondolkodott – fűzte hozzá a fiú gépies, robotszerű hangon.

– Te most ugratsz?

– Talán igen, talán nem.

– Na jó! Sikeresen lefárasztottál, most már el tudok aludni.

– Nincs mit.

– Aludj jól, ha bármi van, kelts fel!

– Okés, te is keltsél, ha úgy van.

Az éjjel a kezdetéhez képest nyugodtnak ígérkezett, bár melegebb volt az átlagnál. Lehet, hogy csak a stressz vagy a hoszszasabb tűz körüli sütögetés mellékhatásai miatt, de nagyon meleg volt. Ennek ellenére mégis hamar lecsendesedett Majorék háza. A hajnali órákban Ottó nyitott be Kíráékhoz, amire a lány dühösen reagált:

– Kopogni nem tudsz? Nem szeretem, ha így rontasz be, mikor Zoli is itt van.

Ottó még a szemét dörzsölgette, mikor Zoli rászólt dühös párjára:

– Nyugi, nem történt semmi, amúgy sem tudunk igazán aludni.

A sor végén Ottó is közölte látogatásának okát:

– Rosszat álmodtam.

– Akkor miért nem apáékhoz mész? – kérdezte a még mindig kicsit dühös nagy testvér.

– Mert a ti szobátok közelebb van, és nem merek addig elmenni.

Erre Zoli is megszólal álmosan, de együttérzően:

– Akkor bizony az egy nagyon ijesztő álom lehetett, meséld el, milyen volt!

– Egy nagyon csúnya bácsi volt a szobámban. Fehér volt és hullámos fekete csíkok voltak a bőrén, meg nem volt feje. Én meg nem tudtam mozogni meg kiabálni.

– Honnan tudod, hogy álmodtad?

– Onnan, hogy a fej nélküli emberek gyurmából vannak.

– Látod, megy ez! Azért álmodtad ezt, mert tudat alatt még félsz attól a filmtől.

– Mit jelent az, hogy tudat alatt?

– Olyan dolgok, amelyekről úgy tudsz, hogy nem tudod, hogy tudsz róluk.

Kíra belekapaszkodott az alkalomba, hogy a humor nyelvén segítse át öccsét a félelmein:

– Látod, öcsi? Zoli megmondja a frankót! „Olyan dolgok, amelyekről úgy tudsz, hogy nem tudod, hogy tudsz róluk." Érted, ugye?

– Nem értem.

– Szerintem Zoli sem.

Ottó végre felkacagott, de Kíra rászólt, hogy csendesebben nevessen, és a kisfiú szót is fogadott. Majd megkérdezték a gyereket:

– Most már fogsz tudni aludni?

– Igen.

– Rendben van, azért szólj, ha mégsem. Jó éjszakát!

– Jó éjszakát!

Majd ahogy Ottó mögött becsukódott az ajtó, Zoli amúgy is nyitott szemei még inkább kipattannak, és hangosan felidézett egy részletet:

– Fehér volt és hullámos fekete csíkok voltak a bőrén. Tudod, mik voltak azok a hullámos csíkok, kincsem?

– Nem tudom, de te biztos tudod. Vagy tudsz róla, hogy nem tudod? – próbálta Kíra viccesen megelőzni, hogy párja kimondja azt a bizonyos szót.

– Erek!

KERESZTUTAK

Hétfőn reggel ugyanolyan stresszben úszott a társaság, mint ahogy péntek délután – vagy a többség már csütörtök délután – maga mögött hagyta a hetet. Mindenkinek volt mit mondania, és hallgatnia is egyaránt. A legfeszültebb talán az iskolaigazgató volt, akinek nagyon fontos lett volna, hogy magyarázatot kapjon a kiesett péntekre. Nagyjából ugyanilyen idegesek voltak a lógó diákok és tanárok is, de akinek tényleg nyomós oka volt a pánikra, az Zoli, aki ma tudja meg, hogy fel lesz-e jelentve, vagy sem. Az első kicsengő után rutinszerűen tartott egy irányba a négy fős klikk, hogy egyeztessenek a fontosabb eseményekről az ilyenkor csendes ebédlő fehérre mázolt falai között, a kerek asztaloknál. Bálint megnyitotta az értekezletet egy aránylag megnyugtató mondattal:

– Zoli, igaz, már fel is hívtalak vele, de a jó hír, hogy most már a fater is hajlik arra, hogy megpróbáljon tisztázni. Ma fogják nagyítóval megnézni a felvétel minden egyes képkockáját egyenként, szóval elméletben sínen vagy, de ne éld bele magad egyelőre!

Váradi Zoltán válasza erre tömör és őszinte volt:

– Köszi szépen mindenkinek, és bocsi, hogy a múltkor olyan tuskó voltam.

– El van engedve, most ennél nagyobb bajaink is vannak – mosolygott Bálint a régi barátra.

– És ha mondjuk kiderül az, hogy az én kísértetem volt, az azt jelenti, hogy meg fogok halni?

– Szerintem csak egy másik ember volt, aki nagyon hasonlított rád, emiatt ne aggódj!

– Jó, de ha mégis?

– Szerintem akkor sem! De honnan veszed?

– Elolvastam tegnap este azt a naplót. Poénból vittem én is egy példányt a beszédről. Sejtem, mire gondoltál, mikor azt mondtad, tisztázhat egy részlet...

– Nos igen, de te nem láttad a saját hasonmásodat, ugye?

– Nem hát, végig aludtam.

– Akkor még ha a szellemed is volt, nem kell félned, mert Schneider szerint annak a halála közeleg, aki a saját mását látja meg. De te nem láttad.

– És mi a helyzet az öreggel, meg a társával? Ők láttak!

– Igen, a te hasonmásodat, és nem a sajátjukat. Ők is biztonságban vannak.

Pár másodperces csend után ismét csak Bálint irányította a megbeszélést:

– Bocsi, lányok, hogy nem titeket kérdeztelek előbb, csak tudjátok, ez nagyon sürgős volt. Veletek mik történtek a hétvégén?

Ezt pedig Veronika reagálta le:

– Velem konkrétan semmi, de megtudtam, hova tűnt Laci bácsi.

– Igen? Hova lett?

– Nem fog tetszeni a hír, és lehet, hogy nem igaz, mert nem hivatalos helyről hallottam.

– Nem baj, kíváncsi lettem. Mondjad!

– Állítólag meghalt szívrohamban.

– Komoly?

– Részvétem, ha igaz a hír. De mondom, csak beszélik az emberek, nem tudom, hogy igaz-e.

– Köszönöm. Remélem, hogy csak egy félreértéssel van dolgunk. Tudod, hogy a külváros ebben is olyan, mint egy falu: mindenki kombinál.

– Igen, ezért is hangsúlyoztam ki, hogy nem biztos, hogy igaz.

A beszélgetés viszont csak eddig tudott folytatódni, mivel a jellegzetes fülsiketítő csengő jelezte a szabadidő végét, és ezért sietni kellett a tanterembe, ami ráadásul elég messze is volt az ebédlőtől. Az ajtó mögött újfent hiányos létszám fogadta késésben lévő tanulóinkat, bár most az óraadó tanár hagyta a legfeltűnőbb űrt. Veronika meg is kérdezte az osztályt:

– Hol van Berta tanárnő?

Erre a kérdésre Oszkár adott választ kitörő örömmel:

– Elvitte a diri!

– Ne szórakozz már, Oszkár! Komolyan kérdezem.

- Komolyan mondom! Csak azért röhögök, mert úgy kiosztották, mint a pengős malacot. Hallanod kellett volna.
- De miért osztotta ki az igazgató?

Erre az egész osztály szinkronizált hahotában tört ki, és egy másik beazonosíthatatlan hang szólt ki a káoszból:
- Mert pénteken ő is lógott velünk együtt.

Bálint át is vette a stafétabotot, és feltette a kérdést, melyre mindenki tudta a választ, de azért kíváncsiak vagyunk rá:
- Merre lógott a tanárnő? És ti merre voltatok?
- Annak az öltönyös bohócnak a műsorán.

Bálint ekkor ismét kollektíven címezte meg a kérdését:
- De honnan tudtátok, hogy hol és mikor lesz? Vagy hogy egyáltalán lesz ilyen? És miért pont ide lógott mindenki?

Ettől a kérdéstől hirtelen olyan csend lett, amit eddig a leghangosabban fegyelmező pedagógus sem tudott még elérni a már-már kocsmahangulatot idéző, de még fiatal, 31 éve működő intézményben.

És a válaszok mindenki meglepetésére fegyelmezett libasorban érkeztek, egymást semmiképpen sem keresztezve:
- Én már láttam a szórólapjukat egyszer.
- Most megfogtál.
- Lógni akartam mindenáron, de fogalmam sincs, hogy miért pont egy ilyen rendezvényre.
- Azt hittem, szombat van. Ki tart lakossági fórumot munkanapon délelőtt?
- Vasárnap választás lesz, nekem ez lesz az első szavazásom, kíváncsi voltam erre a jelöltre is.
- Úgy éreztem, ha ezt kihagyom, sorsdöntő dologról maradok le.
- A bátyám rájuk akar szavazni, de én meg nem is hallottam róluk mástól.

Bálint a válaszokat udvariasan megköszönte, és azt javasolta, hogy a tanárnő visszatértéig várjon mindenki úgy, ahogy tud. Több sem kellett: mindenki zsebéből előkerültek az okostelefonok, és jól bevésődött mozdulatokat ismételgettek mindössze a hüvelykujjuk használatával. Üzenetekről szóló értesítések jellegzetes hangjai csendültek fel hol innen, hol onnan, és tekintetek találkoztak a terem különböző pontjaiból. Ironikus: ha benne van az ember, a pezsgés minden aspektusát megtapasztalja, de egy külső szemlélő csak életet imitáló, elveszett lelkeket lát. A legszörnyűbb pedig az lehet a külső szemlélőnek, mikor ráeszmél, hogy ezek az elveszett lelkek egymást kényszerítik bele a látszólagos vegetálásba. De valami mégis akad, ami valódi, élő kommunikációra sarkallja az osztályt: egy furcsa cikk. „Chris Hill Cox, az Amerikai Egyesült Államok elnöke kijelentette: kísértetek léteznek, és itt vannak köztünk. A republikánus elnök hozzátette azt is, hogy a világ társadalmára és gazdaságára történelmi jelentőségű hatást gyakorol majd a felfedezés, mivel az olyan jogi és etikai kérdések, mint a szellemek társadalomba való integrációja vagy a szellemeket megillető jogok és kiváltságok kérdésköre heves vitákat fog kiváltani. Továbbá az elnök szerint az amerikai társadalom és a világ közös érdeke kideríteni, mi mosta egybe a túlvilágot a földi létünkkel." Ezt a cikket Szecső önkéntelenül is hangosan olvasta fel a legnagyobb csendben, mert nem akart hinni a szemének, így biztos akart lenni benne, hogy tényleg ez van leírva. Ramóna volt az első, aki talált hozzáfűznivalót:

– Ja, hogyne! A németek szerint is ez van. Figyelj! – majd a lány olvasni kezdi a cikket: „A német kancellár, Wolfgang Sauer – bocsi, ha rosszul ejtem ki – évértékelőjén meredek dolgokat állított. A beszédje végén tényként kezelte az elhunytak lelkének visszajárását, mindezt a híres vállalati társigazgató, Katherine Schneider naplójára alapozva. Sauer szerint nem lehet kizárni, hogy a fiatalok körében oly' népszerű Awakening Challenge áll a paranormális jelenségek burjánzásának hátterében."

Majd végül Bálint is hozzátette a sajátját:

– Az ugye megvan, hogy Kazahsztán is elismerte a szellemek létezését?

– Igen, a pénteki előadáson megemlítették, de miről is van szó pontosan? – kérdezte Ramóna.

Kíra átvette a szót, hiszen személyesebb érintettsége volt a nagybátyja révén:

– Kicsit zavaros a sztori, de dióhéjban annyi, hogy a belügyminiszterük is kijelentette, hogy léteznek kísértetek, és nem sokkal később bányászok öldökölték az embereket a fővárosban. Azért bátorodtak fel, mert úgy vélték, hogy haláluk után belőlük is szellem lesz, így a halálbüntetés sem lett volna elég visszatartó erő.

– De komoly! Akkor most mi van? A világot ellepték a szellemek? – érdeklődött Oszkár.

– Szerintem nem, valamit megpróbálnak leplezni a nagykutyák.

– De ezzel? Valami hihetőbbet nem tudtak kitalálni?

Ehhez már Veronika is hozzászólt:

– Nem az a lényeg, hogy el is higgyük, hanem hogy foglalkozzunk vele. Nagynénémmel pont a minap beszéltük, hogy ez már egyszer megtörtént. Ő a 2000-es években volt 4-5 éves, és azt mondja, akkor meg ufókkal volt tele minden. Még a híradókban is belengettek egy-egy furcsaságot elrabolt emberekről, kiesett időről vagy gyanús égi fényekről.

– Csak az a bökkenő, hogy Amerikában ennek már a kilencvenes évekre lement az ötvenes években kezdődő szezonja. Ők majdnem negyven évig voltak ufólázban, itt Magyarországon meg tartott vagy 2-3 évig. Most meg mintha mindenhol egyszerre kezdődött volna – szólt hozzá megint csak Oszkár.

– Te honnan tudsz ilyeneket?

– Tudod, hogy törin kívül mindenből bukásra állok. Ez az egy dolog érdekel, de az nagyon.

– Azt tudtam, hogy fura gyerek vagy, de hogy ennyire...

Mindegy, most nem ez a lényeg. Mire akarsz ezzel kilyukadni?

– Hát arra, hogy szerintem ebben nem a politika lesz a ludas. Szerintem ez vagy alulról szerveződik, vagy úgy igaz minden szava, ahogy mondják.

Ramóna látványosan felsóhajtott, és belekezdett saját álláspontjába:

– Már hogy lenne igaz!? Szellemek nem léteznek! Én valami egyszerűbbre gondolok. Szerintem egy nagymenő hollywoodi rendező kitalálta, hogy a zombiapokalipszis unalmas, majd fogta és kicserélte szellemekre. Igen ám, de ez így sem elég eredeti, és jó pénzért államfőkkel promóztatja be a legújabb Oscar-gyanús alkotását.

– Nekem aztán nem gyanús semelyik alkotás.

– Istenem, de fárasztó vagy! Megint a saját neveddel... Na, mindegy. Ha komolyan kérdezlek, mit mondanál?

– Hogy vadabb, mint az én ötletem. Melyik államfő fog egy filmessel foglalkozni? Pláne, ha csak egy mezei horrort forgat?

A kibontakozófélben lévő kupaktanácsot azonban megszakította Fehérné Szilvás Berta visszatérése az osztályba, így a hátralevő 24 percet még leadta az órából. Ezzel egyidőben a rendőrőrsön is volt mivel foglalkozniuk járőröknek, irodistáknak és tiszteknek egyaránt, de a sok sürgés-forgás, telefoncsörömpölés, és a kávéautomata hangjai közül kiemelkedett Kővári Albert és Gulyás Tamás ülő helyzetben történő, mégis fordulatos nyomozása: a fedélzeti kamera felvételeit vizsgálták meg, csak úgy maszekban, mielőtt rájuk került a sor a szokásos őrjárat beosztásában. Néhány kattintás után el is indult az a bizonyos felvétel, mely átlagosan kezdődött: a sötét, de egyáltalán nem kietlen útszakasz látszott először, ahogy a szolgálati jármű fényei óvatosan megfestik az aszfaltot, a táblákat, az út menti fákat, és lakóházakat. Az egyik fás, bokros kanyarból ugrott elő Váradi Zoltán – vagy az, aki hasonlít rá –, és a felvételen jól kivehető olasz plánban láthatjuk, azaz térdtől felfelé teljes alakban. Ekkor küldi meg a banánokat, melyeknek egy fél vagy egyharmad másodperc kellett ahhoz, hogy telibe lefedjék a kamera előtt a kilátást a szélvédőn. Azonban Tamásnak feltűnt egy apróság, és nem is tartotta magában az észrevételét:

– Állítsd meg! Itt, amikor a banánt eldobja, eltűnik a szemünk láttára.

– Nem látom, hol mondod? – csodálkozik Albert.

– Akkor léptessük képkockánként! Itt van ez, amikor eldobja a banánfürtöt – itt a banánok szárával egyvonalban még láthatjuk. De nézd csak a következőt! Itt már nincs ott.

– Na és? Mit akarsz ezzel mondani?

– Hogyan és hová tudott így eltűnni?

– Beugrott egy bokorba, vagy leszaladt egy mellékútra?

– Ezek a kamerák huszonnégy képkockát rögzítenek másodpercenként, akkor is látnunk kéne legalább az árnyékán a mozgását.

– Akkor gondolom, volt egy kis átmeneti üzemzavar.

– Milyen jellegű? Merthogy az alsó sarokban az időszámláló nem ugrik semerre. Ennek a vágásnak meg kellett történnie ott, valós időben is.

– Ki van zárva! Fizikailag ez lehetetlen.

– Akkor miért nem tudtuk elkapni a kölyköt? Meg egyáltalán miért nem találtuk sehol? Mert a szemünk láttára teleportált.

– Halkabban már, Tamás! Azt fogják hinni, hogy be vagyunk nyomva.

– Jó, oké, tényleg hülyén hangzik, de neked van más ötleted?

– Nem tudom, mit higgyek.

– Tudom, hogy a padlásod tele van már ezzel, de szerintem ez egy...

– Ki ne mondd!

– ...kísértet.

– Váradi Zoltán egy élő és viruló személy, hogy lenne már neki kísértete?

– Élő embernek is lehet, ha kilép a testből.

– Szerintem nézzük meg még egy párszor azt a felvételt!

– Hiába nézed meg, úgysem találsz már más magyarázatot. Meg különben is, nézted a híradót tegnap?

– Nem, mi volt benne?

– Artyom Turgenev is nyilatkozott arról, hogy a világon valóban megszaporodtak a kísértetjárások, és az orosz kormány is azt a nézetet osztja, miszerint szellemek léteznek.

– Azok nem a németek voltak?

– De, ők is, meg még az amerikaiak is. Nem érted? Hivatalosan is ténynek fog számítani, hogy van túlvilág. Két szuperhatalom és egy nagyhatalom már elismerte.

– Meg Kazahsztán...

– Igen, ők is, de miért ilyen megvető hangsúllyal mondod?

– Mert valami nagyon nincs rendjén ezzel kapcsolatban. Egyik napról a másikra csak így véleményt vált a világ? Ez valamiféle parasztvakítás, ezt tudom, csak azt nem, hogy milyen céllal.

– Jó, de ott a dashcam felvételünk. Azt akkor ki manipulálta?

– Nem tudom, de ki fogom deríteni... A Váradi kölyökkel akkor mi a terved?

– Nem jelentem fel, mert szerintem nem direkt csinálta.

– És a kapitány? Vagy ő nem nézte meg a felvételt?

– Arról tudnánk. Vagy pedig az van, hogy észrevette azt, amit mi, és inkább nem akar hülyét csinálni magából.

Míg ez a beszélgetés lezajlott, addig a Klebelsberg Gimnáziumban is megszólalt a kicsengő, és a következő szünetben már nagyobb létszámmal folytatták a diákok a találgatásokat. Szinte egyik percről a másikra úrrá lett az egész intézményen egy világvége-hangulatba oltott szellemláz. Ráadásul a politika is egyre érdekesebbé vált, mivel az utóbbi négy évben eltűnt az összes eddig ismert párt, és vadonatújak léptek a régiek helyére. Ezen kívül a végzős évfolyamból már majdnem mindenki betöltötte a 18-at, vagy választásokig be fogja. Most az ebédlő kerek asztala köré ugyanúgy négyen telepedtek le, de más résztvevőkkel. A szokásos csapatból Veronika és Bálint maradt, de most Oszkár és Ramóna töltötték ki a pár által hagyott űrt. Ramóna az első, aki megszólalt az asztalnál:

– Gyerekek! Mi a franc történik itt? Valaki tudja?

Bálint erre a zavaros kérdésre szintén egy kérdéssel válaszolt:

– Itt a suliban? Hát az igazgató úr rendesen be van gurulva, mert a pénteket szó szerint majdnem mindenki ellógta. Ma szerintem a tanárok kapnak névre szóló fejmosást, de holnaptól már lehet, hogy mi következünk.

– A nagyvilágra gondoltam, de ez is érdekelne. Miért lógott mindenki pont pénteken, azt tudjátok?

– Te is ott voltál, nem?

– Én fogorvosnál voltam, szóval én tudom igazolni.

– Na, akkor röviden összefoglalom. A mi kis négyesünk, azaz Vera, Zoli, Kíra és én potyára jöttünk be, de mivel nem volt meg a létszám, hazaküldtek minket, és elkezdtünk keresni benneteket, így találtuk meg azt a lakossági fórumot.

Oszkár erre a mondatra megpróbált kicsit láthatatlannak tűnni, de azért mégis bevallotta, hogy ő is ott volt azon a rendezvényen. Az eddig szintén csak hallgató Veronika most kihasználta az alkalmat, hogy részt vegyen a csevegésben:

– Igen, én mintha láttalak volna, de mi csak a végén értünk oda. Amúgy mikről volt szó?

– Gazdasági, társadalmi, kül- és belpolitikai viszonyok, lényegében egy csomó sablon. A kísértetes résznél már ott voltatok ti is?

– Igen, akkor értünk oda. Amúgy te eddig még sosem lógtál, hogyhogy elmentél erre?

– Érdekel a politika, pont a születésnapom után egy nappal már szavazhatok.

– És azt egy percig sem találtad különösnek, hogy miért egy munkanapon, és miért egy délelőtti időpontban tartják?

– Gondolom, a munkanélküliekhez, GYES-en lévő kismamákhoz, vagy nyugdíjasokhoz akart szólni leginkább.

– Nem tudom, lehet.

– A beszéde alapján is úgy tűnt?

Az asztalon ekkor váratlanul felbukkant egy emberi kézfej, mely megbénította a társaságot, azonban a tekintetek elindultak a kéztől a csuklón át a vállak irányába, így ismerős arc került a látótérbe. Ő volt Balla Martin, ki frappáns megszólítással nyitott:

– Mi a pálya, szellemvadászok?

Aztán körbenézett, és a két új arcnak bemutatkozott:

– Ja, igen. Balla Martin, a 12/C-ből.

A meglepett A-sok erre mindössze a keresztneveiket bökték ki, azt is épphogy csak motyogva. Bálint rögtön kiegészítette osztálytársai hiányos ismereteit:

– Martint pénteken ismertük meg, egyedül jött az egész osztályából.

Ramóna ezen információ birtokában már nyitottabban adott hangot zsigeri, ösztönös első gondolatának:

– Na, az komoly! A ti tanáraitok is lógtak?

– Hogyne! De a mi osztályunk amúgy is sumákolós.

– Azzal nyitottál, hogy „Mi a pálya, szellemvadászok?" Láttad Bálinték live-ját?

– Nem, de utólag elmondták, mi történt. Te láttad?

– Láttam hát, és itt szólok ám hozzátok is – ránézett Veronikára és Bálintra –, az a kar kié volt, amelyik lelógott a plafonról? Bálint csak meglepetten nyelt egy nagyot, de Veronika egy poénosnak tűnő kérdéssel válaszolt:

– Miért, látszott ott is?

– Nem, de az árnyéka igen, plusz Zoli el is nevette magát.

– Igen, Zoli valóban körberöhögte, de csak míg nem jött be Bálint. Azt hitte, hogy az ő karja, de én akkor sem láttam semmit.

– Ne ugrassatok már! Ismerem Bálintot, mindig bedob valami szívatást időközönként.

Bálint már elegendő erőt gyűjtött a válaszhoz:

– Eredetileg ez is az lett volna, de teljesen mást terveztem, és lövésünk sincs, kié az a kar.

– Ez komoly?

– Ha ismersz, tudod azt is, hogy két percnél tovább nem bírom ki, hogy ne leplezzem le a poénjaimat.

– Ez is igaz. Plusz most három államfő is nyilvánosság előtt beszélt kísértetekről, szóval most össze vagyok zavarodva.

Mint mindig, a csengő ismét a legérdekesebb pontjánál erőszakolta bele magát az okfejtésekbe, és most a nap végéig már nem tudott újra összeülni a társaság, hogy erről beszéljenek, de futólag padtársak között egy-egy órán feljött a kérdés, hogy fogják-e nézni a miniszterelnök-jelöltek vitáját este nyolctól. Az egybehangzó helyeslő válaszok igazán kézzelfoghatóvá tették a leendő első szavazók nyitottságát a téma iránt. Kit érdekelt ilyenkor a szinusz-tétel meg a verselemzések, mikor az intézmény falain kívül olyan kezek munkálkodtak, melyek történelmünket gyökerestül kitéphetik a talajból?

A HARMADIK SZEM FELNYITÁSA

A négyévente szokásos országgyűlési választások 2036-ban több szempontból is rendhagyónak ígérkeznek. Először is a miniszterelnök-jelöltek vitája most nem kettő, hanem három résztvevővel zajlott, ráadásul három csatornán keresztül: televízióban, rádióban, és online közvetítésen. Ebben a pillanatban az országban rekord-magas volt a bizonytalan szavazók aránya is, ha hihetünk a felméréseknek: most közel negyven százalék úgy szeretne megjelenni majd a szavazófülkéknél, hogy most még nem tudja eldönteni, kire adja le a voksát. A három jelölt mindegyikének óriási sikerei és előnyei voltak, de ugyanakkora hibái és kudarcai is. A jelenlegi kormányfő Tollas Orion volt, a Keresztény Munkások Táborának pártelnöke. A vitára sötétkék öltönnyel emelte ki amúgy fiatalos és modern megjelenését, hogy arculata egységet tükrözzön, de ugyanakkor elegáns is maradjon. A mindössze 38 éves miniszterelnök korához képest számtalan politikai sikert tudhatott maga mögött, és alig várta, hogy ezen a sorsdöntő vitán a lehető legtöbbet kiemelje. Támogatottsága alapján kormánypozíciója stabilnak ígérkezett, a statisztikai mérések szerint 34% szeretné ismét kormányon tudni. Azonban hibái is voltak a nyolc éves ciklusa alatt, és ezek a hibák lesznek azok, melyek aduászként szolgálhatnak Határ Egonnak és pártjának, a Liberális Nemzeti Oldalnak. Ennek a hírnek jelenleg a szavazati joggal rendelkező polgárok mindössze 19%-a örülhet. A legkisebb esélyekkel pedig Csonka Jávor, és a Harmadik Szem Mozgalom indult a vitán, éppen csak a parlamenti bejutási küszöböt lépték át két százalékkal, ennek ellenére az ő megjelenése a legkirívóbb: narancssárgás-vöröses színű öltönyét nem lehet nem észrevenni a már-már neonzöld nyakkendővel és vajszínű inggel. Még a stúdió rikító fényei sem vonják el a tekintetet Csonka Jávor megjelenéséről. Ráadásul a két vitapartner arcára is kiül minden megvető vagy lenéző gondolat. Egyedül a moderátor próbál úgy tenni, mintha minden természetes lenne, majd be is dobja az első témát, melyről a jelöltek fejenként 1-1 percig fejthetik ki álláspontjukat. Az első téma a külpolitika. Ebben a kérdésben Tollas Orion egyből nyeregben érzi magát, és kihúzott testtartással, harsány hanghordozásban kezdi az összegzését:

– Kijelenthetem, hogy ebben az ügyben az elmúlt nyolc év alatt óriási lépéseket tettünk meg. Először is szorosabbra fűztük a kapcsolatunkat Kanadával, az Egyesült Államokkal és Mexikóval, továbbá Szaúd-Arábiával és Izraellel is. De ami a leginkább említésre méltó eredményünk, hogy hazánkat visszafogadta az Európai Unió, melyből a Határ-kormány sikeresen kipenderítette a nemzetet. Sok szenvedés és pedálozás után végre ismét számíthatunk a kontinensünkre.

Ehhez persze Határ Egonnak is megvolt a maga hozzáfűznivalója:

– Habár függetlenségi kísérletünket meghiúsították, mi, a Nemzeti Liberálisok továbbra is azt valljuk, hogy Magyarország nincs rászorulva nemzetközi függőségekre. Ugyanakkor az Európai Unió tagállamaival szeretnénk megőrizni egy kölcsönösen előnyös kapcsolatot, de a tömbbe nem akarunk beletartozni. És hiába állítja be a miniszterelnök úr úgy, hogy ezzel meggyilkoltuk saját országunkat, bízom a választópolgárok ésszerű ítélőképességében.

Harmadjára pedig Csonka Jávor kapott szót, ki már nem volt ilyen vádaskodó:

– Sajnos én tapasztalatot még nem szereztem kormányon, de hát egy első napja mindenkinek volt. A mozgalmunk neve nem véletlenül HARMADIK Szem, mivel elutasítjuk a végleteket: sem a toxikus nacionalizmust – azaz sovinizmust –, sem pedig a túl nyitott globalista felfogást nem vagyunk hajlandóak elfogadni. Hazánk szuverenitásához ragaszkodunk, ugyanakkor szorosabb diplomáciai kapcsolatot akarunk az Egyesült Államokkal és az Európai Unióval, ugyanakkor az arab világgal és a türk nemzetekkel egy eddig példátlan gazdasági harmóniát szeretnénk elérni."

A moderátor értő figyelemmel hallgatta meg mindhárom választ, a magánvéleménye elkezdett formálódni, de csak annyit mondott:

– A következő témánk a belbiztonság és belpolitika.

A válaszok ismét támogatottsági sorrendben hangoztak el, a fiatal kormányfő itt már szűkebben fogalmazott:

– Természetesen meg vagyunk elégedve az ország igazságszolgáltatásával, éppen ezért megtartjuk az általunk bevezetett törvényeket, de tervezünk fejlesztéseket is, mint például az állampolgárok önvédelmi jogkörének további bővítése, vagy a névtelen feljelentés jogának feltételekhez kötése. Semmiképpen sem szeretnénk, hogy újra olyan anarchiában éljünk, mint a Liberális Nemzeti Oldal kormánya alatt.

Mivel Határ Egon kormánya idején a közbiztonság tényleg romokban állt, így nem volt más hátra, inkább nyílt támadást alkalmazott érvelésében:

– Nem szeretnénk polgárháborút előkészíteni azzal, hogy felfegyverezzük a civileket, hogy aztán önvédelemre hivatkozva öljék halomra egymást a magyar polgárok. A Tollas-kormánynak nincs semmi oka az elégedettségre a közbiztonság tekintetében, mivel a legutóbbi hatósági elemzések szerint csak Budapesten 805 gyilkosság történik naponta, illetve 1257 rablás és 689 nemi erőszak. Ezzel aztán meg lehet elégedve, miniszterelnök úr!

Csonka Jávor most is békésen, de céltudatosan fogalmazott:

– A bűnözés visszaszorítása érdekében megreformálnánk a hatóságokat. A rendfenntartó szervek minimálbérét négyszázezer forintnál állapítanánk meg, ami azt jelenti, hogy ezt a pénzt már egy újonc rendőr is megkeresheti az első hónapjában. A legtöbb bűncselekmény oka a szegénység és az alacsony rendőri létszám. Ezzel az egy lépéssel megoldanánk mindkettőt. Illetve a világot meghódítani készülő kísértetek ellen betiltanánk az olyan okkult tevékenységeket, melyek dühös lelkek felszínre hozására alkalmasak. A mi rendszerünkben illegális tevékenység lesz a szellemidézés, jóslás, és hobbi-szellemvadászat.

Csonka Jávor ezt a mondatot 20.32-re fejezte be, és 20.32-kor az egész ország megbénult néhány másodpercre: megálltak a munkások a szalag mellett, akik rádión hallgatták a vitát, megálltak a sofőrök a forgalomban, és a tévé előtt nassolók is egy pillanatra elfelejtettek új falat után nyúlni. Természetes ezek után, hogy a tévéstúdióban is elfogytak a szavak, a moderátor kezéből kicsúszott a kontroll, és a fegyelmezettnek induló vita kezdett kocsmai beszélgetéssé redukálódni. A miniszterelnök így reagált:

– Mikor megláttam itt a stúdióban félérett paradicsomnak öltözve, azt hittem, hogy maga elmebeteg, de már kezdtem volna méltó ellenfelet látni önben, mire kimondta ezt. Mit gondolt, hogy ezzel mit fog majd elérni, Csonka pártelnök úr!?

Ebben a mondatban hamarabb talált támadási felületet Határ Egon, így míg ő válaszolt, a kérdés eredeti címzettje át tudta gondolni, mit válaszoljon. Határ Egon így taglalta véleményét:

– Ön, miniszterelnök úr, élő adásban le elmebetegezett egy önnél jóval idősebb pártelnököt, aki egy 7%-os támogatottságú párt vezetője. Ez maga szerint egészséges lélekre vall? Ugyanakkor én sem gondolom, hogy Csonka Jávor valódi veszélyről beszél, de a tiszteletet, ha lehet, egy miniszterelnök is adja már meg!

Csonka Jávor megköszörülte a torkát, majd előadta élete beszédét:

– Míg itt önök egymással tollasoznak, nem veszik észre, hogy veszélyes határokat fenyegetnek. Az országnak egyetlen tekintélyes vezetőre lesz szüksége, nem kakaskodó vezérjelöltekre. Nem akarok viszont ennél többet az önök politikájához hozzáfűzni. Határ Egonnak persze megköszönöm a védelmet, ugyanakkor elhatárolódom azon kijelentésétől, hogy egy miniszterelnök is adja meg a tiszteletet. A tiszteletet nem kierőszakolni, hanem kiérdemelni kell. Ami pedig az elmeállapotomat illeti, nem tudom megállapítani, hogy mennyire lehet súlyos, majd a szavazók eldöntik. De ha szakorvossal vizsgáltatnám ki magam, akkor a miniszterelnök úr szerint Chris Hill Cox, Wolfgang Sauer és Artyom Turgenev is jöjjön velem? Ami pedig a saját személyes meglátásom, az az, hogy attól még, hogy nem dugom a fejem a homokba, még nem vagyok őrült!

Tollas Orion feje ettől ugyanolyan színbe váltott, mint amilyet lenézett ellenfele viselt, de Határ Egon láthatóan élvezte a helyzetet, és úgy döntött, belerúg a földön fekvőbe:

– Szólítsam mától inkább Tollas úrnak, vagy még ragaszkodik miniszterelnöki címéhez? Mert ön, Tollas úr elfelejtette, hogy hiába az ön támogatottsága a legnagyobb, de az csak 34% Még a bizonytalanok is többen vannak, mint a kormány szimpatizánsai. Erre én nem alapoznék olyan heves arroganciát, amilyet az imént tanúsított!

Aztán Csonka Jávor csak folytatta a gondolatait, mintha mi sem történt volna:

– Szóval ott tartottam, hogy az okkult tevékenységeket helyeznénk büntetőjogi kategóriába, ezzel megakadályozva, vagy legalább minimalizálva a gonosz szellemek átszivárgását a mi valóságunkba. Mivel a szellem már halott, nem büntethető, így egy szellem bűncselekményéért annak megidézőjét terheli majd a felelősség. Három igen erős gazdasági hatalom is elismerte már, hogy a kísértetek közöttünk járnak, szóval talán még nem késő ahhoz, hogy Magyarországot sikerüljön megmenteni.

A botrány további eszkalálódását megelőzően reklámblokkokkal keverték le az adást mind a tévében, mind a rádióban, de aki nagyon kíváncsi volt, még online elcsíphetett pár szaftos mondatot. A Kővári-lakásban így kommentálta a családfő a látottakat:

– Csalódtam Tollas Orionban. És én, marha még kétszer is szavaztam egy ilyen inkompetens senkire.

Albertet a felesége így vigasztalta:

– Jaj, drágám! Mindig is mondtam neked, hogy ez a politika egy piszkos játék. Az élő adást nem lehet utólag megvágni, most látod te is, miről beszéltem mindig.

De az esti programját töltő rendőr hajthatatlan:

– Ezzel tisztában voltam, de ez az Orion olyan céltudatosnak tűnt mindig is. Hagyom is a francba, átszavazok inkább a félérett paradicsomra.

– Ó, ne hidd, hogy ő majd különb lesz, csak kihasználta, hogy a két legnagyobb összekapott.

– Tudom, csak dühömben mondom. Úgy értem, hogy hármójuk közül ez a szektás bohóc volt most a legértelmesebb.

– Látod? Most mondtad ki: „MOST ő volt a legértelmesebb". Nem különb ott egyik sem, maximum pillanatnyilag. Menjünk aludni inkább!

A sokat látott Kővári Albert ezt követő éjszakáját nem lehet csak úgy egyetlen szóval jellemezni. Nem túlzás azt állítani, hogy a férfi kapott egy szeletet a pokolból, mert az álom, amit most látott, felülmúlt mindent, amit eddigi évei alatt valaha is megtapasztalt. Albert egy furcsa szobában találta magát, mely egy elhagyatott ház belső terére emlékeztetett. A por félujjnyi vastagon állt mindenen, ami a szobában volt. Az ágy még az a hagyományos négylábú konstrukció volt, nem ezek a modern dobozok, még alá is be lehetett volna bújni, az ablaküveg torz képet adott a világról, mert az alja vastagabb volt, mint a teteje, hiszen az üveg sosem szilárdul meg, állandóan folyik, csak olyan lassan, hogy azt emberi szem nem képes értelmezni. Ebből egyértelművé vált, hogy ebben az épületben alsó hangon százötven éve a kutya sem járt. Úgy érezte az álmodó, hogy ebben a kietlen, poros, dohos környezetben van valami elrejtve, amit neki meg kell találnia, ha törik, ha szakad.

Először a fiókokat húzta ki egymás után, de vagy üresek voltak, vagy értelmetlen holmikat tartalmaztak, mint például régi fésűket, törött evőeszközöket, vagy tönkrement zsebórákat. Ám ezt a kutakodást megállásra kényszerítette egy eddig nem tapasztalt hang: lépések voltak, vagy valami, ami a kinti avart úgy súrolta össze, mintha sétálnának rajta. Bárhogy is legyen, el kellett bújnia minél hamarabb. A régi típusú, négylábú ágy pont megfelelt a célnak, és közben Albert csak remélni tudta, hogy az ágy lepedője elég mélyre nyúlik ahhoz, hogy rejtve maradjon. A lelógó rongy miatt nem látott mindent a rendőr, de annyit igen, amennyi félelmet pumpált a véráramába. Az ajtó alatti egybefüggően beszűrődő fényt árnyékok mozgása kezdte megtörni. Most már bizonyos, valaki van odakint – gondolta magában a megviselt férfi. Az ajtó nyikorgása olyan volt, mintha egy csapdába esett állat haláltusáját hallgatta volna. Nem sokkal később meglátta azokat a borzalmas lábakat: mezítláb érkezett az, kihez a lábak tartoztak, de nagyon nem volt természetes. A bőre majdnem teljesen fehér volt, körmei feketék, hegyesek és töredezettek. Az egész lábat sűrű fekete érhálózat vette körbe, és a látványon megtörő fények tánca azt sejtette, hogy nedves, nyálkás lehet a tapintása, mint a nyers húsnak. A lábujjak elmutattak az ágytól, tehát lehetett volna rosszabb is. Bárki vagy bármi volt, fel és alá járkált az épületben, mintha tudatosan keresne valakit vagy valamit. Egyszer csak a lábujjak nyílegyenesen Albert szemébe néztek, és megindultak az ágy irányába. A lelógó rongy belső oldalán ugyanolyan eres, fehér ujjak kúsztak fel, míg az árnyék növekedésnek indult a pánikba esett férfi körül. A lepedő hirtelen fellibbent, de nem szemek vagy arc várta a túloldalon, hanem két váll, közötte pedig egy nyak, mely roncsolt húsban végződött, de még kivehető volt a nyakcsigolya és a benne futó gerincvelő, a nyelőcső, illetve a még mindig pulzáló légcső bejárata. Nyilvánvaló, hogy Albert libabőrrel ébredt, és azzal az akarattal, hogy felkapcsolja a lámpát, de tudta, ezzel feleségét is felébreszti, úgyhogy inkább nyitott szemmel bámulta a sötétséget, míg meg nem győzte magát arról, hogy csak álmodott.

ÚRISTEN, MIT TETTÜNK!?

Albertet nagyon megviselte előző álma, és már a munkájából adódóan is rengeteg traumát hordozott magában, melyek ha ki merészelnek törni, akkor az állása kerül veszélybe. De az utolsó cseppet a pohárból mégis kiöntötte reggel Bálintnak, aki a történetet hallgatva úgy érezte, nem biztos, hogy az apja álmodott, de ehelyett inkább a fiú ráfogta a stresszre, amit Albert el is fogadott magyarázatként. A későbbiekben nem hozódott fel újra a fej nélküli, eres szellem. Legalábbis nem Bálint és Albert között. Bálint telefonja megcsörrent, és nagy meglepetésére Kíra volt az, aki sosem kereste eddig. Kimérten szólt bele a telefonba, mert nem tudta elképzelni, mire számítson:

– Helló, mi az?

– Tudnánk találkozni még suli előtt egy kicsivel?

– Mi ketten?

– Nem, Zoli is itt lesz, de neki nem szóltam semmit.

– Miért, mi történt?

– Szerintem összeállt a kép, de telefonban túl hosszú lenne.

– Miről állt össze?

– A fejetlen kísértetről?

– Fejetlen? – csodálkozott Bálint.

– Ja, még azt sem mondtam el? Mindegy, majd találkozunk, szólj Verának is!

– Jó, rendben!

– Köszi, szia!

– Szia!

Ahogy a tinédzser befejezte a hívást, apja már egyből büszke mosollyal nézett fiára, és megkérdezte tőle:

– Mi az, fiam? Csak nem valami kislány van a dologban?

– Csak Kíra volt az, nem mondta, hogy miért, de találkozni akar még sulikezdés előtt.

– Hát, akkor mire vársz!? Lehet, hogy fontos, menjél nyugodtan!

– Oké, akkor majd találkozunk este, na szervusz!

– Szervusz, vigyázz magadra!

Bálint úgy kapkodta a lábát, mintha üldözné valaki, de közben még Veronikát is tudta értesíteni, így teljes létszámmal gyűlt össze a csapat. A kupaktanácsot értelemszerűen Kíra kezdte, mivel az ő ötlete volt a soron kívüli találkozó:

– Hú, de jó, hogy itt vagytok! Nem is kertelek, a lényeg, hogy tudom, kinek a lelkét hívtuk elő.

Persze Zoltán rögtön félbe is szakította kedvesét:

– Jaj, nem megbeszéltük, hogy ezt nem mondjuk el senkinek?

Bálint csodálkozva kapcsolódott be:

– Mit nem mondotok el senkinek?

Kíra magyarázó stílusban egészítette ki Bálint hiányos ismereteit:

– Igen, Zoli nem akarta, hogy elmondjam, mert attól félt, hogy ki fogod gúnyolni, ezért is én hívtalak, nem ő.

– Dehogy gúnyolom ki! De miről van szó? Mi az, hogy fej nélküli, mert apám is azt álmodta, hogy... Á, hagyjuk inkább!

– Mit álmodott apád!?

– A lényeg, hogy volt benne egy ugyanolyan eres bőrű emberi alak, amit csütörtök este megidéztünk, csak ennek nem volt feje.

– Mert, honnan tudod, hogy a miénknek volt?

Kíra kérdésére azonnal beindultak az agyakban a fogaskerekek, és kis késéssel Veronika rakta össze a kép első felét:

– Tehát arra gondolsz, hogy Bálint apját az a lény zaklatta fel tegnap, amit mi idéztünk meg?

– És nem csak őt, hétvégén öcsém is látta, és azt mondja, hogy nem álmodott, mert ott volt vele a szobában. Plusz én, Zoli, apám, meg a nagybátyám láttuk a fej nélküli alak árnyékát a szalonnasütés közben.

– Mi a...? És van tipped, ki ez a lélek?

– Hallottatok Kazahsztánról?

Erre Bálint félig telve a büszkeséggel, laza hangon annyit mondott:

– Ja, Martin szerint a munkások ölni kezdték egymást, miután a kormány kimondta, hogy kísértetek léteznek.

– Majdnem! A munkások öldököltek random lakosokat. És azt feltételezem, hogy az egyik lefejezett csóka látogatott meg minket azon az estén.

Bálintnak ez egyszerre több volt a kelleténél, és inkább leült a kövesút és a földút találkozásának pontjára a földön. De Veronika kimondta mindenki helyett a legfontosabb kérdést:

– Ha ez a fickó Kazahsztánban halt meg, miért jött idáig?

– Nagybátyám újságíró, és szemtanúja volt a halálának. Én is ott voltam, mikor idéztünk, akkortájt lehetett kb. egyhetes halott, és gondolom, megérezte, hogy a szemtanú egy rokona is jelen van.

– De akkor miért nem a gyilkosát kíséri, vagy egy közelebbi szemtanút?

– Mindent én sem tudhatok. A gyilkosa lehet már halott, a szemtanúk közül meg Árpi volt az egyetlen, aki nyitott a túlvilágra.

Bálintban, míg gondolkodott ülő helyzetében, felidéződött egy apró részlet, ami még zavarosabbá tehettte a történetet, és ezt fel is vetette:

– De te láttál az ablakban egy arcot is, ez meg elvileg fej nélküli. Akkor ez hogy van?

– Szerintem aznap több szellemet is megidéztünk.

– Ugyan már! Ez azért tényleg túlzás!

– Miért? Pont akkor láttam az arcot, mikor megfogtad a lábat. Két különálló lénynek kellett lennie.

– Jó, de akkor a másik szellem ki lehetett?

– Bárki, aki eddig meghalt a történelem folyamán: akár a vérengzés egy másik áldozata, a fejetlen figura gyilkosa, Báthory Erzsébet, vagy akár még a dédapám is. Ki tudja?

Ez idő alatt Veronika is összeszedte a gondolatait, mellyel ismét csak összekuszálta a szálakat, nem pedig rendezte azokat:

– Laci bácsi állítólag meghalt, és állítólag szívroham miatt. Azt pedig ijedtség is előidézheti, főleg, ha hirtelen jön.

– Ott volt Irakban 2003-ban, a sérült amerikaiakat látta el, nem egy ijedős típus.

– Előbb-utóbb minden pohár betelik. Mi van, ha ő is látott valamit aznap?

Ekkor Zoli egy rövid gondolattal csatlakozott:

– Én már akkor is mondtam! Közel lakik Bálinthoz, nem zárhatjuk ki, hogy átlépett hozzá is egynéhány szellem.

– Úristen, mit tettünk!? – sajnálkozott félelemmel és megbánással telve Bálint.

– Engem inkább az érdekelne, hogy mi az, amit tenni fogunk.

– Fel kell venni a kapcsolatot a fejetlen fazonnal, de most valami kietlen, távoli helyen.

– És hogyan? Csinálunk egy arab írásjeles Ouija-táblát?

– A kazahok cirill ábécét használnak.

– Te most komoly vagy? Csak poénkodni próbáltam.

– Csütörtökön hagyományos táblát használtunk, és nem is mozgott a planchette. Mi van, ha azért, mert nem beszéli a nyelvünket?

– Nem ismerek rád! Pár napja még kézzel-lábbal cáfoltad a túlvilág létezését.

– Pár napja még a világ is.

Veronika fejében azonban egyszerűbb ötlet merült fel:

– Ismeritek a könyves idézést?

– Nem, mi az?

– Az is egy szellemidézési forma, mint a tábla, csak egyszerűbb. Kell hozzá egy spárga, egy keményfedeles Biblia, meg egy kulcs. Majd ezeket én összerakom, és ezt a tákolmányt két embernek kell tartania egy-egy mutatóujjával. Eldöntendő kérdéseket kell feltennünk, és ha balra fordul a könyv, az nemet jelent, ha jobbra, az igent.

– Oké, de továbbra sem tudunk kazahul. Hogy kérdezünk?

– Gondolatbeli képekkel. Elvileg a szellemek tudnak gondolatot olvasni.

– Oké, és mikor csináljuk?

– Majd a hétvégén. Péntek vagy szombat délután. De most már lassan szedjük össze magunkat, mert mindjárt nyolc.

Azonban a díszes kapuk mögött kellemetlen meglepetés fogadta az odaérkezőket: mindenki meredten bámulta a jegyzeit, vagy kétségbeesetten lapozgatta a tankönyveket. De ugyanakkor csoportok is alakultak ki, akik egymást kérdezték ki különböző tantárgyakból. Egyszer csak Szecső felnézett a füzetéből, és megkérdezte a négyes fogattól:

– Mennyit készültetek?

Ők négyen együtt kérdeztek vissza:

– Mire?

– Ma lesz a próbaérettségi.

– Ó, hogy a tűz égesse meg! El is felejtettem. Miből lesz? – érdeklődött Veronika.

– Idegen nyelvek, nekünk latin, a többieknek angol.

– Huh! Akkor megnyugodtam. Az menni fog.

– Akkor elmagyaráznád a múlt idejű ragozásokat? Azt nem értem.

– Jó, miért is ne?

– Köszi.

Míg Szecső és Veronika együtt tanultak, addig Bálint a cimborájától és annak barátnőjétől kérdezte meg, hogy ők hogy állnak az angollal. Zoli válaszában benne volt az esélytelenek nyugalma:

– Francot érdekli! Bemegyek, kihúzok egy tételt, aztán elhúzok a francba!

– És te, Kíra? Milyennek látod?

– Hát nagyon remélem, hogy legalább egy hármast össze tudok hozni. Te, Bálint? Te mennyire érzed biztosnak?

– Egyes és ötös között bármit kaphatok rá.

A próbaérettségi az egész napot igénybe vette, mivel minden végzősnek ezen a napon volt, ráadásul sokan megpróbálták húzni az időt – vagy azért, hogy a legjobb barátjuknak nyerjenek időt, vagy azért, mert ők maguk azt remélték, ha lyukat beszélnek a tanárok hasába, egy kettest alsó hangon összehoznak. A tét elég komoly volt, hiszen az erre kapott jegy négyszeres súlyozású volt, így volt, akit kimenthetett a bukás széléről, míg másokat menthetetlenül beletaszíthatott. A nap végén azonban vegyes eredményekkel jöttek ki a tanulók:

– Ezt hogy a jó istenbe hoztam össze? Nem is tanultam pedig, eskü! – hitetlenkedett Zoli a saját eredménye kapcsán, de Bálint pontosítást kért:

– Miért, milyen lett?

– Négyes! De hogy hogyan, azt ne kérdezd!

– Az igen! Gratulálok! Nekem pont olyan lett, mint amire számítottam: egyes és ötös között bármi, szóval kereken hármas.

– Nagyon jó az is! Ja, és akkor a legjobbat is kérdezzük meg, igaz, már tudom, de Kíra a tiéd hogy ment?

– Ötös lett!

– Nézd meg! Ötös, de azt mondta, a hármasban reménykedik.

– Nagyszerű! Gratulálok neked is! Verát láttátok már?

– Pont akkor ment be, mikor te kijöttél.

– Várjuk akkor meg, rendben?

– Ez természetes.

A várakozás nem tartott sokáig: dühös ajtócsapás hozta elő a még dühösebb Veronikát, aki röviden foglalta össze minden kívánságát:

– Húzzunk el a gyászba!

– Miért, mi történt? – tette fel támogatói kérdését Bálint, a legjobb fiúbarát.

– Az a mocskos kis riherongyos elkezdett üvöltözni vizsga közben, mint akinek lóg egy deszkája, és úgy felmerült, hogy lehet elmarad, vagy tolódik a latin érettségi.

– Tolódik? Mennyivel?

– Amíg tart a szelleminvázió.

– Hogy mi!?

– Mercédesz bekamuzta, hogy szellemek jöttek rá az órán, a tanár meg úgy döntött, feldobja az ötletet, hogy tolják el az érettségit, mert a latin nyelvvel lehet szellemeket is idézni, és nem akar kockáztatni.

– De hát a latinban sem csak szellemidéző szövegek vannak. Plusz érettségin nem is kérdezik azokat.

– Hát ez az, de úgy be van szarva mindenki, hogy esélyt sem akarnak adni rá.

Kisvártatva megjelent Mercédesz is, aki gúnyos vigyorral dörgölte Veronika orra alá a következő gondolatait:

– Na mi van, stréber? Ennyit a nagy terveidről! – aztán kuncogva továbbállt.

Veronikában amúgy is sok volt az indulat Mercédesz irányába, de ez az utolsó csepp kirobbantott minden elfojtott sérelmet. Bálint már látta, mire készül, de nem tudta időben megfékezni a barátját, így Veronika karmokká görbített ujjai beleakadtak Mercédesz épphogy vállig érő, zöldre festett hajába, és annál fogva rántotta hátra a szemtelenkedő lány fejét. Míg a földön feküdt az áldozat, gyorsan rátérdelt a mellkasára, és fenyegető gondolatokat vágott oda neki:

– Na idefigyelj, te kis mocsok! Eddig tűrtem, tovább nem fogok, most még hagyom, hogy elmenj, de legközelebb elvágom a torkod az első tárggyal, ami a kezembe kerül, megértetted!?

Persze ez a kis jelenet nem maradt feltűnés nélkül: a körbeálló diákokra felfigyelt az igazgató úr is, aki egyből magához hívatta Veronikát. A szigorú tekintetű úriember arca azonnal emberibbé változott, miután kettejük mögött az ajtó behajlott. Egy fájdalmas sóhaj után az igazgató így szólt a kamasz lányhoz:

– Jaj! Mondja már meg, mint csináljak magával! Négy évig semmi baj nem volt önnel, ez az utolsó fél hónap miért így alakult?

– Nem tudom, igazgató úr! Nem is voltam ott lélekben, fogalmam sincs, mi ütött belém.

– Azért megpróbálná mégis összefoglalni?

– A legnagyobb csendben ültünk, pont Szecső felelt latinból, mire Mercédesz elkezdett kapálózni, meg ordítani és sikoltozni. Persze mindenki körbefogta, mint valami celebet, és kérdezgették, hogy mi a baja, erre ő azt mondta, kivágott szemű emberek bámultak rá. Majd a tanár úr azt mondta erre, hogy ez több a soknál, és megpróbálja elintézni, hogy amíg ez a globális kísértetjárás megy, ne kelljen latinból érettségizni, nehogy egy kósza szóval vagy mondattal megidézzünk valamit.

– Értem! Azt viszont tudja-e, hogy jelenleg Magyarország álláspontja az, hogy nincs élet a halál után? Kazahsztánban,

Németországban, Oroszországban vagy az USA-ban már lehetne intézni ezt, de nálunk még nem.

– De az érettségi a választások után lesz. Mi van, ha addig új kormányunk lesz, aki olyan rendszert hoz, amiben eltörölhetik a latint?

– Az új kormánynak új indok fog kelleni, de ha szabad kérdeznem, miért olyan fontos magának ez a tárgy?

– Mert orvosira akarok járni.

– Ez nemes lélekre vall, de az már nem, hogy emiatt még verekedni is hajlandó.

– Köztünk marad, amit itt mondani fogok?

– Hogyne, mondja csak bizalommal!

– Arról van szó, hogy az anyagi helyzetünk finoman szólva sem túl rózsás, ezért minden egyes megszerzett ötös után úgy éreztem, hogy közeledik a fény az alagút végén, erre meg ez a kis rib... azaz Mercédesz pont a célegyenes előtt gáncsol el.

– Ez esetben megértem a felháborodását, de könyörgöm magának, legközelebb inkább számoljon el háromig!

– Jó, rendben van, és akkor most ezért milyen retorziót kapok?

– Szívem szerint következmények nélkül elengedném, de sajnos a szabály az, hogy ilyenkor igazgatói figyelmeztetés a minimum, de akár a kirúgás is képbe kerülhet. Szóval éppen kényszerből muszáj vagyok beírni egy figyelmeztetést, ugye megérti?

– Persze, és köszönöm az együttérzést!

– De a többieknek majd mondja már azt, hogy nagyon csúnyán bántam magával, rendben?

– Rendben – mosolyodott el Veronika, majd távozott az elektronikus naplójában frissen regisztrált figyelmeztetéssel, mely egész életében az első volt. Ennek ellenére az igazgató irodájából úgy lépett ki, mint akit most ítéltek halálra, majd Bálint egyből faggatni kezdte:

– Mi volt bent? Jó sokáig bent voltál, minden rendben?

– Igen, de kaptam egy igazgatóit.

– Juj! Attól még ugye érettségizhetsz?

– Szerintem igen, bár nagyon kiborult az igazgató. Ha meghúzom magam, talán engednek érettségire.

– Bírd ki! Legfeljebb elszámolsz háromig, ha ez a brokkolifejű megint kötekedik.

Bálint poénja jobb kedvre derítette a lányt, majd határozott témalezárási kísérletet tett:

– Nélküled már rég megőrültem volna! Sebaj, majd hétvégén leeresztjük a gőzt.

– Szellemidézéssel?

– Bármivel, amiről nem ez a sok szemétség jut eszembe.

– Megvan már a helyszín?

– Szombatig még ráérünk. Amúgy Kíráék hol vannak?

– Elvonultak egymással fajtalankodni.

– Hú, de paraszt mondat volt ez! – és az eddig csak hébe-hóba mosolygó, fekete hajú ifjú hölgy most már nevetett is.

– Na végre, már nevetsz is! De Zoliéknak el ne mondd, hogy rajtuk röhögsz!

– Rajtad röhögök, te ütődött, nem rajtuk! Mindegy, szedjük őket össze, aztán szívódjunk fel, de villámgyorsan!

Amikor kiértek az épületből, Balla Martin és egy eddig ismeretlen lány várta Veronikáékat az iskola előtti padokon. Martin odakiáltott nekik:

– Hé, szellemvadászok! Van egy pár felesleges percetek?

Az igenlő válasz után az ismeretlen lány mutatkozott be:

– Mielőtt bemutatkoznék, jelzem, hogy minden poént hallottam már a nevemmel. Fekete Dália vagyok.

– Kővári Bálint.

– Nemes Veronika.

– Major Kíra.

– Váradi Zoltán. De mi a gáz a neveddel?

– Keress rá Elizabeth Short nevére, de nem ez a lényeg. Martin mesélte, hogy nektek sikerült szellemet idéznetek. Ez igaz?

Bálint nyílt meg először, bár kissé vonakodva adott választ a kérdésre:

– Hát, végül is tényleg idéztünk szellemet, de nem biztos, hogy tényleg sikerült.

– Martin mesélte, hogy megfogtál egy lábat is.

– Nos, igen, de...

– Figyeld, nem kinevetni akarlak, csak arra vagyok kíváncsi, hogy csináltátok.

– Ouija-táblával, de nem vettük komolyan. Miért kérdezed?

– Mert aggódom az unokatestvérem barátnője miatt. Öt napja kellett volna hazalátogatnia Franciaországból, és ideges vagyok, hogy mi van vele.

– Ilyenkor nem a rendőrséget vagy az Interpolt kell értesíteni?

– Megvolt, és hivatalosan is eltűntnek nyilvánították. Gondolkodtam már mindenben, de arra jutottam, hogy megpróbálom megidézni a szellemét.

– Mert gondolod, hogy meghalt?

– Nem! Én úgy gondolom, hogy ha nem sikerül megidézni a szellemét, akkor még életben van. Szóval csak arra lennék kíváncsi, hogyan lehet szellemeket megidézni.

– Ha életben van, akit keresel, attól még lehet, hogy előjön egy kísértet, akinek nem biztos, hogy örülnél.

Zoli persze nem bírta megállni, és muszáj volt elsütnie ezt a morbid poénját:

– Például egy kettévágott, hasított szájú női kísértet...

– Komolyan utánajártál a nevemnek?

– Ja, a telefonom még itt fogja a suli wifijét.

– Eszem megáll! De térjünk vissza az eredeti témánkhoz: tök mindegy, mi az ára, bizonyosságot akarok. Ismerem a kockázatokat, és vállalom is azokat.

Veronikából persze rögtön előtört a megoldáskereső nemesi természete, majd megosztotta ötletét:

– Hétvégén akarunk mi is idézni, tarts velünk, és megidézzük neked, akit szeretnél.

– De biztos? Még csak most ismertetek meg.

– Számít ez? Nem tudtam nemet mondani egy ilyen szándékra. Meg értékelem, hogy még ha Martinon keresztül is, de meg merted kérdezni. Tehát érzem, hogy fontos neked az ügy. Na, mit mondasz?

– Ha tényleg nem hátráltatnám a terveiteket, beugranék. És persze feltétlenül jövök eggyel.

Bálint erre feszültségoldó módon csak annyit reagált:

- Ó, majd legfeljebb visszakergeted azokat a szellemeket, akiket nem szándékosan hívtunk. Komolyra fordítva viszont, nem tartozol semmivel. Eljössz, és utánajárunk az ügyednek.

Dália szemei csillogni kezdtek a gyülekező könnyektől, és szóhoz sem jutott, habár elkuncogta magát. Egyáltalán nem remélte, hogy majd vadidegenek segítenek rajta. Főleg úgy, hogy ez az ötlete végső elkeseredésében jutott eszébe. De hogy ezt a kesernyés hangulatot oldják, Zoli Martinhoz fordult:

- Te nem jössz el?
- Á! Azok után, amit elmondtatok? Biztos nem!
- Na! Mi sem haltunk bele, csak kicsit ijesztő, és ennyi.
- Túl gyáva vagyok ehhez!
- Ne szórakozz már! Három csaj is lesz velünk. Mutasd meg, hogy milyen férfi vagy!
- Na, jól van, akkor Dáliával együtt jövök, és vele együtt is megyek, úgy jó lesz?
- Ha gondoljátok, maradjatok a végéig nyugodtan!
- Majd meglátjuk. Mikor és hol lesz?
- Szombaton estefelé, de hogy hol, nem tudom. Valami távoli, elszigetelt hely kellene.

Dáliának persze rögtön alkalma nyílott viszonozni a kedvességet:

- Még annak idején a nagyapám megvett egy távoli birtokot itt a város szélén, majdnem a szerb határon, és ott még egy hodály is van. Nem egy ötcsillagos szálloda, de ez jutott eszembe.
- Sűrűn jártok oda?
- Dehogy! Utoljára 12 lehettem, mikor ott voltunk. El akarjuk adni, mert nem tudjuk kihasználni.
- Na, jól van! De ha benépesítjük kísértetekkel, akkor...
- ...akkor benépesítjük! Tekintsétek viszonzásnak: ti segítetek az idézésben, én meg adom a helyszínt.
- Jól van! Megegyeztünk!

TÁN KÍSÉRTETET LÁTTÁL?

Már kezdett későre járni, mikor ki-ki elindult a maga hazafelé vezető útján, a nap is aludni készült, melynek lenyomatát jól visszaadták a városi panelházak nagyméretű üvegablakain visszaverődő sárgás fények, a közepesen hűvös levegő, és a csillapodó forgalom, meg a hosszúra nyúló árnyékok az aszfalton. Ebben az aranyszínű közegben Bálint úgy döntött, hogy nem siet annyira hazafelé, meghallgatja kedvenc zeneszámait, miközben a természet eme harmonikus jelenségét tanulmányozza a mesterségesen létrehozott életközösségben. A fiút olyannyira megigézte a lemenő nap vörös színe, hogy még azt a bizonyos „zöld villanást" is sikerült utolérnie, mely pontosan abban a pillanatban keletkezik, mikor az utolsó sugarak is lebuknak a horizont alá. Olyasmi látvány ez, mintha a nappal kilehelné a lelkét, mely az éjszakában a hold ezüstös fényeként él tovább. Miközben az élete valódi hajnalán álló ifjú az elmúláson töprengett, észre sem vette, hogy majdnem otthon van. A lábai már ösztönösen vitték az álmodozót. Sötét volt, de ez nem rejtette el az élet jeleit. Az éjszaka állatai egyre csak jöttek, és jöttek. A vadászni induló fekete macskák smaragdzöld fényű szemei pásztázták végig az avarban szaladgáló egereket, a régi kerítések korhadó fáin csigák araszoltak lassan, de biztosan annak teteje felé. Ekkor a fiú újabb párhuzamot vélt felfedezni: ez is élet, csak nem olyan, mint a nappali. Mi van, ha a halál után van élet, de egyik elképzelésünkre sem hasonlít? Ám ekkor emberi tevékenységet fedezett fel. A sötétben először csak rozsdás bicikli nyikorgását hallotta, aztán látta, ahogy azon ül valaki, de még nem tudta, hogy ki az. Egy tisztességben megöregedett, de még mindig a fiatalságára tisztán emlékező férfi volt az, és Bálint tudta, ki ez. Ő volt Laci bácsi. A felismeréstől végigjárta a hideg, és nyomban meg is dermedt, de az idős úr csak sanda mosollyal szólt hozzá:

84

– Tán kísértetet láttál?

– Tényleg Laci bácsi az?

– Mert kinek néztem ki?

– Csak meglepődtem, mert úgy tudtam, hogy... hogy...

– Hogy meghaltam? Mondd ki nyugodtan, eddig mindenki így nézett rám. Te jól vagy?

– Persze, jól vagyok, de Laci bácsival mi történt? Hogy tetszik lenni?

– Volt egy kisebb pánikrohamom, de tegnap kiengedtek a kórházból. Tudod, Irak óta megvan már ez a bajom.

– Sajnos nem tudom, miről tetszik beszélni. Nem baj, ha megkérdezem, milyen baj az, amiről beszélni tetszik?

– Nem tudom úgy elmondani, mint a doktorok... Annyi, hogy Irakban tönkrement az idegrendszerem, ezért van, hogy hallucinálok, ami miatt a szívem nem úgy ver, ahogy kellene neki. De mindegy, jár ez a korral is.

– Mit tetszett látni, ami miatt kórházba kellett mennie?

– Valami szörnyetegfélét, nagy fekete szeme volt neki, meg ilyen hegyes fogsora. Miért kérdezed?

– Csak úgy érdeklődésképpen. Tetszett látni ezt az arcot máskor is?

– Ezt? Sosem! Nem is tudom, honnét szedte elő az agyam ezt a képet.

– Juj, akkor tessék csinálni valami pihentetőt!

– Ó, fiam, pihenek majd a föld alatt! Oszt szavazni elmész?

– Első alkalmam lenne, csak el kéne.

– Helyes! És kire?

– Nem tudom még. Lehet, hogy jobb, ha Tollas Orion marad, de ő sem a legjobb kormányfő.

– Hát akkor, fiam, ne menj! Én sem biztos, hogy elmegyek.

– De mi van, ha megválasztanak valakit, aki még Tollasnál is rosszabb?

– Egyet jegyezz meg jól: nincsenek jobb meg rosszabb korszakok, csak azért hisszük, hogy régen jobb volt minden, mert az idő megszépíti az emlékeket. Minden korszak olyan, amilyennek látod. Ha azt akarod, hogy Tollas maradjon, ki tart vissza?

– Őt sem tartom jó miniszterelnöknek; azt semmiképpen sem akarom, hogy Határék visszatérjenek... esetleg még ez a Csonka Jávor lenne szimpatikus, csak a szellemeivel nem lehet komolyan venni.

– Valamelyik deszkája mindegyiknek lóg, tökéletes, mindenkinek megfelelő kormány még nem volt a történelemben. Ne vedd olyan komolyan ezt a politikát, én már sok nagy embert láttam felemelkedni és elbukni, oszt mégis itt vagyok 73 éve.

– És Laci bácsi, ha elmegy, kire szavaz majd?

– Ha elmegyek? Én megtartanám Tollas Oriont már erre az utolsó néhány évemre, de nem rajtam múlik.

– Értem, köszönöm a segítséget.

– Nincs mit.

– Én meg megyek is tovább, mert későre jár, örültem a találkozásnak. Minden jót!

– Neked is. Majd még találkozunk. Jó legyél!

A fiúnak volt min gondolkodnia a hazafelé vezető úton, melyből már csak néhány lépés volt hátra. Most a politikán kezdett gondolkodni: Mi történhetett abban a négy országban, ahol tényként kezdték kezelni a túlvilági lények létét? Mi van, ha igaza volt Csonka Jávornak, és tényleg itt a szellem-apokalipszis? Hogy lehet ezt a helyzetet megoldani? Ezekre a kérdésekre még csak homályos, vagy egyáltalán semmilyen választ sem lehet találni, de nem is nagyon volt rá idő, mert már a jól ismert otthon bejárata keresztezte Bálint útját.

Egy kicsit később Veronika is elindult hazafelé, közel Bálint útvonalához, szintén földúton, egy erdős, fás környezetben. Fáradt volt, mert utóbbi éjszakáit csak szegényesen tudta itt-ott átaludni, emiatt majdnem el is aludt csak úgy menet közben. Azonban hamar megugrott a pulzusa a látványtól, melyet megpillantott az egyik fa tövében: Egy középkorú, lila kabátos, szőkésbarna hajú nő guggolt háttal a szemlélőnek, és valami furcsa gyereknóta szerű dalt énekelt. Persze a lánynak ez furcsa volt és nem tudta nem nézni, emiatt megállt, hogy megtudja, mit is lát pontosan. A fa tövében guggoló nő mintha megérezte volna a tekintetet a hátán, így hirtelen felugrott, megmutatva Veronikának üres szemgödrű arcát, és ekkor vette észre a hazatérő lány, hogy a nőnek nincs lába, vagyis egyre átlátszóbb térdtől lefelé, míg a lábfeje már nem is látható. Egy az egyben lebegett, és végül mosolyra görbítette száját, ezzel kilógatva tűhegyes fogait. Veronika már nem is ijedt meg, csak pislogott párat, és a lény el is tűnt. Ezért a tinédzserkorú lány betudta a látomást a stressznek, az alváshiánynak, a rossz látási viszonyoknak, és a világ jelenlegi hangulatának. Ahogy ment tovább útján, végül ő is hazatalált, ahol már aggódó szülők várták:

– Mit akart tőled az a nő? – faggatták a szülei.

– Miféle nő? – válaszolt kérdéssel a lány, aki nagyon is jól tudta, miről van szó.

– Itt az ablakból láttuk, hogy megáll előtted egy lila esőkabátos nő, hosszú, halványbarna hajjal.

– Ja? Hogy az a nő? Nem tudom, mit akart, mert el is tűnt rögtön.

– De ki volt az, nem tudod?

– Nem ismertem fel – adta a hanyag válaszát Veronika, miközben gyötrő emlék villant be neki a lény arcáról.

– De a szemével mi történt?

– Honnan tudjátok, hogy történt a szemével valami? Háttal volt nektek, nem?

– Nos, hát nem egészen.

– Hogy értitek?

– Ülj le ehhez, mert lehet, furcsának fog tűnni.

Veronika persze kérdés nélkül foglalt helyet a legközelebbi kanapén, és jelezte, készen áll a történet befogadására.

– Most már ülök, mondhatod.

– Éppen végeztem a mosogatással, és még kicsit vizes volt a kezem. Gondoltam, kavarok magamnak egy teát, de kicsúszott a bögre a kezemből, ami begurult a fotel alá a sarokba. Én persze lehajoltam és benyúltam a pohár után, és míg tapogatóztam, az ujjam belecsúszott valami kis mélyedésbe, melynek határozottan kemény volt a tapintása és nedves volt belül, de csak épphogy. Nem is igazán nedves volt, inkább porcelánszerű. Meg voltam győződve róla, hogy az a bögre, de rájöttem, hogy ez kisebb. Sokkal kisebb, körülbelül, mint egy feles pohár. Ami még továbbra sem állt össze, hogy miért nem találok rajta életek, miért sima mindenhol, leszámítva egy kis hosszúkás bemetszésfélét a legmélyebb ponton. Ekkor a fotel felrepült, mintha kilőtték volna, és alatta ott állt ez a nő. Amikor a szemébe néztem, akkor döbbentem rá, hogy végig az üres szemgödrében turkáltam. De ekkorra már eltűnt, és ami furcsa volt, hogy a fotel ugyanúgy volt ott, mintha nem is lökte volna fel semmi és senki.

AZ UTOLSÓ LEGÁLIS SZEÁNSZ

A hátralevő néhány nap, ami szombatig maradt, nem hozott túl sok váratlan fordulatot, mindössze annyit, hogy Dália és a négyes csoport megadták egymásnak az elérhetőségeiket, hogy váratlan fordulat esetén tudják egymást értesíteni, és végül Martin is rávette magát, így már hatan indultak el a szellem megidézésére. Dália és Martin voltak a legizgatottabbak – Dália a válaszok miatt, Martin meg azért, mert sosem vett még részt szellemidézésen. A hodály valóban messze volt a civilizációtól, és egy több száz hektáros szántóföld legvégén volt, olyan távolságra, hogy a föld másik végéről csak gyufafejnyinek látszott az egyébként meglepően nagy faépület. A létesítmény fadeszkái között átszűrődő fény hipnotikus módon jelenítette meg az ott kavargó porszemeket, melyeket nyugodtabb körülmények között órákig is lehetett volna bámulni. A tetőszerkezet úgy 7-8 méteres magasságban húzódott a talajhoz képest, így aki ide belépett, már a zsigeri ösztöneinél fogva is tisztelettel bánt a hellyel, még akkor is, ha látszólag csak a pókok hálói tartották vissza az öszszeroskadástól. Veronika, mielőtt elkezdték volna, részletesen ismertette a módszert:

– Először is, nem akarok politizálni, de holnap választás, és nem zárhatjuk ki, hogy ez az utolsó legális szeánsz talán az egész országban. Éppen ezért mindent bele kell adnunk. Mindenki jól gondolja végig, kitől és mit szeretne megtudni! Addig még a gyertyákat sem fogom meggyújtani, míg nem jelezte mindenki, hogy készen áll.

Feszült figyelem és síri csend kísérte párhuzamosan a nagyon is határozott ismertetést, de aztán az ideiglenes vezetőszerepbe lépő félérett nő elhúzta a cipzárat a hátizsákján, és egy keményfedeles Bibliát húzott elő, melynek középső lapjai közül egy pincekulcs állt ki, akasztóval kifelé. A kulcs akasztóján keresztül futott a spárga, mellyel a könyvet kereszt alakban kötötték össze. Ezt a fura készítményt mutogatta Veronika, miközben beszédének gyakorlati részére tért.

– A kulcs akasztójának két végét kell alulról két embernek tartania, hogy a könyv el tudjon fordulni, ha akar, de magától azért ne. Az első körben én leszek az egyik tartó ember, a másiknak Dáliának kell lennie, mert az ő kérésére idézünk először. Van kérdésetek?

Erre nem válaszolt senki, így Veronika új kérdést tett fel:

– Jó, rendben! Mindenki átgondolta, mit akar kérdezni, és kitől?

Válasz erre sem érkezett, emiatt névre szólóan tette fel újra:

– Martin? Végiggondoltad?

– Én egyelőre még csak figyelek.

– Jól van, te tudod.

Ezzel a két lány már fel is vette a könyvet az ismertetés szerint – ekkor már a gyertyák lángjainak baljós hullámzása mellett –, és Veronika még utoljára megkérdezte:

– Bocsi, elfelejtettem, hogy is hívják unokatesód barátnőjét?

– Székely Krimhilda – hangzott a rövid válasz.

Majd egy gyors sóhaj és átszellemülés után el is hangzott a bűvös mondat:

– Szellem, idézünk téged. Székely Krimhilda, ha itt vagy, adj egy jelet!

De nem történt semmi. Ekkor újra el kellett mondani: „Szellem, idézünk téged. Székely Krimhilda, ha itt vagy, adj egy jelet!"

Továbbra sem történt semmi, mire Martin megszólalt:

– Akkor ez azt jelenti, hogy életben van?

Az eddig csendben váró Zoltán válaszolta meg a kérdést:

– Vagy ezt, vagy magukkal a kellékekkel van valami gikszer. Vera, biztos, hogy a megfelelő színű madzaggal kötötted át?

– Igen, hát fehér, látod.

– Jó, csak hangosan gondolkodom. Nem az a baj, hogy túl sokan vagy túl kevesen vagyunk?

– Én úgy tudom, hogy a létszám itt nem számít, de kettő a minimum.

– Akkor nincs több ötletem.

Ekkor Dáliára nézett, és folytatta:

– Szerintem a barátod él és virul.

– Gondolod? – reménykedett.

– Persze, de teszteljük azért magát a módszert, idézzünk meg egy mást... A mondat végéig sem jutott Zoli, a könyv kifordult jobbra.

Egy kicsit meglepődött mindenki, Martin meg aztán kifejezetten, és hangot is adott neki:

– Na jó! Ezt meg hogy? Lányok, nem ti forgatjátok?

– Én azt sem értem, hogy működik ez a módszer – közölte Dália.

– Én meg nem szoktam olyanokat ugratni, akiket csak pár napja ismerek – vágta rá Veronika.

– Ez különös. Hé, szellem! Itt vagy még?

Erre a kérdésre a könyv olyan vadul pördült el, hogy el kellett kapni, nehogy leessen, mert ilyenkor megszakad a túlvilági kapcsolat.

– Atyaúristen! Mi a franc? Most tényleg itt van egy szellem!? – szörnyülködött Martin első szeánszán.

– Persze, derítsük ki, hogy ki az!

– Jó de hogyan? Csak igennel vagy nemmel tud felelni.

– Próbáljunk tippelni – vetette fel a kézenfekvő ötletet Kíra, és ezzel már kérdezett is:

– A jelenlévők között van közeli rokonod?

A könyv erre először jobbra indult a forgással, de aztán mégiscsak balra lengett ki. Ez lényegében azt jelentette, hogy van rokon, de nem közeli, vagy pedig azt, hogy nem rokon, de közeli. Így szűkíteni kellett a kört:

– Valamelyikünk rokonához álltál közel?

A könyv erre kifordult jobbra, mely egyértelmű igent jelentett. Dália torkában egyre jobban feszült az a bizonyos gombóc, és habár tudta nagyon jól, mégis megkérdezte:

– Krimhilda, te vagy az?

A levegőt is felkavarta a Biblia, olyan sebességgel lendült meg jobbra, tehát az igen irányába. De Dália csak nyelt egyet, és pár ellenőrző kérdést is feltett:

– Balázsnak a barátnője vagy?

A könyv erre is jobbra fordul, és Kíra halkan megkérdezte az összezavarodott Dáliát:

– Balázs az unokatestvéred?

Erre a kulccsal és könyvvel egyensúlyozó lány csak csendesen bólogatott, és újabb ellenőrző kérdést tett fel:

– Marseille-ben haltál meg?

A kísértet erre is pozitív választ adott, így az utolsó kérdését is bevetette:

– Emlékszel arra, mikor két hete Balázs születésnapi ajándékát csomagoltuk, de nem sikerült, így fogtuk a laptopot és betekertük celofánba?

Erre viszont már lassabban, de balra fordult a könyv, így Dália kimondta, amire már az elejétől kezdve gyanakodott:

– Te nem is Krimhilda vagy!

A hodályon erre valóságos vihar söpört végig, leverte a gyertyákat egy erős huzat, ezzel ki is oltva azokat, a nagy és nehéz ajtó pedig úgy csapkodott ki-be, mintha sütőpapírból lenne, közben az egészet távolinak tűnő, de hangos, hosszú és csontig hatoló üvöltés kísérte. A legkülönösebb az volt benne, hogy ezalatt a könyv meg sem mozdult. Veronika erre gyorsan, pánikszerűen szólt a szellemhez:

– Elköszönünk tőled, szellem, kérünk, távozz!

A könyv erre jobbra fordult, és hagyták, hogy a teljes kört megtéve a földre essen. Amint ez bekövetkezett, a nagy szél is lecsendesedett a társasággal együtt. Zoli volt az első, aki megtörte a hallgatást:

– Én azt mondom, aki már dohányos, gyújtson rá, aki még nem, az szokjon rá most!

Dáliától jött a meglepően természetes reakció:

– Meg tudsz dobni egy szállal?

– Persze! Te is dohányzol?

– Nem, de most kipróbálnám.

A hat fiatal olyan mértékben megrémült, hogy ki is mentek a hodály elé a szabad levegőre, míg összegzik a történteket. Veronika itt szólalt meg:

- Te Dália! Honnan tudtad, hogy az nem Krimhilda volt?
- Ne haragudjatok, de be kell vallanom, hogy kicsit füllentettem. Khrimilda nem az unokatestvérem barátnője, hanem konkrétan az unokatestvérem. És Balázs meg az én barátom. De csak azért füllentettem, hogy kizárjam a véletleneket meg a szándékos manipulációt. Bocsi, hogy nem bíztam bennetek!
- Jó, hát megértjük, nem ismertél minket, a helyedben én is ezt csináltam volna.
- Meg van más is: Marseille... Párizsba ment, a kikötővárosnak a közelében sem járt. A két város között kb. 6-700 kilométer van. Ha meg is halt, biztos, hogy nem Marseille-ben. Plusz az ajándékozás. Ez a legfrissebb közös emlékünk, és egész életünkben nem nevettünk annyit, mint akkor, ki van zárva, hogy nem emlékszik rá.
- Akkor ezek alapján mire gondolsz?
- Nagyon bizakodó vagyok, mert szerintem Krimhilda életben van. Ha szellem lenne, azonnal jött volna a hívásomra. De aggaszt, hogy vajon ki jött helyette.

Bálint erre ismét megpróbálta modorához híven pozitívan értelmezni a dolgokat:
- Na, mit mondtam? Visszakergeted a nem kívánt szellemeket. Nem gondoltam, hogy tényleg így lesz. Ami meg az unokatestvéredet illeti, szerintem is logikus, hogy él.
- Jó, de mi van, ha szenved? Ha elrabolták, ha kényszerítik ilyen-olyan dolgokra, vagy...

Dália végig sem tudta mondani, a hangja már elcsuklásnak indult, így Bálint félbe is szakította:
- Hé, hé! Ne kombinálj! Az is lehet, hogy csak eltévedt, de semmi baja, vagy elfelejtett szólni, hogy kicsit később jön. Nem kell a legrosszabbra gondolni.
- És ha meghalt, csak a lelke nem tud szabadon mozogni?
- Most mondtam, hogy ne a legrosszabbra gondolj! Elő fog kerülni.
- Biztos vagy benne?
- Inkább csak remélem, de az jó hír, hogy a szelleme nem jött elő. Emiatt gondolom, hogy rendben van.

Martin ezt a pillanatot majdnem elrontotta egy személyes észrevétellel:

– Nem úgy volt, hogy Bálint a csapat hivatásos hitetlenje?

Hogyhogy már meg hisz a szellemekben?

– Egy folyamatosan változó világban mindig ugyanolyannak maradni nem túl emberbarát feladat – vágta rá a kissé kedvetlenedő Bálint.

– Tehát most már azért hiszel a szellemekben, mert a világ nagyobb vezetői is tényként kezelik?

– Nem. Csak abban hiszek, amit látok... vagy érintek. Rakd össze!

– Nem kekeckedésből kérdezem, csak én még mindig bizonytalan vagyok, és arra voltam kíváncsi, te hogy jutottál végül erre a következtetésre.

– Hát így. Láttam, hallottam olyan dolgokat, melyeket csak úgy magyarázhatok meg, ha elfogadom a szellemek létezését. És szerintem nagyban is így megy. Túl sok ilyen eset történik a világban, így a kormányok kénytelenek elfogadni, hogy a paranormális már csak simán normális.

– Mondjuk itt ez a kis beltéri orkán tényleg elég cudar volt.

– Hidd el, ha továbbra is lógsz majd velünk, fogsz még furcsa dolgokat látni. Erről jut eszembe! Dália, meddig maradhatunk?

– Ameddig jólesik. Holnap vasárnap, ilyenkor nálunk nem számít semmi.

– Szavazni nem mentek?

– Ha megyünk is, legfeljebb késő délután. Anyámék Harmadik Szemesek, de engem hidegen hagy.

– Értem, és köszi. Szóval akkor folytatjuk a szeánszot?

– Persze, de hogy tudjuk meg, hogy biztos elment-e már a szellem?

– Amilyen ereje volt, biztos, hogy tudnánk róla, ha még itt lenne, de van egy ötletem. Martin, gyere csak egy kicsit!

A két fiú azt találta ki, hogy telefonjaik kameráival néznek körbe, mivel ezek olyan dolgokat is látnak, amit az emberi szem nem. A legjobb példa erre a tévé-távirányító elején az ibolyafényű LED. A szemünkkel nem látjuk, ahogy gombnyomásra felvillan, de a telefonok kamerái megmutatják azt. Semmi sem bizonyítja, hogy a kísértetek is ebben a tartományban mozognának, de úgy tűnt, jelenleg ez az ötlet is jobb a semminél. Már kezdett besötétedni, de a felderítők hamar visszaértek azzal a hírrel, hogy nem találtak semmit, így folytatták a szeánszot, ugyanúgy hatan. Dália érdeklődni kezdett a további menetrendet illetően:

– Amúgy hogy is hívják azt, akit ti akartok megidézni?

A négy fős csoporton úrrá lett a kétségbeesés, mivel a név bizony hiányzott. Kíra volt, ki ezt beismerte:

– Hát, izé... a nevét azt nem tudjuk.

Erre Martin mentette meg a helyzetet egy saját történettel:

– Volt egy tanárunk még általános iskolában, aki nem tudta megjegyezni a neveinket, de mikor azt mondta, hogy „szürke kapucnis gyerek", tudtam, hogy rám gondol. Próbáljátok megszólítani valami külső jegy alapján!

– Ez nem rossz ötlet. Köszi! – véleményezte Kíra.

– De várjunk! A fazon kazah volt. Nem fogja érteni a nyelvünket – szólt hozzá Bálint.

– Ez is igaz. Akkor próbáljuk ki azt, hogy erősen gondolunk rá mind a hatan, hátha az is elég.

– Oké, akkor most tartjuk Zolival mi a könyvet, mert a lányok már voltak.

Így aztán az erőteljes koncentrálástól némaság telepedett a hodályra és annak teljes környékére. Minden megfagyott, még a növényzetet sem dörzsölte a szél, tökéletes, vákuumszerű csend jött létre. Egyszer csak Zoli és Bálint között jobbra vett éles fordulatot a Bibliába kötött kulcs. Bálint erőteljesen koncentrált egy kazah zászlóra, melynek minden részletét pontosan próbálta felidézni: a kék alapot, a sárga napkorongot, és a szintén sárga sólymot az oldalt futó díszítő motívumokkal együtt. Amint összeállt ez a képzeletbeli látvány, a könyv ismét jobbra fordult, így Bálint és a csapat félelmei beigazolódni látszottak, miszerint Közép-Ázsiából tett meg ekkora utat a szellem. A következő kép, mely megformálódott a fejében, az Kíra arca volt, de erre nem mozdult semerre a tákolmány. Ehelyett Zoli megkérdezte:

– Mire gondoltál, hogy nem fordul el?

Erre Bálint az igazat mondja:

– Megpróbáltam Kíra arcát sugallni, hogy megtudjuk, miatta van-e itt.

– Ó, várj! Ezt akkor átveszem. – Zoli megpróbálta minden erejével felidézni Árpádot, bár kissé elmosódott lett a kép, de arra elég volt, hogy a szellem igenlő választ adhasson erre a képre. De itt elakadt a tudomány, mivel nem tudták, hogyan lehet azt a kérdést megjeleníteni vizuálisan, hogy „Akarsz-e a jelenlévőktől valamit?" És míg elsötétített fantáziával kényszeresen várták az ihletet, Zoli váratlanul felkiáltott:

– A fejem! Benyilallt!

Egy kis idő múlva pedig így folytatta:

– Látok egy nagyon mocskos csatornarendszert. Körülbelül térdig ér a szennyvíz. Egy koponyát sodor az áramlat, melyen még van egy kis hús, de az állkapcsa, az nincs meg. Még egy pontosan ugyanilyen koponyát látok úszni a vízen... és még egyet, rengeteg van! De ezek tökéletesen egyformák!

Zoli köré gyűlt az aggódó társaság, és faggatni kezdték, hogy kell-e valami segítség, de a fiú csak folytatta:

– Látok egy véres ásót is. Ezek nem a saját gondolataim. Vagyis azok, de nem tudok nem ezekre gondolni. Most meg csontokat látok egy nagy halomba rendezve.

A látomások között gyötrődő egyszer csak megvilágosodva szólt ki:

– A maradványait akarja! Nem lett rendesen eltemetve, szerintem a fejét nem találták, vagy nem keresték meg.

– De hogy oldjuk meg? Még Szarvason sem jártam, nemhogy Nur-Szultánban. Hogy jussunk oda?

– Csatornarendszert láttam. Lehet, hogy nem kell addig mennünk.

– Hanem még messzebb, mert ezek tengerekbe vezetnek.

A beszédet félbeszakította egy különleges kattogó, hörgő hang. Mint a fuldoklás, csak élesebb és hangosabb. Egyre csak hangosodott, mígnem elviselhetetlenné vált. Aki ezt hallgatta, úgy érezhette, hogy ő maga is mindjárt megfullad, közben pedig mintha ténylegesen kezeket éreztek volna a torkukon. Emiatt itt már végérvényesen be kellett fejezni ezt a gyakorlatot is.

MAGYARORSZÁG VÁLASZT - 2036

Vasárnap már reggel hat óra óta nyitva álltak a szavazókörletek, de ekkor még szinte senki nem volt jelen, leszámítva a különböző pártok aktivistáit, akik még az utolsó megmaradt plakátokat kapkodták le a villanyoszlopokról, remélve, hogy nem lépték át a határidőt, mivel visszaállították a kampánycsendet. Mire az ország felébred, már el is tűnt minden egyes plakát, azonban a közhangulatot ez egyáltalán nem módosította. Kővári Albert fiával, Bálinttal együtt ment szavazni, de akkorára már elég hoszszú sor gyűlt össze az általános iskola utcájában. És a sor minél tovább őrizte meg hosszát, az azt alkotó emberekben egyre növekedett a feszültség és az unalom idegrendszert károsító párosa. Először még csak beszélgetések alakultak ki rég nem látott ismerősök között, valahol a sor közepétől kicsit hátrébb. Nem lehetett tisztán érteni a távolság miatt, de először két ismeretlen ember kezdett párbeszédbe még teljesen politikamentes dolgokról, majd elhangzott kettejük között a legveszélyesebb kérdés:

– Hát te kire fogsz szavazni?

– Természetesen az LNO-ra.

– Helyes. Orionnak itt az ideje leköszönnie! Már nem bírom, amit művel, ha megint...

Az idilli beszélgetést egy harmadik hang vágja félbe:

– Mi lesz akkor, „ha megint"!? Remélem, takarodsz te is Határral együtt.

– Mert mitől olyan szent ember a te Tollas Orionod!?

Ebbe ismét egy újabb hang tolakodott bele:

– Azaz! Válaszd vissza Tollast! Azért áll a sarkon a lányod, mert ilyen király a miniszterelnökünk!

– Ha még egyszer a szádra veszed a lányom, akkor...

– Hú, de megijedtem! Mi lesz akkor, főnök?

Többre már nem is volt szükség: az első ököl máris találkozott az első orrnyereggel, pedig még csak reggel 7:12 volt. A verekedést sokan próbálták megállítani, de ebből az lett, hogy még jobban belekeveredtek. Nyolc perc elteltével már huszonhatan ütötték és rugdosták egymást, és Kővári Albert érezte, hogy valamit tennie kell. Szabadnapos volt, de a jelvénye nála volt. Gyorsan odasietett a tömeghez, de előtte fiára bízta, hogy hívja a rendőrséget. Mikor Albert odaért, felmutatta jelvényét és felszólította a tömeget:

– Rendőrség! Hagyják abba a verekedést!

De ez sem ért túl sokat, így az LNO szimpatizánsai kaptak az alkalmon, hogy bátorságukat és testi erejüket fitogtassák, bár mint kiderült, nem bátorság volt, csak meggondolatlanság. Az egyik nő kilépett a tömegből és pofonvágta Albertet, majd dühösen üvöltött a képébe:

– Nem szégyelled magad, te ÁVO-maradvány!? Még fel is vállalod, hogy ez a 38 éves kölyök csicskáztat!?

Nem sokkal később egy férfi is kilépett:

– Mit akarsz a feleségemtől, te perverz patkány!?

Mielőtt Albert megkaphatta volna a második pofont is, már három járőrautó és két rabszállító kisbusz érkezett a helyszínre. Amikor a rendőrök fegyvert szegeztek a rendbontók irányába, a balhé átmenetileg lecsillapodott, pont elég ideig, hogy a kisbuszokba tuszkolják a lázongókat, akik ekkorra már ötvenegy főt számláltak. Azonban nem ez a kígyósmezei incidens volt az egyetlen az országban. A fővárosból, és majdnem minden megyeszékhelyből jelentettek hasonló eseteket, melyekről a híradó így számolt be: „Polgárháborús hangulat alakult ki a szavazóurnák körül. Szerte az országban több nagyvárosban tömegverekedések, lincselések és késelések törtek ki, melyeket a hatóságok egyelőre megfelelően kezelnek. Jelen pillanatban a választásra jogosult polgárok közel 11 százalékát állították elő erőszakos bűncselekményekre való felbujtás, tömegverekedésben való részvétel, és a kampánycsend megsértése miatt. Ezek a polgárok ezen a választáson nem szavazhatnak."

Habár a sor negyede eltűnt, még mindig nagyon hosszú volt a már egyedül várakozó Bálint számára. Egyre feszültebb és idegesebb lett, miközben arra gondolt, hogy újabb verekedés törhet ki. A szemei úgy jártak a tömegen, mint a radarok; pásztázta a sort, mely alakokkal érdemes távolságot tartani.

Mindenki félelmetes volt valami miatt: volt, aki egyszerűen nagydarab volt, másoknak a tekintete sugárzott haragot, ezeken kívül hegek, törzsi tetoválások és piercingek sokasága is azt a benyomást keltette, hogy a környék egyre veszélyesebb. A valóságban is eltelt majdnem egy óra, de ez Bálint fejében egy év is megvolt, az urnánál sietve húzta az ikszet a KMT-re, a jelenlegi kormánypártra. Kutyafuttában tette a lapot a borítékba, és míg a fülkéből az urnához vitte, ujjaival igyekezett a borítékból is a lehető legnagyobb részt takarásba helyezni, nehogy a vékony papír alatt átlátsszon az iksz helye. Hazafelé vezető útján még a szemkontaktust is kerülte, de ismerős arcba futott: Laci bácsi akkor indult el a körletbe. Bálint figyelmeztette a veszélyre:

– Laci bácsi! Nagyon nagy gáz van az urnáknál!

– Mi történt?

– A szavazók összeverekedtek, vagy ötvenen. A fater meg a kollégái már elvitték őket, de még mindig forró a levegő.

– Ugyan! Irakban már láttam cifrábbat is!

– De Laci bácsi! Ezek elvileg békeidők.

– Békeidők? Ugyan! – legyintett az idős veterán. – Sosem volt béke a Földön, csak a háborúk helyszínei változtak.

Ekkor azonban egy idős nő is megérkezett, ki szintén aggodalomra intette a még könnyelmű Laci bácsit:

– Te, Laci! Nem láttad a híreket?

– Milyen híreket?

– Kitört a polgárháború az országban!

– Hogy érted?

– Úgy, ahogy mondom! A szavazók elkezdték ölni egymást... ne menjünk el, csak azért jöttem, mert téged kerestelek. Menjünk haza!

Úgy tűnt, a veterán elbizonytalanodott, ránézett Bálintra, és megkérdezte tőle:

– Te voltál már szavazni?

– Igen, és Tollas Orionra szavaztam végül.

– Akkor jó! Amúgy sem volt túl nagy kedvem jönni, majd nyer a miniszterelnök úr nélkülem is – nevette el magát a sokat látott férfi, és végül csak sikerült rábírni, hogy kerülje el a veszélyzónát.

Az országos híradás 12.00 tájékán már elemzőkkel mérlegelte a lehetséges végkimeneteleket. A közszolgálati csatorna meghívta stúdiójába dr. Sárközi Xéniát, aki független elemzőként és politológusként közölte jóslatait a választással kapcsolatban. „Úgy vélem, ez a 2036-os választás több okból is rendhagyó. Először is, még mindig tartóztatnak le embereket a szavazókörletekben a kampánycsend megsértése vagy tömeg elleni izgatás miatt, így a szavazásra jogosultaknak már 18%-a esik ki. Ha ez a folyamat nem áll le, akkor a részvételi arány még az érvényességi küszöböt sem fogja elérni. Ennek ellenére úgy látom, csillapodik a közhangulat, a délelőtti órákhoz képest lényegesen kevesebb rendőrségi akcióra volt szükség. De a többit majd urnazáráskor fejtem ki, mert a további észrevételeimet már nem tudom pártok vagy politikusok neveinek említése nélkül közölni."

A politikai elemző által felvázolt elmélet végül nem jött be teljesen, mert a szavazás – igaz, hajszál híján – érvényesen zárult, és a szavazatszámlálók végül elkezdték a munkájukat, addig pedig a televízió folyamatos tájékoztatást adott a részeredményekről. Először is a medián értékelésével kezdtek: „Üdvözlöm a televízió nézőit. A pontos idő 21.30, és a szavazást hivatalosan is lezártuk, de először vessünk egy pillantást a mediánra!"

A képernyőn egy oszlopdiagram jelent meg, a koordinátarendszer vízszintes tengelyén három logóval: az első egy talpán álló vörös háromszög, benne egy álló kalapáccsal, melynek nyele kicsit még túllóg a fejen, hogy egy keresztet formázzon. Ez az KMT logója. Mellette egy négyszárnyú stilizált madarat lehetett látni, mely a magyar zászló színeit tartalmazta, az LNO- t szimbolizálva. Majd a sor végén a három íriszű szem sematikus ábrája, mely színekben egyáltalán nem volt harsány, csak fekete és fehér színekből állt, jelképezte a Harmadik Szem Mozgalmat. A legmagasabb oszlop a három íriszű szem felett húzódott, és közel negyvenhét százalékos parlamenti többséget vetített előre. Mögötte eléggé lemaradva a keresztet formáló kalapácshoz tartozott a második legmagasabb oszlop, mely alapján Tollas Orion pártja lehet az erősebbik ellenzék 31 százalékkal. És a sort a 22 százalékot jósló oszlop zárta, alatta a még mindig büszke négyszárnyú madárral. Dr. Sárközi Xénia így magyarázta a hirtelen változást a pár nappal ezelőttiekhez képest:

– Egyértelmű, hogy Csonka Jávor reputációját nagyban elősegítette a tévés vita, ahol a másik két jelölt csak egymást kritizálta, míg a Harmadik Szem Mozgalom pártelnöke a témákkal foglalkozott. Ezzel rengeteg bizonytalan szavazót állíthatott maga mellé. Ezen túl a jelenlegi miniszterelnökből kiábrándult szavazók nem akarták Határ Egont sem, így számukra képbe került egy új alternatíva. Ugyanakkor megosztó témákban is markáns álláspontot fejtett ki, gondolok a globális szellemjárásra, melyet a pártelnök úr kísértet-apokalipszisnek nevezett. Sokan abban sem biztosak, hogy ez egy valós probléma, mások meg úgy érzik, mindennapjaikat keserítik meg a túlvilági lények. Csonka Jávor azzal, hogy beszélt a témáról, konkurencia nélkül maradt egy eléggé fontos kérdésben, mellyel eddig egyik jelölt sem volt hajlandó foglalkozni.

Éjfél előtt néhány perccel már végleges eredményt is tudtak mondani, melyet az alvó ország már csak másnap reggel ismerhetett meg, de akiket igazán foglalkoztatott a választás, azok kivárták, hogy élőben is megnézhessék, vagy akik rádió mellett ültek ekkor, meghallgassák a választás győztesének beszédét. Csonka Jávor felülmúlta a mediánt, így 54%-os parlamenti többségre tett szert a pártja. Az új miniszterelnök szerény és rövid beszédet tartott a választópolgároknak, de érezni lehetett benne az elégedettséget, az örömöt, sőt még a meglepettséget is. A beszéd így hangzott:

„Kedves választópolgárok, kedves hölgyeim és uraim! A mai napon önök a bizalmukkal ajándékozták meg mozgalmunkat, mely gesztus nem marad viszonzatlan. Már az első hetekben, hónapokban törekedni fogunk ígéreteink teljesítésére, de engedjék meg, hogy pár szót a leköszönő kormányhoz is szóljak…"

A tömeg hangos tapsvihara, fütyülése és éljenzése szünetet tett ebbe a beszédbe, mely a következőképpen folytatódott:

„Igazán szép eredmény, hogy 38 évesen valaki elmondhatja magáról, hogy volt már államfő. De államfőnek lenni nem csak arról szól, hogy politikai ellenfeleinket ott támadjuk, ahol érjük... Egy államfő funkciója nem merül ki belviszályok kezelésében, vagy éppen kezdeményezésében. Mindezek ellenére – és ezekkel együtt is – szeretnék gratulálni Tollas Orionnak, hogy övé a legerősebb ellenzéki frakció..."

Ezt hallva több százezer ember harsány kacaja csendült fel, és további hárommillió elmosolyodott a tévé előtt.

„Nézzék el nekem, hogy a szót nem cséplem tovább, mivel nem a szavak, hanem a tettek embere vagyok! Záráskét önöknek még egyszer köszönetet mondok az egész mozgalom nevében, és önöknek is kívánom, hogy érjenek el minél nagyobb sikereket miniszterelnökségem alatt, és ha lehet, utána is!"

A beszédet kézzelfogható báli hangulat kísérte, azonban volt egy másik beszéd is, melyet sokkal őszintébb és kimértebb módon adott elő a miniszterelnök, mert ez már kizárólag csak a kormány tagjainak szólt:

– Uraim, és persze hölgyeim! Mozgalmunk teljesítette az első lépcsőfokot, és emiatt minden okunk megvan az ünneplésre. A siker nem jöhetett volna létre hősies aktivistáink nélkül, kik a szavazóurnáknál elérték, hogy riválisaink egymás ellen forduljanak és őrizetbe kerüljenek. Mivel ezen hősök is bevállalták az előzetes letartóztatást, különleges jutalmat tartogatok nekik. Kiemelten fontos szerepük volt a kommunikációs, szociológiai és pszichológiai tanácsadóinknak – akik közül most is jelen vannak többen is –, ők voltak, kik a csendes kampányainkat tervezték meg. Egyik-másik ötleten még én is meglepődtem: jávorszarvasokról szóló dokumentumfilmek, hogy a nevem barátságosnak érződjön... Komolyan mondom az eszem megáll rajtatok!

Itt is egy visszafogott kuncogás, de inkább csak mosolyok halmaza volt a reakció, melyre még reagált is az új kormányfő:

– Hát elhihetitek, én is ilyen jót derültem az ötleten. De a személyes kedvencem Kígyósmező volt: munkanapon tartottuk a lakossági fórumot, hogy leteszteljük, mennyire égtek be az üzeneteink a választók tudattalanjába, és ahogy a mellékelt ábra is mutatta, sokan az iskolát és a munkahelyet is otthagyták arra a napra, pusztán zsigeri ösztönből. Ráadásul még a templom toronyóráját is megállítottuk 8.13-kor. Jómagam féltem tőle, hogy ez már túl feltűnő lesz. Emiatt rengeteg pénzt tudtunk megspórolni, így a kampányra szánt pénzből már be is válthatjuk a gyakrabban emlegetett ígéreteinket. Végére hagytam a legfontosabbat: a médiahatóság, a belügyminisztérium és a már kiemelt kommunikációs szakemberek együttes munkájára lesz a legnagyobb szükség, mivel el kell érnünk, hogy legkésőbb fél éven belül a szellemjárásokról szóló hírek kiszorítsanak minden más témát a közbeszédből. Azt kérem tőletek, hogy keressétek árgus szemekkel azokat a jelenségeket, melyekbe kísérteteket is bele lehet látni, és tegyetek így! Ha ez sikerül, ráléphetünk a második lépcsőfokra...

AZ ÚJ KORSZAK ELSŐ NAPJA

Hétfő reggel látszólag úgy tűnt, nem változtatott a lényegen, hogy új államfője lett az országnak. Ugyanolyan álmosan és szűkszavúan ért be mindenki a munkahelyére vagy az iskolákba, mint bármikor máskor. A választási plakátok nélkül mármár rá se lehetett ismerni az utcákra, mert visszanyerték a feledésbe merülő eredeti állapotukat. Ami pedig a médiát illeti, tele volt minden a választások eredményével, minden az új kormányról szólt. Ez a hangulat viszont akarva-akaratlanul is átszivárgott a hétköznapokba, és ez alól a Klebelsberg Kuno Gimnázium sem volt kivétel. Minden szünetben diákok csoportjai gyűltek össze a folyosókon, az udvaron, vagy a termekben, hogy a már nagybetűs életeiket élő felnőtteket utánozzák azzal, hogy ők is levezetik saját házi értékeléseiket, összegzésüket. Veronika például ezt a kérdést vetette fel:

– Most akkor, hogy ezek győztek, eltörlik a latin érettségit?

Oszkár válasza megnyugtatóan hatott a lányra:

– Dehogy fogják! Maximum jövőre, de nekünk még lesz.

– Honnan gondolod ezt?

– Azért, mert most még jótékonykodni fognak. Emelik a rendőrök fizetését – persze nem tudjuk még, hogy honnan veszik majd el –, megépítik a vasutat Shanghai-ba... majd ha már kellően bízunk bennük, majd akkor fognak hozzá rombolni.

– Shanghai-ba? Miféle vasút?

– A transzszibériai vasútvonalnál is hosszabbat akarnak, és nyolc időzónát fog érinteni, Budapestről indul majd, átmegy Ukrajnán, Oroszországon, Kazahsztánon, és végül Kína legtávolabbi pontján fog megállni. Benne volt a programfüzetben. Állítólag jövő héten már kezdik a tárgyalásokat a négy országgal.

– Na, ezt mondjuk támogatnám. Menőn hangzik! És akkor azt mondod, az érettségit nem piszkálják meg?

– Nyugi, nem. Sokan felháborodnának, nem akarják még megkockáztatni.

– De honnan vagy ebben ilyen biztos?

– Logika. Kezdő kormánypárt. Nem akarnak egyből zsarnoksággal nyitni.

Ezzel egyidőben lezajlott egy másik beszélgetés Ramóna és Bálint között, melyet a lány kezdeményezett, együttérző, fájó mosollyal:

– Na, mit szólsz hozzá, hogy már nem idézhetsz szellemet?

– Nem is bánom, amúgy sem tudnám rávenni magam még egyszer.

– Pedig lettek volna kérdéseim.

– Attól még beszélni szerintem lehet róla. Mondd bátran!

– A szellem, amit megidéztetek akkor... láttátok az arcát?

– Kíra azt mondja, látott akkor valami arcféleséget, de mi semmit. Miért?

– Lehet, hogy hülyeség, ne nevess ki!

– Rendben.

– Szóval arról van szó, hogy éjszaka körülbelül negyed egy környékén arra ébredtem, hogy nem tudok mozogni, de a szemeimmel tudtam körbe-körbe nézelődni. Egyszer csak felülről az arcomba hajolt egy teljesen sápadt képű, szőkésbarna hajú nő, akinek nem volt szeme. Azt akarom kérdezni, hogy nem-e ezt láttátok ti is.

– Kíra fekete szemekről beszélt, így nem hinném, hogy ez az lesz. Lehet, hogy csak rosszat álmodtál.

– Nem álmodtam, mert a szobámban minden pontosan ugyanúgy és ugyanott volt: a tévé, az ajtó, a szekrények, minden. Ráadásul mikor már újra mozogni tudtam, nem volt meg az az érzésem, hogy egy álomból ébredek, ugyanott folytattam, csak már a kísértet nélkül.

– Beszéltél erről már mással is?

– Csak a családommal, de ők nem láttak semmit, apám kiröhögött, anyám elhiszi, de próbálja rémálommal magyarázni, a húgom meg nem mer bejönni a szobámba.

- Nem akarok politizálni, de abban érdemes reménykedned, hogy Csonka Jávor rendszerében már beszélhetsz nyíltabban is róla, mert ha elismerik, hogy léteznek, a társadalom már nem fog őrültnek tartani.

- Én emiatt is szavaztam végül rájuk. Korábban is láttam, de először csak azt hittem, rosszul látok, vagy ilyesmi. Te kire szavaztál?

- Én nem voltam, mert nem tudtam dönteni.

A tegnapi választás fontos téma volt Albert és Tamás között is, akik Kígyósmező külvárosát, azaz vidékies, fakerítéses tájait járták körbe szép lassan a kék-fehér csíkos szolgálati autójukkal, melyben Albert ült a volán mögött. Mivel a bejárandó terület is nagy volt, ráadásul még lassan is közlekedtek, sőt a környék maga is békés volt, így akadt idő bőven arra, hogy Tamás minden örömét Albertre zúdítsa:

- Hallod, Albi? Olyat győztünk tegnap, hogy még én sem hiszem el.

- Így van, Tomi, győztünk.

Erre Tamás szemei és szája egyszerre kerekedtek el, és a levegőt is elfelejtette magához venni néhány pillanatra, de mégis folytatta:

- Csak nem!?

- De bizony.

- Hogyhogy a Harmadik Szemre szavaztál?

- Nem a Harmadik Szemre, hanem a másik kettő ellen. A legkisebb rosszra akartam szavazni.

- A legkisebb rossz!? Ember, magadnál vagy!? Majdnem megduplázzák a bérünket, ráadásul meg fogják oldani a...

- ...igen, tudom, a szelleminváziót, amiről már a Jelenések Könyve is említést tesz, bla- bla- bla.

- Nos, igen, azt. – Tamás elhallgatott, látszólag a sértettségtől.

- Hé, ne szívd mellre! Rájuk szavaztam én is, ne ezen vesszünk össze!

- Ja, nem, nem az a baj.

- Hát akkor?

- Tudsz titkot tartani?

– Persze, szakmai ártalom – nevette el magát Albert, de csak halkan.

– Már lassan egy jó hete látok érdekes dolgokat... Francokat érdekeseket, ijesztő, rémes és sokkoló dolgokat.

– Ezzel mindannyian így vagyunk! Emlékszel, mikor a szemünk láttára lőtték szét annak a fickónak a fejét? Még ma is bevillan.

– Igen, de ez nem olyan. Valós időben látom, mint ahogy most téged. Embereket, sok embert, főleg nőket kivágott szemekkel, meg van köztük lefejezett is, és mindegyiknek olyan furcsa, szürkésfehér, eres bőre van, de nagyon sokan csak árnyékok, meg...

Albert fülét megütötte az a két részlet, hogy „lefejezett" és „szürkésfehér, eres". Ezekről nyomban eszébe jutott saját rémálma, és tudta, Bálinton kívül nem beszélt róla senkinek, Bálint meg nem ismeri Tamást személyesen. Érezte a tapasztalt járőr, hogy valami nagyon nem áll össze, és ez az érzés testi reakciókban is megnyilvánult. Az ereiben mintha forró víz lépett volna a vér helyébe, de közben minden más szövete kihűlt, és minden szőrszála az ég felé emelkedett. Ezek ellenére Albert már csak büszkeségből sem akart hangot adni aggodalmának, így ehelyett ezzel válaszolt:

– Na jó, elismerem, ilyet még nem hallottam senkitől. Mikor szoktad ezeket látni?

– Állandóan. Sosem tudom kiszámítani, van, hogy egy teljes napig semmi, másnap minden félórában, de nem függ a hangulatomtól, arra rájöttem. Amikor a feleségem családjánál vihogtunk az asztalnál, akkor is láttam egy árnyékot az ablakon keresztül, meg este hullafáradtan is egy eres kart, mely a plafonból nyúlt felém.

– Ne vedd sértésnek, de vegyél ki egy kiadós szabadságot, meg beszélj az őrsön a pszichológussal!

– Még bizonyítani akarok, úgy érzem, a főnök még nincs velem meg... Úristen! Állj meg! – kiáltott Tamás idegesen.

– Mi az? Mi ütött beléd?

– Ott egy kikapart szemű nő a folyóparton.

Erre Albert csak sóhajtott egy nagyot, de rálépett a fékre és leállította még a motort is. Majd odafordul lassan a társához:

– Figyelj! Ez lesz a jó terápia a számodra. Megálltam, de csak hogy bebizonyítsam, nincs ott semmi.

Ezzel a lendülettel már nyitotta is az ajtót, és egy határozott mozdulattal kilibbent a kormány mögül, míg társa kétségbeesetten várta az eredményt. Albert már körülbelül 10-15 méterre lehetett a nyitott ajtajú járműtől, mire odakiáltott Tamásnak:

– Hallod!? Tényleg jól láttad! Gyere ki, nézd meg!

– Nem veszem be, csak ugratsz!

– Dehogy ugratlak, gyere ki és találjuk ki, mi legyen!

Lassú, ingatag léptekkel megindult a másik rendőr is, és amit ott láttak, a folyó partján a fűben, az valóban olyasmi volt, mely megindokolja a rendszeres képzelgéseket. Egy fiatal, nagyjából 18 és 32 éves kor közötti nő holttestét találták meg, aki lila esőkabátot, farmernadrágot, és magas sarkú cipőt viselt. Haja már ritkulni kezdett, de látszott, hogy valamikor szőkésbarna volt, mindkét szemét eltávolították, nyakán horzsolások nyomai látszottak. A livor mortis nevű fázis nyomait is fel lehetett fedezni a testen: a kinyújtott karja alul a kis- és gyűrűsujj vonala alatt már majdnem koromfekete volt, kicsit fentebb átmenetes lila, majd a hüvelykujj már-már gipszre emlékeztető fehér színű volt. A körmök is irreálisan hosszúnak tűntek, mert a bőr elkezdett visszahúzódni. Ezek alapján nagyjából 3-5 napja kellett halottnak lennie, de még eddig senki sem fedezte fel, mert a folyó ezen szakaszán szinte senki sem járt, meg aki járt is, nem az elvetemedett, gazos tájat figyeli. A hiányzó szemek és a nyak körüli horzsolások arra engedtek következtetni, hogy az áldozatot különös kegyetlenséggel gyilkolták meg. Albert még megőrzött néhány részt a lélekjelenlétéből, majd kérte társát, hogy szóljon be a központba, míg ő biztosítja a helyszínt. A holttestet letakarta jobb híján a saját kabátjával, az autó piros-kék villogóját felkapcsolta, és lehúzódott az amúgy gyér forgalmú útszakaszról. Pár perc elteltével már a halottkém is megérkezett, így a testet elszállították, de a lélekkel kapcsolatban ez nem volt ilyen egyértelmű. Hogy miért is nem, az az esti híradóból derült ki. A társadalom többsége már ekkor az otthonából hallgatta a vérfagyasztó beszámolót az elegánsan felöltözött, rideg, érzelemmentesen beszélő hírolvasótól:

„Azonosítatlan nő holttestére bukkant két járőr Kígyósmező külvárosában, száztíz méterre a szerb határtól ma délelőtt. Egyelőre halálának okai tisztázatlanok, de feltételezhetjük, hogy ennek a nőnek a szellemét láthatták Magyarország déli régióiban, Szerbiában, Romániában és Horvátországban. A szemtanúk többsége a szellem mozgását úgy írta le, hogy folyamatosan ismétlődik néhány egyszerű mozdulat, mintha egy megakadt lemezjátszót hallgatnánk. De akadnak olyanok is, akik arról számoltak be, hogy csak hirtelen kiugrott a megfigyelő elé, majd gyorsan eltűnt. Ezekből a téma szakértői arra következtetnek, hogy a nő erőszakos halált halt, melyet a hatóság is alátámasztott."

És ekkor feltűnt a képernyőn Kővári Albert, amit otthon a család meglepődötten fogadott. De aztán Albert nyilatkozatát hallhatták:

„Nem árulhatok el minden részletet, de feltehetően kötél által keletkezett horzsolások voltak az áldozat nyakán, így biztosra veszem, hogy idegenkezűség van a dologban…"

Ezután otthon a tévé előtt ülő Albert dühösen felugrott a fotelből:

– Nem csak ennyit mondtam! Úgy mondtam, hogy biztosra veszem, hogy idegenkezűség van a dologban, vagy pedig öngyilkosság történt. Ezek megvágták a nyilatkozatomat, hogy őket igazoljam!

Kőváriné Nagy Tekla így nyugtatta dühös férjét:

– Jaj, tudod, hogy mindent megvágnak, meg elég feltűnő, mert a hangsúlyodat nem vitted le. Senki sem fogja azt hinni, hogy ezzel azt igazolod, hogy szellemek léteznek.

– Persze, nem is mondtam, de tudod, milyenek a helyiek. Kiforgatnak minden szót.

– Ne törődj velük! Attól még nem lesz kevesebb a bevételed.

Majd ezután egy másik hír vonta a figyelmet magára, mely már arról szólt, hogy a parlament már az új kormány első napján 61 százalékkal megszavazta a hatósági személyek minimálbérének emelését. Igennel szavazott a Harmadik Szem Mozgalom minden képviselője, a maradék hét százalékot pedig a Liberális Nemzeti Oldal egyharmada tette hozzá.

Erre persze Albert hangulata is rögvest megváltozott a tévé által sejtelmesen bevilágított szobában:

– Na, ezt legalább jól csinálják! Én hülye meg még Tollasékat akartam egy hete, és rajtuk kívül mindenki támogat.

A gimnázium falain belül pedig még délután történt egy olyan esemény, mely azt sugallta, hogy nemcsak kormányt, de még csak nem is csak rendszert, hanem egyenesen látásmódot váltott az ország. A délutáni órákban a titkárok minden osztályteremben látogatást tettek, mely szoros összefüggésben állt a latin érettségi kérdésével. Az egyik titkár megjelent a 12/A-ban, azaz Veronikáék osztályában is. A teremben halk duruzsolás hangja kezdett szétáradni, miközben minden tekintet a nagy papírköteget méregette. Majd megszólalt az is, aki ezeket a dokumentumokat hozta:

– Szervusztok! Bizonyára már tudjátok, hogy a latin érettségi körül az utóbbi időben felkavarodott az állóvíz. Az iskolánk vezetősége és pedagógiai kara kérvényezte egyenesen az oktatási minisztériumtól, hogy ideiglenesen függesszék fel az érettségit a latin nyelvből, mivel a próbaérettségin kiderült, hogy alkalmas démonok megidézésére, ha rossz a kiejtés vagy a nyelvtan, nem tudom, ehhez a részéhez nem értek. Ezt nem sikerült elérni...

Az osztály egybehangzó csalódottságából egyedül Veronika, és még egy maroknyi diák visszafojtott öröme tűnt ki.

– Nem értük el a latin érettségik elnapolását, de olyan kompromisszumos megoldás jött létre, hogy az ország minden iskolájában jelen lesz egy magasabb rangú egyházi személy a biztonság kedvéért. Továbbá ezek a papírok beleegyező nyilatkozatok, ezt szíveskedjetek végigolvasni, és tizennyolc éves kor felett aláírni, alatta pedig szülővel aláíratni belátástól függően!

A papírok kiosztása után Veronika szemlátomást megkönnyebbült, hiszen ezen állt vagy bukott a tervének jelentős része, meg persze a biológián, de a kettő együtt kellett ahhoz, hogy az egyetemre majd beadhassa jelentkezését.

A KÉRÉS

A következő napon, úton hazafelé a gimnázium nagy, díszes szobrokkal benépesített udvaráról Kíra rövid mondatot címzett Zolinak, Bálintnak és Veronikának:
– Ottó megint elkezdte látni a fej nélküli embert.

Zoli erre a homlokára csapott, és harsányan kezdte mondandóját:
– Hú, tényleg! Nem tettünk egyetlen lépést sem a maradványok felkutatására!

Bálint erre csak annyit reagált:
– Mert? Ki tudnál menni Kazahsztánba?

Veronika is megosztotta az előző napon szerzett információit:
– Oszkár azt mondta, épülni fog valami vasút Kínába, ami átmegy Kazahsztánon is.
– Jó, de mennyibe kerül majd az út? Hogy tájékozódunk az idegen terepen? És különben is, minimum 3-4 hónap, mire megépül egy olyan hosszú út, ami innen egyenesen Kínába vezet. – Zoli ezekkel az aggályokkal egészítette ki a beszélgetést.

– Nem tudom, hogy mennyibe fog kerülni az út, de valahogy csak meg tudjuk oldani, szerintem egy repülőjegynél nem lesz drágább, a tájékozódásra ott lesz a GPS, azt a pár hónapot meg ki kell bírni.

– De hogyan? Teljesen ránk fog telepedni addig. Vagy megőrülünk, vagy belehalunk.

– Nem tud interakcióba lépni a környezetével, legalábbis én még nem láttam, hogy ezt tenné.

– Akkor Dáliáéknál mi fojtogatott minket?

– Tényleg! Az is ő volt! Akkor elfogytak az ötleteim.

Kíra erre egy új megközelítést ajánlott fel a csapatnak:

– Figyeljetek! Megpróbálom rávenni Árpit, hogy vigyen ki minket, vagy legalább csak engem. Ha belemegy, akkor sínen vagyunk!

– Ne keverjük bele! Tőlünk akarja, lehet, hogy rossz ötlet külsősöket belevonni – javasolta Veronika.

– Ja, szerintem sem kéne – hangzott a tömör helyeslés Zolitól.

– De Árpád nem külsős! Pont, hogy szemtanúja volt a szellemhez tartozó test halálának – védte Kíra tovább az ötletét.

– Tegyük fel, Árpád bevállalja, hogy kivisz minket! Tegyük fel, hogy minden országhatáron zökkenőmentesen át tudunk kelni! Még mindig ott van az, hogyan találunk meg egy maximum kosárnyi fejet egy hét-nyolcszáz négyzetkilométeres nagyvárosban? Meg mi van, ha valaki más megtalálja, még mielőtt odaérünk? Akkor az lesz a világtörténelem leghosszabb potyaútja. – Bálint pedig ezzel a levezetéssel világított rá arra, hogy a lehetetlen határait kezdik súrolni.

Ez idő alatt pedig Veronika is végigfuttatott néhány gondolatot a fejében, melynek eredménye ez lett:

– Mi van, ha nem is a maradványait akarja? Még mindig látom a kivágott szemű, lila kabátos nő szellemét, pedig tegnap Bálint apja meg a társa megtalálták a holttestet.

– Koponyákat és csontokat láttam aznap, mi mást akarhat? – csodálkozott Zoli a hallottakon.

– Lehet, hogy a többi áldozat maradványát akarja, hogy megtaláljuk, vagy előre akar valamit vetíteni, esetleg fenyegetőzés... szerintem újra meg kéne idézni.

– De az nem illegális?

– Még nem szavazta meg a parlament, csak két napja van Csonka Jávor kormányon.

– Akkor mennyi időnk van rá?

– Minél hamarabb kezdjük el, annál több.

– Most azonnal gondolod?

– Dehogy! Holnap is rá fog érni még éppen, csak arra mondom, hogy hetekig, hónapokig azért ne húzzuk el!

Kíra már látta, hogy ez a szál egyre csak bonyolódik, emiatt gyorsan és egyszerűen bogozta ki, mint Nagy Sándor a gordiuszi csomót:

– Maradjunk annál, hogy megpróbálok hatni a nagybátyámra! Hazaérek, egyből fel is hívom, és majd ráérünk később foglalkozni ezekkel.

Ezt a felvetést átmenetileg elfogadta minden jelenlévő, majd szétváltak az utak, így Kíra már pár percen belül hozzá is láthatott az „A" terv próbájához. Először viszont a szüleivel beszélt a témáról, akik hosszas tanakodás és vonakodás után mégis beadták a derekukat. Kírának nem volt egyszerű dolga meggyőzni szüleit, különösen nem apját, aki még most is szkeptikus volt a témában, de az apa látta, hogy a lánya szenvedése akkor is valódi, ha az oka nem. Móric végül úgy látta, inkább tegye meg a lánya ezt a hatalmas utat, hátha megnyugszik tőle. Tehát fel is hívta a nagybácsit telefonon, aki hivatalosan szólt bele:

– Peskó Árpád, miben segíthetek?

– Én vagyok az, Kíra!

– Jaj, te vagy az? Elég nagy baj lehet, ha már engem hívsz, úgyhogy ne kímélj!

– Beszélhetnénk személyesen?

– Persze, hol vagy most?

– Itthon.

– Jól van, máris indulok.

Kíra ránézett a szüleire, és közölte, hogy Árpád mindjárt ideér, mire a szülők megkönnyebbülten bólintottak, de azért Móric hozzátette:

– Árpádnak ez a munkája: járni a világot, ha kell, ha nem. De te biztos készen állsz egy ekkora útra?

– Muszáj megtennem! Nem csak magamért, Ottóért is. Ő is egyre sűrűbben látja ezt a rémséget.

– Nem akarod, hogy menjünk veled, ha már semmiképp sem mondasz le róla?

– Nem tudom, mert Árpi sem biztos, hogy belemegy.

– Jó, de ha mégis?

- Annyiból jó lenne, hogy nem lennék elveszve, de akkor Ottóval mi lesz? Nem, inkább maradjatok itt vele, én elleszek Árpival! Majd telefonálgatunk, vagy hasonló.

- Az iskolával egyeztettél már?

- Majd szerzek orvosi igazolást.

- Hát ennek nem örülök, de látom, tényleg nem lehet róla lebeszélni.

Mivel Árpád valószínűleg amúgy is a közelben volt, hamarabb érkezett, mint általában szokott. Mint aki csak hazatért, olyan magabiztosan nyitotta ki az ajtót, de sem a cipőjét, sem a kabátját nem tette le, csak az előtérben állt meg. Karola szóvá is tette:

- Gyere be bátran! Foglalj helyet!

- Á, köszi, de sietek, csak azért jöttem le, mert Kíra hívott, plusz itt voltam a kisboltban, de bármelyik percben hívhatnak. Szóval, mi is a probléma pontosan?

Kíra zaklatottan és hadarva kezdett mondandójába:

- A szalonnasütésnél láttunk egy lefejezett embert, és az az a fiú lehetett, akit Kazahsztánban lefejeztek. A szelleme kísért minket, és azt akarja, hogy szedjük össze a maradványait, és...

- Egy pillanat! - szakította félbe az összezavarodott nagybácsi a kétségbeesett unokahúgát. - Ki az a „mi"? Milyen maradványokat?

- Engem, Ottót, Zolit, Verát, Bálintot, meg ki tudja még kiket kísért, szerintem akkor jött elő, mikor poénból idéztünk szellemet a netes kihíváshoz. Később megidéztük megint, de már szándékosan, és az derült ki, hogy azt akarja, hogy keressük meg a fejét, mert azt nagy eséllyel nem temették el vele együtt. És tudom, hogy óriási kérés, de nem lennék hálátlan... el tudnál vinni oda, ahol láttad a fiút meghalni?

- Micsoda!? Kazahsztánba? Még a legrövidebb úthoz is két országot kell kereszteznünk.

- Igen, tudom, de nagyon fontos lenne, eskü, felvágom a tűzifádat, ha kell, vagy szerzek állást, és a fizetésem fele mindig a tiéd lesz, de életbevágó lenne!

- Figyelj! Ez egy nagyon hosszú és nagyon veszélyes út lenne. A Kaukázus egyharmadát szinte teljesen átvették a szellemek, az ukrán kormány ingyen osztogatja a zsályát, Kazahsztánról meg még én sem tudok semmit. Legyen inkább az, hogy a szerkesztőséggel lebeszélem, hogy küldjenek ki oda, arra fogok hivatkozni, hogy lenne még pár kérdésem dr. Berik Karimovhoz, az új kormány örülni fog, ha egy ilyen kaliberi tudóst is sikerül a szellemek témája mellé állítani. Az interjút meg fogom csinálni vele, de közben keresni fogom a fejet égen-földön. Mihelyst megtaláltam, azonnal felhívlak, még le is fotózom neked. Így jó lesz?

– Tényleg megtennéd?

– A testvérem lánya vagy, még jó, hogy!

– Nagyon szépen köszönöm! Sokkal lógok neked.

– Ugyan, nem tesz semmit! Legalább te is megnyugszol, a szellem is, meg a főszerkesztő úr is, mert végre lesz folytatása a cikkemnek.

– Jól van! De amúgy nem kell a fotó a fejről, megbízom benned anélkül is.

– Oké, akkor csak felhívlak – vigyorgott sejtelmesen a férfi.

Ekkor pedig megcsörrent Árpád saját telefonja is, és sietősre vette:

– Na, ez a főszerkesztő lesz, úgyhogy itt sem vagyok, vigyázzatok magatokra, sziasztok!

És mint a villám, olyan gyorsan távozott is a szabadúszó újságíró. Este pedig a megkönnyebbült Kíra létrehozott egy beszélgető csoportot barátjával, Veronikával, és Bálinttal. Az üzenet, melyet mobiljáról megírt, rövid volt és biztató, de minimális aggodalom mégis volt benne: „Sziasztok! Lehet, hogy Árpád kimegy Kazahsztánba, de egyedül, azaz nélkülünk. Azt mondta, hogy megpróbálja elintézni, és értesít, ha sikerül. Mit gondoltok, attól még vágjunk bele, amit akartunk?" Az üzenetet először Veronika vette észre, így ő válaszolt rá: „Jaj, de jó! Remélem, meg tudja oldani, viszont mondtam, hogy nem kéne belekevernünk. De mibe vágjunk bele?"

„Tudod, amit ma beszéltünk. Nem akarom ide leírni, nehogy... tudod."

„Ja! Hogy az! Akkor szerintem várjunk még egy kicsit!"

„Reméltem, hogy ezt mondod. A múltkori óta csak rosszabbak a dolgok."

„Itt is. Megőrülök a kivágott szemű nőtől. Most is azért vagyok még ébren, mert megint átsuhant a szobán."

Erre az üzenetre már Bálint válaszolt:

„Micsoda!? Kivágott szemű nő!? Ramóna is azt mondta ma nekem, hogy egy ideje látja."

„Mi folyik itt!?" – érdeklődött Kíra kétségek között.

„Nem tudom, de te is láttál egy ijesztő arcot aznap. Azt mondtad, fekete volt a szeme, de lehetséges, hogy üres volt a szemgödre, csak a sötét miatt nem láttad?"

Veronika is hozzászólt ehhez:

„Mindegy, hogy az volt-e, vagy sem. Valahol azt olvastam, hogy úgy tartják egyes bennszülött törzsek, ha valaki szem nélkül hal meg, nem találja majd az útját a túlvilágra, így az örökkévalóságig itt fog bolyongani."

„Jézus! Akkor ennek meg a szemét kell megkeresni?" – írta reszkető kezekkel legsötétebb félelmére vonatkozó kérdését Kíra.

„Nem oszt, nem szoroz. Ez az állapot visszafordíthatatlan. Még ha el is űzzük egy időre, vissza-vissza fog járogatni, de nem szándékosan, csak azért, mert bolyong."

„És akkor mihez kezdesz? Hogy vészeled át?"

„Még fogalmam sincs. Vagy az lesz, hogy időnként el-elűzöm, ha rájövök, hogy kell, vagy megbarátkozom a jelenlétével."

„Majd én is gondolkodom, hátha eszembe jut valami."

„Koncentráljunk először a fej nélküli fazonra, majd utána ráérünk ezzel."

Zoli persze pesszimista gondolatokkal robbant bele a chatelésbe:

„Teszem azt, átsegítjük a fej nélkülit az öröklétbe, utána a szem nélkülit is, de mi lesz azzal az isten tudja hány millió, vagy talán már milliárd lélekkel, akik a világ egészén kísértenek?"

Bálint rövidre akarta zárni:

„Az nem a mi személyes gondunk. Azoktól szabaduljunk meg, akik minket kísértenek! Tudom, hogy attól félsz, hogy újak jönnek, de majd akkor ráérünk ezen agyalni."

„Igen attól félek. De mindegy is, későre jár, vegyük sorra a jó híreket: Árpád, ha minden igaz, megy Kazahsztánba, és emiatt az adósai leszünk, de legalább egy gonddal kevesebb. Verának meglesz a latin érettségi, szóval sok sikert előre is! Szóval csak fel a fejjel! Ennyit akartam, jó éjt mindenkinek, én alszok, sziasztok!"

Ez a beszélgetés nem folytatódott tovább, hiszen legbelül már mindenki ezt az üzenetet szerette volna elküldeni, a jó hír hatására pedig a négy fős társaság végre eltölthette első minőségi alvását a szellemjárások óta.

VIHAR UTÁNI NYUGALOM

Az előző este olyan mértékig fellelkesítette a négy végzős diákot, hogy nemcsak kipihentebben, de még korábban is ébredtek, így mielőtt az első órára becsengethettek volna, ők négyen már ott voltak, rajtuk kívül pedig csak a nulladik órára érkezők vonszolgatták magukat ide-oda. Azonban Bálinték azt sem tudták, melyik témába kapjanak örömükben, emiatt egymást faggatták a korai érkezésükről, melyekre a lelkes válaszok csak úgy keresztezték egymást:

– Úgy felpörögtem még a gondolattól is, hogy újra normális lehet az életünk!

– Nekem mondod? Talán az öcsém még azt is megússza, hogy felnőttként emlékezzen erre a borzalomra.

– Úgy érzem magam, mint akit szabadon engedtek az életfogytiglani börtönbüntetésből.

– Ha hiszitek, ha nem, tegnap még szellemet sem láttam.

Egyszer csak Kíra elkezdte szabályozni a túlságosan is lelkes beszélgetést:

– Amúgy érettségi után mik a terveitek?

Bálint válaszolt először:

– Azon gondolkodom, felcsapok rendőrnek. Kijárom a rendészetit, és apámon keresztül még lehet, el is tudok helyezkedni.

Aztán Veronika:

– Ugyanaz, ami négy éve is: orvos leszek. Irány az egyetem, diploma után közvetlenül elég, ha asszisztens leszek, később szeretnék körzeti orvos lenni, a végső célom pedig kórházi igazgató.

Zoli tervei ettől kicsit különbözőek voltak:

– Ahol megfizetnek, ott majd dolgozgatok, mondjuk egy gyárban, és tudom, hülye cél, de meg akarok tanulni gitározni, hogy punk zenekart alapítsak.

Kíra a végére hagyja a sajátját:

– Mindig is szerettem volna tanár lenni, de nem tudom még, milyen tárgyat tanítsak. Ha pedig nem jön be, megpróbálok bejutni Zoli zenekarába.

Erre Zoltán enyhén meglepődött:

– Az igen, drága! Együtt vagyunk már szeptember óta, és most tudom meg, hogy amúgy szereted a zenei ízlésemet is.

– A punk zenét nem, de téged igen. Meg hát gondolj bele: milyen menő lenne egy ilyen kis ártatlan kinézetű kislány a hozzád hasonló tarajosok meg loboncosok között.

Veronika lelkesen bólogatott, aztán még meg is szólalt:

– Ha megcsináljátok, feltétlen szóljatok, Bálinttal elmegyünk!

Zoli erre el is gondolkodott:

– Tényleg! Ti még hogyhogy nem jöttetek össze?

– Na de Zoli!

– Nem úgy értem, hanem hogy olyan jól elvagytok. Párként nem akarnátok kipróbálni?

Bálint erre kétértelmű, mindenkit összezavaró választ adott:

– Az biztos is, hogy nagyon kedvelem Verát, de nem tudom. Ez a párkapcsolatos dolog nekem még sosem végződött jól.

Veronika kihasználta az alkalmat, hogy rápirítson Bálintra:

– Mi a szösz!? Volt neked egyáltalán kapcsolatod?

Zoli és Kíra erre enyhén gúnyosan, de mégsem lenézően kezdett kuncogni, egy olyan helyzetet teremtve, melyből Bálint mindenáron menekülni próbált:

– Nem volt eddig túl sok... na jó, egy... de az is csak egyéjszakás kaland, és hát...

Itt már mindhárman gúnyos szem- és szájmozdulatokat tettek, fel-le mozgó fejjel.

– Jó, oké, sosem volt még párkapcsolatom. Nem tudom megértetni magam a nőkkel, ez van.

Majd a társaság észrevette magát, és Veronika vigasztaló módba kapcsolt:

– Ahhoz képest velem nagyon kifejező vagy. Honnan veszed, hogy „nem érted a nők nyelvét"?

– Te más vagy, mert... mert...

– Mert miért?

– Mert téged... mert... hogy is mondjam...

Míg Bálint erőlködött, Veronika szája egyre görbébb mosolyra húzódott, mellyel a pirulófélben lévő arcát szerette volna leplezni. Ezt a pillanatot azonban Martin érkezése úgy durrantotta ki, mint száraz tű a szappanbuborékot. Természetesen miután felfedezte évfolyamtársait, nem tudott szó nélkül elhaladni mellettük:

– Nektek is nulladik órátok volt?

– Nem, csak korábban érkeztünk, mert nem tudtunk mihez kezdeni. Neked? Nulladik óra? – Zoli így próbálta Martinnal megőrizni a kapcsolatot.

– Ja, lengyelórám volt. Az első az életemben.

– Miért tanulsz te lengyelül, meg miért most?

– Lengyel, magyar két jó barát... tudjátok. Meg amúgy van egy csaj, aki oda jár, és kéne a közös téma... értitek.

Ezzel Martin sandán kacsintott, de gyorsan váltott is témát:

– Amúgy bocsi, hogy egy ilyen vidám beszélgetésbe rakom bele, de mi a véleményetek arról, hogy találtak még egy kikapart szemű hullát itt a városban?

– Még egyet? Nem összesen egyet?

– Volt az, amelyiknek a szellemét látták már külföldön is, az a fiatal nő, most meg egy férfit találtak.

– Igen? Hol? Mikor? Kik?

– Ma reggel olvastam a neten, hogy itt a kígyósmezei erdőben valami japán vagy thai turisták észrevettek egy kis ujjpercet kilógni a földből az avar között, elkezdtek kaparni, majd egy egész kart láttak. Mivel nem tudtak magyarul, kimentek az erdő melletti földútra, és várták, hogy mikor találkoznak egy magyarral, és ott elmutogatták, meg magyarázták neki, hogy mi van, és a magyar csávó hívta a rendőrséget. Kiásták a holttestet, és ami ebben furcsa, hogy lecsiszolták a fogait hegyesre, meg kikaparták a szemét.

– Ez komoly?

– Átdobom a linket, ha gondolod.

– Küldheted, de elhiszem. Mi folyhat itt szerinted?

– Szerintem? Sorozatgyilkos garázdálkodik a városban.

Bálint átvette Zoli helyét a Martinnal történő beszédben ezzel a kérdéssel:

– Ahhoz, hogy sorozatgyilkosságról beszéljünk, nem három halott kéne minimum?

– Meglesz! Egyértelmű, hogy a tettes pszichopata. Épeszű ember nem kaparja ki mások szemét.

– Épeszű ember nem is fog hozzá ölni.

– Önvédelem? Háborús katonák?

– Jó, meggyőztél! De szerinted mi lehet a célja?

– Nem vagyok nyomozó, de arra tippelek, hogy több szellemet akar a Földre. Kivágja a szemeiket. Kutakodtam kicsit, és azt találtam, hogy állítólag aki kivágott szemmel hal meg, nem juthat át a túlvilágra.

Veronika, mivel ismerte ezt az információt, megerősítette Martint:

– Igen, erről én is olvastam már! De szerinted kinek jó az, ha minél több a szellem az élők között?

– Csak találgatni tudok, de most azt mondanám: egy zakkantnak. Na de mindegy, arra akartam kilyukadni ezzel, hogy most már legyen nálatok valami önvédelmi eszköz, nálam is van egy kis pillangókés, ha gondoljátok, megvárlak titeket.

– Köszi a tanácsot, de mi négyen szinte mindig együtt vagyunk, ráadásul ma csak öt óránk van. Még hét ágra fog sütni a nap, mikor elindulunk haza.

– Hú, akkor nem szóltam, nekem hét lesz. És megyek is, mert az első kezdődik rögvest.

– Megyünk mi is, majd találkozunk egyszer.

– Rendben, szervusztok!

Míg Martin sietősen nyújtotta meg a lépteit a terme felé az aulán keresztül, addig a négy tagú klikk tagjai is összeszedték a hanyagul összehajigált táskáikat, és ráérősen vánszorogtak a földszinti aulából a második emeletre.

Kírát egész nap nyugtalanította a Martintól hallott hír, habár napközben igyekezett ezt leplezni. Este azonban megszállott módjára nézegette a hírműsorokat, melyekből a következőkről szerzett tudomást: „A legújabb kutatások szerint Kanada lakosságának csaknem száz százaléka elfogadta tényként a túlvilág létezését. A megkérdezettek között legalábbis egyetlen olyan személy sem volt, aki nemleges választ adott volna a »Hisz-e ön a halál utáni életben?« kérdésre. Az ország területén már fényes nappal is..." Kíra csatornát váltott, mivel tudta, ebből nem fog kiderülni az, amit tudni akar. A következő hírcsatornán sem talált semmi érdemlegeset: „Elkezdték a Shanghai-ba vezető vasútvonal megépítését, melyen kétszázezer magyar, félmillió ukrán, másfél millió orosz, háromszázezer kazah, és négymillió kínai munkás dolgozik. A vasútvonal nemcsak turisztikai, de gazdasági, sőt földrajzi szempontból is közelebb fogja hozni ezt az öt nemzetet, és remélhetőleg idővel majd kulturálisan is – nyilatkozott Gao Hu Min, Kína külügyminisztere. A projekt ára..." Kíra itt is unottan váltott csatornát, és mivel látta, a tévében még, vagy már nem mondják be a hírt, rákeresett telefonján a „Kígyósmező, gyilkosság" és „kivágott szemek" kulcsszavakra. Így már megtalálta a lány a cikket, melyről Martin beszélt, de csak annyival tudott meg többet, hogy a turisták thai nemzetiségűek voltak, és hogy az áldozat neve Halász Hunor, életkora huszonhat év volt. De Kírának a név nem csengett ismerősen, így annyiból megnyugodott, hogy nem az ő közvetlen környezetét kezdte ostromolni a gyilkos, de az mégis aggasztotta, hogy egy városban él vele. Emiatt a fiatal szőke lány nehezen hajtotta álomra a fejét, mikor akarva-akaratlanul is belegondolt, hogy amíg ő békésen alszik, lehet, hogy pár sarokkal lentebb vagy fentebb valaki a kínok kínját okozza embertársának. Szerencséjére nem is aludt még el, hiszen a telefonja pont az elalvás előtti utolsó pillanatban csörrent meg, a kijelző pedig az „Árpi" nevet mutatta. A lány izgatottan szólt bele a telefonba:

– Na, hali! Mi a helyzet?

– Összejött a kazah projekt! Beszéltem a főszerkesztővel, és tetszett neki az ötlet, hogy a tudóssal beszéljek megint.

– Úristen! Komolyan mondod? – tört ki az öröm Kírából.

– Bizony! De annyi kikötés van, hogy elegendő zsályát kell vinnem magammal, mert nem tudhatjuk, mekkora arányban vették át az országot a lidércek.

– Hogyhogy nem tudjátok?

– Mindenki mást mond: a kormány csökkenti az arányokat, az ellenzék túloz, valószínűleg a kettő között lesz a megoldás.

– És honnan szerzel zsályát?

– Pénzt kaptam rá, de fogalmam sincs egyelőre, holnap estig ki kell találnom, mert addig felhívják Karimovot is.

– Megnézem én is a helyi virágboltokat, hátha sikerül. És tényleg nem tudom kifejezni, milyen hálás vagyok!

– Még ne hálálkodj! Ez csak féleredmény.

– Nekünk egész, mert érezzük, hogy mellettünk állsz.

Aztán az elköszönés után Kíra előtt ismét a remény sugarai jelentek meg, mely ébren már nem tartotta, hanem épp ellenkezőleg: segített neki a könnyű elalvásban.

Zoli éjszakája azonban nem sikerült ilyen kellemesre: este tíz körül arra ébredt, hogy kővé dermedt, a szemeit leszámítva, mert azt tudta mozgatni. Habár mozogni nem tudott, de érzett mindent: a nyitott ablakon beáramló szellőt és a takaró szélét is a lábszárának közepén. Az ajtaja tömör fából volt, melyen ráadásul még egy poszter is lógott. Lehetetlen volt rajta átlátni, de ennek ellenére tudta, van ott valaki. A kilincs félig-meddig rozsdásodó nyele megindult fémesen nyikorgó hanggal lefelé. De olyan halk volt, hogy ha aludt volna, nem is hallhatta volna. Egy már jól ismert, fehér bőrű, eres kéz nyúlt be az ajtón, kicsit később egy láb is. Csak ez a folyamat majdnem egy egész percet vett igénybe. Szépen lassan az árnyék is megjelent a falon, még az alak valódi érkezése előtt. Emberi volt, de a feje hiányzott. Kopott fehér pólót, és fakó kék rövidnadrágot viselt, és ugyanúgy, mint az árnyékának, a valódi alaknak sem volt feje. Zoli továbbra sem tudott mozdulni, de a levegőt hevesen kapkodta. Gyakorlatilag hiperventillált, miközben már a szemeit sem mozgatta. Oldalasan látta az élőhalottat, ahogy az ajtó melletti fotelt tapogatja. Miután ezt látszólag megunta, megfordult az éjjeliszekrény felé, melynek fiókjait kihúzgálta ugyan, de vissza is tolta. Zoli már ezen a ponton is bármit megadott volna, hogy visszanyerhesse mozgását, de korántsem lett vége a puszta akarás miatt. Szembefordult a lény az ágyon bénultan fekvő fiúval, és elindult felé. Ekkor a lélegzetvétele már olyan hangos volt, hogy a félálomban lévő már felébredt volna rá. De a lény csak lehajolt az ágy széléről lógó lepedőhöz. Ezalatt nyakának húsban és csontban végződő csonkjával pont végigdörzsölte a takaró alól kilógó talpat. Felejthetetlen élmény volt ez a fiúnak: hideg, puha és nedves érzés volt, mely a talpon csiklandóan hatott. A helyzetet pedig nem javította a kilógó légcső félkemény, gumis állaga, vagy a csigolya nyúlványának kemény karcolása sem. A hívatlan látogató fellökte a lepedőt Zoli lábára, és mivel ott sem talált semmit – mert valószínűleg keresett valamit –, csapkodni kezdett, közben pedig mély, kattogó hangokat hallatott, pont arra a ritmusra, melyre a légcsövének maradéka lüktetett. A kísértet tombolása arra végződött, hogy térd alatt belevájta körmeit a fiú lábába, és hosszasan, de lassan végigkarmolta azt. A körmök elég mélyen vágtak be, majdnem az irharéteg alá is, és a kín elviselhetetlen volt. Meleg nedvességet érzett az áldozat elterjedni a karmolások nyomában, közben égő, lüktető, éles fájdalmat a körmök nyomán. Mikor a karmok a bokánál jártak, a kísértet lebukott az ágy alá, így kikerült Zoli látóteréből, de cserébe már visszanyerte a mozgását. Így első dolga az volt, hogy minden fényforrást felkapcsoljon, és vadul kutakodni kezdjen. Közben hangosan is lihegett, ráadásul nagy zajjal járt az is, ahogy a szobájában látható tárgyakat – lámpát, fotelt és takarót – dobálgatta, hátha ott van még a rém. Erre felébredt Zoli édesanyja is, ki egyből be is nyitott, és álmos, rekedt hangon szólt fiához:

– Aludjál már! Mi a jó eget bírsz keresni ilyenkor?

Ettől a fiú rémültében megugrott, és a hang felé fordult sápadt arccal, fekete karikás szemekkel. De válaszolni nem tudott még. Az anyukának ekkor nagyra nyílt a szeme, míg két kezével a halántékát kezdte el dörzsölgetni. Pár másodperc eltelt, mire meg tudta kérdezni:

– Jézus úristen, Zoli! Mit műveltél a lábaddal?

A fiú pedig ösztönösen lenézett a rojtokban lógó, vérrel vastagon borított bőrre, mely a sípcsontja felett húzódott.

KARMOK

A sérülést szemügyre venni nem volt elég idő, ráadásul a vérmennyiségből is látszott, hogy ez komoly dolog. Míg Zoli transzba esve csodálta lábszárainak új állapotát, az anyja már rögtön ki is hívta a sürgősségi ügyeletet. Egy teljes perc sem telt el, mire a redőny lyukacsos szerkezetén keresztül már piros és kék színű fények öntötték el a szobát, és két fényvisszaverő csíkos öltözetet viselő mentős sietett be a házba. Mivel a fiú meg tudott még állni a lábán, a mentőautóig aktív segítség nélkül tette meg az utat, de eközben a mentősök készenlétben álltak, ha mondjuk a fájdalomtól vagy a fáradtságtól mégis összerogyna a sérült. Mikor végre beszállt a jármű tágas, de keskeny ablakú, neonfényben úszó terébe, az egyik mentőápoló próbálta szóval tartani, mivel ekkor még nem lehetett megtippelni, mekkora volt a vérveszteség. Az ápoló először általános kérdéseket tett fel:

– Hogy érzed magad?

– Fáradtan. Mi történt?

– Nem tudod, hogy sérültél meg?

– De, tudom, de mi történt?

– Az édesanyád hívott minket a sérülésed miatt, mi pedig viszünk a baleseti sebészetre.

– Ahan! Értem. És megtalálták azt a férfit?

– Milyen férfit?

– Úgysem hinné el, ha elmondanám.

– Kísértet volt?

Ettől a kérdéstől Zoli olyan sokkot kapott, mely visszahozta az előzőből, és még a hanghordozása is élénkebbé vált:

– Maga hinne nekem, ha azt mondanám?

– Hogyne. Az utóbbi két hónapban már minden hétre jutott egy hasonló eset.

– Nem tudom, hogy az volt-e, lehet, hogy csak álmodtam, de egy fej nélküli, fehér pólós, kék rövidnadrágos alak tette ezt velem.

- Világos. Mióta látod azt a lényt?
- Nem is tudom pontosan, de több mint három napja.
- Nem kell a pontos idő, csak körülbelül is elég, köszönöm.
Éhes, szomjas vagy-e?
- Nem, köszönöm. Majd rágyújtanék, ha megérkeztünk.
- Vagy már tizennyolc?
- Igen, másfél hete töltöttem.
- Utólag is boldog születésnapot! Amúgy mióta hallgatsz
punk zenét? Vagány a tarajod.
- Köszönöm! Az egész akkor kezdődött, mikor még hatéves
voltam...

Zoli itt nyeregbe került, és érezte, hogy az út hátralevő ré-
szében lesz miről beszélgetni, sorra jöttek fel zenekarok nevei,
a régi klasszikusoktól egészen az újonnan alapult együttesekig.
Mint kiderült, a mentőápoló is hasonló körökben mozgott ka-
maszkorában, igaz ő a deathcore műfajában szerzett nagyobb
jártasságot, mert a 2010-es években élte kamaszkorát, de né-
hány régi punk zenekart is ismert. A kórház nagy, átlátszó, fo-
tocellás ajtajai széthúzódtak az új érkező előtt, aki az ideigle-
nes fáslival is a lábán még elég határozott léptekre volt képes.
Az ellátásra várók rengetegen voltak, majdnem kitöltötték az
összes szabad helyet. Volt, akinek olaj égette hólyagok, sebek
és gödrök terültek el az arcán, egy másik embernek a szeméből
állt ki egy ceruza. Volt olyan, aki kiesett fogait tartotta a mar-
kában, és próbálta azokat sokkos állapotban visszadugdosni
eredeti helyükre. A legmaradandóbb emlék mégis a nyílt kar-
törést szenvedő nő látványa volt. Karja már négy helyen is el
tudott hajolni: csukló, könyök, váll, és a törés az alkar közepén,
melyből a csont három és fél centi hosszan nézett ki. A sérülés
tulajdonosa valószínűleg fel sem fogta, mi történt, mert gyer-
meki csodálkozással nézte, ahogy a karja össze-vissza hajlik, sőt
lobog a törés mentén. Valószínűleg a lába mellett heverő géz-
, fásli- és vászonhalmaz eredetileg a kart tartotta volna stabil
helyzetben, de ezt a nő valamiért eltávolíthatta. A sok szenvedő
ember látványa a neonrudak sejtelmes fényében olyan módon
hatottak a fiatal punkra, hogy saját sérüléséről meg is feledke-

zett. A várakozás különösen hosszúra nyúlt, egyrészt a ténylegesen eltelt idő miatt, másrészt a körülmények miatt, melyek tovább akadályozták a türelem megtartását. Mivel ismerős arc nem nagyon akadt a közelben, ezért a beszélgetés is egy nehezen járható út volt. Körülbelül háromnegyed óra telhetett el, mire a sebellátó ajtaja kinyílt, és egy fiatal, szemüveges nővér végre kiszólt: „Váradi Zoltán". Erre a szólított lassan, de célirányosan bebicegett a rendelőbe, ahol a tapasztalatot és szakértelmet sugárzó sebész határozott kérést intézett hozzá:

– Üdvözlöm! Kérem, mutassa a sebet!

A fáslit óvatosan és lassan kezdte eltávolítani a sérült fiatal, aminek az oka az volt, hogy néhány szálba a fásliból belekapaszkodott az alvadt vér. A seb látványa ekkorára még kevésbé volt biztató: megmutatkozott az igazi mélysége, mely szédítően hatott arra, aki viselte. A tépett sebek néhány mélyebb pontján már nem csak a bőr alsóbb rétegei voltak láthatóak, hanem az izomszövetek szálkái is, mely úgy nézett ki, mint egy piros, fehér, és mély lila színű fonalakból álló gombolyag kisimított felszíne. A sebek határai cakkosak, de szabálytalanok voltak, mint az európai országok határai, és már a bőrcafatok színei is kezdtek a fehér vagy a fekete árnyalataiba váltani, de csak néhány milliméternyi vastagságban. Hogy jobban lásson, a sebész először kitisztította és fertőtlenítette a sebet, és ez égő, maró fájdalmakkal nehezítette meg a nem hétköznapi támadást elszenvedő tinédzser sorsát. Hangot ennek ellenére nem adott ki, viszont mimikája és lélegzetvétele arra utalt, hogy legszívesebben üvöltene. A nővér ekkor nyugtatni próbálta:

– Minden rendben lesz, csak egy másodperc az egész. Türelem, nagyon kitartó vagy, csak így tovább.

A nővér szavaitól vagy a fertőtlenítés befejezésétől, nem lehet már utólag kideríteni, de a fájdalmak lecsillapodtak. A következő művelethez már helyi érzéstelenítőt adtak be, és egy halványzöld függönyt eresztettek a páciens térde fölé. A sebészorvos itt ismertette a továbbiakat:

– A jó hír az, hogy egyik ponton sem túl mély a sérülés, emiatt elég helyileg érzésteleníteni. A rossz hír az, hogy nyolc, egyenként 40-50 centi körüli sebről van szó, és még a legszerényebb esetben is legalább 640 öltés kell majd, ami még rengeteg idő.

– Meg tudjuk csinálni most, doktor úr?

– Hogyne, már el is kezdtem, csak nem érzi.

– Jaj de jó, köszönöm szépen!

A rövid szócserét a koncentrálás és feszültség üres hangja vette át, de végül is a fiú lábaiba 653 öltés került, mire ellátták a sérüléseit, és este tizenegyre már kész is volt. Elindult volna az ajtó felé, mikor utánaszólt a sebész:

– Ön az, akit kísértet marcangolt meg?

– Igen, én.

– Akkor viszont arra kérném, hogy egy kicsit még várjon.

– További vizsgálatok lesznek?

– Nem, csak arról van szó, hogy egy tegnap óta hatályos jogszabály értelmében kötelesek vagyunk jelenteni a hírközlésnek a szellemtámadásokat.

– A hírközlésnek? Mire alapozva?

– Tudom, tudom, szerintem is baromság, már elnézést a kifejezésért, de ha elmulasztjuk, az egész kórház megüti a bokáját.

– Akkor jó, de kit kell megvárnom?

– Azt a sok szenzációhajhász keselyűt. Szerencsére nem kötelező nyilatkoznia, de meg kell várnia őket, mert akkor minket meg hamis bejelentés miatt fognak megbüntetni.

– Hát... Tényleg ütődött egy törvény, de ha ez van, ez van. Köszönöm, hogy szólt róla! Viszontlátásra!

– Nincs mit! A viszontlátásra!

A lázadó punk mögött az ajtó lágyan került a tokjába, és az első néhány métert úgy is tette meg, mint aki haza indul, de mikor tisztes távolságba ért a rendelőtől, elég hangosan tört ki belőle az igazi véleménye:

– Ó, hogy a feje szakadt volna az anyjába annak a nyomoréknak, aki kitalálta ezt a kretén jogszabályt!

Meglepődött Zoli, mikor választ kapott, mert először azt hitte, hogy csak gondolja. Azonban egy idős hölgy megkérdezte tőle:

– Jaj, fiatalember! Csak nem kísértettámadás?

– De, az. Akkor már tetszett ismerni ezt a törvényt?

– Mondta tegnap a rádió, csak fél füllel figyeltem. Tényleg értelmetlen ötlet volt ez tőlük, de hát mit csináljon az ember? – Hát igen! Még egész hamar szabadultam ahhoz képest, amit hallottam a sürgősségiről, de mit ad isten… Várhatok még a jó ég tudja mennyit!

– Ugyan, fiatalember! Ne húzza fel magát! Eljön az egy-kettőre hamar. Meg hát nem muszáj válaszolni nekik. Bemondja a nevét, meg hogy „engem támadott meg a szellem", és már engedik dolgára, ha nem akar nyilatkozni.

– Akkor így teszek majd. Köszönöm a tanácsot.

– Szívesen! A nagylányomat meg Velencében támadta meg egy kísértet a hétvégén, az olaszoknál meg úgy megy ez, hogy az orvos jelentést ír, a tévé meg úgy mondja be, hogy a nevét nem mondják.

– Őt is így az éjszakai órákban?

– Majdnem. Azt mondja, világos volt még, de már sötétedett befelé. De neki csak annyi volt, hogy lelökte a szellem a lépcsőn, lett pár kék meg zöld foltja, de hála a jóistennek, másnap már tudott jönni-menni. Hát maga hogy járt, ha szabad kérdeznem?

– Volt egy elegáns ébresztőm úgy este tíz körül. Arra figyeltem fel, hogy egy lefejezett, eres bőrű alak karmolja, tépi a lábszáramat. Azt varrták most össze, szóval egy darabig nem fogok ugrálni meg szaladgálni.

– Hát akkor gyors felépülést kívánok! Zsályát próbált már égetni?

– Köszönöm! Még azt nem. Mennyire hatásos?

– Nálam bevált, de le is kopogom. Este a füstölőbe bedugok egy szálat, ott reggelig csend van.

– Kipróbálom majd, köszönöm a tippet.

A sok hasznos tanács és új információ annyira lefoglalta az indulatos kamaszt, hogy észre sem vette, hogy megérkeztek, akik őt kérdezik majd ki. Nem volt nehéz felismerni őket: nagy, nehéz kamerát, puskamikrofonokat, jegyzetfüzetet, néhány kisebb kézi kamerát, és egy hosszú állványos mikrofont hoztak magukkal. A közepes méretű stáb megállt a váróteremben, és a vezetőjük megkérdezte a tömeget:

– Melyikük Váradi Zoltán?

A tömegből egy elgyötört, álmos, tarajos fiú lépett elő, és jelezte, hogy ő az. Így a stáb folytathatta azt, amiért jöttek:

– Lenne kedve nyilatkozni nekünk?

– Melyik tévétől vannak?

– Dokumentumfilmet szeretnénk forgatni, és több csatornának is el akarjuk adni a jogokat.

– Értem. Mennyi időt venne igénybe?

– Öt, legfeljebb tíz perc. Szóval, mit mond? Kezdhetjük?

– Hogyne!

– Első kérésünk akkor az, hogy foglalja össze, mi történt, ami miatt itt, a kórházban találkozunk.

Zoli erre megköszörülte a torkát, és utoljára összeszedte a gondolatait, melybe belecsempészte eddig elfojtott haragját is:

– Hogy mi vezetett eddig? Nos, pár nappal ezelőtt megválasztottunk egy szektavezért miniszterelnöknek, mert ennyire voltunk nyakig a szarban, hogy már egy ilyen őrültet láttunk megváltónak. Erre meg...

– Elnézést! Nem maradhatnánk a lényegnél? – szakította félbe az operatőr a lelkes, de egyben lázadó szónoklatot.

– Ez is fontos! Szóval ott tartottam, hogy miután megnyerte ez a Marshall Applewhite-hasonmás a választást, rá három napra kitalálja, hogy ha megtámad egy kísértet, még várjam meg magukat is, mert mekkora szenzáció már, hogy „Né' mán! A szerencsétlent fizikailag is bántalmazta a szellem". Értem én azt is, hogy nem kötelező válaszolnom, de legalább a kárba veszett időmet hadd hajtsam be ebben a formában!

– Tehát önt egy túlvilági lény támadta meg?

– Milyen kérdés ez!? Másképp itt lennének?

– Kérjük, válaszoljon!

– Igen, egy kísértet támadott meg. Szétmarta a lábszáramat, ha ez is fontos.

– Valóban? Megmutatná, kérem, a sérüléseket a kamerának?

– Ember! Most varrták össze, én le nem szedem a kötést! Ha szenzációt akarnak, kérdezzenek mást, mert én nem vagyok bazári majom, hogy mutogassanak a közönség szórakoztatására! Már bánom, hogy megálltam maguknak!

Az ingerült Zoli erre flegma mozdulattal lökte félre útjából a stáb két tagját két irányba, köztük pedig agresszíven távozott.

Azonban a tévések úgy vélték, nem jöttek ki hiába, mert néhány mondatot mégis fel lehet használni.

A TELJESSÉ VÁLÓ SOROZAT

A várva várt hétvége biztató fordulatokat hozott a csapat számára: Zoli sebei lassan, de biztosan gyógyultak, de a hegek egy örök életre meg fognak maradni. Árpád felhívta Kírát, hogy úton van Kazahsztánba, Veronika gőzerővel és reményekkel tanul az érettségire, és minden egyes elolvasott oldal után egyre biztosabb lett az elsöprő sikerben. Bálinték életében is felszálló ág indult meg, mert apja fizetése már több mint hatszázezer forint volt, hiszen ő már nem kezdő rendőr, és a kötelező minimálbérrel egyenes arányban növelve Albert fizetését jött ki ez a szám. A Váradi-lakás délelőtt tíz óra magasságában váratlan vendéget fogadott: Kíra kopogott be az ajtón, akinek Váradiné Vass Mária nyitott ajtót:

– Hát szia! Kerülj beljebb!

– Most csak egy kis időre jöttem, mert Ottóval kell gyakorolnom a felvételijéhez az iskolába. Hogy tetszenek lenni?

– Most már elvagyunk. Zoli most szedte le a fáról a körtét, pedig én mondtam neki, hogy ráér, de hát ez is olyankor vagánykodik, mikor a halálán van.

Erre Kíra felnevetett, és hamar a lényegre tért:

– Igen, ő már csak ilyen! Most hol van?

– Lepihent a szobájában, de nyugodtan menj be hozzá! Örülni fog.

Biztos, ami biztos, Kíra inkább mégiscsak kopogott először, a „Tessék!" válasz után pedig be is nyitott. A lábát az éjjeliszekrényen támasztó, fotelben ülő fiú megörült a lánynak, erőt vett magán és odavánszorgott hozzá, hogy méltó módon üdvözölje. A hosszúra nyúló szerelmes üdvözlés után még másfél percig egyikőjük sem szólt egyetlen szót sem, csak mosolyogtak egymásra, mint akik életükben először találkoznak. De végül Kíra mégis megtörte a csendet:

– Hallottam, mi történt veled, és bocsi, hogy csak most tudtam jönni. Minden rendben?

– Persze, megöltöttek, ha minden igaz, érettségi előtt pár nappal már megyek varratszedésre. Nálad hogy telnek a dolgok?

– Hány öltéssel varrták össze?

– Ha kimondom, rosszul leszel. Hatszázötvenhárom.

– Atyaúristen, hogy a jó életbe kellett annyi?

– Nyolc darab, egyenként 40-50 centi körüli seb, és félcentinként kellett egy öltés.

– És milyen mély?

– A legtöbb helyen éppen csak az irharétegig ment le, de volt három darab 7 centis szakasz, ahol már izmot is ért. Azok fognak soká gyógyulni, a többi hamar megy.

– Ha bármire szükséged lesz, számíthatsz ránk is, rendben?

– Nyugi, a nehezén már túl vagyok.

– Amúgy eredetileg azért jöttem, mert tudod, hogy Árpi csütörtökön elindult Kazahsztánba. Na, hát pont az előbb hívott nagyjából húsz perce, hogy megtalálta a fejet.

– Na tessék! Én meg felhalmoztam vagy negyven köteg zsályát. És akkor ezek szerint el fog tűnni a fejetlen karmológép?

– Szinte száz százalék. Most már békében fog nyugodni.

– Hogy találta meg a fejet? Vagy merre?

– Azt mondja, egy patakban látta úszni, mikor a szünetben mentek egy kört a motorcsónakokkal.

– Akkor lehet, hogy a szennyvízcsatornákból került oda. Volt ott szennyvízelvezető?

– Annyira részletesen nem tárgyaltuk, de tuti, hogy azt a fejet találta meg. Rövid, fekete haj, hiányzó állrész, enyhén mandulavágású szem és vastag bajusz. Tuti, hogy ő volt az, mivel látta meghalni is.

– Ha egy kicsit jobb lenne a lábam, most örömömben ugrálnék – poénkodott Zoli, majd folytatta: – Kezdetben a felhalmozott zsályákat odaadnám Árpádnak. Még hasznára lehet, főleg, ha ilyen cifra helyeken jár.

– Még neked is hasznos lehet. Csak egy szellemet sikerült nyugalomba kísérni.

– Más szellemet nem is láttam ezen kívül, szóval hálából vidd el Árpádnak!

– Neki is van, mert a szerkesztőség csak úgy engedte el. Csak egyetlen egy köteget használt el, egy negyven literes zsákot vitt, tele zsályával, szóval ne aggódj miatta!

– Akkor majd kitalálok valami mást.

– Egyelőre azzal törődj, hogy felépülj, és legalább a körtefát hagyd már békén, míg nem javul kicsit az állapotod!

– Anyám elmondta?

– Azzal fogadott. De most csak ennyit tudtam itt lenni, mert még Ottónak kell segítenem a felvételiben, meg ki tudja, mit találnak ki addig anyámék is, szóval szalad minden, de ennyit már mindenképp akartam.

– Jól van! Örülök ennyinek is, és üdvözlöm Ottót, meg üzenem neki, hogy csak ügyesen! És akkor majd még beszélünk valamikor.

Az elköszönés ugyanolyan elnyújtott volt, mint a találkozás, de eljött ennek is az ideje. Zoli míg már majdnem szó szerint a sebeit nyalogatta, Kíra is visszatért a családi házba. Bálint és Veronika pedig most jutottak odáig, hogy végre több időt tudnak eltölteni a parkban, mert a szabad hétvégéjük mindkettőjüknek ugyanakkorra esett. Annyira felszabadult a két fiatal, hogy észre sem vették, hogy sárgul a légkör a lenyugvó naptól, és hogy egyre csendesebb a környék, mert a gyerekek megunták a tóban való lubickolást, az agglegények a kutyasétáltatást, a fiatal nők meg a napon barnulást. De ez egyáltalán nem izgatta sem Veronikát, sem Bálintot, hanem csak folytatták a megkezdett beszélgetésüket:

– Igen, szóval így ez. Sosem ugrottam még repülőből ejtőernyővel, ezért ezt próbálnám ki.

– Ti férfiak olyan nyugtalanok vagytok! Én például egy romantikus gondolázást szeretnék kipróbálni Velencében. Szólna a háttérben az a jellegzetes olasz vonós zene, hűvös lenne a levegő, a párom olyan úriember lenne, hogy felajánlja a dzsekijét... Én ilyen kevésbé életveszélyes dolgokban gondolkodom.

– Ez is jól hangzik. Sosem voltam még Velencében, biztos szép hely, ha azóta nem uralták el a gonosz szellemek.

134

– Szerintem még akkor is szép hely. Amúgy melyik kirándulásodat élnéd újra a legszívesebben?

– Lengyelország! Életemben ott láttam először színes mozaik ablaküvegű templomot, és ahogy besütött a nap, minden csupa kék, sárga, fehér, piros, lila, zöld meg ilyenek volt. Gyerekfejjel az nagyon tetszett.

– Gótikus templom volt?

– Szerintem katolikus.

– Nem úgy! Építészeti stílusban. Magas, díszes templom, két mellékhajóval?

– Lehet, bár nem emlékszem. Sajnos a színeken kívül mindent elfelejtettem. Így belegondolva olyan ijesztő, hogy előbb-utóbb minden emlék ki fog fakulni.

– Legalább a rosszak is. Tudom, sovány vigasz, de mindennek két oldala van.

– Szeretnék csinálni valami maradandó állatságot, amit biztos szent isten, hogy míg élek, nem felejtek el! Látod ott a vízibicikliket?

– Látom, de már félek, hogy mit akarsz velük.

– Kössünk el egyet-egyet!

– Normális vagy? Apád rendőr, te meg az akarsz lenni. Biztos, hogy ez a legelőnyösebb pályakezdés?

– Apám nincs itt, én meg még nem jelentkeztem a rendvédelmire. Na, jössz, vagy vigyelek ölben?

– Tudod mit? Vigyél ölben, ha olyan erősnek érzed magad!

Bálintnak több sem kellett, egy szempillantás alatt felkapta Veronikát, aki rögtön sikoltozni, majd vihogni kezdett:

– Á! Inkább tegyél le! Ez nagyon feltűnő lesz így! Menjünk csak szép csendben!

– Na! Tényleg jössz velem vízibiciklit lopni?

– Végül is egyszer élünk! De egyet viszünk közösen, és a kör végén visszavisszük oda, ahol volt, rendben?

– Én is csak ennyit akartam.

Mire kiértek a mólóhoz, már senki nem volt a tó környékén, ennek ellenére mégis óvatosan kellett eloldozni a járművet, mert sosem lehettek biztosak semmiben. Még a part mellett nem is beszélgettek egymással, úgy felpörgette őket az adrenalin. A tó közepére érve Veronika tette fel a kérdést Bálintnak:

– Amúgy voltál már Zolinál? Tudod, a sérülése miatt.

– Dobtam rá egy üzenetet, pár sort írtunk, de nem látogattam meg személyesen. És te?

– Én felhívtam, mert ezt gondoltam a minimumnak. De te hogyhogy ilyen hideg vagy?

– A fiúk körében már ez is érzelgősnek számít, szóval nem akartam megcifrázni.

– Ha már érzelmek. Mit is akartál mondani kedden? Tudod, mikor megkérdezte Zoli, hogy miért nem jöttünk még össze.

– Juj! Zavarba hozol teljesen! Szóval hát... izé... na. Kaphatok gondolkodási időt?

– Kedd óta kigondolhattad volna.

Ezzel sejtelmesen, nem is biztatóan, de nem is elutasítóan rámosolygott a lány a zavarba hozott fiúra, aki eközben csak hebegett-habogott, még egy értelmes magyar szót sem tudott kimondani. A lány arca egyre komolyabbá vált. Elkezdett hunyorogni, de mintha Bálint mögé nézett volna. Az arca elkezdett sápadni, amint egyre csak közelebb értek ahhoz a bizonyos ponthoz. Bálint ekkor felhagyott a dadogással, és őszintébe váltott:

– Na jó, nem megy ez nekem! Sosem tudtam kellő módon kifejezni magam, és félek, hogy elcseszem. Bocsi, hogy ez ilyen kínosra sikeredett.

– Nem baj egyáltalán, de fordulj hátra! Jól látom, hogy ott lebeg egy csaj a tó vizén?

Bálint ösztönösen megfordult, és hamar felismerte a helyzetet:

– Igen! Szedjük ki onnan! Hátha még életben van!

A két fiatal ahogy csak bírt, olyan gyorsan közeledett a bajban lévő áldozathoz. Úgy tekerték a pedálokat, hogy azok már majdnem ki is estek a foglalatból, közben még a tenyerükkel is eveztek. Mikor odaértek a lebegő lányhoz, gyorsan a hátára fordították, hogy legalább ne az arca legyen a vízben. Ekkor szörnyű látványra figyeltek fel: a lánynak mindkét szeme hiányzott.

Bálint már nyúlni készült a zsebébe, hogy bejelentse a holttestet, mikor annak szájából egy 15-17 centi körüli vízsugár lövellt ki, melyet hörgésre emlékeztető lélegzetvétel kísért. Veronika és Bálint rögvest leugrottak a vízibicikliről, és egyikük egyik, másikuk másik válla alatt megragadta a sebesült lányt, és kihúzták a partra. Az áldozat mintha beszélni akart volna, de selypített, mert fogai háromszög alakban le voltak csiszolva, és a kimerültség vagy a fájdalmak miatt halk is volt a szava. Veronika odahelyezte a fülét a lány szája elé, és így hallotta azt az egy ismétlődő kérdést, hogy „Most már elmehetek?" Eközben Bálint is észrevette, hogy egy vadászkés nyele lóg ki az áldozat hasfalából, és a fiú segíteni akart, tehát megragadta a fegyver nyelét. Ezt Veronika észrevette, és már kiáltani akart, hogy „Ne húzd ki!", de már késő volt. Bálint egy erőteljes mozdulattal kirántotta a kést, mely csurom vér volt, sőt hátrahajló fogazatában még talán gyomor- és béldarabok is megtalálhatóak voltak. A fiú megijedt, és puszta kézzel próbálta összefogni a sebet, miközben Veronika hívta a mentőket:

– Halló! Kérem, jöjjenek gyorsan! Itt vagyunk Kígyósmezőn, a Tükör-tó partján, és egy súlyosan sérült nőre bukkantunk! Oldalán mély szúrt seb van, és a két szemét kikaparták.

Bálint ez idő alatt csak annyit tudott hajtogatni:

– Ez nem lehet igaz! Mit tettem?

Veronika így próbálta nyugtatni:

– Jó, te csak jót akartál, nem tudhattad, hogy a kés ilyenkor érszorítóként működik.

– Úristen! Megöltem egy embert!

– Nem ölted meg! Még él! Pár perc és jönnek a mentők, el fogják látni.

– De miattam fog elvérezni!

– Nem fog elvérezni! Csak szorítsd a sebét, ahogy bírod!

Hiába minden küzdelem, minden próbálkozás, a névtelen lány alatt egyre nagyobb terület vörösödött be, míg végül a nagy folt elérte azt a méretet, melyhez legalább hat liternyi színezőanyagra volt szükség. Az áldozat végül kivérzett, mire a mentősök megérkeztek, így már nem csak egy hordágy, de egy fekete zsák is előkerült, mikor elszállították. A mentősök együttérzően szóltak a két megtalálóhoz:

- Sajnálom! Tényleg őszintén sajnálom, de sajnos nem tehettünk többet. Viszont ti nagyon jól tettétek, hogy hívtatok minket.
- Miféle torz elméjű senkiházi képes ilyesmire? – gondolkodott hangosan Veronika.
- Azt sajnos nem tudjuk, de amivel vigasztalhatjátok magatokat, hogy ő már egy jobb helyen van. Ha túlélte volna, az egész élete romokban heverne mától fogva. Eltorzított arccal, vakon élni, úgy, hogy amit utoljára láthatott, talán a gyilkosának kéjes vigyora... Mindegy, ezt inkább el sem akarom képzelni.
- Hát ez az! Nincs meg a szeme, így a lelke örökké bolyongani fog. Így sincs jobb helyen!
- Én hiszem azt, hogy neki is jár a megváltás. Majd ha elkapják a tettest, fel fog oldódni az örök fényben. Kinek járna irgalom, ha nem a szenvedőknek?

Bálint önkívületi állapotból szólt a mentősökhöz:
- Én tettem! Én öltem meg!

A meglepődött segítség persze közelebb lépett a gyanúsan őszinte fiúhoz, és megkérdezték tőle:
- Hogyhogy te ölted meg? A barátnőd azt mondta, csak megtaláltátok.
- Én öltem meg! Vigyenek be az őrsre, csak ne apám asztala előtt.

Veronika persze még nagyjából a józan eszénél maradt, és magyarázkodni kezdett Bálint helyett:
- Tudják, nagyon megviselte. Sokkot kapott, és azt hiszi ő okozta a halálát.

A mondat után előkerült egy kis elemlámpa, mellyel Bálint szemébe világítottak. Az ápoló így összegezte a tapasztalatokat:
- A pupillareakciók tényleg lassúak. Kapjon majd egy kis epinefrint!

Az ápoló lassan, de biztosan szétnézett a helyszínen, és megakadt a szeme a véres vadászkésen Bálint lábánál, emiatt kihívatta a rendőrséget egy kollégájával, ő maga pedig rémülten, de megpróbálta szóval tartani a két tinédzsert.

– Hogy is találtátok meg pontosan?

– Kijöttünk ide lazulni, gondoltuk, hogy vízibiciklizni is kellene, így bementünk a tóba és ott láttuk, hogy lebeg valaki a vízen arccal lefelé. Azt hittük, hogy halott, de mikor megfordítottuk, vizet köpött fel és kihúztuk a partra.

– A kés akkor még benne volt a gyomrában?

– Milyen kés?

– Ami ott van a barátod lábánál.

– Ja, hogy az a kés? Igen, ott volt.

– És hogy került a barátod lábához?

– Nem tudom, szerintem kieshetett belőle, mikor kihúztuk, és lehet amíg fel-alá sétálgattunk, véletlenül arrébb rugdostuk.

– Biztos vagy ebben?

– Nem, mert én sem figyeltem. Még suttogott a lány, mikor megtaláltuk, és azt figyeltem.

– Suttogott? Micsodát?

– Nem értettem tisztán, de olyasmit, hogy „Most már elmehetek?", vagy ilyesmi.

– Ezt hajlandó lennél a rendőrségnek is elmondani?

– Muszáj leszek.

– Jól teszed! Ahogy elnézem, kezdheted is.

Alighogy a mondat elhangzott, megérkezett egy járőrkocsi két rendőrrel, akik kipattantak a járműből és fegyvert szegeztek a gyanútlan megtalálók felé. Kiabáltak: „Kezeket fel! Le vannak tartóztatva!" A meglepett kamaszok persze engedtek az utasításnak, ennek ellenére is csattant a bilincs mindkettőjük csuklóján. Bálint a szeme sarkából még látta, ahogy az egyik járőr gumikesztyűt húz, a kést megfogja két ujjal a hegyénél, és lezárható tasakba teszi.

ÉBREDÉS A RÉMÁLOMBÓL

Eljött az első olyan nap az utolsó tanévben, mikor a négy összeszokott barát közül csak egy volt jelen az intézményben. Kíra számára ez a nap élete leghosszabb napja volt, mert egyébként a többi osztálytársával nem tudta kellően elmélyíteni a kapcsolatait. A szótlan lány hosszú napjának végén lassan és bánatosan cammogott haza. Kezdett volna beletörődni a sorsába, mikor Martin végül utánaszólt:

– Hogyhogy most egyedül?

A meglepett lány fülének ismerős volt a hangszín, hát el is fordult annak forrása felé. Így került a látóterébe Martin és Dália, kik közül az utóbbi nevet viselő diák így szólt az eddig magányosan időzőhöz:

– Nem akarsz most velünk jönni egy darabig?

– Egy kicsit mehetek. De majd nemsoká haza kell érnem. Így is fel lettem fegyverezve, ha késem, azt fogják hinni, hogy baj van.

Martin így szólt bele büszke, de boldog érzelmeket tükröző hangsúllyal:

– Na ugye! Mondtam én, hogy fel kell fegyverkezni! Jobb is ez így. Mit sikerült szerezned?

– Van itt gázspray, egy kisebb bicska, meg öt köteg zsálya.

– Zsálya? Az a szellemek miatt?

– Igen, állítólag működik. Nagybátyám újságíró, és mikor most nemrég kiment Kazahsztánba, vinnie kellett magával vagy negyven liternyit.

– Újságíró? Kazahsztán? A nagybátyád nem valami Árpád? „P" betűvel kezdődik a vezetékneve, csak nem emlékszem már, milyen Árpád.

– Igen, Peskó Árpád! Tán ismered?

– Ja, személyesen még nem, csak hallottam róla, hogy Kazahsztánban miket látott.

Dália is hozzászólt:

- Az a fejetlen figura is kazah volt, nem? Aki üldözött titeket. Azóta történt valami vele?
    - Igen, a barátom, Zoli. Tudjátok, a tarajos srác. Na, neki a lábát összevissza karmolta múltkor, ő ugye azért nem jár már lassan egy hete, de ha minden igaz, holnap már jön. A nagybátyám nem sokkal utána megtalálta a szellem fejét kint külföldön, és azóta nem látta egyikünk sem.
    - Juj! Akkor jobbulást Zolinak! De annak örülök, hogy megszabadultatok a kísértettől. Amúgy a kanadai balhéról van véleményetek? Ezt Martintól is kérdezem, mert még nem beszéltük ki vele sem.
    - Kanadai balhé? - kérdezett vissza döbbenten, tökéletes szinkronban Kíra és Martin egyszerre.
    - Ja, akkor még nem tudjátok. Mi állandóan nézzük a híreket, hátha mondanak valamit Krimhildáról. És az egyik este belefutottunk egy olyan hírbe, hogy Kanadából pánikszerűen menekülnek délre, az USA felé, mert nem bírnak már a szellemekkel. Azt remélik, hogy az USA befogadja őket. Chris Hill Cox fogadná is, de az amerikai nép milíciákat szervez, és rátámadnak a menekülőkre.
    - Akkor háború van Kanada meg az USA között? - értelmezte Martin a hallottakat.
    - Majdnem, de mégsem. A kormányok között nincs konfliktus, hanem a két nép feszült egymásnak.
    - Minek lehet akkor ezt nevezni? Polgárháború? Az sem lehet, mert nem egy országon belül van - elmélkedett Kíra.
    - Ezért neveztem csak „balhénak", mert fogalmam sincs, mi ez. És itt kérdezem tőletek, hogy szerintetek ebből lesz nagyobb botrány is?
    - Szerintem nem. Ez a két nép régi barátságban él, ez szerintem pillanatnyi indulat. Amíg a két kormány egy oldalon áll, nincs mitől félni. - Legalábbis Martin szerint, de Kíra nem volt ilyen optimista:
    - Ha két ekkora ország összekap, akkor kő kövön nem marad. Ha ide, Európába nem is ér el, de ott, az amerikai kontinensen tarolni fog.

– Mitől vagy ebben olyan biztos? – kérdezett vissza Dália.

– Csak tippelem. De szerintem idő kérdése, és a két kormány is egymás ellen fog fordulni. Na de az unokatesódról van már valami hír?

– Sajnos semmi. Mindenről tudunk mindent, csak éppen róla semmit.

– Ó! Ezt sajnálattal hallom! Tartsatok ki, remélem, nemsokára előkerül már!

– Én már reménykedni sem merek. Maximum kísértetként látjuk még. De ne is beszéljünk erről!

– Bocsi, hogy felzaklattalak!

– Semmi gond! Tudom, hogy nem annak szántad, csak kezd az egész családunk agyára menni a dolog, és... mindegy. Amúgy, ha már eltűnések, Bálint meg az a csaj, akivel tartottam a kulcsot a könyvben...

– Veronika?

– Igen, ő! Na, ők hol vannak?

– Nem tudok róluk semmit, egy kicsit aggódom miattuk is. Ha hazaérek, megpróbálom elérni valamelyiküket.

Ekkor azonban úgy tűnt, valami mozgatni kezdi a bozótot egy sarokra a gimnáziumtól, ahol a rögtönzött három fős csoport járt. Már egészen besötétedett, de még nem volt koromfekete az ég, pusztán szürkéskék, közepesen sötét kivitelben. Az utcai lámpák fényei igazából még csak ennél a félhomálynál kezdtek sejtelmes vibrálásba, mely az ébredésük első jele volt. A bokor ettől függetlenül még mozgott, és a három szemlélő megtorpant, minden összebeszélés nélkül ki-ki elővette azt a tárgyat, amiben a legjobban bízott. Martin a már említett pillangókését, Kíra egy köteg száraz zsályát a hozzá tartozó öngyújtóval, Dália pedig jobb híján egy tollat húzott ki a zsebéből, de tegyük hozzá, egy kellően hegyes tollat. Így hárman már készen álltak arra, hogy viszonozzák a támadást. Kíra nem akarta a véletlenre bízni, ezért meg is gyújtotta a vaskos köteget. A gyújtó lángja lassanként terjesztette el a henger lapján az apró, de ahhoz képest erős fényű kis sárgásvöröses pontokat. A várva várt füst is felbukkant, melynek a színe és csavaros szálai nagyon hasonlóak voltak a cigaretta füstjéhez, csak ez több helyre tartott igényt a légkörből. Ebben a füstben mindhárman megláttak egy arcot egy kis időre, melyet nem tudtak beazonosítani, de nyilvánvaló volt, hogy nem lehet élő emberé túlságosan fakó tónusa miatt. Az arc szája hosszan elnyúlt, hogy megmutassa a testben rejlő üres feketeséget, a szem pedig befordult, ezzel az íriszt rejtve, és a fehér, eres oldalt mutatva a fiatalok felé. Martin még esküdni is mert volna rá, hogy hangot is hallott mellé, olyasmi harsány sípolást, mint amikor túlfő a kávé a kotyogósban, de persze a két lány azt állította, semmi ilyet nem hallottak. A hang megléte vagy nemléte nem változtatott azon a tényen, hogy a füstbe került arc rögvest el is tűnt, mindössze néhány másodpercig volt látható. Dália a látvány hatására ezt a kérdést tette fel:

– Most akkor megöltél egy szellemet?

– Nem lehet őket megölni, csak ideiglenesen el lett zavarva. Ezt a füstöt nem szeretik, főleg a gonoszabbak irtóznak tőle. A jókat csak megmutatja, de a gonoszt elkergeti.

– Erről te honnan tudsz ilyen sokat?

– Nagybátyám tanulta külföldön helyi és magyar kollégáitól, ő meg nekem tanította meg.

– Ó, tényleg! El is felejtettem.

– Azt mondta nekem, már az odaúton is kipróbálta. A határátkelőnél meggyújtott egyet csak kíváncsiságból, és vagy több száz ilyet látott. Volt, aki maradt, volt, aki menekült. Akik maradtak, egy ujjal sem értek Árpádhoz. Innen gondolom, hogy a jókat megmutatja, a rosszakat elűzi.

– De honnan lehet tudni, ki a jó és ki a rossz? Az élet nem egy propagandafilm. Olyan nincs, hogy valakinek csak ilyen vagy csak olyan tulajdonságai lennének – állapította meg Martin.

– Gondolom, függ attól is, hogy ki tartja a füstölgő köteget. De tudjátok mit? Ötöt hoztam, mi csak hárman vagyunk. Kettőt-kettőt tegyetek el a hazaútra!

– De neked mi marad akkor?

– Ez, ami itt füstöl a kezemben. Nem lakom olyan messze, addig maximum a feléig fog leégni.

– Akkor legalább az egyiket vedd vissza! Sosem lehet tudni – alkudozott Martin aggodalmában.

– Nyugi, annyi van otthon, hogy ki is telelhetnénk belőle. Holnapra lesz másik.

– És ha ma lesz rá szükség?

Dália is közbevágott:

– Ja! Igaza van! Nekünk egy-egy elég lesz, inkább legyen nálad a többi. Meg majd szerzünk mi is, és...

– Jó, oké, rendben, de vigyázzatok, mert ilyenkor már a szellemáradat előtt sem volt biztonságos ez a hely!

– Nyugi, itt a késem is! – viccelte el Martin a helyzet súlyát, de Kíra vette a poént:

– Jaj! Vagy már nagyra azzal a késsel! Kensz neki egy kenyeret, ha megtámad, vagy mire mész vele?

– Hogyne! És míg azon nyammog, angolosan távozom.

Habár a félelem még javában átjárta a frissen sötétedett utcákat, azért egy-két kósza kuncogás mégis csak elhangzott, mielőtt szétváltak az utak. A zsályakötegek parázsló végei nem csak az egyetlen fényforrást jelentették a külvárosi mellékutakon, hanem az egyetlen esélyt a biztonságos hazatalálásra. Míg ezek az apró parazsak mutatták az utat, addig Veronika és Bálint is a kihallgatás vége felé közeledtek. Az őket faggató személy nem volt más, mint Hegedűs János, azaz maga a főkapitány, aki különösen precíz ember hírében állt, tehát nem meglepő, hogy külön-külön kérdezte ki a két gyanúsítottat. Bekapcsolta a hangrögzítőt, és miután mindkét fél kimondta a nevét, elhangzott a dátum és a kihallgatás tárgya is, Hegedűs János feltette kérdéseit, először Nemes Veronikának:

– Milyen céllal látogatta meg ön a kígyósmezei parkot múlt hét szombaton?

– Kikapcsolódást kerestem.

– Volt önnel más is aznap a parkban?

– Igen, Bálint.

– Milyen Bálint?

– Milyen kérdés ez? Akit velem együtt hoztak be.

– Hallani akarom a teljes nevét.

– Kővári Bálint.

– Milyen kapcsolatban van ön Kővári Bálinttal?

– Barátok és osztálytársak vagyunk.

– Semmi több?

– Semmi több.

– A fiatal férfi azt mondta a kiérkező mentőknek, idézem: „Én tettem! Én öltem meg!" Hogyan lehet ezt értelmezni?

– Találtunk a tóban egy sérült nőt nagyon súlyos állapotban, ezért hívtunk mentőket. De mire kiértek, el is vérzett, mert túl nagy mértékben sebesült meg. Bálint ekkor kapott sokkot, és azt hitte, hogy ő végzett vele.

– A helyszínen volt egy véres pengéjű vadászkés is. Erről tud valamit?

– Rémlik, de pontosan nem emlékszem. Inkább a sérülések maradtak meg.

– Akkor gondolom azt sem tudja, hogyan kerülhettek Kővári Bálint ujjlenyomatai a kés nyelére.

– Fogalmam sincs. Gyorsan történt minden, nagy volt a kapkodás, előfordulhat, hogy véletlenül megfogta a nyelét.

Mire a rendőrfőkapitány megfogalmazhatta volna az újabb kérdést, kopogás hallatszott a kihallgatószoba ajtaján. Persze Hegedűs János nem szerette, ha megzavarják, úgyhogy a kopogás még megismétlődött négy alkalommal, mire mogorván átkiabált az ajtón:

– Mi van!?

– Nagyon sürgős ügy, válthatnánk pár szót?

– Épp kihallgatás folyik! Jöjjön vissza később!

– Eltűnt egy vadászkés a bizonyítékraktárból.

– Mikor?

– Maximum pár perccel ezelőtt. Az, amelyiket szombat délután hozták be.

Hegedűs János így végül ránézett Veronikára, és egy sokkal emberibb oldalát mutatta neki:

– Elnézést a kellemetlenségekért! Ideiglenesen távozhatnak!

– Bálint is?

– Igen, ő is!

Olyan sebességgel távoztak a gyanúsítottak, hogy esély sem lett volna visszahívni őket, látszott minden mozdulatukon, hogy el akarják felejteni a közel negyvennyolc órányi őrizetet és a gyanúsítgatásokat. Ehelyett a főkapitány behívta az újoncot, aki az eltűnt késről jelentett, és szeretett volna többet megtudni, így hát kérdezett:

– Nyugalom, nem kihallgatás, csak érdeklődöm: Látott maga valakit a bizonyítékraktár körül mióta itt a kés?

– Sokan mászkálnak arra, szinte mindennap hoz valaki valami újat.

– Akkor olyat, aki gyanúsan viselkedett volna?

– Az én szimatom még nem elég fejlett ehhez, nekem senki sem tűnt gyanúsnak, de egy tapasztaltabb kolléga lehet, hogy tudna válaszolni erre.

– Jól van, ebben az esetben megkérdezem a többieket is. Esetleg nem találkozott valakivel, aki gyanúsan sokat kérdezett egy bizonyos sorozatgyilkosról?

– Nem, mindenki ugyanannyit beszél róla. Mindenkit egyformán foglalkoztat. Akkor a két fiatal közül egyik sem gyanúsított már?

– A lány szerintem tiszta, de Albert fia... hát... Egyelőre elengedtem, de inkább figyeljük, biztos, ami biztos!

– Albert tudja, hogy mivel gyanúsítjuk a fiát?

– Elmondtuk neki, de szerintem még nem tudatosult benne igazán.

A kezdő – vagy ahogy az őrsön mondani szokás, „zöldfülű" – rendőr azonban tévedett, mikor azt gondolta, hogy Albertben nem tudatosult a tény, hogy a fia gyilkossági ügyben gyanúsított. A tapasztalt járőr tudta nagyon jól, hogy mivel járhat ez: egy rendőr, akinek sorozatgyilkos a fia!? Az évszázad botránya lett volna, főleg egy olyan eldugott, határ menti városban, mint Kígyósmező. Albert egyszerűen csak úgy akart tenni, mint aki teljesen biztos fia ártatlanságában, és emiatt tűnhetett úgy, hogy tudomást sem vesz az ügyről. Otthon, a négy fal között viszont komoly beszélgetésre invitálta fiát. A félig leengedett redőnyök, a szoba kis mérete, és a barnás-vöröses árnyalatú falak

és bútorok még inkább komorrá tették a beszélgetés egyébként
támogatói szándékát. Albert egy darabig csak szótlanul nézett
a fiára, és hosszú szóközökkel kezdett a témába:

– Ugye tudod, hogy... hogy ez mivel jár? Tudod, hogy egy igen
komoly bűncselekménnyel vádolnak?

– Igen, tudom! De a főkapitány úr elengedett.

– Ne nyugodj bele ilyen könnyen! Akár egy piros lámpán
menj át a jövőben, újra te leszel a központ. Mennyit tudsz arról
az emberről, akiről azt hitték a kollégák, hogy te vagy?

– Hogy egy szadista kretén, aki hobbiból szemeket vagdos ki.

– Na! Na! Na! Ennyire ne egyszerűsítsd le a helyzetet! Aki
három gyilkosságot is megúsz, az sorozatgyilkosnak számít.
Ahhoz, hogy valaki idáig eljusson, két nélkülözhetetlen dolog
kell: velejéig gonosz jellem, amit el is találtál, de a másik az át-
lagosnál magasabb intelligencia.

– Jó, akkor legyen egy őrült zseni, de akkor sem én tettem!

– Akkor miért mondtad azt a mentősöknek, hogy te tetted?
Fedezni akarsz valakit?

– Dehogy akarok fedezni senkit! Sokkot kaptam! Életemben
először láttam, hogy mennyire mulandó az élet, és mennyire tö-
rékeny az emberi test. Nem akartam elfogadni, hogy a halálban
nincs semmi szépíteni való.

– Biztos, hogy csak ennyi? Mi lenne, ha arra tippelnék, hogy
a fickó, akit keresünk nem is fickó, hanem nő?

– Nő nem lehet ilyen kegyetlen!

– Katherine Knight, aki megfőzte a férje fejét, és a gyerekei-
nek adta vacsoraként? Aileen Wournos, a prostituált, aki lelőtte
kuncsaftjait? Mary Bell, aki 11 évesen megölt egy ötéves kisfiút,
mondván: „szeretem bántani az embereket"?

– Jó, de ezek külföldön történtek.

– Báthory Erzsébet, Pipás Pista, Jáger Mari...?

– Mire akarsz kilyukadni?

– Nem ismersz olyan nőt vagy esetleg lányt, akiből kinéz-
néd, hogy ő a gyilkos?

– Dehogy!

– Megmondhatod, megpróbálok segíteni. Rám számíthatsz.

– De apa! Lövésem sincs, hogy ki lehet az az elbaszott szörnyeteg!

– Na jó, ne vedd sértésnek, de kimondom! Biztos vagy benne, hogy nem Veronika az?

– Mi!? Még viccnek is rossz! Vele együtt találtuk meg, ahogy sodródott a tó vizén, ő hívta a mentőket, és ő mondta, hogy ne hú... mindegy. A lényeg, hogy tuti nem ő az!

– Mit mondott, hogy mit „ne hú"?

– Jó, oké, akkor elmondom. Úgy kerültek az ujjlenyomataim a késre, hogy ott volt a csaj hasfalában. Veronika próbálta ellátni, én meg nem is gondolkodtam, csak kirántottam belőle a kést. Én nem tudtam, hogy ezzel a halálát okozom, esküszöm, csak segíteni akartam!

– Basszus! Mi a francért nem mondtad ez Hegedűsnek is!?

– Mert akkor is marad a vád, csak legfeljebb „gondatlanságból elkövetett" minősítéssel.

– Meg a lónak a... Mindegy, nem akadok ki! Nem maradt volna ez a vád, mivel elsősegélyt akartál nyújtani. Ha hagytad volna ott úgy, ahogy van, akkor lett volna a vád „segítségnyújtás elmulasztása". De így ártatlan vagy, mert nem hivatalosan azt mondjuk, hogy „a pocsék ellátás is jobb, mint a semmilyen".

– Ha most ezzel visszamegyek az őrsre, tisztázhatom magam?

– Mindenféleképpen, de nem lesz egyszerű. Számíts rá, hogy a kutya sem fog hinni neked, még akkor sem, ha az én fiam vagy. Az eredeti vallomásodat keresztben húzod át ezzel. De ha ezt elmondod, és talán még hajlandóak is meghallgatni, poligráfra kötnek majd. Hosszú és rögös út lesz, de ha ez valóban így volt, ahogy most elmondtad, lesz egy hosszadalmas jogi hercehurca, de hiszek abban, hogy tisztázódni fogsz.

– És az érettségi? Azt ettől még letehetem?

– Azt még a börtönből is engedélyezik, amiatt ne félj! De még börtönbe sem kerülsz majd, annyi lesz, hogy a te érettségi időszakod stresszesebb lesz az átlagnál, de ne aggódj, itt leszek, támogatlak, megoldjuk ezt is, és nyáron Krakkóban már megkönnyebbülten fogunk erre visszagondolni.

– Krakkó!? Amelyik Lengyelországban van? – kérdezte a fiú örömteljesen.

– Miért, hány Krakkót ismersz még? – kacsintott sejtelmesen a rendőriből az apai szerepbe átlibbenő férfi.

– Úristen! Tényleg oda fogunk menni? Hát ez... ez... ez nagy királyság!

– Előtte egy nappal akartam elmondani, de úgy láttam, most kell erőt merítened valamiből.

– Ez most tényleg feldobott! Csak még egy utolsó kérdés: Verával mi lesz?

– Ha szeretne, jöjjön velünk, feltéve, ha nincs már saját terve.

– Nem úgy értem, hanem a vádakkal. Ő is tisztázódni fog?

– Jaj, ő már most is tiszta, csak nekem volt egy futó gondolatom. Csak piszkálja a fantáziádat, ugye?

– Nem az, én tudom, hogy ő nem lehet elkövető, csak aggódom érte, mert rosszkor volt rossz helyen. Pont, mint én.

– Igen, igen, meg hát szerelmes is vagy belé...

– Hé! Honnan tu... azaz miből gondolod?

– Egyértelmű! Megkaptad a legváratlanabb pillanatban a legjobb hírt, és mégis az érdekel, hogy vele mi lesz. Én is voltam veled egyidős.

– Na jó, egy kicsit lehet, hoy tényleg belezúgtam. Emiatt is hívtam el a parkba, mert be akartam neki vallani.

– Ehelyett rábukkantatok egy gyilkosság áldozatára, és az őrszobán hétvégéztetek. Emlékezetes első randi. Legközelebb ne tökölj annyit, mondd ki, hogy szereted, és vágjatok bele!

– Köszi a tanácsot! Most már megfogadom!

– Jól van, de azért Krakkó meg a szerelem ne vegye el a látásod, egy gyilkossági ügyből kell kikecmeregned még! De erőt azt meríts ezekből korlátlanul! Gondolj arra, hogy mindjárt jön az ébredés a rémálomból!

LIVOR MORTIS

Senki sem tudta Alberten kívül, hogy titokban egy bekapcsolt diktafon lapult a zsebében, mialatt fiával beszélgetett az ügyről. Sokáig vonakodott, gondolkodott a családapa azon, hogy ez etikailag mennyire helyes, mennyire nem, mit fog esetleg Bálint mondani a szalagra, de végül mégis úgy döntött, hogy jobb, ha elkészül a felvétel. A szalagon Bálint elmondja az igazat, ráadásul teljes őszinteséggel és nyitottsággal, tehát a fiát tisztázni kívánó rendőr mielőbb le akarta tenni a szalagot Hegedűs János asztalára. Ennek ellenére mégis később érkezett meg a rendőrségre. Albert, habár nagy ember volt, az üresen tátongó épületben mégis eltörpült. Minden helyiség teljesen kihalt volt. A számítógépek körül a félig tele papírpoharak, a félbehagyott szendvicsek, és a hanyagul széthagyott ceruzák és tollak arról árulkodtak, hogy nem is olyan sokkal ezelőtt itt még nyüzsgés, jövés-menés volt. A magas rangú tisztek, századosok és hadnagyok irodái is hasonló állapotban voltak. Mutatták az élet nem is olyan kihűlt jeleit, csak magát az életet nem. Azonban akadt egy szoba, melynek az ajtajába épített opálüvegén keresztül látható volt egy, a közepén fehér, kicsit kijjebb narancssárgás, végül barnás, és kifelé feketedő színskála. Mintha tűz lenne az ajtó mögött, de érdekes módon sem a riasztók nem üvöltöttek, sem pedig emberi pánik hangja nem hallatszott. Elképzelni sem tudta Albert, mi folyhat az ajtó mögött, és a zsebében lapuló hangfelvételről is megfeledkezett. Így aztán gyorsan kopogott hármat az ajtó fa részén. Választ nem hallott, de egy mondatot elcsípett: „A három kopogás mit jelent?" Erre Albert meglepetten csak annyit válaszolt, hogy „Azt, hogy szeretnék bemenni néhány percre". Majd egy minimalista párbeszéd került a rendőr fülébe, melynek hangját a távolság és az ajtó kellő vastagsága tompította, de attól még lehetett érteni:

– Mi a franc!? Te hallottad?

– Igen, de Albert az! Be is engedem.

Az ajtót járőrtársa, Tamás nyitotta ki, kinek a válla fölött átnézve lehetett látni, ahogy sejtelmes gyertyafényes világításban, majdnem teljes sötétségben a teljes rendőri vezérkar és még jó néhány járőr is egy nagy kerek asztalt ülnek körbe hüvelyk- és kisujjuk összeérintésével. Albert csak fáradt arckifejezéssel ránézett az ajtónyitóra, és megkérdezte:

– Ugye most nem az folyik bent, amire gondolok?

Tamás hátranézett a többiekre, odasúgta nekik, hogy „egy pillanat, mindjárt jövök", erre pedig beleegyezően bólintott mindenki, végül pedig Tamás óvatosan becsukta az ajtót maga mögött, tisztes távolságba kísérte társát, és végül kifejtette bővebben is:

– Mire gondolsz, mi folyik ott bent?

– Mintha szellemet idézne a fél vezetőség.

– Akkor jól láttad. Szellemet idézünk.

– Minek? Meg különben is, nincs az még betiltva?

– De, be van tiltva, de elakadt a nyomozás Káin után, és próbáljuk kihallgatni az áldozatokat.

– Káin? Mi van?

– Hivatalosan nem nevezzük így, ez a szem-kivágós gyilkos. Hagyott egy üzenetet a postaládánkban.

Tamás átnyújtja társának a nem mindennapi írást, mely rövid, de célratörő volt:

„Szeretném először is megköszöni maguknak, hogy megtalálták a kedvenc késemet. Sokat jelentett nekem, még a nagyapám hagyta rám. Másodszor pedig azt kérdezném önöktől, hogy meddig tart még a nyomozás? Minél később kapnak el, annál több testvér veszíti el a lelkének tükrét.

Káin"

Albert egy darabig nézegette a papírdarabot, míg a koncentrálás miatt dörzsölgette homlokát, de végül hozzászólt:

– Volt valamelyik áldozatnak testvére?

151

– Én is furcsának találom, de nem. Pont emiatt is akadt meg a nyomozás.

– Amúgy hogyhogy bevontak minket is? Járőrök vagyunk, nem nyomozók.

– Azt mondta Hegedűs, hogy bárki segítheti a nyomozási osztályt, aki szeretné. Ha a portásnak vagy a takarítónak jut eszébe valami, őket is meghallgatják.

– Akkor ebben az esetben van elméletem. Úgy hívja magát, hogy Káin. Javíts ki, ha tévedek, meg te ehhez jobban értesz, de Káin a testvérgyilkos, aki megölte Ábelt, igaz?

– Igen, de egyik áldozatnak sem volt testvére.

– Káin az első gyilkos is. Ádám közvetlen fia. Ez az ember valószínű, hogy vallási fanatikus, és úgy gondol magára, mintha ő lenne az első sorozatgyilkos.

– Ennyire rájöttem én is, de mi van akkor, ha egyáltalán nem is vallásos, csak azt akarja, hogy ebbe az irányba kezdjünk tapogatózni?

– Nem rossz felvetés. Ez megmagyarázná, miért nem találtunk bibliai utalásokat a „Káin" aláíráson kívül. De szerintem nézzük meg, hogy a többiek hogy állnak a szeánsszal!

Mikor mindketten visszaértek, minden ugyanúgy volt, ahogy akkor hagyták ott. Az asztal körül ugyanazok a személyek várták, hogy létrejöjjön egy túlvilági kapcsolat. Az asztalt körbeülők közül még azt sem vette észre senki, hogy Tamás és Albert óvatosan osonnak vissza, csak kérdezgették a szellemeket: „Látta az elkövető arcát?" Ezt egy kopogás kísérte, a főkapitány pedig egy kis füzetbe feljegyezte. A következő elhangzó kérdés az volt, hogy „Az elkövető férfi volt?" erre is csak egyetlen kopogás hallatszott, de ezután is került írás a kapitány füzetébe. Albert suttogva kérdezte meg társát:

– Ki kopogtat?

– Azok, akik szerinted nem is léteznek.

– És mit jelentenek a kopogások számai?

– Egy kopogás az igen, kettő meg a nem.

– Olyankor mi van, ha bizonytalan?

– Nincs kopogás.

– Kérdezhetek én is?

– Persze, csak előtte jelezd, hogy kérdésed van!
Albert integetni kezdett Hegedűs János felé, és nagyon halkan, majdnem tátogva közölte vele, hogy van kérdése. A kapitány bólintása jelezte a megerősítést. Albert mély levegőt vett, és már beszédhanggal kérdezte meg: „Ismerte ön a gyilkosát korábbról is?" Két kopogás volt a válasz, ami nemet jelent. Ez kicsit nyugtalanná tette Albertet, de a következő kérdést is muszáj volt feltennie: „Az elkövető idősebb, mint harminc?" Mivel erre csak egy kopogás érkezett, fellélegzett a kérdező, hiszen tudta, a többiek hisznek a módszerben, és ez pont tisztázza a fiát, Bálintot. Emiatt az utolsó ötletét már bátrabban vetette fel: „Aki ezt tette önnel, most is életben van?" Először egy kopogás hallatszott, de később egy dupla. Ez összezavarta a termet megtöltőket, és elkezdtek találgatni. Az egyre hangosodó szobában végül Hegedűs János határozott kérdése emelkedett ki, amit a megidézett lélekhez intézett: „A tettes egy kísértet?" Ugyanaz a „válasz" jött erre is: egy kopogás elöl, később egy kettőzött. Mivel a szálak egyre csak kuszálódtak, úgy döntöttek, befejezik a szeánszot, elköszöntek a szellemtől, elfújták a gyertyákat, majd felhúzták a redőnyöket. Amint ezzel végeztek, Hegedűs János egy eligazítást tartott a jelenlévőknek:

– Nos, hölgyeim és uraim, ami itt történt, arról egyetlen szót sem szólhatnak, még a saját édesanyjuknak sem! Hivatalosan életben van már a szeánszok tilalma, és nagyon nem vetne ránk jó fényt, ha ez a kis titok kibukna, remélem megértik. Ellenben fel fogjuk használni a nyomozáshoz az új információkat, de azoknak forrásáról kénytelenek leszünk füllenteni, ha az ügy végére jártunk. Még mielőtt azt gondolnák rólam, hogy vaktöltényekkel lövöldözök, ellenőrzöm, hogy nem történt-e csalás, esetleg nem gondolta-e valaki jó tréfának, hogy a cipője sarkával kopogtat a kérdésekre. Ennek érdekében a mobilom kamerája rögzítette a teljes eseményt, és arra kérném önöket, hogy most utoljára nézzük vissza, és figyeljük a hamisításra utaló jeleket. Ha kiderül, hogy valaki trükközött, akkor ez a kis öszszejövetel meg sem történt. Azonban ha úgy látjuk, hogy valóban túlvilági kapcsolat jött létre, maradunk az eredeti tervnél. Értette mindenki?

A szónoklatra egybehangzó igen volt a válasz, és miután a kapitány csatlakoztatta mobiltelefonját a laptophoz, nagyobb képernyőn is végrehajthatóvá vált a vizsgálat. Mindenki a számára leggyanúsabb vagy legkevésbé szimpatikus kolléga lábait figyelte, de hiába, mert sokkal egyértelműbben látszott a kopogó hangok forrása. Egy hosszú kar, ereszkedett a mennyezetből az asztal közepe felé, valahányszor kopogtatást hallottak a résztvevők. A kar mozgása furcsán szaggatott volt, mintha egy agyonnézett VHS kazettáról menne, míg a felvételen minden más mozgás normális volt. A kar egyik oldala majdnem fekete, a másik szinte tejfehér volt, közte pedig lilás átmenettel...

A FELNŐTTKOR ELŐESTÉJE

Kalandos utat jártak be azok, akik 2036-ban váltak végzőssé középiskolában: az utolsó két-három hónapban egy netes kihívás borzolta a fiatalság kedélyeit, és szinte nem is volt olyan ember, aki aktív volt valamilyen közösségi oldalon, de ne próbálta volna ki az élő adásban történő szellemidézést. Ez pedig egy világszintű láncreakciót váltott ki, mely során kísértetek kezdték szépen lassan elárasztani a Földet, kormányok emelkedtek fel és buktak el, valamint olyan törvények születtek, melyekről sosem gondoltuk volna, hogy valaha szükséges lesz meghozni, például a szellemidézést bűncselekménynek minősítették több országban is, Magyarországon 150 000 forintos bírság vagy négy év szabadságvesztés járhatott érte, de a szellemektől nagyobb mértékben szenvedő országokban, mint Kanada, Kazahsztán, Németország vagy Oroszország, akár 10-20 évnyi szabadságvesztés is kiszabható volt, szélsőséges pártok pedig már a halálbüntetés gondolatával is barátkoznak. Egy ilyen világ az, melyben megindultak a Klebelsberg Gimnázium tanulói a felnőtté válás amúgy is rögös útján. Mindezek ellenére minimális felkészültség mégis csak jellemezte a diákok többségét, de az tényleg csak minimális szintű volt. Kíra, Zoli, Veronika és Bálint még az utolsó napra sem szakították meg azt a hagyományt, hogy a nap előtt kupaktanácsot tartanak. Most volt is miről, hiszen az érettségi napja volt, ráadásul a magánéletük is hagyott kérdéseket. Az egyik ilyen kérdést Zoli intézte Bálinthoz:

– Milyen érzés újra szabadlábon?

– Hogyhogy újra?

– Tudod, most már senki sem gyanúsít, végleg kihúztak a listáról, meg ezek...

– Ja! Arra gondolsz? Eszméletlen jó! Mint aki újjászületett. Szerintem ilyesmit érezhettél, mikor téged sem jelentettek fel a banánok miatt. Egyszerűen nem tudom leírni.

– Én is megkönnyebbültem, de egy ekkora tehertől biztos sokkal felvillanyozóbb megszabadulni. Amúgy lehet sejteni már, hogy ki a gyilkos?

– A nyomozás részleteit még apámtól sem tudhatom meg, de van egy érzésem, hogy meglesz a tettes hamar.

– Úgy legyen! Tanultatok erre a történelem érettségire?

Kíra adta az első választ:

– Tudod, hogy ezzel az eggyel hadilábon állok... mondjuk úgy, hogy csak magoltam.

– Gyakoroljunk egy kicsit: Miért tört ki az első világháború igazából?

– Ferenc Ferdinándot lelőtte Gavrilo Princip Szarajevóban.

– Beugratós kérdés: Ez a casus belli. Az igazi ok, hogy a nagyhatalmak gyarmataikat akarták kiterjeszteni. Mikor ért véget a II. világháború?

– 1945 május 9-én.

– Az évszám jó, de augusztus 14-én. Ugyanis Japánt ekkor győzték le hivatalosan is.

Veronika csak hallgatta, ahogy az eddig egy párként ismert duó most minden romantikát mellőzve gyakorolt a megmérettetésre, és meglepődötten közbeszólt:

– Mi az isten!? Zoli, te tanultál?

– Bizony ám! Elég volt a lézengésből, ideje komolyra fordulnom.

– Honnan jött ez az elhatározás?

– Amikor a sürgősségin várakoztam, csendben elkezdtem mérlegelni az eddigi életemet és arra jutottam, hogy karrierre szükségem van akkor is, ha hedonista módon akarok élni. Tehát legalább az érettségit szeretném.

– De miért nem puskázol? Ne érts félre, nem akarlak rábeszélni, csak meglepődtem.

– Mert lusta voltam puskát írni.

Ezen mondat után hangos nevetés tört elő a másik három jelenlévőből, Zoli csak enyhén mosolygott, és megállapították együtt, hogy „na, ez az igazi Zoli". De folytatta előző gondolatát:

– Amúgy csak ezt a kettőt tudom, ha nem ezeket húzom, akkor bukta lesz a végén.

– Ne már! Meddig tartott a százéves háború? – kérdezte Veronika.

– Azt tudom, hogy nem száz, de fogalmam sincs. De mindegy, hagyjuk a múltat, engem a jövő érdekel inkább: Holnap már csak a szabadon választott tárgyakból érettségizünk, és ennyi volt az egész, ugye?

– Igen, szóval holnap már nem futunk össze így négyen, mert mindenki mást választott: én biológiát, te, ha jól tudom, testnevelést, Bálint kémiát, Kíra meg földrajzot. Ezek meg nem ugyanott lesznek.

– Pontosan! És mivel a kötelező körökből ez az utolsó, arra gondoltam, hogy ha vége, összeülhetnénk egy sörre megünnepelni. Mit gondoltok?

Egybehangzó válasz érkezett, mégpedig az, hogy „benne vagyok", de később hozzátették, hogy előtte hazatelefonálnak. Végül pedig eljött az a pillanat, mely egész idáig lázban tartotta nem csak Zoliékat, hanem a teljes korosztályt is: beléptek a terembe, ahol a szóbeli feleleteket hallgatta meg a bizottság. A tételek kihúzása után mindenki megnézte a sajátját, így a következő lett a felállás: Bálint kihúzta a „Magyarország a II. világháború után" című tételt, Veronikának jutott a '48-as forradalom és szabadságharc, Kírának a francia forradalom, míg végül Zoltánra maradt a százéves háború tétele. Mielőtt beszámolhattak volna ezekről, jutott idő, hogy egy előre odakészített papírlapra jegyzeteljék fel azokat a gondolataikat, melyeket semmiképpen sem szerettek volna kikerülni. Bálint nagyon megörült a tételének, olyannyira, hogy még a jegyzetét sem készítette el, és máris jelentkezett rá, hogy számot adjon tudásáról, közvetlen azután, hogy az előző felelő végigmondta a saját tételét. Bálint magabiztosan lépett a bizottság elé. A bizottság elnöke kimérten megkérdezte:

– Melyik tételt húzta?

– Magyarország a II. világháború után.

– Rendben, hallgatjuk.

– 1945. február 13-án a szovjet vörös hadsereg 102 napos ostrom után bevette Budapestet, április negyedikére pedig megszállták a teljes országot, melyet a szocialista rendszerben felszabadításként ünnepeltek. A szovjet mintára kiépülő új rendszer...

Míg Bálint megállíthatatlanul hadarta a tananyagot és egyre közelebb került a maximális pontszámhoz, Zoli kétségbeesetten bámulta a cetlit, melyet a „százéves háború" felirat ékesített. Mivel a még elegáns öltönyhöz is színpompás taréjt viselő punk legrégebbi barátja elég hangosan és dinamikusan beszélt ahhoz, hogy a teljes bizottság figyelmét lekösse, Zoli tett egy kísérletet segítségkérésre. Odafordult Veronikához, megmutatta neki a tételét, és nagyon halkan, nagyon röviden csak ennyit kérdezett: „Meddig tartott?" Veronika segítőkész volt, így az ujjaival mutogatta el: először felmutatta egy hüvelykujját, kicsit később ugyanazt, végül megint a hüvelykujját, de mellette a másik tenyerét kifeszítve. Zoli értetlenül nézett a segítségre, majd a lány elővett egy tollat, melyet egy másikkal kezdett karcolgatni. A bizottság egy tagja hátraszólt: „Fiatalok! Mi folyik ott hátul?"

A megdöbbent lány szerencsére rögtön válaszolt:

– Zolinak kikopott a tolla, csak keresek egyet, ami fog.

– Igen, elfelejtettük mondani, hogy ezt nem lenne szabad, hozni kellett volna tartalék tollakat. De mindegy, add oda neki, mi meg nem láttunk semmit.

– Köszönjük! – hangzott el a válasz egyszerre a két puskázótól.

Veronika át is nyújtotta az íróeszközt, úgy, hogy a megkarcolt vége legyen felül, melybe a lány a 116-os számot véste. Így a kétségbeesett fiú folytathatta a jegyzeteléseit, mely inkább csak szavakat tartalmazott, mint például: „angolok, franciák, XIV. század, Európa", és végül a „116 év" is bővítette a listát. Miután mindenki lefelelt, meg is tárgyalták az eredményt. Bálint csak vigyorgott, de annyit kinyögött, hogy „Nos, láttátok... ötös lett".

– Hogy örül már magának! Nekem csak négyes, de jó lesz az – folytatta Veronika.

– Na, neked is négyes? – tette hozzá Kíra.

– Mint az összes eddigi: hármas – zárta a sort Zoli. – De Vera, neked köszönöm a segítséget, eszméletlen jó trükk volt!

– Köszi, hirtelen jutott eszembe.

– Hány óra van most?

– Fél négy. Mehetünk a Támaszpontra? Vagy hol ünnepeljük meg? – terelte Kíra a beszélgetést a mulatás irányába.

– Jó a Támaszpont. Olcsó is, jó fej a csapos, közel is van... nekem jó, és nektek? – vágta rá Veronika.

– Nekünk is megfelel, meddig legyünk?

– Nyolc-fél kilenc körül jó lenne hazaérni, mert hát holnap is lesz egy ilyen nap még. – Bálint javaslata ez volt. A többiek előbb gyorsan hazatelefonáltak, hogy beszámoljanak az érettségi eredményéről, és a tervről, hogy kikapcsolódnak egy-egy korsó mellett. Egyetlen szülő sem ellenezte az ötletet, mondván: „most vagytok fiatalok, most kell szórakozni", vagy hogy „egy életben egyszer van érettségi, adjátok meg a módját!"

Amikor megérkeztek a pulthoz, mind a négyen csak egy-egy korsó sört kértek, a fiúk hagyományosat, a lányok meggyes ízesítésűt. Innen pedig a nyitott terű padokhoz vették az irányt, mivel a levegő már kellemesen hűvös volt, ráadásul ha valaki rá akart gyújtani, nem kellett akkora utat megtenni, hiszen a szabad ég alatt nem volt tilos. Az asztal, melyhez a négytagú csapat leült, igen nagy volt, körülbelül 5-6 méteres lehetett, és könnyű fémből készült. A vége enyhén kerekedett lefelé. Zoli az asztal lapjának élén három lyukat is észrevett, és már 3-4 korty sörrel a gyomrában megszólalt:

– Tudjátok mi ez, srácok?

– Egy nagyon menő asztal? – értetlenkedett Bálint.

– Most már igen, de ez egy P–51-es Mustang szárnya.

– Hagyjál már! Az amerikai volt, hogy kerülne ide?

– Lövöldöztek ők is errefelé '44-ben.

Kíra erre viccesen terelte vissza barátját a jelenbe:

– Ezt a tételt kellett volna húznod, és mindjárt ötös lett volna.

– De nem viccelek! Nézzétek ezt a három lyukat! Ide jöttek a 7,62-es Browningok.

– Jól van! Hiszünk a szakembernek!

A felszolgálónő épp akkor járt körbe az üres poharak begyűjtése miatt, és Bálint, hogy segítsen eldönteni kissé mámoros barátja dilemmáját, odahívta az asztalukhoz és megkérdezte tőle:

– Bocsi, hogy ilyen hülyeségekkel zaklatunk, de ez, ahol mi ülünk, tényleg egy Mustang szárnya?

– Azt nem tudom, de valami repülőmaradék, amit akkor húztak ki a Dunából, mikor építettük a helyet. Egyébként a székek lábai, amiken ültök, 88 mm-es lövedékek Tigrisek tornyaiból.

Erre az információra elkomorodott a társaság, de az ott dolgozó nő folytatta:

– De nyugi, nem élesek! Amúgy, ha szétnéztek itt, még rengeteg katonai cuccot találtok, ezért is lett Támszpont a kocsma neve.

– Igen, vagy kétszer jártam itt, akkor a dögcédulák meg az álcahálók tűntek fel. Nagyon ötletes hely.

– Köszönjük! A vőlegényem ötlete volt, átadom neki. De megyek tovább, mert még össze kell szednem a poharakat, nektek jó szórakozást!

– Köszönjük, szia!

A magukra maradó fiatalok végül ünnepélyes nyitányt is rögtönöztek a programjukhoz, a beszédet Veronika kezdte meg:

– Igaz, van, aki nem tudott várni és már van benne egy löket, de ettől függetlenül gondoltam, adjuk meg a módját. El nem tudom mondani, milyen jó volt veletek végig a négy év alatt, és köszönök mindent. Remélem, ezzel nem szakad meg a kapcsolat köztünk, és néhanapján össze-összefutunk majd. Igyunk a sikerekre, egymásra, a barátságra, és persze a felnőttkor előestéjére! Egészségünkre!

Ezzel össze is koccant a négy korsó, melyből mindenki magához vett valamennyi folyadékot is. Kisvártatva újabb ismerős arc bukkant fel, kit Bálint vett észre, majd jelezte a többieknek, hogy mindjárt jön, csak ismerősbe futott. Az idős úr enyhén viseltes, mégis tiszta öltözetben Laci bácsi volt, akihez Bálint udvariasan ment oda:

– Tiszteletem, Laci bácsi! Hogy tetszik lenni?

– Ó, nagyon jól. Már majdnem fiatalosan. Hát te? Hogyhogy ünneplőben?

– Ma volt az érettségi, és három osztálytársunkkal lejöttünk megünnepelni.

– Nagyon jó! Gratulálok hozzá!

– Köszönjük! És mi járatban tetszik itt lenni?

– Csak gondoltam, már széjjel nézek errefelé is, de nem biztos, hogy sokáig maradok.

– Hogyhogy?

– Hát tudod, az én korosztályomból nem nagyon van itt senki, meg Irak jut eszembe mindenről.

– Ó! Hát akkor tessék csatlakozni hozzánk, amíg jónak tetszik látni!

– Nagyon rendes vagy, de szerintem ezt az egy felest benyakalom, és megyek is tovább, nem akarok zavarni.

– Ráér, Laci bácsi! Úgyis csak négyen vagyunk, és jól jönne az erősítés, hogy stílusosan fogalmazzak.

– Majd talán legközelebb. Az van, hogy megláttam a falon azt az M4-es gépkarabélyt, és az jutott róla eszembe, mikor Charlie a halála előtt nekem adta az övét. Mondtam neki, hogy ugyanilyen van nekem is, de ő azt mondta, hogy annak üres a tára, és fogjam ezt. Meg hogy „neki már nem sok van hátra". Összevissza beszélt, mert átment rajta egy T–72-es, és deréktól lefelé összenyomta. Na, mindegy! Régen volt! Nektek azt kívánom, hogy legyen meg minden örömötök, én meg megyek tovább a dolgomra! Jók legyetek!

– Jól van, akkor majd legközelebb találkozunk! Viszontlátásra!

– Úgy-úgy, ahogy mondod! Na, szervusz, és gratulálok megint az érettségihez.

– Köszönöm szépen!

Miután Laci bácsi távozott, Bálint visszatért. Komor, boldogtalan kifejezéssel ült le, bánatát Veronika vette észre először:

– Mi van? Olyan letört vagy! Mi történt?

– Csak Laci bácsi... Szegény egyre furcsább.

– Hogy érted ezt?

– Tudod, iraki veterán, és megint felhozta a háborút.

– Egy ilyen helyen ne is csodálkozz ezen!

– Nem csak az! Nagyon gyorsan csapong a témák között. Először gratulált az érettséginkhez, majd előadott egy sztorit Irakból, aztán sok örömöt kívánt nekünk, majd végül megint gratulált.

– Ne fújd fel annyira! Szerintem minden rendben van vele, csak hát nem vagyunk egyformák.

Később Zoli is csatlakozott:

– Figyelj, tesó! Tudok valamit, ami fel fog dobni. Azt hallottam, van itt egy csocsóasztal. Pont négyen vagyunk! Rakd össze!

– Mennyibe kerül egy kör?

– Vagy 3-400 forint. Nem olyan sok.

– Jól van. Akkor csapassuk! Ki kivel lesz?

– Csinálhatjuk úgy, hogy fiúk a lányok ellen, vagy én Kírával, te meg Verával.

– Ha nem olyan drága, játsszunk egyet így, egyet úgy! Lányok? Benne vagytok?

– Persze, de csak ha igazi csocsóasztal, és nem valami tankok alkatrészeiből van az is – poénkodott Kíra, amit Veronika így egészített ki:

– Felőlem lehet bármiből, ha lehetek Bálinttal, tuti győzünk.

– Jól van! Előtte még egy kört igyunk! – javasolta Bálint.

A „még egy körből" később lett három is, a hangulat elérte a tetőfokát, és már elkezdtek vicceket mesélni egymásnak, mint ahogy 50 éve volt divatos. De a régi szokást nem ellenezte senki, még idegenek is becsatlakoztak a beszélgetésbe:

– Hát azt ismeritek, mikor az öreg székely a temetőn keresztül megy haza?

– Azt sajnos nem! – válaszolt Zoli tudásvágyat sugallva, erre az ismeretlen személyazonosságú, 30 körüli férfi el is kezdte a viccét:

– Szóval az öreg székely időzik a kocsmában. Meglátja a pult feletti faliórát és rájön, hogy késésben van, ha nem ér haza időben, ad neki az asszony otthon. Gondolta az öreg, lerövidíti az utat. Igen ám, de a rövidebb út egy temetőn ment keresztül. Az öreg meg nagyon babonás volt, félt a szellemektől. Ennek ellenére mégis arrafelé rövidítette útját, viszont kopácsolás hangjára lett figyelmes. Megtorpant, hogy hallgatózzon, de mégis tovább ment. Megint hallotta, megint megállt. Utána, mikor harmadjára is hallotta, már látott egy sárga esőkabátos alakot, aki az egyik sírkövet véste. Az öreg hangosan nyugodott meg:

– Hú de jó, hogy csak maga az! Egy percig azt hittem, szellemeket hallok.

Erre az esőkabátos:

– Á, dehogy, csak elírták a nevemet ezek a barmok, és azt javítom.

Erőltetett, kínos nevetés halk neszei áradtak el kis területen; egyrészt maga a vicc sem nyerte el a társaság tetszését, másrészt ebben a világban ez inkább volt felkavaró, mint vicces. Ezt észre is vette az ismeretlen férfi, így nyomban korrigált:

– Bocsi, hülye humorom van, ha sokat iszom. Amúgy Kristóf vagyok.

Sorban bemutatkoztak a fiatalok is, majd Kristóf folytatta:

– Látom, elegánsban jöttetek! Milyen alkalomból?

– Most érettségiztünk – mondta Veronika enyhén zavartan, de mégis illemtudóan.

– Nagyon jó! Gratulálok hozzá! Amúgy bocsi az előbbiért, nem akartam elrontani a hangulatot.

Bálint erre ilyen választ adott:

– Semmi vész, nekem is van egy viccem, amit mióta ilyen a világ, sosem mertem elsütni. Jöhet?

– Hogyne! Szeretem a fekete humort.

– Két szellem eldönti, hogy elmennek motorozni, mert unatkoznak a túlvilágon. Megbeszélik, hol és mikor találkoznak, hogy ellopják a motorokat, csakhogy az egyikük nagyon sokat késik, ráadásul úgy jelenik meg, hogy a hóna alatt egy sírkövet cipel. Az, amelyik eddig várakozott, mérgesen szól rá: „Minek az neked, te elmebeteg!?". Erre a másik: „Nem tudtad, hogy irataid nélkül nem motorozhatsz?"

Ezt a viccet is pont olyan reakció kísérte, mint az előzőt, de végül Kíra fordította komolyra a szót:

– Amúgy, Kristóf... Téged kísértett már szellem? Úgy értem, láttál, hallottál-e szokatlan dolgokat, vagy hasonló.

– Az a fura, hogy nem! Szinte minden ismerősöm azt mondja, hogy „Én már elköltözöm, nem bírom ezt a sok hangot meg látványt", de valahogy engem kerülnek. Biztos nem csípik a hülye poénjaimat.

Végül erre a mondatra jött olyan reakció, melyet Kristóf eredetileg a viccel akart elérni. Felszabadultabb és hangosabb röhögés csendült fel, de mégis ekkor váltak szét az útjaik. Zoli megszólalt: – Amúgy mi csocsózni akartunk. Kristóf, nem tartanál velünk?

– Még egy kört kikérek a cimboráimnak, esetleg később, de köszi.

– Jól van, akkor majd kiderül. Jó szórakozást addig is!

– Köszi, nektek is!

A négy fiatal először azt az utat járta be, mely a csocsóasztal megtalálását szolgálta. Zoli ment elöl, mert négyük közül ő volt a legmagasabb – és talán a legerősebb is –, és ittas emberekkel teli helyen jobb, ha az megy elöl, aki meg tudja védeni magát és a vele lévőket. A fiatal punk szeme elé egyszerre dermesztő és egyszerre vérforraló látvány tárult. A csocsóasztal előkerült, de közben az asztalt négy nagydarab férfi állta körbe, mindegyiküknek kopasz volt a feje, és bomberdzsekit viseltek. Zolihoz legközelebb háttal álltak ketten, egyikük dzsekijének hátára a „Good Night Left Side" felirattal ellátott, kör alakú embléma volt ráhímezve, az ábra közepén egy vasvillát tartó kopasz ember sziluettje látszott, kinek a lábai előtt egy a kinyújtott karjával védekező, anarchia-jelet viselő punk figura hevert. Ez az ember, ki ezt a képet viselte, terepszínű nadrágot hordott acélbetétes bakanccsal. A mellette álló ember válla talán még szélesebb volt, az ő dzsekijének hátán csak egy Nagy-Magyarország térkép volt látható, mely önmagában nem lett volna megbotránkoztató, ha nem lett volna ott még egy nyilaskereszt is. A másik két kopaszból nem látszott sok minden, egyikük kockás inget viselt, a másikuk meg egy „White Pride" feliratú, kelta keresztes fekete pólót. Zolit alapból is könnyen dühítette az ilyesmi, már csak a szubkultúrája miatt is, de most még ittas is volt. Szóval gyorsan elhagyta a száját egy rövid, de veszélyes mondat, ráadásul dühösen kiabálva: „Mocsok nácik!" De a négy skinhead, úgy tűnt, nem hallotta, ami már csak azért is meglepő volt, mert a punk fiú elég hangos volt. Bálint is ittas volt kissé, de annyira még józan, hogy fel tudja mérni, mi forog kockán, így odaszólt harcias barátjának:

– Normális vagy, ember!? Csak az egyikük akkora, mint mi ketten együtt, ráadásul négyen vannak! Húzzunk innen!

A lázadó hangulatba hozott Váradi Zoltánnak ez azonban nem tűnt elég meggyőző érvnek, és ismét odakiabált:

– Hé! Ostoba parasztok! Itt vagyok, hahó!

És ez volt az, amire a kopaszok lassan emelni kezdték a fejüket, de mikor megfordultak, a fiatalok rosszabb látvánnyal szembesültek, mint amire számítottak. A Nagy-Magyarország térképet viselő skinhead arcbőre szinte teljesen hiányzott, csak a koponyája és némi hús volt látható, a mellette álló „Good Night Left Side" feliratú kabátosnak ugyan megvolt az arca, de olyan fehér volt, mint a gipsz, szemei feketék, és a homloka közepén egy lőtt, esetleg szúrt seb tátongott. A kockás ingesnek a fél feje egy az egyben hiányzott, mintha egy sörétessel lőtték volna el, a fekete pólósnak meg az állkapcsa lógott le végig a mellkasára, a nyelve is hosszan lógott lefelé, míg a szemei befelé néztek, a kifelé fordított fehér résszel. A látványtól Zoli rögvest ki is józanodott és elkezdett hátrálni, vele együtt mindenki, ki mögötte állt. Megfordultak és futásnak eredtek. Elfutottak az asztal előtt, ahol Kristóf már a saját barátaival iszogatott. Kristóf persze meg is szólította újdonsült ismerőseit:

– Hé! Hé! Hé! Mi zaklatott fel így benneteket?

A két fiú, mivel a legtöbbet látta, még nem tudott beszélni róla, így Veronika szolgált válasszal mindenki nevében:

– Láttunk négy skinheadet a csocsóasztalnál, de nagyon ramaty állapotban voltak. Szerintem kísértetek!

– Akkor ezek szerint igaz a legenda...

– Milyen legenda?

Kristóf ránézett egy barátjára, Tivadarra, és így szólt hozzá:

– Jobb lesz, ha te mondod el, én is tőled tudom.

Tivadarnak nem kellett több egy szállal sem, és máris belevágott:

– Azt tudjátok, hogy ez a kocsma nem mindig volt „Támaszpont"?

– Nem. Azt tudom, hogy viszonylag friss hely, vagy 5-6 éves, de nem tudtam, hogy csak névváltás volt.

– Többről van itt szó. Régen egy másik kocsma állt itt, a „Viperaverem". Nevét a környéken élő rákosi viperákról kapták, híressé pedig arról váltak, hogy 100%-ig toleráns hely volt. Az égvilágon mindenkit fogadtak, sőt csábítottak: LMBTQ embereket, etnikai kisebbségeket, vallási kisebbségeket, mindenféle szubkultúrát a rappertől a poprajongón át az extrém metál-arcokig, és persze még a szélsőségeket sem tiltották ki. Sőt voltak napok, mikor skinhead zene szólt, míg másnap aktuális slágerek. Kezdetben nagyon jól is működtek a dolgok, külön asztalokhoz ültek a hasonló emberek, és kerülték a balhét. Egyszer csak szélsőbaloldali antifák kaptak össze a skinhead vendégekkel. Nem lehet tudni, ki kezdte, mindenki mást mond, ha pedig engem kérdeztek, egyik oldalt sem kellett félteni. Szóval kirobbant a nagy verekedés, de később kiderült, egy antifa becsempészett egy régi hatlövetűt is. A csocsóasztalnál álló négy skinhead bandavezér közül az egyiknek öt golyóval elvitte a fél fejét, egy másikat meg a szeme között lőtt meg. Az egyik halott kopasztól elvett egy nagy bozótvágó kést, és egy másiknak levágta vele az arcát. Mire az utolsó felfogta, mi történt, azt egy másik anarchista hátulról támadta meg és addig verte a falba a fejét, míg az állkapcsa szét nem tört. Kint meg a kopaszok csináltak hasonló rémségeket a balosokkal. Leöntötték őket pálinkával, és meggyújtották, pillangókéssel öszszevagdalták őket, és egyebek. De azok csak megsebesültek, és megnyomorodtak egy életre. A legenda pedig úgy tartja, hogy a négy meggyilkolt bőrfejű szelleme időnként visszatér, ha egy punk lépi át a csocsóterem küszöbét. De ártani nem tudnak neki, mert a haláluk pillanatában rekedtek, és ugyanazt a pár mozdulatot ismételgetik.

Zoli már kellően kijózanodott ahhoz, hogy apró részleteket is észrevegyen:

– Azt mondod, az antifák voltak az agresszorok?

– Ők ölték meg a négy kopaszt, de mondom, hogy nem tudjuk, ki kezdte a balhét, meg mivel.

– Hallottam erről az esetről, de azt hittem, csak valami rémtörténet, amivel a korosztályomat riogatják.

– Ha csak az lenne, nem szűnt volna meg a Viperaverem 2027-ben, és nem csak 2029-ben nyílik meg a Támaszpont. Sokáig még az utcát is kerülte, aki tehette.

– Akkor az a négy csávó ott bent nem tud ártani?

– Dehogy! Fel sem fogják, hogy ott vagytok. Ők még 2027-ben vannak.

Zoli ránézett a barátaira, és élete legkülönösebb kérdését tette fel:

– Akkor visszamegyünk?

Kíra itt el is sápadt barátja ötletétől, a hangja elcsúszott és remegett, de azért mégsem némult meg:

– Normális vagy!? Még ha nem is ártanak, de nézegeted azt a sok mozgó hullát?

– Végül is egyszer élünk, nem?

– Igen, de egy ilyen élmény kimaradhat egy életből egész nyugodtan.

– Ne már! Tök mókás lesz. Mint egy 4D-s horrorfilm. Ilyen esélyünk mikor lesz még egy?

– Bármikor! Mondjuk, amikor szétmarta a lábad az a fej nélküli.

– Jó, de annak vége!

– Igen, Árpádnak köszönhetően, aki kiment a halál fa... szóval Kazahsztánba egy levágott fejért!

– Ez meg mindannyiunknak érdekében állt, még az öcséd-nek is!

– Hogy te mekkora bunkó vagy!

Kíra ezzel a lendülettel sértetten viharzott el, Zoli pedig kérlelve sietett utána. Bálint és Veronika szoborrá merevedve álltak a helyszínen a néma csendben. Kristóf és társasága, akik végighallgatták a jelenetet, ugyanolyan döbbenten ültek, míg Kristóf megragadta a lényeget:

– A tarajos srácnak tényleg összepocsékolta a lábát egy le-fejezett kísértet?

– Nos, röviden igen – összegezte Bálint.

– Amúgy bocs, hogy megint okoskodok, de igaza volt a srác-nak. Egy ilyet muszáj kipróbálni. Nem próbáljátok ki velünk?

– De tuti nem esnek nekünk azok a szellemek?

– Amúgy lehet, meg sem jelennek, ha nem jön veletek a punk gyerek.

– Hát végül is... Ennek a bulinak már így is, úgyis kampó. Legalább a végét mentsük meg! – javasolta Veronika, mire Kristóf és Tivadar kitöltötték az üresen hagyott helyeket a csapatban a csocsónál. A kopaszok szellemei még ott voltak, és ahogy Tivadar is mondta, tényleg csak ugyanazokat a mozzanatokat ismételgették, mint egy GIF kép. Mind a négy résztvevőben szokatlan érzések kavarogtak. Az agyukkal tudták, hogy nem érheti őket semmi baj, mégis úgy tűnt, egy légtérben és egy időben vannak négy olyan másik entitással, melyek bármelyik pillanatban elhozhatják bármelyik élő utolsó perceit. Térbeli akadályt nem jelentettek, csak simán átsétált az élő a halottakon, de mikor így tettek, enyhe elektromos bizsergést éreztek, olyasmit, mint a zsibbadás, de a szemeik felforrósodtak közben, mint amikor órák óta bámuljuk a neonfényű monitort a sötét szobában. A fogával pedig azt érezhette az ember ilyenkor, mint aki egy jó kemény és nagy alufólia-gombócra harap tiszta erőből. Egy ilyen szellemen átsétálni valakinek kellemes volt, másokat irritált, emiatt a négy élő közül volt, aki direkt ment át rajtuk, míg mások szándékosan kikerülték a kísérteteket.

A TEÓRIA

Majorék házában nagy sürgés-forgás keletkezett, hisz' a teljes család összeült megünnepelni a fiatal lány hivatalos éretté válását is. Kírának minden oka megvolt a büszkeségre, hiszen két ötöst és három négyest sikerült elérnie, ellenben a legbüszkébb mégis a történelem hármasra volt. Az a tárgy volt számára az egyetlen, melyből csak a bukás ellen készült, és minden évben utoljára szerezte be az életmentő elégséges osztályzatot. A hoszszú asztal, melyet hófehér terítőkkel fedtek le, mindent tartott magán, mi szem-szájnak ingere: volt ezüstbúra alatt egész sült csirke, krumplipüré ipari mennyiségben, savanyú uborka ízlésesen tálalva, töltött hús, na meg persze minőségi hazai borok, és az alkoholt kerülőknek üdítők egész üvegekkel. Azonban hiába minden pompa és kiadós étel, Kíra mégsem tudott kellőképpen felszabadulni, mivel még ezen a vasárnapon is a csütörtöki élményeit emésztgette a csirkecomb helyett. A figyelmes nagybácsi megsejtette, hogy valami nyomasztja az unokahúgát, mégsem akart erre rákérdezni, inkább kerülő úton akart puhatolózni:

– Hát a barátodat hol hagytad?

Mielőtt Kíra válaszolhatott volna, Karola avatkozott közbe:

– Jaj, Árpi! Jobb, ha nem hozzuk fel! Inkább valami vidámabbat.

Árpád összezavarodottsága megjelent az arcán, Kíra pedig úgy döntött, hogy inkább megnyílik:

– Összekaptunk csütörtökön a Támaszpont sörözőben.

– Sajnálattal hallom! Mi volt a baj? Féltékenység? Sok pia? Anyagiak? Egyéb?

– Hát az a baj, hogy nem túl családbarát a téma, és hát... érted.

Móric persze rögtön kapcsolt, és így szólt Ottóhoz, a kiskorú fiához:

- Ottó! Hoznál még egy kis kenyeret? Ott lesz a hűtő melletti dobozban.

A kisfiú, mivel fontosnak érezte magát, nagy lelkesedéssel indult a kenyérért, hogy Kíra addig elmondhassa, ami igazán nyomasztja. Szóval el is kezdte a fiatal szőke lány:

- Iszogattunk, minden jó volt, de mikor elmentünk volna csocsózni, skinheadek szellemei állták körbe az asztalt. Nagyon berezeltem és le akartam lépni, de Zoli mindenáron menni akart játszani, és addig-addig, hogy csúnyán összekaptunk.

- Milyen típusú szellemek voltak?

- Gondolom, rasszisták vagy ilyesmik.

- Nem úgy! Kopogó, Doppelgänger, repetatív, bolyongó, kombinált?

- Nem értek a besorolásukhoz, de ugyanazt a pár mozdulatot ismételték, szóval szerintem repetatív.

- De azok nem jelentenek valódi veszélyt, csak kellemetlen átsétálni rajtuk.

- Akkor is nagyon megijedtem tőlük! Meg már azért is, mert nem akartam, hogy a fejetlenhez hasonló szellem újból ránk tapadjon. Mondtam Zolinak, hogy csak neked köszönhetjük, hogy lekoptattuk, de ő olyan félvállról vette. Azzal is megsértett.

- Nos, nem ilyenkor akartam elmondani, de máskor úgysem lehetne. Ne akadj ki!

- Miről van szó?

- Mióta felhívtalak, környékezett még meg téged az a levágott fejű alak?

- Nem, miért?

- Mert igazából nem voltam Kazahsztánban. Kanadába mentem, oda kellett az a sok zsálya.

- Tessék!? Most komolyan átvertél?

Karola igyekezett nyugtatni a dühös lányt:

- Hallgasd végig! Meg fogod érteni.

- Te is benne voltál!?

- Igen, de akkor is hallgasd végig Árpádot, mert mindent meg fogsz érteni.

Kíra csak flegmán és sértődötten vágta oda Árpádnak, hogy „hallgatlak", de pont ekkor jött ki Ottó két zacskó kenyérrel:

– Meghoztam a kenyereket!

– Nagyon ügyes vagy, de elfelejtettem szólni, hogy a majonéz is elfogyott – próbált időt nyerni Móric.

– Az hol van?

– Azt hiszem, a hűtő alsó polcán, de ha nem, akkor valamelyik szekrényben.

– Oké, mindjárt hozom.

Miután Ottó visszament majonézért, Árpád igyekezett röviden, mégis érthetően összegezni:

– Szóval az a szellem csak a fejetekben létezett, tehát a megoldást is ott kellett keresni, ezért tettem úgy, mint aki megtalálta a fejet. Nem az ő lelkét nyugtattam meg, hanem a tiédet.

– De Ottó is látta! Zolinak összekarmolta a lábát egyik éjjel, ráadásul mindannyian láttuk, amikor itt sütögettünk.

– Úgy tudom, Ottó aznap egy horrorfilmet is látott, ráadásul pont egy lefejezős jelenettel. Ne csodálkozz, ha esetleg rosszat álmodott! Zoliról én úgy tudom – de javíts ki, ha tévedek –, hogy alvászavarokkal küszködik. Alvási bénulása is volt gyerekkorában, meg alvajáró is volt már. Lehetséges, hogy ő marta össze a saját lábát, csak azt hiszi, hogy a kísértet volt, mert azzal volt egy élethű rémálma. Mi pedig... apád jól mondta: a kabát árnyékát láttuk, csak abban a lelki állapotban nem volt egyértelmű.

– Ez nem lehetséges! Valódi volt! Semmi sem volt valódibb annál! Meg honnan tudsz Zoli bajairól?

– Dávidnak is hasonló volt a baja, és mesélte, hogy a klinikán találkozott egy színes tarajú figurával. Na de ha szerinted valódi volt, akkor miért nem kísért még mindig? A feje valahol még mindig ott hánykolódik Nur-Szultán utcáin.

– Mikor kezdtél gyanakodni arra, hogy nem valódi?

– Az új rendszerben minden baromsághoz riasztanak minket, és elvárják tőlünk, hogy szellemként adjuk el a sztorit, pedig csak vagy a macska árnyéka, vagy egy gömbvillám, vagy egér kaparászik a falban... ilyen dolgok.

– Azt mondod akkor, hogy szellemek nem is léteznek? Akkor a bőrfejűek a sörözőben?

– Már hogyne léteznének! Csak nem mindegyik. Van, amit csak a képzeletünk alkot meg, de a többség tényleg igazi. Ami a skinheadeket illeti, mennyit láttál belőlük?

– Nagyon keveset! Éppen a kopasz fejbúbjaikat, meg a dzsekijeik gallérját. Az egyiknek meg lógott az állkapcsa.

– Akkor lehet az is, hogy csak egy gonosz tréfát űztek veletek. Négy vicces kedvű fickó elmaszkírozta magát, és skinhead-jelmezt húzott, hogy a frászt hozza akár rátok is, vagy arra, aki először látja meg őket.

– Akkor tényleg a nagy semmin vesztem össze a párommal?

– Ha ez vigasztal, valóságnak élted meg, szóval nem.

– De az első szeánszunk? Arra mi lehet a magyarázat?

– Szellemek attól léteznek, hogy ez a pár eset megoldható.

Ki tudja? Az még igaz is lehetett.

Móric, a hallgatag szkeptikus kihúzott tartással tette fel a pontot a végére:

– Na, én megmondtam, hogy ez az egész csak humbug. Tényleg, Árpi, jobb lenne, ha inkább ezt írnád meg az újságban.

– Repülnék is, úgy, hogy a lábam nem érné a földet!

– De miért? Vége lehetne ennek a káosznak, és minden újra a régi lenne!

– Csak az a baj, hogy akit a káosz emelt trónra, az nem akar rendet. Ugye érted, mire gondolok?

– Csonka Jávor?

– Bizony ám! Neki hatalmas érdeke van abban, hogy elhigygyük az összes kísértethistóriát.

Közben Ottó is visszatért a majonézzel, ettől függetlenül Árpád mégis folytatta, amibe belekezdett, hiszen ez már csak politika volt, és a gyermekeket potenciálisan traumatizáló részek ebben már kisebbek voltak.

– Szóval van egy teóriám. Mióta itt ez a hadd ne mondjam ki, milyen invázió, a legkisebb pártok, akik a legnagyobb hülyeséggel kampányolnak, szinte minden országban törnek felfelé, mint a talajvíz. Nálunk konkrétan nyert is egy ilyen. Az apokalipszist nem ezek a törpepártok idézték elő, mert itt volt mindig: Amityville, Bhangarh Fort, a Tower kastély, Banff Springs Hotel, és még sorolhatnám. Az meg szerintem furcsa, hogy hivatalosan már több száz meg több ezer éve kézzel-lábbal cáfolták a kísérteteket, majd az idén varázsütésre mindenki tényként kezeli, mert a tizenévesek a neten elkezdtek idézgetni szórakozásból. Szerintem itt az van, hogy a szellemekkel csak a figyelmünket terelik arról, hogy közeledik a világvége. Apránként adagolják, hogy majd az ítélet napján már fegyelmezettebben meneteljünk a tömegsírokba.

Árpád olyan szinten belemerült a gondolataiba, hogy észre sem vette, hogy a hatéves Ottó tátott szájjal hallgatja a bizarr próféciát. A gyermek azért megkérdezte:

– És a világvége után mi jön majd?

– Semmi! Ezért hívják világvégének.

Móric kezdte elveszteni a türelmét, és kicsit határozottabban szólalt meg annál, mint ahogy egyébként szokott:

– Árpád! Ne ijesztgesd már a gyereket!

– Ez nem ijesztgetés, ez a valóság! Mivel lesz jobb, ha még csak nem is tud róla?

– Hogy addig is gyermekként élhet.

– Akkor ugye te is látod, amit én?

– Igen, de ne a kisfiam előtt vitassuk meg, mert megint nem fog tudni aludni.

Ottó persze közbeszól, vérbeli óvodáskorúhoz méltóan:

– De apa! Azt sem értem, miről van szó!

A következő közbeszóló Peskóné Tóth Judit, Árpád és Karola édesanyja volt. Ő kritikusabban állt hozzá:

– Hát fiam, ez szerintem nem több egy sima összeesküvés-elméletnél. Azt el tudom képzelni, hogy a szellemeket csak kitalálják, de hogy ezzel leplenének valamit... hát, eléggé sántít a dolog.

Jó férjhez méltóan Lajos ellentétes véleményt fejtett ki:

– De miért? Ha belegondolunk, teljesen ésszerű. Ha politikus lennék vajjal a fülem mögött, biztos én is megpróbálnám elhessegetni a figyelmet.

– Jó, de nem valami hihetőbbel? Miért pont kísértetekkel?

– Mert megosztó. Pont ugyanannyian hisznek bennük, mint ahányan nem, és egy sarkított álláspont egy ilyen kérdésben alaposan felkavarja az állóvizet.

A vita a kérdésben a családi hosszú asztalnál is egyre mélyebb szinteket érintett és egyre magasabb hangokat ütött meg. Kíra megelégelte, és felugrott az asztaltól:

– Elég legyen! Kit izgat, hogy mi van a nagyvilágban? Ráadásul pont akkor kell ezen összekapni, mikor elméletileg az érettségimet ünnepeljük? Legalább erre a pár órára felejthettük volna el azokat a szájba tekert kísérteteket, de nem... Hát a végén még minden jól sülne el!

A váratlan kirohanás után senki sem jutott szóhoz, mindenki csak nézte a mellette ülőt. Még tán a szél is elhallgatott. Szó szerint síri csend telepedett a teljes portára. A csendet Árpád halk megjegyzése törte meg:

– Hát de te hoztad fel a témát.

– Igen, de azért, mert faggattál, hogy mi bajom van. Nem azért hoztam fel, hogy ezen még a családunk is összevesszen.

ÚJABB FELFEDEZÉS

Kíra a családi botrány után rögtön szerette volna elérni barátját, Zolit, hogy legalább vele rendezzék már az eltéréseket. A lány sosem érezte magát még ennyire egyedül és elveszetten. A szobájának sötétségébe burkolózva, a sarokban depressziós testtartással guggolva kereste ki a telefonszámot a névjegyzékből, amihez sokat kellett görgetni, hiszen ábécé sorrendben rögzülnek a nevek. Mikor előkerült Zoli neve, a lány remegő hüvelykujjal bökött rá a zöld telefon ikonra. Kicsöngött, de csak egyszer. Utána hosszabban sípolt. Majd egy gépiesen ismétlődő hang szólalt meg: „Ez a szám jelenleg nem kapcsolható. Kérjük, ismételje meg hívását később!" Lehangoltan találkozott a lány hüvelykujja most a piros hátterű telefon ikonnal, mely a hívás végét jelenti. De attól még megpróbálta megint. Meg megint. De semmi válasz. Ennek az oka nem volt más, mint az, hogy Zoli sorra járta a kígyósmezei telephellyel is rendelkező munkaerőközvetítő cégeket, hogy a friss érettségivel mihamarabb állást találjon magának. A fiú kapott ajánlatokat, talán még túl sokat is, a bőség zavara még inkább megnehezítette a választást. Kapott ajánlatot három különböző üzembe: egy fémipariba, egy elektronikaiba, és egy műanyaggyárba. Továbbá alkalmi lehetőségeket is, mint például szerelések, berendezkedés és költöztetés. De az egyik helyen alkalmazták volna iskolai gondoknak is. A sok ajánlat egyszerre összezavarta Zolit, emiatt úgy döntött, hogy túlterhelt elméjével inkább természetközelibb útszakaszon megy haza, és még a telefonját sem kapcsolja vissza. Mivel a külvárosban lakott, útja vége amúgy is zöldebb lett volna, de a szürke dzsungelben még ennyit sem akart tartózkodni. Az utolsó közvetítőcég telephelye egyébként is egy furcsán eldugott helyen volt, melyből vezetett egy út keresztül egy hosszú legelőn. Ez az út Zoli számára nemcsak zöldebb, de rövidebb is volt. Ahogy elmerengett a táj végtelenségében, a horizonton emberi forma kezdett kirajzolódni. A távolság fokozatosan csökkent közöttük, mikor pedig már alig maradt, feltűnt, hogy az alak egy nő, kinek hiányzik a szeme, és csak a véres, erekkel átszőtt gödör van a helyén. A torka is el volt vágva, melyből a nyelvét nyakkendőként húzhatták ki. Ez volt az első alkalom Kígyósmezőben, hogy valaki fényes nappal látott kísértetet, tengerkék égbolt és vakítóan fehér napsütés alatt. Lehet, hogy a fényviszonyok magas minősége vagy a már meglévő lelki edzettség miatt, de a punk egyáltalán nem érzett semmiféle félelmet. Mintha csak egy hétköznapi ember járt volna ott, úgy reagált Zoli a normális körülmények között vérfagyasztó látványra. Még köszönt is neki, annak ellenére, hogy nem is sejtette, ki lehet az. A kivájt szemű nő rámosolygott, de nem gonoszan, sokkal inkább, ahogy az ember egy közeli barátjára szokott. Lazán tartott tenyérrel felfelé kinyújtotta bal karját a fiú felé, és intett neki, hogy kövesse. Így is tett a most már a végletekig összezavart kamasz. Sokáig követte a szellemet, aki vissza-visszanézett rá szemeinek helyeivel. Elérkeztek egy eldugott csalánoshoz, ahol a gaz és gyom szinte már nyakig ért. Egy kis vékony patak is csordogált arra, talán pont a sűrű növényzetben volt a forrása. Ezen a ponton a rejtélyes útmutató fokozatosan elhalványodott, mígnem teljesen feloldódott a légtérben. Ekkor azonban észrevette Zoli, hogy a csapzott dzsumbujból egy fiatalos női kézfej lóg ki. Azonnal tudta, mi a teendő. Igaz, nem a rendőrség központját, hanem egyenesen barátja apját, Albertet hívta személyesen:

– Jó napot kívánok! Most szolgáltban van?

– Persze, de ki beszél?

– Zoli vagyok, Váradi Zoltán!

– Merre vagy most? Mi a baj?

– Találtam egy hullát a legelő egy elvetemedett zugában. Kolumbiai nyakkendője van, meg hiányoznak a szemei.

– Próbálj meg ottmaradni, beszólok a központba és mindjárt odaérek vagy én, vagy akit küldenek. Rendben?

– Jó, rendben, köszönöm, viszonthallásra!

– Szervusz.

Amikor a telefonálással végzett, Zoli akkor vette észre, hogy 12 nem fogadott hívása van a barátnőjétől. Ijedten, pánikolva hívta fel, míg üresen csengett a vonal, bakancsával idegesen a földet lapogatta. Mihelyst megszűnt a sípolás, a fiú egyből hadarni kezdett:

– Bocsi, hogy nem vettem észre, zsúfolt napom volt, állásokat kerestem, elfelejtettem visszakapcsolni a telefonom, felhívtam Bálint apját, és akkor láttam, hogy te is kerestél.

– Miért hívtad Bálint apját?

– Találtam egy hullát a legelő szélén.

– Mi? Mit keresel te arrafelé? Minden rendben van?

– Igen, de hosszú lenne elmesélni. Nálad mi volt a baj?

– A csütörtökit szerettem volna megbeszélni. Túlreagáltam én is, és ne haragudj emiatt! Nem kezdhetnénk újra?

– Ó, dehogynem! Belátom, én is gyökér tudok lenni, ha többet iszom a kelleténél, ne magadat hibáztasd!

– Jaj de jó! Akkor maradjunk annyiban, hogy mindketten túlittuk magunkat, és ez volt a baj.

– Így van! Ne aggódj! Helyre tudjuk hozni!

– Tudunk találkozni?

– Meg kellene várnom a rendőröket, de később visszahívlak.

– Jól van! Puszillak, majd akkor később!

– Oké, én is téged, na szia!

Tökéletes volt az időzítés: pontosan akkor gördült elő a járőrkocsi, mikor Zoli befejezte utolsó mondatát. A járműből a szokásos kettő helyet négy ember szállt ki, köztük két ismerős arc: Tamás és Albert, a két járőr, de volt két nyomozó is, név szerint Virág Lilla és Bíró Félix, utóbbi két személy be is mutatkozott a holttest megtalálójának, és elkezdték röviden faggatni:

– Hogy bukkant rá a holttestre? – kérdezte Lilla kicsit érdeklődően, de inkább határozottan.

– Ha elmondanám az igazat, nem biztos, hogy elhinné.

– Azért próbálja meg, hátha mégis!

– Szóval azért jöttem itt a legelőn, mert ki akartam üríteni az agyam. Egyszerre túl sok állásajánlatot kaptam, és azt reméltem, itt majd el tudom dönteni magamban. És ekkor megjelent előttem az áldozat, aki elvezetett a holttestéhez.

Cinikus, lenéző stílusban így reagált a nyomozónő:

– Szóval túl sok állásajánlatot kapott? Ilyen sok zenekar alapul? Vagy drogkartell? Esetleg lányokat futtatni kell ember?

– Nézze, hölgyem! Normális választ adtam a kérdésére, maga meg személyeskedik pusztán a stílusom miatt? Attól, hogy punk vagyok, még nem feltétlenül bűnöző is.

– De ha ön az, akire gondolok, akkor az is. Nem ön vágott hozzá egy fürt banánt az egyik járőrautóhoz?

Albert úgy döntött, jobbnak tűnik, ha megvédi a fia barátját:

– Lilla, inkább menj haza, ha nem akarsz nyomozni! Ez a fiú a fiam legjobb barátja, és a banános ügyet már lezártuk.

– Most is nyomozok, Albert! Talán nem biztos, hogy jó ötlet a személyes elfogultságainkat is magunkkal hozni a terepre!

Ezt Bíró Félix sem állhatta meg szó nélkül, így visszaerőszakolta a szellemet a palackba a következő mondataival:

– Mert te nem vagy elfogult, Lilla? Már a 2010-es évektől kezdve mindenki elfogadja az egyéniséget, csak te élsz még mindig a '60-as években. A fiatalember elsősorban most nem punk, hanem szemtanú. Bánjunk vele ehhez méltó módon! Szóval, Váradi Zoltán, ugye?

– Igen, úgy hívnak.

– Remek. Tehát ön azt mondja, hogy az áldozat szellemét látta a helyszínen.

– Így van, sőt az vezetett oda a testhez.

– Ennek ugye fizikai akadálya a hivatalos álláspont szerint már nincs, csak hát egyesek nem képesek haladni a korral... (ezen rész után Félix egy enyhe rosszalló pillantást vetett Lillára) Esetleg ráismert valakire a szellemben?

– Nem. Nagyon el volt torzítva az arca, még ha ismertem volna is, valószínűleg akkor sem tudtam volna beazonosítani.

– Világos. És akkor még egy utolsó kérdés, és...

Lilla erre dühösen lépett közbe:

– Milyen utolsó kérdés? Nem látod azt, amit én!?

– Mert mit is kéne látnom?

– Na jó! Csinálj akkor, amit akarsz, én kiszállok!

A nő szapora léptekkel sietett vissza a járműhöz, de Félix folytatta:

– Elnézést kérek a kolléganő miatt, bal lábbal ébredt, mindenkivel ilyen. Szóval annyit akartam még feltenni, hogy van-e tippje, ki tehette ezt.

– Hallottam egy sorozatgyilkosról, aki szemeket vagdal ki. Esetleg ő.

– Nagy eséllyel ő az, de kicsit konkrétabban? Esetleg egy név? Vagy egy személyleírás is megteszi.

– Sajnálom, de halvány gyanúm sincs.

– Egész biztos?

– Persze! Senkit sem ismerek, akiből ilyesmit ki tudnék nézni.

– Rendben. Ez esetben akkor nem rabolnám tovább az idejét, köszönöm, hogy értesített minket, és további szép napot!

– Köszönöm, viszont!

Zoli, míg hazafelé vezető útját folytatta, elmorfondírozott azon a gondolaton, hogy „további szép napot". Mekkora paradoxon ez. Ott van a bokorban egy élete hajnalán brutálisan összekaszabolt élettelen nő, de a nyomozó el tudja képzelni, hogy a nap „további" része még lehet szép. Úgy tűnik, minél mélyebben gázol valaki az élet szennyesében, az emberi gonoszságban és az elveszett reményekben, annál optimistábban tekint a jövőre. De lehet, hogy kényszerből. Mert az erőltetett eufemizmus az egyetlen kapaszkodó a realitás tengerében fuldoklónak. Míg a pályakezdő kamasz a spirituális megvilágosodás kapuit karcolgatta, addig a nyomozás is folytatódott, ráadásul Lilla jelenlétében. Félix utólag persze alaposan megdorgálta:

– Ezt hogy gondoltad? Ezt a modort tartogasd a gyanúsítottaknak, ne a szemtanúknak!

– Csak unom már, hogy ott meg te vagy a kemény, én meg a kis mézes-mázos.

– Jó, akkor nem bánom, cseréljünk! De ez a jelenet miért kellett hozzá!?

– Mert nem hitted volna, hogy tudok ilyen is lenni.

– Jó, oké, meggyőztél! Csak felejtsük el, mert ez a szabályzat ellen való magatartás volt.

– Kit izgat a szabályzat? Itt van Hegedűs János vagy akár Csonka Jávor? Na de mindegy, térjünk rá a lényegre! A bozótban van a hulla?

– Igen, ott. Készítsünk néhány fotót! Csinálod, vagy csináljam?

Tamás megragadta az alkalmat, hogy bizonyítson:

– Majd megcsinálom én, ha már itt vagyok!

Lilla már nyújtotta volna neki a fényképezőgépet, de végül Albert nyúl érte, és hozzátette:

– A jegyzőkönyvbe írjuk Tamás nevét, de én csinálom, jobb ez így.

Ekkor Tamásnak is eszébe jutott, milyen érzések törtek rá az első holttestnél, így nem is erőltette a témát, sokkal inkább a hálán kezdett gondolkodni. Albert lefotózta a testet és javasolta, hogy vegyenek ujjlenyomatokat a növényzetről. Félix meglepetten kérdezett vissza:

– A növényzetről? Minek?

– Oda rejtette a hullát. Hátha hozzáért valamelyik levélhez, akár csak véletlenül is.

– A csalánhoz? Ahhoz még akkor is kesztyűt húznék, ha nem bizonyítékot rejtenék el benne.

– De mi van, ha az emberünk nem így látja? Mi van, ha túl sok energiát fordított a hullára, de az apró részletek fölött elsikkadt? Mint Sam fia, amikor parkolási bírságolás közben bukott le.

– Jól van! Meggyőztél! Csináljuk!

Amíg a leveleket porozgatták ujjlenyomatokért, Tamásnak is eszébe jutott valami, amit nem is tartott magában:

– Az első kivágott szemű holttestet majdnem a szerb határon találtuk meg Alberttel. A másodikat már kicsit beljebb az erdőben a thaiok. A harmadikat Albert fia a parkban, ami megint csak közelebb van a városházához. Ezt pedig már a városházán túl. Innen délre van a központ.

– És mire akarsz ezzel kilyukadni? – érdeklődött Virág Lilla.

– A gyilkos északi irányba halad! És lehet, hogy még délebbről jön. Lehet, hogy szerb.

– Nem lenne rossz elmélet, de Halász Hunorra akkor találtak rá, mikor már majdnem két hónapja halott volt, az első nő, akinek még mindig nem tudjuk a nevét, pár napos lehetett. Tehát a négy felfedezett áldozat közül Halász Hunor halt meg először.

Albert, hogy társa elméletének adjon még egy kis támasztékot, felvetett egy újabb megközelítést:

– Attól még lehet szerb is. Talán nem északra halad, de miért kell kígyósmezeinek lennie? Egyáltalán miért biztos, hogy magyar? Kolumbiai nyakkendője van a most felfedezett áldozatnak, azt pedig a szicíliai maffia is használja, ők is délre vannak tőlünk.

– Ugyan, Albert! Miért lenne olasz a tettes? Szerb még esetleg, de maradok annál, hogy helybéli. Teljesen logikátlan lenne, ha ekkora távokat tenne meg valaki csak azért, hogy öljön! – véleményezte cinikusan Félix Albert levezetését, de Albert kitartóbb volt annál, hogy feladja:

– A logika most a legnagyobb ellenségünk! Logikusan gondolkodni, mikor egy becsavarodott embert üldözünk? Én azt mondom, kicsit próbáljunk elrugaszkodni!

A második szakmai pofon Lillától jött:

– Akkor ennyi erővel miért nem marslakó a gyilkos? Felőlem elrugaszkodhatsz, ahogy csak akarsz, de én inkább nyomozok.

– Ha azt mondanám, hogy kísértet, elhinnéd?

– Miért ne? Benne lehet a pakliban!

– Miért gondolod így?

– Mert most már hivatalosan is elfogadott ténynek minősül, hogy a holtak visszajárnak.

– És ha az minősülne hivatalos ténynek, hogy néhány embernek van olyan szuperképessége, hogy országhatárokat is át tud lépni, most a nyomozás merre tartana?

– Egyelőre még én vagyok a nyomozó! Én és Félix. Maga meg Tamás csak járőrök. Ha van ötlete, meghallgatom, mert Hegedűs kötelez rá, de arra már nem, hogy felülbírálja a munkámat!

– Szóval... milyen irányba haladna a nyomozás?

– Azt továbbra sem zárom ki, hogy szerb az elkövető, de valószínűbb, hogy magyar. De hogy szicíliai!? Ez nonszensz!

– Én csak ötletelek, de ha már azt sem zárjuk ki, hogy egy halott ember szelleme, akkor maradt még valaki, aki nem gyanús? A vita felé tartó konzultációnak Félix úgy szabott gátat, hogy a gyakorlati teendőkről beszélt:

– Szerintem a testet szállítsuk el, és ha felboncolták, okosabbak leszünk! Utána mi is szállítsuk el magunkat, mert már egyre több bámészkodó gyülekezik a mellékutakról.

IRÁNY KRAKKÓ!

A nyári szünet első harmada körülbelül már eltelt, ez idő alatt Kíra és Zoli rendezték a félreértéseiket, és nagyobb volt az öszszhang köztük, mint bármikor ezelőtt. A lány a családjával is felül tudott emelkedni a balul sikerült érettségi bulin, tehát el is kezdték tervezni a családi vakációjukat. A helyszín még tisztázatlan volt, de Árpád világismerete nagyban bővítette a lehetőségek tárházát. Németország és Egyiptom volt jelenleg a két legnépszerűbb ötlet, de felmerültek olyan nagyon távoli helyek is, mint Dél-Afrika, Japán, Argentína vagy Ausztrália is. Ez a részlet még eldöntésre várt, és Kíra remélte, hogy nem ez lesz a következő konfliktusforrás. A lány megfogadta: most az egyszer bármire rábólint, amiről döntenek, hogy minél rövidebb legyen az az időszak, mialatt újból összekülönbözhetnének a családban. A békülés ellenére Zoli külön vakációt tervezett, hiszen elismerte, hogy a túl sok együtt töltött idő is okozhatta a feszültséget. Kapcsolatot attól még tartanak, de lehet, hogy a világ két átellenes pontjáról. Ami végül Bálintot illeti, mégsem tudott elég bátorságot összeszedni ahhoz, hogy Veronikát is magával hívja, ellenben mégis akad bőven oka a kamasznak arra, hogy tökéletesnek képzelje el a visszatérést Krakkóba.

A reggeli ébredés a Kővári családban most az egyszer úgy sikerült, mint valami reklámban: kipattantak az ágyból a hajnal első sugaraira üdén és frissen, mely mozzanat zenei aláfestését a galambok, a fecskék és a cinegék kórusa adta. Albert erre az alkalomra kibérelt egy közepes méretű lakóautót is, így a szálláshely ára lényegesen lecsappant, hiszen egy-egy kamionospihenő majd úgyis akad itt-ott, ahol meg lehet húzódni. Előtte, még a reggeli közben egy utolsó gyors összefoglalásra azért sor került. Bálint az anyjától érdeklődött először:

– Tildáék hányra jönnek?

– Azt mondta, hétre jönnek. De tudod, milyenek: Tilda már zöld hajnalban itt lenne, Jenő meg annyit bír molyolni, hogy az már egy nőnek is sok. Attól függ, melyikük akarata lesz az erősebb.

– Patrik, Flóra, Gyöngyi? Nekik végül alkalmas lett az időpont?

– Hogyne! Azt mondja Tilda, megörültek, mikor megtudták, hogy jössz te is. Régen láttak már.

– Hát, sajnos én is őket. Azért elég tré, hogy unokatesók vagyunk, de maximum évente kétszer futunk össze.

– Hát ez már csak ilyen, de a fő, hogy most végre a nagyobb család is összeül.

Tilda és Jenő azonban időben érkeztek a három gyerekkel, pontosabban húsz perces késéssel, de az az ő mércéjükhöz nézve pontosnak számított. A lakóbusz megtelt, Albert ült a volán mögé, a többiek szanaszét, ki-ki hol talált helyet magának. Az unokatestvérek beszélgetése rövidre zárult, annak ellenére, hogy mennyire régen nem látták már egymást. Éppen a kötelező „hogy vagy?" kérdések hangzottak el köztük, a hozzájuk tartozó minimalista válaszokkal, és mihelyst ez a kör lement, mindenki fülhallgatót ragadott, és el is merült ki a zenében, ki a félbehagyott sorozataiban, ki pedig a játékokban. A szülők közti beszélgetés is laposabb volt a tervezettnél, de legalább volt valamilyen. Albert, hogy kitöltse a kínos csendeket és potenciális beszédtémákat adjon, bekapcsolta a jármű rádióját, mely ontotta magából a legfrissebb híreket: „A szellemidézési korlátozás szigorítását javasolta Dénes Nimród, tárca nélküli miniszter. Az indoklása az, hogy a három évnyi szabadságvesztés nem elég visszatartó erő, így hat és tíz év közé tenné a maximálisan kiszabható büntetést..."

Ez a hír adott egy kis extra lendületet a haldokló kommunikációnak, és Jenő meg is szólalt:

– Nagyon helyes! Sőt, ha rajtam múlna, 20 évet szabnék ki rájuk alsó hangon!

Tilda meglepődött férje drákói szigorán:

– Na de Jenő! Húsz év egy kis csínyért? Azért az rengeteg!

– Csíny az a rossebet! Terrorizmus! Ki tudja, ki milyen szellemet hív még át a mi világunkba. Nem játék az ilyesmi!

– Amelyik át akar jönni, azt nem kell hívni! Szerintem ez is egy tipikus emberi viselkedés: bűnbak kell, de minden áron!

Albert pedig, mielőtt komolyabb ellentétek éleződtek volna, bevilágított egy középutat:

– Az igazság a kettő között van: csökken az esély, ha büntetjük a szeánszokat, ez nyilvánvaló, de szerintem sem csak így jönnek át... azaz, feltéve, ha tényleg léteznek – tette hozzá sietősen az ingatag hitű sofőr.

Ezt már Tekla sem hagyta annyiban, és gyorsan meg is jegyezte:

– Most már nem tudok eligazodni rajtad! Hiszel akkor a szellemekben, vagy sem?

– Nem tudom, mit higgyek! Láttam egy-két dolgot, amit nem tudok mással magyarázni, de ettől függetlenül még mindig a racionális magyarázatok hívének tartom magam.

– Mert amúgy mit láttál? Meg mi van, ha a kísértet is racionális magyarázat?

– Nem beszélhetek róla, rendőrségi ügy. Annyit azért elmondhatok, hogy itt-ott utam során bele-bele botlunk egy-egy ijesztő élménybe.

Az pedig, hogy Albert bekapcsolta a rádiót, most vált egyértelművé, milyen jó ötlet is volt, hisz' nélküle bizonyosan csak a motor búgását és a forgalom zajait lehetett volna hallani. De nem így lett. A rádióból ismét felkavaró hír hallatszott ki: „Újabb holttestre bukkantak, ezúttal Mórahalomnál. A jellegzetes csonkításokból a hatóságok arra következtetnek, hogy a Kígyósmezőről induló, önmagát Káinnak nevező ámokfutó lehet a tettes. A gyilkosnak ez már az ötödik áldozata, a helyi ha..." A szó közepén Albert hullámhosszt váltott, elég felindultan. Jenő volt, ki ezt észrevette és szóvá tette:

– Mi a baj, Albert? Felzaklatott?

– Inkább mondjuk ki magyarul: felbaszta az agyam a csillagos égig!

– Jó, nekem is szokott véleményem lenni, de ennyire?

– Igen, ennyire! Ennek az aljas féregnek mi is megtaláltuk az egyik áldozatát. Teljesen más, mintha az ember csak a rádióban hallana róla, még a tévével sincs köszönőviszonyban az a rideg és kézzelfogható valóság. Leírhatatlan. Sosem tudjuk meg, hogy egyesek hogy a jó életbe képesek ilyesmire.

– Jó, megértem, hogy személyességet érzel az ügyben, de rengeteg szörnyűség van még a világon, ennél még rosszabbak is.

– Na az biztos, hogy nem „Káin" az egyetlen! De ő az aktuális. Pályafutásom alatt rengeteg horrorisztikus sebet és halált láttam már, de „Káin" művei azért ráztak meg, mert látszik rajtuk az a hideg, már-már művészien nyugodt precizitás.

– Akkor valahol csodálod is ezt a gyilkost?

– Csodálja ám a halál! Csak arra célzok, hogy aki ilyen mészárlásokat ilyen higgadtan hoz össze, tuti nem százas.

Tilda véget vetett a férfiak értekezletének:

– Bocsi, fiúk, de ezt nem folytatnátok később? Egyre idegesebb vagyok. Engem felkavar az ilyesmi.

– Jó, oké, leállunk! – vágta rá egyszerre mindkét férfi.

A közepes méretű lakóbusz lassú, de biztos tempóban hajtott északi irányba, egészen addig, míg Szarvason nem állították meg őket a rendőrök. Nem is akármilyen rendőrök: maszkot és golyóálló mellényt viseltek, AK–63-as géppisztollyal. De nem a TEK-től voltak, mivel semmilyen egyéb jelzés nem volt látható az egyenruháikon. A fegyveresek igazoltatták a kisbusz valamennyi utasát, először pedig a sofőrt, Kővári Albertet. A rejtélyes maszkos így kezdeményezett beszélgetést:

– Látom, kolléga! Akkor esetleg gondolom tudja, hogy miért állítottuk meg.

– Nem, fogalmam sincs!

– Szarvasra hivatalosan is vörös kódot léptetett érvénybe az önkormányzat, és lezártuk a teljes várost. Megkérném önöket, hogy kerülőúton haladjanak, vagy ha ide akartak jönni, válasszanak másik úticélt!

– Miért van a város lezárva?

– A kísértetek miatt.

– Értem, de az összefüggést nem igazán. Ha körbeveszik a várost, azt hiszik, kint maradnak a szellemek? Meg különben is, milyen egységtől vannak maguk?

– Újonnan állították fel az egységünket, még nevünk sincs, csak feladatunk. A lezárás pedig azért kell, mert bizonyára tudja ön is, a szellemek többsége nem helyhez, hanem személyhez kötődik, így nem szeretnénk, hogy még többen legyenek. Egész Szarvas így is kopogókkal van teli, nem hiányzik a nagyobb feszültség.

– Jó, rendben! Köszönöm, hogy figyelmeztetett! Akkor kerülünk.

– Én is köszönöm, hogy megértették, kellemes utazást!

– Köszönjük, további szép napot!

A lakóbusz belsejében megnőtt azoknak a száma, akik a beszélgetésben részt tudtak venni, hiszen a kamaszok észrevették, hogy megállt a jármű, így kiléptek a virtuális valóságaikból, az egyetlen kognitív létezők halmazába. Flóra egyszerű mondatot hozott ki magából:

– Na, ilyen rendőröket sem láttam még eddig! Honnan jöttek ezek?

– Lehet, hogy kamuzsaruk – vetette fel az ötletet Patrik.

Bálint így látta a dolgokat:

– Azt apám kiszúrta volna. Lehet, hogy valami katonai személyek voltak, nem is rendőrök.

– Tiszta zombiapokalipszis hangulat van már – gúnyolódott Patrik, majd hozzátette: – Amúgy nem tudom, van-e mobilnetetek, de nézzétek csak! Itt írják, hogy vér szivárgott valami ordibáló koponyából, és valami félnótás szerint ez azért van, mert háború fog kitörni. Eszem megáll, hogy itt már senkinek nem maradt józan esze.

Gyöngyi felkapta a tekintetét a mondatra, és további részleteket próbált kideríteni:

– Ez az a koponya, ami a Dorset grófságban van, valami „B" betűvel kezdődő házban?

– Jaja, Bettiscombe-ház. Honnan tudod?

– Még pár éve hallottam a legendáját, akkor én is így reagáltam.

– Akkor? Miért? Most szerinted ebben lehet logika?

– Miért ne lehetne? Le vagy maradva, a szellemek létezése már nem hit kérdése, hanem beigazolt tény.

– A szellemeké igen, de a kiabáló, vérző koponyáké is? Azért ez már kicsit sok, nem gondolod?

– Ha azt nézed, hogy most az amerikai kontinensen mekkora a feszültség, akkor abból simán háború lesz, még a koponya is elkezdett vérezni.

Bálint is becsatlakozott:

– Na, mondjuk az tényleg veszélyes. Hallottátok, hogy Mexikó tankokat és helikoptereket vásárolt Spanyolországtól?

– Igen, meg ha jól tudom, Brazília elzárkózott mindenkitől: se ki, se be nem juthat senki – egészítette ki Patrik.

Gyöngyi nyomban kihasználta az alkalmat, hogy testvérével szemben vitát nyerjen:

– Na tessék! Te még többet tudsz erről, és nem látod, amit én!?

– Látok sok mindent, csak azt mondom, nem feltétlenül kell mindent összekombinálni mindennel, főleg úgy, hogy ez a vérző koponyás rész csak fake news.

Bálint persze észrevette, hogy szükség lesz egy mondatra, mely a közös nevezőt állapítja meg. Így a fiú kinézett az ablakon, és látta a Tisza partját:

– Azt nézzétek inkább! Ott a Tisza.

– Ez ilyen baromi széles? Nem is látom a másik partot! – csodálkozott Patrik.

Gyöngyi ezalatt a telefonjáért nyúlt a zsebébe, hogy megörökítse a pillanatot. Három kép készült el gyors egymásutánban, melyeket nyomban vissza is nézett testvérei és unokatestvére társaságában. Flóra szemfüles lány volt, minden apró részletet azonnal kiszúrt, ha az nem illett oda. Tehát így szólt Gyöngyihez:

– Nagyíts csak bele!

– Merre?

– Ahol a víz van, a bal alsó részbe.

A fénykép készítője nem tudta, miért, de végül is engedett a kérésnek. A képet két ujjával széthúzta, és igaz, elmosódva, de látszott a Tisza szürkés-kékes víztükréből kiemelkedni valami fehéres-barnás, emberi karra emlékeztető valami. Mindenki látta a kar formáját, bár a fotós csak annyit reagált: „az biztos egy faág".

– A többi képen is ott van?

– Megnézem.

A másik két képen még több volt látható, a másodikon egész vállig kint volt a kar, és még egy fejtetőt is észre lehetett venni, az utolsón pedig konkrétan derékig lógott ki az alak a víz felszínéből, arckifejezéséből pedig látható volt, hogy az életéért küzd. Legalábbis abból az elmosódott pixelhalmazból ezt lehetett kilátni. Biztos, ami biztos, Bálint előreszólt az apjának:

– Állj meg! Egy ember fuldoklik a Tiszában.

Mivel Albert megbízott fiában, egy percig sem hezitált, hogy nyomban satufékkel álljon meg a laza forgalmú útszakaszon. Noha a forgalom ritka volt, nem jelentette azt, hogy egyáltalán nem is volt. Hangos dudakórus vette kezdetét, mely körülbelül 7-8 személyautótól és két kamiontól származhatott. Tehát az akkor az úton tartózkodók száz százalékától. Egy elegáns, citromsárga, nyitott tetejű sportkocsiban ült egy 25 év körüli fiatal férfi talpig fehér öltönyben és látványos karórával a csuklóján. Ez a személy volt az, aki először kommunikációba elegyedett Alberttel:

– Mi a retekért kellett ezt csinálni? Majdnem összekúrtam a friss fényezést miattad!

Albert persze csak sietősen rohant a helyre, ahova fia és annak unokatestvérei vezették, és úgy tett, mintha a fehér öltönyös ott sem lett volna. Persze ez nem tántorította el az agresszív sofőrt, hogy tovább folytassa:

– Hé! Süket vagy? Neked ugatok, ha nem tűnt volna fel!

Albert tömör és ingerült választ adott:

– Fuldoklik egy ember a Tiszában. Amúgy meg a fiam lehetnél, és nem rémlik, hogy letegeződtünk.

– Egy ember a Tiszában? – kérdezett vissza teljesen más hangnemben a gazdag külsejű fiatalember.

Albert nem volt beszélgetős kedvében, így szó nélkül sietett a folyóhoz tovább, de a fehér öltönyös követte, közben pedig beszélt hozzá:

– Hé, uram! Ez a folyó dugig van repetitív kísértetekkel, nem élő ember az, akihez sietnek!

– És ha mégis? Meg se nézzem akkor?

– Ha sokáig tart az útja a Tisza mentén, minden tizedik méternél lesz oka megállni, mindegyikük csak szellem, nem valódi bajbajutottak.

– Honnan tudhatnánk? Mindegyiket megnézted egyenként?

– Nem kell mindegyiket egyenként ellenőrizni, ez tény.

Albert megunta az újonnan szerzett ismerősét, és inkább a fiához és unokahúgaihoz szólt:

– Merre láttátok?

Mivel Gyöngyi lőtte a fotót, ő szólalt meg:

– Pontosan itt, ahol most állunk. De nem értem, miért nincs itt. Elvitte volna a sodrás?

– Most nincs olyan erős hulláma, ha el is vitte, nem hinném, hogy olyan messzire.

Az újgazdag sportkocsitulajdonos ekkor köszönt el:

– Ha nem bánják, indulnék a golfklubba, még talán nem késsek el, önöknek meg jó kísértetvadászatot!

Azzal már el is tűnt a jól öltözött ismeretlen, és a kutatás a fuldokló után zavartalanul folytatódott volna, ha eredménye is lett volna. Hiába járták végig a folyó azon bizonyos szakaszát, a bajba jutott embernek nem volt se híre, se hamva. Csalódottan, de a család visszaszállt a lakóbuszba, hogy folytathassák útjukat. Tilda volt, ki először mutatott kíváncsiságot:

– Megtaláltátok azt az embert?

– Nem találtunk az égvilágon senkit, csak egy öntelt hólyagot, aki szerint kísértetet láttunk a folyóban – válaszolt letörten Albert, amit a felesége így kezelt:

– És mi van, ha az az „öntelt hólyag" igazat mondott?

– Akkor még inkább dühít az ügy, mert nem akarom, hogy neki legyen igaza.

– Miért nem? Legalább nem halt meg senki.

– Azért, mert már így is olyan nagyra volt magával meg a golfklubjával. Nem kell tovább hizlalni azt az az önbizalmat.

– Sosem fogja megtudni, hogy igaza lett! Inkább gondolj arra, hogy mindjárt beérünk Pest megyébe, utána átlépjük a szlovák határt, és már nemsoká Lengyelország jön.

Tilda megerősítette testvérét:

– Így van! Tekla jól mondja! Nem kell ezen annyira kiborulni. Inkább örüljünk annak, hogy nem itt haltak meg mellettünk a folyóban.

– Annak amúgy tényleg örülök. Mindegy, lenyugszom. Háttérzajnak benyomom a rádiót.

Ezzel a lendülettel el is tekerte Albert a gombot, így újabb hírek zúdultak az utasokra, melyek igaz, hogy felkavarták a kedélyeket, de már egyáltalán nem akkora mértékben, mint mikor az első híreket hallották a világ új arculatáról. Az egyik ilyen így hangzott: „Zimbabwében felfedeztek egy eddig ismeretlen szellemtípust, méghozzá a „lélektörlők" kategóriáját. Nevüket onnan kapták, hogy az élő ember lelkét kiűzik a testéből, hogy a sajátjaikat tegyék a helyére. Akit egy ilyen típusú szellem támad meg, annak a lelke megszűnik létezni, ráadásul ha az új lélek megunja a testet, egyszerűen kilép onnan, élettelen testet hagyva maga után. Különösen veszélyes lelkekről van szó. Mivel a zsálya csak nagyon ritkán működik ellenük, papok, törzsi sámánok, sőt még tudósok is kutatják a legjobb védekezési módot ellenük." A hír hallatán Patrik nagyon a lényegre koncentrálva foglalta össze minden aspektusból átgondolt álláspontját:

– Tyű! Az komoly, hé!

Tekla, Patrik nagynénje megörült annak, hogy unokaöccse is részt kíván venni a családi kikapcsolódásban:

– Na, téged is hallunk néhanapján? Azt hittem, sorozatozol.

– Úgy volt, de most dögunalom. A híradó érdekesebb.

– Mit gondolsz a lélektörőkről?

– Zimbabwébe sem mostanában akarok menni. Amúgy ilyenek vannak itt Magyarban?

– Nem hallottam róla, de Tekla hátha tud valamit.

Tekla azonban nem tudott semmit, de azt a semmit legalább alaposan el tudta mondani:

– Szerintem még Európában se nagyon van ilyen, de ha mégis, akkor itt szerintem biztos nem. Esetleg még tán a görögöknél lehet, hogy van egy-kettő, de szerintem nem tudom.

- Mindegy, nem az, csak gondoltam érdekes utunk lesz, ha még ezek is csatlakoznak.

Albert is beleszólt:

- Mi az, Patrik? Berezeltél?

- Egy kicsit, de annyira azért mégsem.

- Mennyire mégsem?

- Hát annyira nem ijedtem be, hogy a nyaralást elcsesszem. Amúgy nem sürgetésből kérdezem, de mennyi híja van az útnak?

- Még egy félóra, és elérjük a fővárost. Ha nem állunk meg, még jó 4-5 óra, de meg fogunk állni, legkésőbb Szlovákiában.

- Jól van! Amúgy milyen hely az a Krakkó?

- Hát nem akarom lelőni a poént, de úgysem tudnám, mert saját szemmel kell látni. Egyszerre antik és modern, de majd meglátod.

Amíg Patrik csendes merengésében megpróbálta elképzelni Krakkót, újabb információval gazdagodott a család, hála a rádiónak: „Biztonságos országok? Svédországból, Csehországból és Észak-Koreából egyetlen beszámoló sincs semmiféle paranormális tevékenységről. Ezt hivatalosan is megerősítették a szóban forgó országok kormá...". Albertnek ez már sok lett, így lekapcsolta a rádiót, de utoljára megjegyezte:

- Észak-Korea... Miért is ismernék el, hogy náluk is baj van? Mese habbal.

- Akkor csak elhiszed már végre, hogy szellemek lepték el a világot? - élcelődött Tekla.

- Ha ezt így szó szerint nem is, de azt már igen, hogy valami tényleg nem stimmel. De mindegy. Tudjátok, mit találtam ki? Hogy az utunk hátralevő része ne ilyen szürke legyen, idézzük fel utolsó emlékeinket a szellemjárásnak nevezett tömeghisztéria előttről!

A sort az ötletgazda fia kezdte:

- Ez könnyű! A kémia témazáró! Azt hittem, itt a vég, és buktam az egészet. De legalább ez a félelmem nem jött be!

Flóra is folytatta, de ő már kicsit kevesebb határozottsággal:

- Nem emlékszem rá. Lehet, hogy nem közvetlenül előtte volt, de valamivel mégis, a barátnőm születésnapi bulija. Valamelyik szórakozott vendég összekeverte a mappákat a laptopon, és zene helyett felnőttfilmeket indított el. Égett a feje, mint a Reichstag, mert valószínűleg a saját gyűjteménye volt. Mi meg azt sem tudtuk értelmezni, hogy mi történt pontosan.

Patrikból kuncogás tör elő, így hát ő is felidézte az utolsó kísértetmentes emlékét:

– Ja, igen! Mesélted, már akkor is szakadtam rajta. Nekem csak a vizsgaidőszak jutott, a szakdolgozathoz források keresgélése... csupa élvezet, de még mindig jobb volt annál, mint ami most van.

A sort persze addig folytatták, míg teljesen körbeért, mindenki olyan emléket idézett fel, mely valamilyen mértékben azt a benyomást keltette, hogy a szellemek előtt minden csak a boldogságról szólt. Albert, miután mindenki beszámolt, megkérdezte:

– Ki hogy érezte magát, amíg elmesélte a történetét?

Mindenki más szót használt, de a lényeg nem változott: nagyszerűen, remekül, feldobódva, királyul, és így tovább. Albert így fel tudta fedni, mi volt a szándéka a kéréssel:

– Na látjátok! Ilyenekre gondoljatok! Lesznek ilyen emlékeitek még, akár pár órán belül is. A lényeg az, hogy nem szabad hagyni, hogy befolyásoljon minket az, amit mi nem tudunk befolyásolni.

A bölcs gondolat hatására az utastér átmenetileg megnémult, de miután újra beszéd hangjai kezdtek el terjengeni, a hangulat kellemes nosztalgiával vegyített optimista jövőbe tekintésként jelent meg a lakóbusz falai között. Olyannyira felvillanyozódott a társaság, hogy majdnem észre sem vették, amikor átkeltek a szlovák határon. Itt Jenő szólalt meg:

– Akkor itt majd lehúzódunk egy pihenőhelyre?

– Az a tervem – adta Albert a kimért válaszát.

– És merre lesz a legközelebbi?

– Ötletem sincs, de úgyis lesz valamerre valami.

A CSAPDA

Hosszas kóválygás után az északi szomszédainknál idővel egy kamionos pihenőhely is előkerült, Losonctól nagyjából tíz kilométerre délre. A pihenőhely azonban szinte teljesen kihalt volt, de ennek az is lehetett az oka, hogy éjszaka volt, legalábbis Jenő erre tippelt. Tekla persze felvetette, hogy pont ilyenkor kéne nagyobb forgalomnak lennie, mert a nemzetközi kamionosok estére keresnek maguknak nyugodalmat. Akárhogy is legyen, éjszaka volt, és egyedül a lakóbusz állt a parkolóban. Patrik így próbálta elhessegetni a gyülekező rossz érzéseket:

– Nézzük a jó oldalát! Legalább azt csinálunk, amit akarunk, senki nem fog beleszólni.

– Mit szeretnél csinálni? – érdeklődött Gyöngyi.

– Egyáltalán mit lehet?

– Hát, amit csak akarunk.

– Nem úgy értem. Milyen fizikai lehetőségeink vannak?

Tilda javaslata meglepettséget váltott ki:

– Zsírozzunk egy pár kört, míg nem unjuk meg!

A fiatalabb generáció sarkig kikerekedett szemekkel meredt a furcsán beszélő Tildára, aki ezt észre is vette:

– Ne mondjátok már, hogy nem ismeritek!

– Hát, sajnáljuk, de nem tudjuk, miről beszélsz.

– Úristen, ennyire öreg lennék? Magyar kártyajáték. Elmagyarázzam a szabályokat?

– Végül is egy próbát megér, nem? – kérdezte Flóra a kollektívától, amire Tilda gúnnyal reagált:

– Ez aztán a lelkesedés! Na, gyertek, próbáljátok ki!

– Jó, menjünk! – csatlakozott Patrik valamivel lelkesebben, és ez láncreakciót idézett elő.

Amíg a család tagjai az asztal körül igyekeztek túladni a kezükben lévő, legyező alakban tartott kártyalapokon a győzelem érdekében, Albert addig titokban belenézett a tévéhíradóba a jármű másik szobájában. Igaz, szlovákul csak egy maroknyi kifejezést ismert, de a képekből megpróbálta kiegészíteni a hallottakat. Egy nagyon fiatal, ránézésre legfeljebb harminc éves, vörös hajú, fehér blúzos nő pattogós, hadarós anyanyelvén kezdett mondandójába. A háta mögött egy szlovák térkép volt látható. Ez így önmagában nem mondott sokat a képernyőre nézőnek, de a vágást követő részhez nem kellett tolmács. Egy amatőr felvétel jelent meg, melyet okostelefonnal rögzítettek függőleges irányban. Mivel a mozgókép mérete és a tévé nem azonos méretűek voltak, így a függőleges sáv volt középen, melyben maga a lényeg volt látható, mögötte pedig ugyanaz a felvétel ment, csak homályosan. Az első pár másodpercben még csak a kövesutat és az a mellett húzódó ritka fasort lehetett szemügyre venni, mely fasor mögött láthatóak voltak a jellegzetes kelet-európai, szlávos stílusú tömbházak is. Azonban úgy a nyolcadik másodperc körül felbukkant az úton egy kerékpáros is, aki hirtelen megállt, a bicikli pedig kigurult alóla, mintha egy láthatatlan kéz ragadta volna torkon a sportembert. A fiatal férfi lebegett, arca pedig torzult a fogyatkozó oxigénkészlet miatt. De nem csak emiatt. Elkezdett vibrálni a kép az áldozat feje előtt, egyre gyorsabban, mely látvány felismerhetetlenné tette a biciklist. Ahogy az a hologramszerű fényjelenség leállt a remegéssel, egy tölcsérszerű alakban kezdett görbén eltávolodni a férfitől, ki nyomban össze is esett. A jelenség helyén, mikor teljesen elmozdult, pár másodpercre kialakult egy elmosott kontrasztú, csontvázszerű alak, mely bele is nézett a kamerába, mielőtt eltűnt. A felvétel után pedig asztal körül ülő politikusokat mutatott a képernyő, kik iratokat adogattak egymásnak. Erre Albert tanácstalanná vált és úgy döntött, megkeresi Jenőt, ami nem volt nehéz, mivel pont a parkolóban dohányzott, alig öt lépésnyire az álló busztól. Albert siettetően szólt sógorához:

– Jenő! Gyere gyorsan!

– Mi a baj?

– Gyere, valami nagy gáz lehet készülőben. Tudsz szlovákul, ugye?

– Még jó, hogy, igaz, nem folyékonyan, de...

– Az is jó lesz! Gyere, mert a hírekben lehet, hogy fontos dolgok vannak!

Jenő utolsónak nagyon mélyet szívott félig elégett cigarettájából, a maradékot határozottan vágta a parkoló aszfaltjához, és az éjszakai sötétben szikrákat imitált a szétfröccsenő parázs. Mire már ketten is nézték a szlovák híradót, együtt megfejtették, hogy miről is van szó. Jenő nem mondta el szó szerint, csak a lényeget foglalta össze:

– Na kérem szépen, az van, hogy egy 10-15 perccel ezelőtt lezártak minden határátkelőt az országban. Senki se ki, se be.

– Hogy tessék!? Szlovákiában rekedtünk?

– Röviden: igen, de hátha elengednek minket, ha megtudják, hogy magyar állampolgárok vagyunk.

– Miért zárkózott be az ország?

– Új szellemtípus került az országukba: a lidérc. Az áldozat lelkét kiszívja, a hullát visszadobja a földre. Attól tartanak, külföldről hozták be.

– Na! Na! Na! Na! Hát ezt meg hogy? A lidérc az a magyar folklór része, honnan veszed, hogy nem ránk gyanakodnak?

– Azt már mondták volna. Meg valamikor Szlovákia területe is magyar volt, szóval, ha úgy vesszük, bizonyos mértékben az ő mondakörükben is ott a lidérc. Az is lehet, hogy eleve náluk jelent meg.

– Jó, és ezt elmagyarázod majd a határőröknek is, ha nem engednek ki minket?

– Csak hangosan gondolkodom. Hogyan tovább?

– Haza kell mennünk. Ennyi volt.

– Miért? Tovább tudunk menni Lengyelországba, ha átjutunk az északi határon, visszafelé meg kerülünk.

– Ukrajnán keresztül, vagy Csehországon és Ausztrián keresztül szeretnél menni?

– Legyen Ukrajna, az csak egy ország, kevesebb esélyünk van rá, hogy még egyszer ránk zárják az átkelőket.

– Teljesen mindegy, egyik úthoz sincs elég üzemanyagunk.

– Hát majd akkor tankolunk valahol.

– Nem ez az egyetlen baj. Lehet, hogy már innen sem keveredünk ki. Tegyük fel, északon átmegyünk Lengyelországba... mi garantálja, hogy ott nem zárják le ilyen hirtelen az országhatárokat?

– Az egy majdnem Németországnyi terület, időbe kerül, hogy tökéletesen elbarikádozzák magukat, rések fognak maradni, hogy visszaszökjünk. Brazília is négy nappal korábban jelentette be, hogy elzárkóznak a közelgő háború lehetősége miatt. Azért, mert az is nagy ország.

– Nem bánom én, Jenő! Az a helyzet, hogy nem nagyon akarnék ekkora kockázatot bevállalni. Gondolom, megérted.

– Meg bizony. Én sem, csak azt akartam, hogy te mondd ki. Elvégre te vezetsz.

– Rendben! A többieknek hogy adjuk elő?

– Úgy, ahogy van. A lidércektől a határzáron át a hazaútig mindent elmondunk.

– Jól van! Beszélek akkor én.

A két férfi, annak ellenére, hogy a veszélyforrás felbecsülhetetlen volt, lassú léptekkel próbálta elodázni a kínosnak ígérkező beszélgetést. Merthogy valóban kínos lett volna egy ilyen hírrel romba dönteni azt az atmoszférát, melyet a régi kártyajáték teremtett. Még a kilincset sem fogta meg egyik hírvivő sem, de az ajtón áthallatszottak a harsány kacajok és egy-egy mondatrészlet: „Nem bánom, a hetes fogó lap, ezt a kupacot én viszem." Hang alapján vagy Flóra vagy Gyöngyi mondhatta. A két testvér hangja nagyon egyforma volt. De aztán Bálint hangja is felbukkant: „A többi szabályt is ismered, vagy ezzel az eggyel akarsz nyerni?" Erre Tekla kuncogása szűrődött ki, és mondta, hogy „Mindegy, ezt a fonalat már elvesztettük, a következő körben jobban figyelünk!" A két férfi még elhallgatta volna a vakáció felhőtlen hangjait, de sajnos váratlan érkezésükkel, és savanyú ábrázatukkal kénytelenek voltak véget vetni ennek. Albert érkezésére lett csend, de Jenő kezdte el ismertetni a látogatásuk okát:

– Sajnos rossz hírekkel jöttünk. Most láttuk a szlovák híradóban, hogy az ország határait lezárták, így valószínű, hogy itt rekedtünk...

Flóra optimista lazasággal próbálta a hangulaton ejtett csorbát kikalapálni:

– Majd kinyitják megint. Ebben az országban sem voltam még, úgyhogy nem gáz.

De a lány apjának nem csak ennyi mondanivalója volt:

– Örülök, hogy így látod, de van tovább is. Nem megyünk Lengyelországba, vissza kell szöknünk Magyarországra, hátha nem tökéletes még az a határvédelem. Ennek az az oka, hogy egy új szellemtípussal vagyunk összezárva, a lidércekkel.

– Lidércek? Hát az mióta új? Arról már a betyárok idejében is beszéltek az emberek.

– Legendaként igen, de igazolt tényként újnak számít, főleg itt. El kell tűnnünk innen, mielőtt mindannyiunknak kampec.

– Olyan veszélyesek?

– Kiszívják az ember lelkét, ami miatt az áldozat összeesik és meghal. Olyanok, mint a vámpírok, csak asztrális testtel.

Bálintnak ismerősen hangzott ez a rész, emiatt meg is szólalt:

– Azok nem a lélektörlők? Amelyeket Zimbabwében fedeztek fel?

– A lélektörlők, ha jól hallottam, beköltöznek a testbe, de ezek egyszerűen csak kifacsarják azt, és úgy dobják el szanaszét az utcán, mint az óvodás korú gyermekek a csokis papírt. Egyéb kérdés, óhaj, meglátás van-e esetleg, vagy szépen, fegyelmezetten elindulhatunk haza?

Tilda férje mellé állt:

– Induljunk akkor! Szedjük össze, amink van, hátha még át tudunk csúszni!

A menekülés villámgyors tempóban vette kezdetét, már amennyire azzal a lakóbusszal lehetett száguldozni. Tekla az anyósülésen ülve belepillantott a visszapillantó tükörbe, melyben egy elmosódott körvonalú, lábak nélküli, lebegő, valamennyire átlátszó csontvázat látott. Azonnal odaszólt a férjének:

– Gyorsabban!

– Jó, nem tudok gyorsabban menni, ez ennyit tud.

– De követ minket egy olyan izé.

– Akkor sem lehet ezzel a tragaccsal 100 km/h felé menni!

A négy fiatal a lakótérben négy különböző ablakon nézett ki, hogy megtalálják azt, ami elvileg üldözte őket. Hosszasan pásztázták a sötétséget, sőt bent a villanyokat is lekapcsolták, hogy jobban lássanak, de egyikük sem látott semmit, ezt pedig Bálint közölte idegeskedő szüleivel:

– De hát nem is jön utánunk semmi!

– A tükörben láttam... Most is látszik!

Albert is belepillant a tükörbe, és ő is megjegyezte:

– Mintha én is látnék valami átlátszó, homályos alakot.

Flóra, míg csendesen gondolkodott, elővette zsebéből a kis, kihajtható sminkes tükrét, és azt fordította az ablak mellett úgy, hogy az számára is visszapillantó tükörként funkcionáljon. Flóra is közölte az észrevételt:

– Igen, már látom, de csak a tükrömmel. Úgy tűnik, tükör nélkül nem látható.

Erre Flóra két testvére és Bálint is tükröződő tárgyak után nyúltak. Bálint karórájának fényesre csiszolt fém szíja pont jónak tűnt. Igaz, hogy torzan, de mutatott tükörképet, Gyöngyi a telefonja elsötétített kijelzőjében bízott, Patrik pedig megnyitotta az előlapi kameráját. Rá is szóltak a testvérei:

– Tükröződő felület kell, nem kamera!

– Felőlem tükrözgessetek, de én látom ezzel is!

– Micsoda? Komolyan?

– Persze, nézzétek meg!

– Videózd már le, ha tudod, hátha többre is rájövünk!

– Jól van, el is indult a felvétel.

Míg Patrik a lidércet filmezte, fel sem tűnt neki, hogy a távolból már látható a határátkelőhely is. Albert mérgesen kiáltott fel:

– Ó, hogy a dögvész pusztítaná el! Ha ezek megállítanak minket, ki is nyírnak a helyszínen.

– Tán rendőrök? – érdeklődött Gyöngyi.

– Rosszabb! Katonák.

– Most mi a terv?

– Nem tudunk nem megállni. Maximum reménykedünk, hogy lekopnak az üldözőink. Patrik, látod a lényt?

– Aha, de már mintha távolod... Úristen! A francokat távolodik, most felbukkant a képernyőn mellettem vagy 10 centire...
De most úgy tűnik, megint kezd lemaradozni.

– Ne szórakozz már, Patrik! Látod vagy sem?

– Mondom, hogy itt van! De szerencsére pont felvettem, viszszanézhetjük, ha túl leszünk rajta.

– Rendben, de előbb kerüljünk át a határ másik oldalára! Az állig felfegyverzett őrök már alig 120 méterre lehettek a járműtől, és nekik is feltűnt, hogy Albert mindent akar, csak lassítani nem. Megállni aztán meg főleg nem. Emiatt leakasztották a vállukról az AK–74-es gépkarabélyokat, és a kisbuszt kezdték becélozni a fegyverek csöveivel. Ekkor viszont a fegyveresek talpai egyre távolabb kerültek a talajtól. Hatan voltak, mind a hatan vagy harminc centire emelkedtek el az aszfalttól, karjaikkal és lábaikkal meg kapálózni kezdtek, mint akik fuldoklanak. Az arcuk előtt mindegyikőjüknek megjelent egy furcsa, hologramra emlékeztető, erőtér jellegű, vibráló jelenség, és mind a hat ilyen kis anomália tölcséresedni kezdett, melyek csúcsai mind egy pontban találkoztak. Egy ideig még összeért a hat tölcsér csúcsa, és ahol ez megtörtént, felvillant egy idő után néhány másodpercre az a csontvázszerű lény, melyet csak a tükörből láthattak addig, de most szabad szemmel is. A hat fegyveres végül a kapálózást is abbahagyta, és úgy hullottak a földre, mint egy-egy zsák krumpli. Ezután csak egyetlen logikus lépés marad: a lakóbuszt vissza kellett gyorsítani százra, és mielőbb át kellett kerülni a határ másik oldalára. Ez meg is történt, és az első piros-fehér-zöld zászló látványa most nem pusztán hazafias gondolatokat ébresztett fel, hanem olyan hatást ért el, mintha egy táblára írták volna, hogy „Nyugi, most már megúsztátok, minden rendben lesz!" A lidérc ellenben még sokáig látszott a tükrökben, de mihelyst nagyobb forgalmú útszakaszhoz érkeztek az üldözöttek, az is fokozatosan veszített a tükörben megjelenő méretéből, mígnem teljesen el is tűnt.

MOST MÁR IDEJE LENNE MEGÁLLNI

Az igazi biztonság érzete már csak akkor következett be a hazatérő család részére, mikor már Pest megyéből is kezdtek kikeveredni. Ekkor még azért fűtött mindenkit az adrenalin, de közben a fáradtságot is érezni kezdte a csoport. Bálint volt az első, aki álomba szenderült. Patrik megpróbálta felébreszteni, de Flóra suttogva rászólt:

– Hadd aludjon! Jobb lenne, ha inkább te is aludnál.

– Csak arra lennék kíváncsi, hogy egy ilyen után hogy tud aludni?

– Úgy, ahogy én is mindjárt. Álmos vagyok már én is.

– Eszem megáll! Miből vagytok, hogy ez nem akasztott ki benneteket?

Gyöngyi is megszólalt, de cinikus hangvételűen:

– Jaj, már lassan egy fél éve vagyunk ebben a szellemes marhaságban, biztosan hozzászoktak.

– Hogy lehet ehhez hozzászokni? Nekem sem ez az első élményem, de aludni még nem tudnék ilyen békésen.

– Minden megszokható. Csak kinek mennyi kell hozzá.

Eközben Albert is egy kéréssel fordult nejéhez:

– Átveszed a kormányt? Mindjárt itt alszom el a helyszínen.

– Húzódj le! Én sem vagyok túl eleven.

– Oké, akkor majd egy lakatlan területen.

A lakóbusz ugyan sokáig gurult még, de egy mellékutcán mégis meg kellett állnia valahol Ruzsa és Pusztamérges között. Nem bírták ki lakatlan területig. Bálint még kómásan ismerte fel, hogy megálltak, így érdeklődni kezdett:

– Már haza is értünk?

– Dehogy! Csak megálltunk pihenni.

– Ja, jó! Akkor jó éjt mindenkinek!

Már éppen sikerült volna mindenkinek valamennyire elbóbiskolnia, mikor egy fehér tenyér terült el nagy hanggal a szélvédőn. Ez az egy mozdulat egy csapásra kiverte az összes álmot mindegyik szemből. A tenyérhez tartozó arc is megjelent, mely egy ismerőshöz tartozott, pontosabban csak Bálint ismerte. Egy fiatal lány volt az sötétbarna, de talán már majdnem fekete hajjal. Egyből meg is kérdezte azokat, akiket látott – tehát Albertet és Teklát –, hogy ők is a lincselésre jöttek-e. Az összezavarodott sofőr többet akart megtudni:

– Lincselés!? Kit lincselnek?

– Katona Xavért.

– Az meg ki a gránát? – válaszolt csak úgy félvállról a még mindig ijedt, de egyben álmos férfi.

– Káin, a sorozatgyilkos, aki szemeket vág ki.

Alberten ekkor mintha csak egy frissítő gombot nyomtak volna meg, kíváncsisága őszintébb lelkesedéssel keveredett:

– Elkapták Káint? Mikor? Hol?

– Ruzsán bukott le, mikor csurom véres öltözékben vonult azon az utcán, melynek végén a halott unokatestvérem hevert a szemetes konténerben. De ezt majd később. 10 perc, és hozzák is a mocskot!

A beszélgetés egyre erősödő hangjára Bálint is felébredt, megdörzsölte a szemét, és kiszúrta a lány arcát:

– Dália! Te vagy az?

– Bálint?

– Igen! Hogyhogy erre?

– Röviden a lényeg, hogy megölöm Krimhilda gyilkosát a többi áldozat családtagjainak segítségével. Megnézed, vagy inkább kihagyod?

Albert határozottan vette vissza a szót:

– Megnézem! Rendőr vagyok, végig ezt a fickót kerestük. De mi ez a lincselés? Nem volt törvényes ítélet?

– Pont ez lett a törvényes ítélet.

– Tessék!? Visszahozták a halálbüntetést?

– Nem, csak ebben az egy esetben tettek kivételt.

Itt a szabadnapos rendőrnek egyre gyanúsabbá váltak a dolgok, és már csak emiatt is látni akart valamennyit az eseményből. A család többi tagja folytatta mély álmát, de Albert és a fia elsétáltak a térre, ahová Katona Xavért hurcolták be erős testalkatú fegyveresek. A rideg tekintetű egyenruhások úgy dobták a földre a férfit, mint valami elhullott állatot, a tömeg haragja pedig nyomban rá zúdult is a kiszolgáltatott vádlottra. Először csak pofonokat kapott, főleg a női hozzátartozóktól, így Dáliától is néhányat, de később a férfiak ököllel ütötték ott, ahol csak érték, majd elkezdték rugdosni. A férfi közben csak egyet fújt, mint a pereces:

– Értsék már meg, hogy nem én voltam!

Hiába mondta már el több mint tízszer, nem hatott a 30-40 villogó szemű haragosra, mert azok egyre csak ütötték, sőt már harapták és karmolták is. De a negyvenöt éves Xavér nem adta fel, és csak folytatta ártatlansága bizonygatását, sőt már könyörögni is majdnem elkezdett az életéért, de az utolsó méltóságát végül a bekövetkező halála őrizte meg. Ami maradt belőle, már egyáltalán nem emlékeztetett semmiféle emberre, csak darált húsra egy jó nagy tócsa vérben. Harmincnégy helyen harapták meg, ebből tizenegy esetben hús is szakadt ki a testből. Hosszú karmolásnyomok hálózták be mindenfelé, még a fél szeme is kifolyt. 194 csontja tört el, ebből 7 nyílt törést szenvedett el Katona Xavér, kit életének kellős közepén ért utol a végzet. Albert elborzadva ragadta karon Bálintot, és még annyit sem kellett mondania, hogy „húzzunk innen!", a fiú tudta, mi a teendő. De utoljára még látta a szeme sarkából, hogy a kedves lányként megismert Dália most úgy rugdossa a már szétesőfélben lévő hullát, mint aki nincs magánál, közben arcán rémisztő káröröm figyelhető meg. Ahogy apa és fia beültek a járműbe, Albert egyből a lényegre is tért:

– Ez nem Káin volt!

– Mi? Ezt nem értem.

– Mennyit lehettünk kint Szlovákiában? Két teljes nap sem volt meg. Ennyi idő alatt ki van zárva, hogy még el is ítélik. Ha elkapunk egy ilyen súlyos bűnökkel vádolt embert, hónapokig is húzódhat egy tárgyalás, hogy biztosak legyünk a bűnösségében.

– De mi van, ha egyértelmű volt? Mondjuk tetten érték, és nem kellett több bizonyíték?

– Akkor magának Kalmár Titusznak, a köztársasági elnöknek kellett volna lebuktatnia, de minimum egy Csonka Jávornak. Szerintem itt valami nem kóser.

– Mire gondolsz?

– Szerintem ez az ítélet nem volt törvényes, csak egy ember ezzel etette be a gyászoló tömeget. Ki tudja, lehet, hogy pont maga Káin. Lehet, hogy a hatóságok nem is tudnak még róla. Lehet, hogy én vagyok az első rendőr, aki értesült erről.

– Tudod, hogy ez az új kormány milyen ingatag. Percenként alkotnak új törvényt vagy rendeletet. Lehet, hogy kitaláltak valamit, pont míg távol voltunk.

– Talán. De akkor az ellenzék meg dísznek van? Van amúgy más is: könyörgött az életéért, állandóan tagadta a vádakat, a szemében meg valódi félelem volt. Egy sorozatgyilkos nem így reagál arra, hogy perceken belül meghal.

– Hát akkor hogy? Minden ember fél a haláltól, nem?

– „Nagy kaland! A halál a szakma velejárója! Viszlát Disneylandben!" Ezt Richard Ramirez mondta, mikor megtudta, hogy lehet, hogy kivégzik. „Fogom hallani, ahogy a nyakamból zubog a vér? Mert az nagyon izgalmas lenne!" Peter Kürten, mielőtt lefejezték. És nagyon hosszú a lista, de biztosítalak, egyik sem mondta azt, hogy „Könyörgöm, ne! Nem én voltam!".

– Akkor meg jelenteni kell! Ez így akkor egy egyszerű gyilkosság.

– Nem tudom bizonyítani, hogy ártatlan volt. Ezek a felvetések nem számítanának bizonyítéknak.

– Akkor most csak továbbgurulunk, és ennyi?

– Miért!? Tudsz jobbat!? – ripakodott rá a megterhelt apa a még naiv fiára.

Ahogy Albert dühös kiáltása végigsuhant a szűk téren, minden más hangot eloltott közben. De hosszú másodpercek múlva ugyanez a hang, de más szavak hozták vissza az életet:

– Na jó! Hosszú napunk volt, több mindent láttunk, mint amit akartunk, nem kell a balhé. Járjunk utána, hogy ez egyáltalán törvényes ítélet volt-e. Lehet, hogy az volt.

– Rendben, ha hazaérkeztünk körbekérdezem azokat, akiket
ismerek, hátha látott vagy hallott valaki valamit.
– Az a csaj, aki bekopogott a szélvédőn. Azt ismered, nem?
– Hogyne ismerném? Furcsállottam is, hogy került erre.
– Na, hát ez az! Ő tudta, hogy lesz egy lincselés. Szerintem
tőle kezdj érdeklődni előbb.

Ahogy hazaért a család, Kígyósmező főterén szétváltak az egyé-
nek útjai, a lakóbusz visszakerült a kölcsönzőbe, Albert és szűk
családja pedig már saját lábán tette meg azt a néhány métert
hazáig.

A kimerültség és a túl sok impulzus hatására aznap éjjel min-
denki nyílegyenesen vette az irányt a saját ágya felé, mindenfé-
le előkészületet és családi megbeszélést mellőzve. Bálint sokáig
hezitált, hogy felvegye-e a kapcsolatot Dáliával. Végiggondolta
magában, hogy akárhogy is, de ismerőse most vált gyilkossá.
Hiába volt törvényes vagy annak tűnő az eljárás, ez akkor is
egy ember életének a kioltása volt. Ugyanakkor a kíváncsiság is
erősödött a megviselt kamaszban, mert több kérdése lett volna,
mint amennyit egy alkalommal fel lehet tenni. Egy harmadik
alternatívát választott: Veronikát. Mivel későre járt, előbb egy
egyszavas üzenetet írt neki: „Alszol?" Válasz nem jött azonnal,
így Bálint kicsit elszunnyadt, de nem került még a mély alvás
állapotába, mikor meghallotta az üzenet érkezéséről szóló érte-
sítés jellegzetes csengését. Este tizenegy körül járt az idő, ennek
ellenére meglepő választ kapott: „Ilyen korán? Dehogy!" Bálint
sokáig nem értette, mit is lát pontosan, emiatt a legkézenfek-
vőbb kérdést tette fel: „Miért, hány óra van?"
– Ja, bocsi, elfelejtettem. Itt még csak kilenc van. Most nya-
ralunk Izlandon. Hogy telik a nyarad?
„Írásban hosszú lenne. Van pár perced, hogy felhívjalak?"
Ezzel a lendülettel máris csörgött a fiú mobilja, de nem akár-
milyen, hanem videóhívás miatt. Persze felvette a telefont, és
meg is látta Veronikát, aki mögött a csillagos ég volt látható,
nem mindennapi zöldes, türkizes fényjelenséggel, ami maga az
aurora borealis, vagyis a sarki fény volt. Veronika, ha még nem

lett volna egyértelmű, miért videón keresztül hívta Bálintot, meg is magyarázta:

– Szóval ne lepődj meg! Azért gondoltam, hogy videóban hívlak, mert ezt kár, hogy nem látod. Nicsak! A sarki fény. Le is fotóztam, hogy majd megmutatom, de így lehet, hogy jobban átjön.

– Ez tényleg jól jött most. Olyan megnyugtató!

– Ideges vagy valamiért? Olyan furcsán beszélsz!

– Hát hol is kezdjem... Bármit mondok, ne rontsa el a kedved, jó?

– Kezdesz megijeszteni, most már bökd ki!

– Láttam Dáliát embert ölni.

– Tessék!? Hogy mi? Ő lenne Káin?

– A francokat! Ő ölte meg Káint...vagyis akit annak hitt. De lehet, hogy az igazi gyilkost.

– Várj, visszamegyek a faházba, és ott folytathatjuk.

A lány rövid útja még sok mindent megmutatott az izlandi tájból, habár sötét volt már, a jellegzetes hegységek, fenyvesek, és itt-ott pislákoló faházak és tábortüzek fényei még látszottak. Az út végén lehuppant egy ágyra vagy egy székre a fiatal nő, ez nem derült ki pontosan, mert a kamera nem mutatta meg. A háttér így a sarki fényről pirosas-sárgás fényben baljós módon megvilágított fadeszkákból álló falra cserélődött. Olyasmi helyszín volt ez, mint amelyben a kései hetvenes és korai nyolcvanas évek kaszabolós horrorjai játszódtak. Veronika, miután diszkrécióba és kényelembe helyezte magát, újra megnyitotta a beszélgetést:

– Na igen. Szóval, akkor hogy is volt ez? Mikor láttad? Hol? Vagy egyáltalán mi a jóisten van!?

– Visszafelé jöttünk a kirándulásunkról, és nem jut eszembe már, hogy hol, de valami kisvárosoknál vagy községek határain megálltunk egy pihenőre. Dáliába futottunk, aki elvitt minket egy helyre, ahol egy dühös tömeg halálra vert egy fazont, akiről azt mondták, hogy Káin az. És Dália is jó pár alkalommal rúgott bele még a holttestbe is.

– Ezt hogy kell elképzelni? Volt egy dühös tömeg, aki kiszúrt egy embert, és ráfogták, hogy az a körözött ámokfutó, majd jól összeverték?

– Nem egészen. Elméletileg törvényes bírói ítélet volt. Te esetleg hallottál erről valamit?

– Az égvilágon semmit! Mikor volt ez?

– Körülbelül egy fél, vagy egy egész órája.

– Hát ez nagyon furcsa. Ugyanis anyám néha még itt is bele-belenézeget a hírekbe, de semmi erre utaló jelet nem találtunk. Sőt elméletileg Káin már a nyolcadik áldozatával is végzett, egy fickót bedobott a dögkútba, egy nőt meg a szemetes konténerbe Ruzsán.

– Na, a nő Ruzsán. Ő Krimhilda, Dália unokatestvére.

Veronika a hír hallatán veszíteni kezdett élénk arcszínéből, és beszéde sebességéből. Sokkal vontatottabban és sokkal nagyobb késéssel reagált:

– Juj! Szegény lány! Most tudsz róla valamit? Hogy van?

– Nem merem most rögtön kikérdezni. Gondolhatod: meghalt egy rokona, és ő is gyilkossá lett. Azt sem tudom, én ilyen állapotban egyáltalán szeretnék-e beszélni valakivel.

– Érdeklődést mutathatunk, legfeljebb elküld minket a búsba, de legalább nem hagytuk cserben.

– Mindegy, majd esetleg pár nap múlva. És van még más is, de azt csak halkan teszem hozzá – és Bálint valóban suttogásba váltott –, a fater szerint kurvára nem az igaz gyilkost rakták tepsibe.

– Na, az nagyon király lesz... Furcsának is találtam, hogy ilyen gyorsan elkapták, és egy nap alatt zajlott le a kézre kerítés, a tárgyalás, a börtön és a kivégzés is. Ki van zárva, hogy ez egy szabályos eljárás volt. Főleg úgy, hogy Csonka Jávor nem akarja visszaállítani a halálbüntetést, de Határ Egon már belengette.

– Mi? Erről meg én nem hallottam semmit.

– Az a lényeg, hogy Magyarországon már 1988 óta nincs akasztás, és úgy gondolja Határ, meg amúgy Tollas is, hogy '88 előtt a rend is nagyobb volt, mert akkoriban a sorozatgyilkos amolyan nyugati dolog volt. Azt remélik, hogy ha most hirtelen visszaállítják, Káin megijed és leáll.

– Ez mekkora baromság! Ha leáll, sosem derül ki, hogy ki volt, ép bőrrel megússza, és motivációt ad a többi pszichopatának. De valószínűbb, hogy nem áll le, mert a sorozatgyilkost a saját halála sem érdekli.

– Pont ezzel érvel a Harmadik Szem Mozgalom is. Amúgy szerintem meg lehet, hogy jobb lenne visszaállítani, de még nem most.

– Pár órával ezelőttig én is így gondoltam, de mikor láttam egy ártatlan ember brutális kivégzését, módosult a véleményem.

– Mindegy, ez úgysem rajtunk fog múlni. Szóval, röviden öszszefoglalva: népharagot láthattál, és nemigen volt ebben semmi jogszerű. De majd figyelgetni kell a híreket. Ha így van, számíts rá, hogy kikérdeznek, mint szemtanút!

– Nyugi, voltam már gyanúsított is, nem halok bele. – Majd Bálint sanda kacsintást vetett a lányra.

– Jól van, de én már nem leszek ott veled a kihallgatószobán.

– Az lehet, de attól még szurkolsz majd nekem onnan, ahol épp akkor leszel?

– Már most is azt csinálom.

Egy váratlan pillanatban egy elmosódott fekete árnyék villant fel a lány mellett, és az is csak válltól felfelé látszott. Bálint megijedve válaszolt:

– Jézus! Az mi a hóhér volt!?

– Micsoda?

– Megjelent melletted egy árnyék csak úgy hirtelen, de el is tűnt.

– Ja igen. Izlandnak ez jutott.

– Hogy micsoda?

– A legtöbb helyen más-más szellem a leggyakoribb. Dél-Afrikában a lélektörlő, Kelet-Európában és Közép-Ázsiában a lidérc, a Távol-Keleten ezek a fekete hajú, fehér ruhás izék, amelyeknek nem ugrik be a neve, Nyugat-Európában – ezzel együtt Izlandon is – az árnyékok uralkodnak.

– Ez tudományosan is igazolt tény?

– Még nem, de majd én leigazolom, ha kell.

– Jól van. Na de nagyon későre jár, látom rajtad is, hogy álmosodsz, szóval el is köszönnék akkor.

– Én még bírnám, de te már tényleg szétesel mindjárt. Akkor jó éjt, és remélem, nyugodtabb lettél.

– Valamennyivel. Köszi, hogy szántál rám időt!

– Ugyan! Semmiség. Ha bármi hasonló van, keress bátran!

– Lehet, hogy úgy lesz, de te se félj keresni, ha szükség van valamire.

– Rendben! Meglesz! De akkor most már tényleg aludd ki magad, és majd beszélünk még! Jó éjt, és minden jót!

– Köszi, neked is! Jó éjt!

A SZUVENÍR

Kirándulni nem csak Bálinték voltak, hanem Zoli és Kíra is. Kíráéknál hosszas tanakodás után Tanzánia lett a véglegesített úticél festői tengerpartjai és világhírű szafariélményei miatt. Maga a kirándulás sokáig ugyanúgy zajlott, ahogy megtervezték, ám a második szafarin – merthogy két alkalommal is részt vettek – szó szerint elszabadult a pokol. A nyitott tetejű olajzöld terepjárókból eleinte testközelből szemlélhették meg a zsiráfok lenyűgöző magasságát, az elefántok által vetett koloszszális árnyékokat és a lustálkodva is félelmetes oroszlánokat a fák töveiben. Árpád azonban egy váratlan pillanatban a messzi horizont felé nyújtotta ujját, mikor felrikkantott:

– Nézzétek! Egy dust devil! Vagy hogy mondják azt magyarul? Mi is az... Homokvihar!

A túravezető magyarul nem annyira, de angolul tudott, így a „dust devil" kifejezésre felkapta a fejét, és a szemével lekövette árpád mutatóujját. Mikor felfedezte, mi az, csak annyit mondott:

– We must cancel the tour! That's something even worse.

Azaz: Le kell fújnunk a túrát, az ott valami még rosszabb.

Árpád rákérdezett, persze angolul, hogy „Mi az, hogy még rosszabb?"

– Errefelé egy homokvihar nem ekkora. És figyelje csak a hangot! Elefántok trombitálnak, rémületükben. Én mondom, ha valami meg tud rémíteni egy csordányi elefántot, az elől jobb, ha mi is menekülünk.

– De az elefántok az egértől is félnek, nem?

– Nem mindegyik, csak nagy részük. Inkább visszaadom a pénzüket, de nem merem megkockáztatni, hogy arra menjek.

Míg a nyaraló család minden tagja magába fordult gondolkodni, addig a trombitáló porfelleg tömege és hangja is egyre nagyobb iramban duzzadt fel, és a benne lévő elefántok körvonalai is élesebbé váltak. Emiatt a dzsippel muszáj volt alsó hangon kitérni az útból, de még jobb lett volna egy az egyben eltűnni a helyszínről. Az előbbit választották, mert ahhoz kevesebb idő kellett. Mire a megvadult óriások csordája elrobogott a fedezékbe húzódott jármű mellett, olyan vastag aranybarna ködöt képeztek a szállingózó homokszemek, hogy még a szemét se tudta kinyitni az ember, sőt levegőt is csak nehezen lehetett kapni, nemhogy átlátni azon a fellegen. De mint minden, ez sem tartott örökké, és a porfelleg elvékonyodott. Ezután kiderült, mi hajtotta meg így az állatokat. Orvvadászok. Méghozzá vagy 20-30 fő, elefántcsont ékszerekkel, kezdetleges fa- és kőfegyverekkel. A szafari vezetője több okból is furcsának találta ezt. Egy: hogy kerültek be illegális orvvadászok egy elzárt parkba? Kettő: miért rémültek meg még az elefántbikák is, ha eddig csak barátságos emberekkel találkoztak? Három: miért ilyen nyíltan tevékenykednek azok, akik bűnt követnek el?

Igazán egyik kérdésnek sem volt idő leérni az aljára, a dzsip sofőrje ehelyett mihamarabb menekülőre akarta fogni, hogy hatósági személyt találjon. A menekülés azonban túl nagy zajjal járt, így az elefántok üldözői egyszerre fordultak az álló jármű és a döbbent kirándulók felé. Az orvvadászok elkezdtek rángatózni, mint a besózott békacomb, de érdekes módon a talpukon maradtak közben. Hanem mikor a remegés abbamaradt, akkor estek a homokra, a testekből pedig befordult szemű, elnyúlt szájú alakok libbentek fel, akik rögvest a legközelebbi élő emberek felé vették az irányt. Kíra persze gondolta, a zsálya majd segíteni fog, így meg is gyújtott egy csokorral, de ez már nem menthette meg a túravezetőt. Külső szemlélő csak annyit láthatott, hogy egy fehéren fénylő gömb hagyja el a férfit a mellkasán keresztül, és egy elnyújtott szájú homályos alak lép bele ugyanott. Amint ez megtörtént, a fehér fénylabda nagy hanggal és hővel kidurrant, mint egy szappanbuborék. Ellenben úgy tűnt, a túravezető túlélte, csak látszólag fogalma sem volt arról, mi történt vele. Kíra, mivel ő is beszélt angolul, elkezdte szólongatni, de a válasz nem angolul hangzott el, sokkal inkább egy érdekes, kattogó nyelven, mely olyasmi hangzású volt, mint a busman, vagy esetleg a zulu, de sokkal vontatottabb, ereszkedő hangsúlyú beszéd volt, a mondat végére fokozatosan mélyülő és lassuló hanggal. Új mondatnál a hangszín mindig visszatért a kiindulási ponthoz. A tanácstalan kirándulók hanyatt- homlok menekültek, mert habár pontosan nem tudták, de érezték, hogy a helyzet súlya igen nagy. Jobb ötlet híján a szálláshelyig vezetett kényszeresen felgyorsult útjuk, ahol az első dolga az volt Móricnak, hogy bekapcsolja a tévét, és mint otthon a teljes család, itt is a tévé köré gyűlt a két szülő, a két gyermek, de rajtuk kívül még a két nagyszülő és a nagybácsi is. Magyar adót nem tudtak fogni, szuahéli nyelven szólt majdnem minden, de a végéhez közeledve már sikerült angol nyelvű csatornát is találni. Az itt bemondott hír szövege magyarul így hangzott volna: „Terjednek a lélektörlők. Még nincs 72 órája, hogy Zimbabwében észlelték az első példányokat, de Zambián keresztül már Tanzániából is érkeznek bejelentések. A hatóságok a helyieknek azt tanácsolják, hogy szerelkezzenek fel mindennel, amiről úgy gondolják, védelmet nyújthat: szentképekkel, vallási szimbólumokkal, zsályával, szentelt vízzel, és sóval érdemes próbálkozni, mert ezek mindegyike tartott már távol lélektörlőt, igaz, nem 100%-os arányban. A most az országban tartózkodó turistáknak pedig azt javasolják, ha még nem láttak ilyen szellemet, haladéktalanul távozzanak, akik pedig már igen, maradjanak, mivel személyekhez kötődnek, így félő, hogy más országokra is átterjednek."

Kíra, míg hallgatta a híreket a családjával, feldobott egy kérdést:

– Ugye a szellem mindig egy konkrét elhunyt személy utóélete?

– Szerintem igen – válaszolt neki Karola.

– Akkor hogy sokszorozódnak?

– Gondolom, fokozatosan halnak meg emberek, és közülük sokan lélektörlőkké válnak.

– De személyekhez kötődnek. A szellem olyanokhoz szokott kötődni, akit életében ismert, nem?

– Vagy aki felbosszantotta halála után.

– Vagy azokhoz. Azt nem értem, hogy ha minden turista „széthordja" ezeket, akkor az eredeti helyükről nem el kéne tűnniük? Miért nem akarja a tanzániai kormány, hogy eltűnjenek az országból a lélektörlők?

Árpádnak erre is volt egy elmélete:
- Ez könnyű! Babérokat akarnak.
- Miféle babérokat?
- Azzal, hogy az amerikai kontinensen kitört a népvándor-
lás okozta, háborúhoz hasonló káosz, a világ át fog polarizá-
lódni. Az eddig domináns szuperhatalom, azaz az USA a teljes
kontinensével együtt megy majd a süllyesztőbe pár éven belül.
Megindul egy verseny, hogy ki legyen a következő: Oroszország,
Kína, vagy Nyugat-Európa. Egyik sem, ha Tanzánián múlik, mert
ha megtalálják a legveszélyesebb kísértet legyőzésének módját,
abból óriási pénzeket akaszt majd le az ország. Ha politikailag
nem is, de gazdaságilag ez egy gyökeres fordulat lenne az eddig
nem túl befolyásos kelet-afrikai országnak.
- Már háború van Amerikában? Honnan tudod? Mikor tört ki?
- Ma olvastam reggel az újságban, csak eddig elfelejtettem
mondani. Tegnap a késő esti órákban már mindenki lőtt min-
denkire. De már akkor lehetett sejteni, mikor kint voltam Ka-
nadában terepen.
- Akkor most hogyan tovább?
Móric, akinek mindig volt ötlete mindenre, most is előállt
egy tippel:
- Ha most indulunk haza, talán még el tudjuk hitetni a he-
lyiekkel, hogy egyetlen szellemet sem láttunk. Van amúgy va-
lami, amivel ezt ellenőrzik is?
- Én is ezt akartam kérdezni. De szerintem hazugságvizs-
gálójuk lehet. Azt meg nem tudjuk átverni mindannyian - tette
hozzá Karola a pesszimista elméletét.
A négy nagyszülő külön tanácskozást folytatott, és a szóvivőjük
Karola édesanyja lett, ki összegezte, amit külön beszéltek meg:
- Abban mi is egyetértünk, hogy el kell innen mennünk, de
várjuk meg, míg besötétedik. Hátha akkor már a reptéri ellenőrök
sem lesznek olyan figyelmesek, és könnyebben hisznek nekünk.
- Jó, de este rohadt nagy szellemáradattal kell számolnunk.
Még csak dél volt, de már kapásból 30-40 jött szembe velünk.
Mi lesz éjszaka? - gondolkodott Móric.
- Lehet, hogy az itteniek nappal aktívak, és megússzuk.

– Ja, mint a kígyók, nem? A fél csapat nappal mar meg, a másik fele meg este – élcelődött Árpád.

– Mert akkor szerinted hogy van ez?

– Halottak, érted? Halottak! Nincs szükségük ételre, italra, alvásra: minden napszak és éghajlat egyformán veszélyes.

– Mit tanácsolsz akkor?

– Egyetértek anyámékkal! Menjünk este, mert a kísértetek szempontjából az nem oszt, nem szoroz, de az élő embereket könnyebb ilyenkor kijátszani.

– Jó, hát meggyőztél! Többiek?

A család fáradt helyeslést hallatott, egymástól elcsúszó szinkronban. Emiatt nem volt más hátra, el kellett tölteni a maradék időt a szálláson, és szürkületkor készülődni. Az afrikai tájat is pontosan ugyanúgy színezte át az alkonyat vérnarancsos színe, mint a világ bármely más pontját. Emiatt már egyáltalán nem volt különleges, nem jelentette ugyanazt a csodát, mint néhány évvel ezelőtt: most a táj ilyen festői jellege inkább jelzésként szolgált. Jelzés arra, hogy ideje összeszedni mindent, amit magukkal hoztak, illetve ott szereztek szuvenírként. A bőröndök szép lassan teltek meg újra három nap üresség után. A repülőtéren ellenben kolosszális sor kígyózott. Nem is lehetett látni a sor elejét, melyet magába nyelt az éhes horizont. Míg a Major család sorban állt, a távolban három alak körvonala sejlett fel, és nagyon sokáig hangyáknak tűntek, de mikor közeledtek, láthatóvá vált két golyóálló mellényt viselő férfi, ahogy egy szakadozott öltözetű, csapzott külsejű nőt vonszolnak el, aki már csak kötelességből ellenkezett, hisz' valódi ereje már nem volt ellenszegülni. Kíra empatikus oldala egyből a felszínre tört:

– Szegény asszony! Mit követhetett el?

Ezt a kérdést Karola válaszolta meg:

– Szerintem az van, hogy tanzániai állampolgár, és nekik tilos elmenni, vagy nem volt elég meggyőző, mikor azt mondta, nem találkozott lélektörlővel.

Árpád pedig a türelmetlenségét fejezte ki:

– Haladhatnánk gyorsabban is, minek ide ez a cirkusz?

Háromnegyed órányi emberpróbáló várakozás után végre látszott a messzeségben sor eleje, és úgy egy óra és negyven perc telt el, mire már csak egy maroknyian vártak az ellenőrzésre. Itt a folyamatot is volt idő megfigyelni. Egy fehér köpenyes tudós – vagy annak kinéző személy – a kezében tartott egy kis műszert, melyen egy kis LED-sor volt, zöldtől a sárgán át a pirosig terjedő fényekkel. Ezzel az eszközzel vizsgálták meg a beérkezőket, és akinél zöld, nagyon maximum citromsárga fény villant fel, még felengedték a gépre, de akinél minimum narancs, de főleg ha vörös fény villant fel, azt ugyanúgy hurcolták el onnan, mint az elsőként látott nőt. Judit, Karola kíváncsi édesanyja a család többi tagját kérdezte:

– Mi az a ketyere, amivel nézegetik az embereket?

Árpád megfejtette:

– Az egy magnetométer.

– Egy milyen méter?

– Magnetométer. Elektromágneses mezőket keresnek vele.

– Az hogy jön ahhoz, hogy láttunk-e szellemet?

– Ahhoz sehogy, de ha itt van velünk, kimutatja. Mert a kísértetek bocsátanak ki elektromágnes mezőt... elvileg.

– Na, már ezért megérte eljönni! Ilyet otthon nem láttam volna!

Már csak két ember választotta el Kírát és családját az ellenőrzőponttól, és egyre feszültebbé is váltak. Előttük mindkét embernek zölddel villant fel a magnetométer, így gondtalanul továbbmehettek, miután visszakapták elektromos eszközeiket a félretett tálcáról. Amikor Kíráék sorra kerültek, őket is megkérték, hogy ideiglenesen adják le minden elektromossággal és/vagy elektromágnesességgel működő, esetleg mágneses tárgyaikat. Mobiltelefonok, zseblámpák és karórák gyűltek össze a világos színű fémtálon, majd egyesével vizsgálták meg a család tagjait. Ottó volt az első, őt rövid ideig vizsgálták, zöld fénnyel villant fel a LED. Utána sorban jöttek a nagyszülők, náluk sem volt fennakadás. A sor legvégén Kíra állt. Hosszasan méregették a magnetométerrel, de úgy tűnt, az nem óhajt működni. Emiatt a vizsgáló személy a tartalék eszközt kérte kollégájától. Hogy bebizonyosodjon, működő darabot kapott, először a tálcára rakott holmikon próbálta ki. Ott persze a legvörösebb fény jelent meg, így beigazolódott: az eszköz használatra kész. Kíra ezalatt még a levegőjével is takarékoskodott, és érezte, hogy a sápadás miatt még a bőre is veszít a hőjéből. Amikor a LED-es végű, tégla méretű szerszám vége rámutatott, még a szívverése is kihagyott. A műszer narancs fénnyel jelzett. Emiatt az őr le is tette a magnetométert a kis asztalra, és már nyúlt volna a lány csuklójához, mikor észrevette annak karóráját. Egy utolsó mentő kérdésre így még volt mód:

– Mechanikus vagy elemes?

– Micsoda? – kérdezett vissza remegő hangon a kutyaszorítóba került lány.

– Az óra.

– Ja, az elemes.

A fehér köpenyes figura erre körbeforgatta a szemét és felsóhajtott:

– Akkor azt is le kellett volna adni, mikor kértük. Mindegy, haladjunk, átengedjük! A leadott holmijait a kapun túl, a tálcán találja.

– Nagyon szépen köszönöm!

– Jól van, de ez maradjon titokban, ha kérhetem!

– Úgy lesz!

A nagy és üresen visszhangzó utasszállító gép gyomra szép lassan, egyenként nyelte el a zöld fényt provokáló utasokat, ezzel párhuzamban akik narancs vagy vörös villanást okoztak a műszernek, sorsukat látszólag elfogadva meneteltek a feledés homályába, mialatt jól táplált, katonai külsejű személyek ügyeltek rá, hogy senki se gondolja meg magát. A négy sugárhajtómű fültömítő sikolya jelezte, hogy akik átjutottak a kapun, hamarosan elhagyhatják a tanzániai poklot, hogy a német, francia, magyar, olasz, vagy esetleg brit pokolba kerülhessenek. Merthogy pokol meg pokol közt is van különbség. Ha az egész világ lángokban áll, akkor már szívesebben égünk azokkal, akiket legalább ismerünk. Így volt ezzel a Major és a Peskó család is. A gép még nem hagyta el a kontinenst, de Tanzániát már igen. Kongó légtere fölött Ottó ijedten bámult egy üres ülésre. A kisfiú megdermedt a sikoly előtti utolsó pillanatban, látszott az arcán, hogy ahhoz akart levegőt venni. Ezt előbb Karola, később Móric és Kíra is észrevette. Sokáig legyeztek a kezükkel a szeme előtt, de nem adott jelet arról, hogy ebből bármit is érzékelne. Szólongatták:

– Ottó? Itt vagy?

– Ottó, hallasz minket?

Kíra volt az első, aki az üres székre vetett egy pillantást, de csak 4-5 másodpercig tűnt üresnek. Egy emberi forma sötét, de halvány vonalai rajzolódtak ki, minél tovább nézte az ülést. A sziluett egyre tisztább és részletesebb lett, majd az alak hátrafordult az őt bámulókra. Az arca teljesen emberi volt: idős, őszülő, afrikai férfi volt, de bőrének színe idővel tejfehérré fakult, szemei lassan fordultak be, úgy, hogy a pupillája a szemgödörbe került. Szája egyre szélesebbre és hosszabbra nyúlt, de sem nyelvet, sem fogakat, sőt még szájpadlást sem lehetett kivenni, pusztán a mindent magába szívni szándékozó koromfekete sötétséget. Kíra megdörzsölte a szemét, hogy nem csak káprázik-e, de úgy tűnt, ez bevált, mert ahogy újra szétnézett, az ülés megint üres volt. Ezzel próbálkozott öccsénél is: kezével eltakarta a szemét, fejét pedig elfordította, és így szólt hozzá:

– Ne nézd! Bármit láttál, ne nézz oda!

A gyermek az átlagnál is makacsabb volt, így azt mondta nővérének:

– De ha nem nézem, meg fog enni a nagy szájával!

– Honnan gondolod ezt?

– Ezek voltak a tévében is a szállodában!

– Jó, de ha nem nézed, el fog tűnni!

– De nem fog, csak megváltozik.

– Hogy érted ezt?

– Elsőre, mikor odanéztem, egy fehér bőrű néni ült ott hoszszú vörös hajjal, most meg egy öreg, barna bőrű bácsi rövid, fehér hajjal.

– Mióta nézegeted azt az ülést?

– Nem tudom. Mikor felszálltunk, utána nem sokkal.

– Bármit is látsz ott, nem szabad megijedned, meg elmondani sem szabad senkinek. Érted?

217

– Miért nem mondhatom el?

Major Móric apai szigorával változtatta meg a beszélgetés irányát a mellékágakról a lényegre terelve a szót:

– Azért, mert a nővéred azt mondta, meg mert én is!

– De nagyon félek tőle! Valaki nem zavarja el?

– Ha nem viselkedsz, száz ilyennel leszel összezárva, mert visszatoloncolnak minket Tanzániába!

Ottó persze az ijedelemtől, amit már a szellem is okozott – de az apai düh még meg is cifrázta – a lehető leghangosabb sírásban tört ki. Az utasok egyszerre fordultak oda, és a stewardess rögtön oda is vette az irányt. Megkérdezte a kisfiút:

– Mi a baj? Mi történt?

A gyermek helyett az anyja válaszolt:

– Most ébredt fel, biztos rosszat álmodott.

A stewardess persze minimális arroganciával, de a kötelező kedvességgel közölte:

– Hölgyem! Én a kisfiútól kérdeztem!

A család minden tagjának elkezdett a szíve a torkában dobogni, és úgy izzadtak, hogy azt már nem lehetett nem észrevenni. Egy alig hétéves gyermeken múlott, hogy hazajutnak-e vagy sem. Ottó persze nem sokat fogott fel a helyzet súlyából, és levegő után kapkodva, szipogva kotyogta ki, amit nem lett volna szabad:

– Egy néni meg egy bácsi ültek azon a széken, fehér szemük volt, meg nagy, üres fekete szájuk. Meg akartak enni engem, mert rám néztek.

– Most is látod őket?

– Nem!

– Akkor tényleg csak rosszat álmodtál, megesik az ilyen.

Ottó még folytatta volna, és mondta volna, hogy még ébren volt, de a család szerencséjére a légiutaskísérőnek a gép hátuljában is volt dolga. Mikor a nő továbbállt, Móric szigorúan nézett a gyermekére, és hegyi beszédbe kezdett:

– Ezért még számolunk! Nem fogod fel, mivel játszol? Soha többé nem jut...

– Na jó! Hagyd már azt a gyereket békén, hat és fél éves, te az ő korában tán atomfizikus voltál!? – támadta le Karola a túlzásba eső férjét.

– Most a hátralévő életünk múlik ezen a pár órán! Engem nem érdekel, ki hány éves, biztos nem fogom Afrikában folytatni a maradék életemet.

– Én sem akarom, de Ottó, mire hazaérünk, ki fog készülni idegileg! Ez egy felnőttnek is sok, nemhogy...

Kíra persze megint pontot tett a vita végére:

– Na, most már elég legyen! Ettől fog kikészülni, hogy ezt kell hallgatnia. Így is egy rakás szar lett ez a nyaralás is, nem kéne még jobban tönkre cseszni! Legalább az út legyen már normális!

– Hogy lenne normális? Egy lé...

Karola a mondata közepén észrevette, hogy a gép teljesen elcsendesedett, emiatt a mondatának folytatását inkább a duruzsolás újrakezdésére időzítette:

– Szóval egy lélektörlővel utazunk egy gépen!

– Ha az lenne, már rég beköltözött volna valakibe! Csak kimerültünk, és még mindig látunk ezt-azt.

– Nem számít, hogy tényleg itt van-e. Az számít, hogy hányan hiszik el, hogy jelen van! Abban igaza van apátoknak, hogy ezt nem kéne nagydobra verni, mert ahogy ő mondta, az csak a kedélyeket borzolja. Szerintem bírjuk ki! Már Egyiptom légtere felé közeledünk.

A repülőgép lassan, de biztosan áthaladt a Földközi-tenger felett is, mellyel már elérték Európát. A lélektörlő időről időre még fel-felbukkant, de mindig más-más személy alakjában: gyerek, nő, férfi, idős, fiatal, nem számított. Egyedül a felbukkanásának helyzete árulta el a lény igazi mivoltát. A Major család ezalatt gondoskodott róla, hogy Ottó véletlenül se szúrja ki azt az elátkozott ülést. Reptérről reptérre, gépről gépre szálltak át, hiszen ez a gép még csak Rómában szállt le, innen további járatokra kellett felülnie annak, aki nem oda tartott. Összesen négy légi járatot vettek igénybe, mire hazatértek egy olyan országba, melynek már csak földrajzi helyzete egyezett meg a hátrahagyott otthonnal.

EGY HÉTTEL KÉSŐBB

Amíg a vakációzók fél-békésen üdültek, addig az anyaország területén kilencvenháromezer négyzetkilométeres cirkusz keletkezett, mely cirkusz fő attrakciója a magát Káinnak nevező gátlástalan mészáros. A bűncselekménye ebben a világban duplán súlyos volt: hiába létezett élet a halál után, attól még ölni és öngyilkosságban segíteni továbbra is bűncselekménynek számított, ráadásul a kísértetek sokasítását üldözték. Utóbbi alatt elsősorban a szellemidéző szeánszokra kell gondolni, de a gyilkosságnak is egy „nem kívánt mellékterméke" lett az ottmaradt kísértet. De az országban nem Káin volt az egyetlen gyilkos, mivel Ruzsa környékén egy dühös csoport halálra verte Katona Xavért, azt gondolván, hogy ő a hírhedt emberi szörnyeteg. Most mind a bírói, mind a végrehajtói, mind pedig a törvényalkotói hatalmi ágra komoly terhek nehezedtek, nem beszélve a morális paradoxonokról. Az egyértelmű volt, hogy a ruzsai eset minden volt, csak törvényes nem, így a bírót az eset után három nappal elfogták. Jelenleg Budapest belvárosában egy különleges tárgyalás zajlott, ahol két bíró is jelen volt, csak az egyik a vádlottak padján, név szerint Bakos Izsák. A bírónő, kinek kalapácsától Izsák jövője függött, nem volt más, mint Orosz Margó, akiről úgy tartották, hogy még soha senki nem tudta megvesztegetni, és ebben az egész kontinensen egyedülálló volt a szakmában. Az ügyet bonyolította, hogy 24 órája már a halálbüntetés egy legitim végrehajtási módszer lett, ennek törvényes eszköze a gázkamra, a villamosszék és a kötél. A bizonyítékokat szépen sorjában az ügyvédek is szemügyre veszté, így az ítélethirdetésről szóló dokumentumot is. Hosszas tanulmányozás során a halott Katona Xavért képviselő tengerkék hajú ügyvédnő kinézett a szemüvege fölött a vádlottra, és közölte vele:

– Tisztában van azzal, hogy ez a papír érvénytelen?

– Nem! Miért lenne érvénytelen?

– Csak az ön aláírása szerepel rajta, senki másé, ráadásul a pecsét is hibás, a címer tükrözött.

– Tükrözött!? Hogy lehetséges ez?

– Azt reméltem, maga tudja.

Feszült, de rövid szünet után újabb kérdést kapott a vádlott:

– A gyilkos áldozatainak rokonságából 37 fő volt jelen a tárgyaláson. Hogyan értesítette ön a gyászoló rokonokat?

– Törvényesen megfogalmazott idézéseket küldtem ki postai úton.

– Értem. És ez a vádlott rokonainak miért nem járt?

Ekkor megszólalt a vádlott ügyvédje is:

– Tiltakozom! Dr. Illés Kamilla ügyvédnő állítva kérdez. A védencem nem tud rá máshogy válaszolni, csak úgy, hogy bűnösnek tűnjön.

A bíró kalapácsának koppanásával egyszerre hallatszott a bírónő válasza is:

– Helyt adok! Megkérem dr. Illés Kamillát, fogalmazza át a kérdését!

A fiatal és törtető hölgy így kénytelen volt mellőzni a szándékos csőbe húzási kísérleteket.

– Rendben. Elnézést kérek, tehát az új kérdésem így hangzik a Bakos Izsák nevű vádlotthoz: Értesítette ön a vádlott rokonságát is?

– Nem. Azaz megírtam az idézéseket, de mégsem jutottak el az érintettekhez.

– Mi volt ennek az akadálya?

– Azt gyanítom, elkeveredett a postán.

– És csak a vádlott rokonainak szólók? Gondolom megérti, ha ennek a résznek megkérdőjelezem a hitelességét.

Dr. Máté Dominik, a megvádolt bíró ügyvédje ezt nem hagyta szó nélkül:

– Elnézést, hölgyem, de az ön védencének mi garantálja az ártatlanságát?

– Tiltakozom! A kérdésemre nem kaptam kielégítő választ.

A bírónő ezt a tiltakozást is elfogadta:

– Helyt adok – monda, és ütött a fakalapáccsal –, de kiegészítem: amint választ kapott a kérdésre, önnek is válaszolnia kell.

Dr. Illés Kamilla ugyanott folytatta:

– Tehát? Hogyan lehetséges az, hogy csak az áldozatok rokonainak címzett idézések keveredtek el?

– Én a postán mindegyiket feladtam, így nem tudom. Halkan jegyzem meg, hogy esetleg elkeveredhetett a többi levél között, vagy néhány postai dolgozó szándékosan tüntette el, bár ezek közül nem tudom bizonyítani egyik állítást sem.

– Az a szokás, hogy amit bizonyítani nem tudunk, azt nem is említjük meg. Tehát érdemben az a lényeg, hogy nem tudja. Az ügyvéd úr kérdésére visszatérve, ha védencem bűnös is volt valamiben, nem abban, amivel megvádolták, mivel Katona Xavér halála után másfél nappal újabb holttestet találtak Zsanában, melyet a hírhedt gyilkos módszerével csonkítottak meg.

A per szürkületig folytatódott kisebb-nagyobb megszakításokkal és indulatokkal, na meg persze nevek belengetésével. A bizonyítékok alátámasztották, hogy a bíró önfejűen, a törvényt megkerülve szabta ki azt az ítéletet, melyet csak arra alapozott, hogy a gyanúsított talpig véresen jelent meg egy utcában a holttesttel, és figyelmen kívül hagyta a tényt, hogy Katona Xavér húsfeldolgozó-iparban tevékenykedik. Így koncepciós pert vitt véghez egy személyben, melynek előre meg volt írva az ítélete. Így az ítélet 26 év fegyházban letöltendő szabadságvesztés volt. Mielőtt Bakos Izsákot kivezették a teremből, belekezdett egy amolyan „főgonosz-monológba", tudván, hogy már nincs mit menteni:

– Sosem kapják el Káint! Ha azt mondanám, hogy én vagyok az, ki is végeznének kérdés nélkül, mint ahogy én is tettem a saját gyanúsítottammal. Ez az ember egy kísértet, de már nem biztos, hogy csak átvitt értelemben, mint a régi időkben. Belátom, hibáztam: tévedtem, és a pánikhangulat is rám ragadt. Így kivégeztem egy ártatlan embert. Hogy érzek-e megbánást? Egyáltalán nem, mert a bűntudat nem írja át a múltat. Továbbra is azt gondolom, a kört szűkítenünk kell bármi áron, különben a gyilkos fogja, és higgyék el, ő is bármi áron.

Már épp készültek, hogy kikísérik a pár perce elítélt személyt, de Orosz Margónak tárgyaláson kívüli kérdései akadtak:

– Esetleg tud mást is erről a „Káin" nevű elkövetőről?

– Még annyit sem, mint maguk, de nekem ez is elég ahhoz, hogy bármi áron meg akarjam állítani.

A „főgonosz-monológot" a késő esti híradó képernyőin keresztül a teljes ország figyelemmel kísérhette, és ennél megosztóbb nyilatkozat még az elmúlt öt évben nem látott napvilágot. A Kővári családban Albert értékelte ki a hallottakat:

– Na, a nyakamat rá, hogy „Káin" nem más, mint Bakos Izsák!

– Miből gondolod ezt? – kérdezett rá Bálint.

– Bűnbakot keresett maga helyett, aki Katona Xavér lett. Azért kapkodta el, hogy minél hamarabb túl legyen rajta, de ironikus módon pont ez buktatta le. A megbánásnak valószínűleg a fogalmát sem ismeri, és emlékszel, mit mondtam, mikor ott haladtunk el a helyszínen? Lehet, hogy maga az igazi gyilkos uszította rá a tömeget. Minden egybevág! Bár megjegyzem, furcsa, hogy ilyen magas végzettséggel valaki sorozatgyilkos legyen, de orvosokról hallottam már...

Tekla csak hallgatta férje tudományos hangvételű értekezését, és egy rövid megjegyzéssel adott hangot annak, hogy egyetért vele:

– Olyan kár, hogy levettek az ügyről!

– Ugye, hogy jól látom? Na de nem baj, biztos nem egyedül jöttem rá!

– Mi van, ha mégis?

– Akkor nagyobb a baj, mint azt elsőre gondoltuk.

A Major-házban is elcsípték, de nem tulajdonítottak neki nagy jelentőséget, mert más elfoglaltság is akadt bőven. Egyrészt Zoli is ott töltötte az éjszakát, így Kírát nem nagyon érdekelte, hogy elkaptak egy korrupt bírót, akiről még csak nem is hallott előtte. Ottó mély álmát aludta a gyermekszobában, csak a két szülő, Karola és Móric kapcsolódtak be csatornaváltogatás közben. Nem azért hagyták ott, mert tényleg érdekelte is őket, hanem mert megunták a folyamatos lapozgatást. Karola megjegyzéséből sütött a döbbenet:

– Na, ennél a figuránál is bajok vannak a toronyban. Azt mondja: a bűntudat nem írja át a múltat... Ez tartalmilag igaz, de akkor is beteges hozzáállás.

Móric távolabb tekintett a nagy képre, emiatt érzelmileg kevésbé fűtött módon szólt hozzá:

– Nos, valóban sajnálatos, hogy ártatlanul halt meg egy ember, de gondolj bele! Ez olyan, mint egy háború: néha bizony járulékos veszteség is van. Nincs mese, el kell kapni ezt az őrültet, főleg úgy, hogy egyre több városban jelenik meg.

– Tessék!? Járulékos veszteség!? Azért ez tőled új.

– Tudod, hogy mire gondolok. És ha tényleg az igazi gyilkos lett volna? Hány ártatlan ember úszhatta volna meg?

– De az igazit sem kellene ilyen bestiális módon kivégezni. Zárják a rács mögé, és kalap, kabát! Nem kéne ilyen szintekre ereszkednünk!

Míg Kíra szülei ezen elmélkedtek, Nemesék még Izland hatása alatt voltak, euforikusan elevenítették fel élményeiket még így egy hét távlatából is. Mintha csak nem is lettek volna ott az árnyékemberek. Noha az árnyékemberek szándéka ismeretlen volt a hivatalos álláspont szerint, Izlandon, úgy tűnt, semmiféle interakciót nem alakítottak ki az élőkkel, azon kívül, hogy megjelennek nekik véletlenszerű időpontokban és helyeken. Míg az előírásnak megfelelő családi idill mutatkozott Veronikáék asztalánál, megtörte az emelkedett hangulatot a talaj fokozódó lüktetése. Először az apa kérdezett rá:

– Ti is érzitek?

– Ja, mintha hullámzana a padló. Mi lehet ez?

– Földrengés esetleg? – tippelt az anya.

– Magyarországon!? Szerintem ez valami más.

A bizsergő érzés a padlóban addig fokozódott, hogy már nem csak érezni, látni is lehetett, ahogy a tornatermi stílusú parketta deszkái között váltakozik a hézag mérete. Mintha elkezdett volna lélegezni a föld. A család annyira megrémült, hogy menten ki is rohant az udvarra, ahol ugyanez volt megfigyelhető, csak nagyban: a földdút felett vastag, szürkésbarna porfelleg keletkezett, mely lassan a smaragdzöld gyepet is elfakította. Az út menti trafók és villanyoszlopok is olyasmi táncba kezdtek, mint a lángok, a köztük feszülő drótok pedig vakító fényű kis darabokat köpködtek ki, de ezrével, mivel ezek a vezetékek is megsérültek ezalatt. A lehulló szikrák fényeiben árnyemberek kezdtek kirajzolódni, habár nem csináltak semmit, felbukkanásuk mégis nyugtalanító volt. Bálinték ennyivel nem úszták meg: Veronikáék házában ebben az időben semmilyen elektromos eszköz nem üzemelt, így azokban nem keletkezett kár, nem úgy, mint egy pár házzal messzebb: még a föld lüktetése előtt a tévé képe elkezdett torzulni. A színek elhagyták a formákat, és szabálytalannak tűnő foltokba rendeződtek, mígnem a bemondó képe lecserélődött arra a látványra, mint amit akkor tapasztalunk, ha eső hullik egy olajfoltra. Lila, zöld, sárga, kék és rózsaszín vonalak hipnotikus kavalkádja öltötte el a nagy plazmatévét, majd fokozatosan megfakultak a színek és az átmenetből statikus zörej, konyhanyelven „hangyaháború" vált a végleges műsorrá. Még csak ezután fél perccel kezdett ugyanabba a hullámzásba a padló itt is, mint máshol. Az asztalon hagyott minden tárgy pattogni kezdett: az evőeszközök, az edények, a mobiltelefon, a virágváza, a slusszkulcs, sőt még az abrosz is. Ütemre pattogtak, mintha egy láthatatlan óriás dobbantgatna mellette szüntelen. Itt is a földrengés volt az első gondolat, és mivel a vízvezetékek errefelé elég mélyen futottak, a családapa rögtön azt kezdte leellenőrizni. Futólépésben rohant a fürdőszobába, hogy megnézze a csapokat, és hogy a főcsapot elzárja, ezzel megelőzve a házi árvizet. Ahogy a tíz centis égszínkék kar felé nyúlt, Albert megpillantotta a zuhanyrózsa furcsa tükröződését. Nagyon halvány zöldes-fehér, de már inkább csontszínű, foszlányos, átlátszó alak tükröződött mélyen ülő – de lehet, hogy hiányzó – üres szemekkel. Felfogta a látványt, de mivel szabad szemmel nem látta, betudta annak, hogy valószínűleg a régi tusolófej elkezdett megkopni, így veszített a külső nikkelbevonat vastagságából. Ettől függetlenül el tudta zárni a kék csapot, hogy minimalizálja a kockázatot. Kíráék érezték meg a legnagyobb mértékben: a tévé náluk is be volt kapcsolva, így megtapasztalhatták, ahogy a vizes olaj színeiben kezd játszani. A fiatal pár a remegő talajra riadt fel, ahogy Ottó is. Ottó megint kopogás nélkül nyitott be nővéréhez, aki megint dorgálásba kezdett:

– Hányszor mondjam el, hogy...

Mondatát a sokk miatt nem tudta befejezni, mert az alig egyméteres fiú mögött majd' kétméteres, karcsú és gyűrött alak kezdett felemelkedni. Ahogy előrehajolt a gyerek felé, arcából egyre többet fedtek fel az éjszaka gyenge fényei. Először az orra hegye és a szája közepe látszott, kicsit később járomcsontig szélesedett a sejtelmes, de feltáró fénysugár. Végül az egész arc kirajzolódott: egy ázsiai férfi volt. Nem csoda tehát, hogy a két észlelő közül egyik sem látott benne ismerőst. Még idegenebbé akkor vált, mikor a szeme már mindent elmondó módon elindult befordulni, és szája nyílásba kezdett. Kíra hiába pattant fel, mint akit puskából lőttek ki, így sem volt elég gyors. Ottó mellkasából kiemelkedett az a fehér gömb, ami a túravezetőnek is a szafarin, mialatt a szellem a kotyogós kávéfőzőre emlékeztető sípoló sikolyát hallatta. A gömb kidurranása után a kísértet is eltűnt a gyermek háta mögött. Amint ennek vége lett, Ottó furcsa szavakat kezdett használni: felismerhető mandarin nyelven beszélt. Ettől függetlenül az anyanyelvén szólt hozzá Zoli:

– Hé, kisöreg! Itt vagy?

A gyereken látszott, hogy gondolkodik a válaszon:

– Igen. Mi történt?

A világrengető jelenség nem csak Kígyósmezőn éreztette hatását, Budapestet is megrázta. Maga a miniszterelnök is felriadt a szokatlan mozgásokra úgy hajnali egy környékén. Csonka Jávor annak ellenére, hogy mindenki mást meglepett volna, csak felsóhajtott és mobiltelefonja után nyúlt, mely díszesen faragott éjjeliszekrényén foglalt helyet. Megnyitotta a névjegyzéket, és vadul kereste benne Kalmár Titusz telefonszámát. Mihelyst rábökött a hívás-gombra, rögtön fel is vette a telefont a köztársasági elnök. Csonka Jávor izgatottan szólt bele:

– Azért hívlak, mert ledobták a Magellánt. Össze tudunk szervezni egy zártkörű ülést?

– Én is épp ezért akartalak hívni! Kik jöjjenek el?

226

– Csak a kormánytagok, közülük is csak a 13 legbefolyásosabb!
– Rendben! Mikor és hol?
– Egy órán belül, nálam.
– Rendben, indulok is, közben szólok a többieknek.

A rögtönzött elit-gyűlés végül 47 percen belül összeült Csonka Jávor négyemeletes villájának harminc hektáros udvarán, a hétszáz literes úszómedence melletti filagóriában. Hogy a feltűnést elkerüljék, otthon hagyták öltönyeiket, és mindenki civil öltözékben lépte át a kacskaringós mintákkal és angyalszobrokkal ékesített kaput. Kalmár Titusz például egyszerű szürke rövidnadrágban, tornacipőben és piros pólóban érkezett. Kardos Henrietta sem vitte túlzásba: farmernadrág és fehér póló kombinációt öltött magára, és hasonló tendenciák jellemezték a fennmaradó tíz látogatót is. Ahogy mindenki elfoglalta a rangsor szerinti ülőhelyét, a házigazda az asztalfőnél két karjára támaszkodva kissé előredőlt, majd a lényegre törve, de azért a protokollt követve vágott bele az okozati összefüggésekbe:

– Először is elnézést kérek minden jelenlévőtől, akit ilyen kései – vagy korai – időpontban kérettem ide, de nyomós okom volt rá. Bizonyára éreztétek, ahogy egyfajta rengés söpört végig a talajon. Ez azért volt, mert a Magellán felrobbant. Tudjátok, hogy ez mit jelent?

– Már elnézést, miniszterelnök úr! De mi az a Magellán?

– Szólíts nyugodtan a nevemen, Gábor! Ez csak fél-hivatalos ülés. De a kérdésre válaszolva a Magellán a valaha épített legnagyobb atombomba, és amerikai. 150 megatonnás, ezzel háromszor nagyobb, mint a Cár Bomba volt. Nevét onnan kapta, hogy a lökéshullámai – ugyanúgy, mint anno Fernão de Magalhães – körbeutazzák a Földet.

– Tehát akkor búcsúzkodni hívtál össze minket?

– Ugyan! Épp ellenkezőleg! Ez a bomba az amerikai kontinens végét jelenti, vagyis csak a felének a végét. Ha az Egyesült Államokra dobták, új szuperhatalom kell a Földre, és itt a nagy esélye kicsi, de öreg hazánknak.

– Úgyis Oroszország lesz az! Vagy Kína... Hogy vennénk át a hatalmat?

– Türelem, Klaudia! Türelem! Nem ez az első dolgunk, először a saját portánkon kell sepregetnünk! Farkas Kornél esetleg jelen van?

– Itt vagyok! Tudom is mi a teendőm: szellemekkel kéne ezt megmagyarázni, és ki is találtam: poltergeist, azaz kopogószellemek árasztották el az országot. Hogy hihető legyen, ezeket fogom kiemelni. Egy: Szarvast le is zárták miattuk. Kettő: a nyaralási szezon a végére jár, jönnek haza az emberek, és sokan jártak német nyelvterületen. Három: a kopogószellem is inkább személyekhez kötődik, és végül az utolsó, hogy ez a típus lép interakcióba a környezetével.

Tizenháromból tizenkét embernek hangárnyira nyílott szeme és szája, a maradék enyhe büszkeséggel és zavartsággal vegyes mosolyt jelenített meg az arcán. Kalmár Titusz személyesen dicsérte meg:

– És ezt így, itt a helyszínen, hajnali negyed háromkor!? Eszem megáll! Nem véletlenül te lettél a hírközlési miniszter!

Farkas Kornél szakmaian fogadta a bókot:

– Köszönöm szépen, köztársasági elnök úr! De ha szükséges, javítok rajta.

– Nem kell, mert még én is elhittem. Ezt fogjuk elterjeszteni elsősorban. Persze, ha senkinek sincs ellenvetése. Kezeket fel, ki ért egyet!

Erre kilenc kéz emelkedett a magasba, melyre Kalmár Titusz rá is vágta:

– Hát akkor ez eldőlt! De a vita kedvéért megkérdezem, hogy ki ellenzi.

Egyetlen kéz sem emelkedett fel, melyet furcsállott mind a párt arca, Csonka Jávor, mind a párt lelke, Kalmár Titusz. Előbbi személy feltette az utolsó lehetséges kérdést:

– Ki tartózkodik?

Itt három kéz emelkedett fel, de Farkas Kornél hozzátette:

– Én azért nem jelentkeztem sehol, mert a saját ötletem, és nem akartam befolyásolni az eredményt.

Erre egyöntetűen mindenki bólintott egyet, és a tartózkodók véleményét kérték ki. Winter Mariann volt, aki először nyilatkozott:

– Én azért nem tudtam dönteni, mert félek, nem fogják elhinni. Oké, hogy a szellemekben már hisznek, de ezt túlzásnak találhatják. Így hatalmunk alappillérei kerülhetnek veszélybe. De ha beválik, megszilárdulunk. Ez olyan „dupla vagy semmi" játék.

– Nos, aki mer, az nyer! – mosolygott sandán a miniszterelnök.

– Nekem meg az a véleményem, hogy elmondhatnánk, felrobbant a Magellán. Az is pánik, azzal is irányíthatóvá válna a tömeg.

– Az már túl nagy pánik! Gondolj bele! A '45-ös Little Boy ehhez képest csak ördögpatron, de még a Castle Bravo is bokáig ért neki. Ha megtudnák, hogy ekkora bomba robbant, világvége-hangulat támadna: fosztogatások, rablások, lincselések... Nincs annyi áramunk a villamosszékekhez – érvelt a köztársasági elnök, majd folytatta:

– Egyéb kérdés?

Erre nem érkezett válasz, mindenki magába fordulva merengett. Csonka Jávor tehát lezárta a gyűlést.

– Jól van, akkor, ha minden világos, mindenki szabad. Aki menni akar, mehet, aki maradna, az a vendégem. Aki elmegy, annak további szép estét, és köszönöm, hogy eljött.

– Köszönjük mi is! – hallatszott kórusban a válasz, de mikor a politikusok között csak nőtt a távolság, a miniszterelnök még szólt az egyikükhöz:

– Előd! Van még pár felesleges perced?

A kérdés hangosabb lett, mint amilyet eredetileg akart, így mindenki odanézett. Titusz azoknak, kik nem az „Előd" nevet viselték, ennyit szólt:

– Menjünk, én is megyek! Hagyjuk őket!

A társaság eltűnt, és már csak ketten álltak a terebélyes portán. A miniszterelnök szólalt meg elsőként:

– Amikor behatoltál a rendszerbe, tuti eltüntettél minden nyomot?

– Hogyne, eleve nem is hagytam, ha meg mégis, a Magellán azóta felmosta.

– Washingtonra irányítottad?

– Hogyne! Egyből a lényegre!

– Ne érts félre, az ország legjobb hackerének tartalak, de attól még érdekelne, milyen IP- címről intézted a támadást?

– Brazil. Ha esetleg rájönnek, hogy feltörték a rendszert, Brazília lesz gyanús, és ez egybe is fog vágni azzal, hogy elzárkóztak még a háború előtt.

– Mégis ki jönne rá? Az USA, Kanada és Mexikó nyakig van a sugárfertőzésben és a romokban.

– Elfelejti, miniszterelnök úr, hogy ezt a háborút nem vezetők irányítják, sőt nem is irányítja senki. Annyira szervezett maximum, mint egy kocsmai verekedés. Ha egy embernek is gyanús lesz Brazília, akkor már ők sem tudnak kimaradni.

TÖRÖLT LELKEK

A hatéves Ottó már egyáltalán nem az a kedves kisgyermek volt, aki beleszületett a családba, habár külsőre még mindig emlékeztetett rá. Még azután is, hogy beleköltözött a lélektörlő, mutatott vonásokat a régi életéből. Például a mandarin nyelvű beszéde után összezavarodottan kérdezte nővérét és annak barátját az ajtó küszöbén állva, hogy „mi történt?" Sokáig nem érkezett rá semmilyen, még metakommunikációs jellegű válasz sem. A gyermek újra megkérdezte: „Mi történt!? Hallotok engem?" Kíra rögtön megkönnyebbülten rohant öccse felé, mert úgy tűnt, a gyerek a régi maradt. Zoli volt, ki utánaszólt:

– Ne menj! Ez csapda!

A figyelmeztetés túl későn érkezett, mert ekkorra már Ottó teljesen megvadult: térdével erőteljesen gyomorszájon találta gyanútlan nővérét, belekapaszkodott hosszú, szőke hajába, és többször is az ajtófélfába verte a fejét. Ezután elszaladt. A zajra a nagy villany fénye is felvillant a szülők hálószobájában, és kómásan lépett elő a két karikás szemű, kócos hajú felnőtt, hogy utánajárjanak, mi volt ez a hangzavar. A két kamasz is üldözőbe vette a megbokrosodott gyermeket, és félúton, az előszobában össze is találkoztak mind a négyen. Móric a lányához intézett kérdést először:

– Mi volt ez a zaj? Meg mi lett a homlokoddal?

– Ottó beleverte a falba a fejemet.

– Na majd adok én neki olyan falat, hogy...

– Apa! Nem tehet róla! Nem ő akarta.

– Hát akkor ki? A nagyanyám!?

– Üljetek le, mert nem tudom, hogy magyarázzam el.

A két felnőtt visszament a hálószobába és az ágy sarkára telepedtek, bár ekkor már nagyon is jól tudták, mi történt, bár még maguknak sem akarták beismerni. Kíra a falnak támaszkodva elkezdte a tájékoztatást:

– Szóval az történt, hogy Ottó megint átjött hozzánk az éjjel, megjelent mögötte egy ugyanolyan szellem, mint amilyeneket Tanzániában is láttunk, és... és...

Mivel a lány hangja hallhatóan elcsuklott, így a párja, Zoli folytatta helyette:

– Hát a lényeg, hogy szerintünk megszállta. Megütötte Kírát többször is, és elszaladt, de ekkor már nem volt mögötte az az alak.

– Hogy tessék!? Megszállta!? És ilyenkor mi a teendő?

– Nos, Kíra ezért mondta, hogy tessenek leülni. Ha ez az, amire gondolunk, sajnos nem tehetünk semmit.

– Örökre benne marad a szellem?

– Jobb esetben, de hadd ne mondjam ki, mi történik, ha kiszáll belőle.

A két szülő szemmel láthatóan szoborrá dermedt, és azt sem tudták még feldolgozni, hogy egyáltalán megvolt a lehetőség erre. Ezért Kíra fájdalmas tekintettel hívta el Zolit az udvar egy csendes, távol eső helyére. A fiúnak ötlete sem volt, barátnője mit forgathat a fejében, emiatt egyszerre volt ideges, de kíváncsi is. Az az öt méter ilyen állapotban öt kilométernek tűnt, de végre letelepedtek azokra a kerti székekre, melyeken a szalonnasütögetéskor is ültek. Kíra kezdte el a mondandóját:

– Nos, figyelj! Sosem akartam, hogy eljöjjön ez a pillanat, de nem rajtam múlott...

– Egyértelmű! Ki akarna egy ilyen estét?

– Én nem erről az egy estéről beszélek.

– Hát akkor miről?

– Az egész kapcsolatunkról úgy, ahogy van!

Zoli mindenre számított, csak erre nem, döbbenete láthatóvá vált nem mindennapi arckifejezésén is. Úgy nézett, mint aki szellemet lát. Hosszú hallgatás után tudott csak reagálni:

– Mi van!? Hogy jön ez ide?

– Ne akard, hogy kifejtsem, a lényeg, hogy ez nem működik köztünk tovább.

– De fejtsd csak ki! Legalább hadd tudjam már az okát!

– Bocsi, ne haragudj meg, de ki kell mondanom: veszélyezteted a családomat.

– Atyavilág! Nem akarom elhinni! És mégis milyen módon?

– Emlékszel, mikor a hasonmásod banánokkal dobálta meg a rendőrautót?

– Igen, de mikor volt az már!? Meg nem is én voltam az!

– Igen, tudom. Meg amikor a lábadat összemarta az a fej nélküli izé, meg a szeánszon is te láttad meg azt a kart a plafonon. Akkor a legelőn téged keresett meg az áldozat szelleme. Valamiért tapadnak rád a túlvilági lények?

– Az a fej nélküli cucc nem csak a fejünkben létezett a nagybátyád szerint?

– Szerinte igen, de én nem vagyok biztos benne.

– És akkor azért akarsz velem szakítani, mert „vonzom a szellemeket"!?

– A lényeg ez, és tényleg ne haragudj, de meg kell ér…

– Ja! Vonzom a szellemeket, ahogy újabban minden egyes emberi lény. Honnan jött ez a lélektörlő? Tanzániából? Akkor azt is én hoztam magammal, ugye!? Lehet, hogy szellemeket csábítok magam köré, de az öcsédet akkor is te ölted meg!

Kírából ekkor a már gyülekező gombóc nagy hangú zokogásban robbant ki, és eközben a székről a homokos talajra csúszott le. Dühösen kiabált Zolira:

– Hogy lehetsz ilyen tuskó!? Nem halt meg Ottó!

– Idő kérdése. Na, eressz! Összeszedem a cuccaimat, amiket magammal hoztam, és itt sem vagyok!

– Takarodj is innen! Soha a büdös életben hallani sem akarok rólad!

Miközben Zoli a cuccaiért igyekezett, még erre a mondatra hátrafordult, és gúnyos, de fájdalmas mosollyal tudatta volt barátnőjével:

– Fogsz még rólam hallani! De akkor már késő lesz a bánat!

Mivel a fiú nem vitt magával túl nagy pakkot, így a szedelőzködés sem tartott sokáig. Móric meglepődve nézett a táskájával a vállán közlekedő kamaszra:

– Már mész is!?

– Igen, és vissza sem jövök, de örültem, hogy megismerhettük egymást! Minden jót a továbbiakban!

Mire a szülők felfogták, hogy a lányuk most szakított udvarlójával, az elrohanó vendég már rég a háta mögött hagyta a szilárd útburkolatot is. Mire a fákkal szegélyezett földút következett, az utcai lámpák és nagy bevásárlóközpontok neon- és halogénizzó-fényei veszíteni kezdtek hatalmukból, és csak ekkor vált felismerhetővé a tény, hogy ezek nélkül nincs más, csak a tökéletes hajnali sötétség, mely miatt minden csak fekete kartonkivágásnak tűnt: a magas fák, a kis bokrok, és a házak, na meg persze az erdő állatai. A nyomasztó hangulatot, melybe eleve lehangoltan csöppent bele a friss sebekkel távozó fiatal, csak egy dolog tudta valamelyest csillapítani. A fülhallgatóból tomboló agresszív és pörgős melódiák, a '80-as évekbeli thrash metál válogatás lejátszási lista jóvoltából. A karcos és dinamikus énekhang, melyet a géppuskaszerű dobszólamok és lángoló gyorsaságú gitárok festettek alá, még ha csak pillanatnyi időre is, de feledtették a bánatot és a szorongást. Két dal között a lejátszó 3 másodperces szünetet hagyott, de ezek pont elegek voltak ahhoz, hogy megmutassák a menekülni kívánó léleknek a valóság börtönének jeges és acélos falait. Egyik ilyen szünet alatt történt meg, hogy Zoli meg is állította a zenét, mert oda nem illő hangot hallott. Sípolást, de már inkább sikolyt, ami a régi kotyogós kávéfőzők fülsiketítő fütyülésére hasonlított. Nem kellett több egy ezredmásodpercnél, hogy a fültanú rájöjjön, ez nem az a hétköznapi és ártalmatlan fémtárgy. Az egyik magas tölgy mögül előlépett egy homályos körvonalú, de rendellenesen magas emberi sziluett. Közeledett a megfigyelő felé, a homályból kilépve pedig kirajzolódott a már jól ismert befordult szemű, elnyújtott szájú arca. Zoli életében megint eljött egy olyan pont, mikor fogalma sem volt a következő döntéséről, emiatt csak lecövekelt a talajba, és igyekezett úgy tenni, mint aki nem egy élő ember, hanem mondjuk csak egy fa, esetleg egy szobor. Úgy gondolta, ha a vadvilág ragadozóinál beválik, itt is megér egy próbát. Nem lehet tudni, hogy emiatt, vagy más egyéb tényezők okán, de a lélektörlő csak körbejárta a mozdulatlan tinédzsert. Egész mélyen belehajolt az arcába, majdnem úgy, hogy a kifordult, eres szeme összeért a rémült fiú íriszével. Ezen a ponton a dermedt ifjú bizsergést érzett az arcán, olyasmit, melyet a fogorvosnál tapasztalhatunk egy kiadós lidocain injekció után, annyi eltéréssel, hogy ez a teljes arcra kiterjedt. Az entitás többször is megpróbálta kiűzni az áldozat lelkét, de miután többszöri próbálkozás után sem jött össze, feladta és köddé vállt.

Zolinak sok idejébe került pusztán az is, hogy egyáltalán megygyőződjön arról, hogy a lény felszívódott, nézelődött maga körül a szélrózsa minden lehetséges irányába, még a talajra és az égboltra is, de úgy tűnt, a veszély valóban megszűnt. Majd csak ezután tette meg a maradék néhány métert. Míg lépkedett útján, saját magán is többször végignézett a döbbent punk, mert felmerült benne, hogy maga is szellemmé lett, pusztán nem tud róla. Ahogy nézegette ruházatát, összefüggések körvonalazódtak szeme előtt. A kabátján piramisszegecsek voltak, és ezek rögzítéséről vasból készült apró tüskék gondoskodtak. Volt egy oldallánca is, mely másfél kilogrammot nyomott, hiszen szín vas volt az egész. Bakancsának betétje acél volt, mely szintén vasötvözet. Eszébe jutott Ottó, aki a támadás alatt egyszerű gyermekpizsamát viselt. Afrikából jöttek a lélektörlők, annak a kontinensnek is elsősorban vidéki és kietlen területeiről. Volt barátnője beszámolóján is elmerengett, főleg azon a részen, ami a hazaútról szólt. A repülőgép, habár főleg alumíniumból készül, tartalmaz sok vasat is, főként a hajtóművek. Kíráék pedig pont ott ültek akkor. Zoli feltette a kérdést magának gondolatban: „Létezne, hogy a vas visszatartja őket?" Később ugyanezzel a lendülettel el is hessegette a felvetést, gondolván: „Esélytelen, már rég rájöttek volna. Mindegy, ezt legalább megúsztam, nem számít, mi miatt." A gondolataiba temetkezve észre sem vette, hogy már gyermekkori legjobb barátjának otthona előtt is elhaladt. Pedig ha észrevette volna, és azt is, hogy égnek a fények, plusz ha úgy döntött volna, hogy benéz egy rövid látogatásra, talán egész életeket változtathatott volna meg. Az égő lámpák mellett a Kővári család próbált begyűjteni minden olyan fényforrást, mely működik elektromosság nélkül is. Jó okuk volt rá, mert egyre sűrűbben és egyre hosszabb időkre maradt ki a világítás. A pislákoló fények között Albert gondolatban összeállította tervének minden apró részletét, kiosztotta a szerepeket, melyekből ő maga is vállalt elég súlyos részeket. Az összesítés végül így szólt:

– A villany nemsoká ki fog aludni, és nem tudhatjuk, mikor jön vissza. Én találtam pár kisebb gyertyát, de azok nem fognak tovább égni pár óránál. Van még egy dinamós zseblámpa, ez mindig működik, de fel kell rázni, és csak ez az egy van belőle. Nektek mitek van?

A felsorolást Bálint folytatta egyetlen tétellel:

– Egy ilyen lézermutató.

Albert erre megforgatta a szemét és felsóhajtott:

– Egy fekete filctollal nagyobb fényt tudnál csinálni! Hogy használod azt majd?

– A lézer mindig megáll egy szilárd tárgyon, tehát csak addig tudok elmenni, amíg tart a piros csík.

– Tudod mit? Neked adom a dinamós zseblámpát! Tekla, neked mit sikerült szerezned?

– Nekem is főleg gyertyákat, meg pár kisebb tükröt. Szerintem a tükrökkel megsokszorozhatjuk a gyertyák fényerejét.

– Azt igen, de az élettartamukat nem. Szóval azt javaslom, hogy gyertyát csak akkor használjunk, ha keresünk is vele valamit, ne égessük, ha nem muszáj! Aludjunk felváltva, mert most bármi megtörténhet, és próbáljunk meg reggelig egyben maradni!

– Nyugi, fater, csak egy mezei áramingadozás! Rendben lesz minden! – bizakodott Bálint.

Ám ekkor végleg ki is ment az áram. Nem csak Bálinték háza, az egész város sötétségbe burkolózott. Zoliéknál pont abban a pillanatban sötétedett el minden, ahogy a hazatérő fiú becsukta maga mögött az ajtót. Albert a sötétben kuporogva hangokat hallott, mintha valaki az utcaajtó kilincsét rángatná. Erre felpattant jobb kezében a lézerrel, bal kezében egy sodrófával vész esetére. Rövid és lassú lépések vezették a családfőt az ajtóig, mivel minden ingert be akart gyűjteni környezetéből a jobb tájékoztatás érdekében, például hangokat, szagokat és tapintást is. A ház bejárati ajtajának hideg és érdes vaskorlátja csak három méterig adott támpontot, további hat métert a falnak támaszkodva kellett megtenni, és eljött az az utolsó négy méter, ahol Albert a fiától ellesett praktikát akarta bevetni, tehát elővette a lézert, hogy figyelje, hol törik meg annak a fénye. A csóva a vártnál messzebbre mutatott el, még hunyorogni kellett, hogy kirajzolódjon a vége.

Albert összezavarodott, hiszen szentül meg volt győződve arról, hogy maximum 5-6 lépésnyire lesz a vörös pont, de ez ránézésre 20-30 méterre lehetett. Hogy utánajárjon, a családfő magabiztos léptekkel indult a vörös pont nyomába, mígnem találkozott a homloka a postaládával, és ennek a fémes, remegő hangja még az arra kóborgó macskákat is rettenetes vonyításra sarkallta. Ekkor jutott eszébe: az ajtó rácsos, a fény így valószínűleg két rúd között haladt el, ami miatt a nagy vasakadály rejtve maradt az éjszaka ködében. Első gondolata pedig ez volt: „Végül is, tényleg lehet vele tájékozódni, csak nem úgy, ahogy Bálint mutatta." Mivel Albert nem akart még egy ilyet megkockáztatni, inkább visszatapogatózott a bejárat irányába, miközben tenyerével próbálta egyben tartani homlokát. Az ajtó rövidesen be is hajlott a visszatérő mögött, ki így szólt a családjához:

– Oké! Akkor a lényeg: nincs az az isten, hogy én még egyszer kimenjek oda!

– Miért!? Akkora a baj? – kérdezte rémülten Tekla.

– Elég nagy! Egy 1,80-szor másfél méteres baj van kint: az utcaajtó.

– Mi van az ajtóval? Most már összezavarodtam – tette hozzá Bálint.

– Hát az van, kérem, hogy a lézeres mutatványodat nem nekem találták ki. Meg is állt az a pont a legközelebbi tereptárgyon, ami körülbelül a Baloghék garázsa lehetett, ami vagy 20-30 méterre van az ajtónktól. Igen ám, de ott volt a kinti ajtó is, csak hát azok között a megveszekedett rácsok között simán kifért az a cérnavékony fénycsík. Én meg gondolom magamban: „Ó! Jól van! Mehetek szaporán, nincs előttem akadály". Aha. Na, rakjátok össze!

Mind Bálint, mind Tekla kitörő röhögést igyekeztek elrejteni, és nem tudtak kellő komolysággal jelen lenni a megbeszélésben. Ezt Albert észrevette, és belőle mindenkinél hamarabb buggyant fel egy kis kuncogás, majd hozzátette:

– Jól van, hát nevessetek nyugodtan! Ennyink még azért van. Legalább már nem én leszek az, aki rácáfol a rendőrviccekre.

A halálra váró hangulatnak véget vetett a régi élet jótékony kísérteteként járkáló önfeledt vihogás, melyben azért a savanyúság is jelen volt, hiszen a humor központjában mégiscsak a fájdalom állt. A hangok elmúlásával egyidejűleg Albert még hozzátette:

– Na! Szóval tudjátok, ezért nem megyek ki többször, mert ellenem fordult a kiskapu.

A mondat végén megcsörrent a mobiltelefon a férfi zsebében. Hirtelen elkomolyodó arccal nyúlt le érte, és gyorsan válaszolt a hívásra. Nem hallatszott ki, hogy ki beszél, csak Albert hangja:

– Igen, tessék! Kővári Albert, miben segíthetek? ... Mikor? ... Ott van még? ... Hogy mit csináltál? Nyugodj meg! Tarts ki! Tudod mit? Átugrom, és majd ott megoldjuk, jó? ... Oké, sietek!

A hívás végeztével Bálint menten faggatózni kezdett:

– Mi az? Mi történt? Kivel? Hol?

– Lehet, hogy visszajött Káin!

– Tessék!?

– Nem érek rá kifejteni! Rohannom kell! Egy gyertyát tudnátok adni, hogy eltaláljak a kocsiig?

– Hogyne, persze!

A gyertyát is sietve vette át a szemmel láthatóan izgatott, de ugyanakkor zaklatott férfi. Az ajtót köszönés nélkül csapta be maga után, és a gyertyát már csak a tökéletes sötétségben, kint a szabad ég alatt gyújtotta meg. A láng fénye egy pillanatra feltárta egy idős férfi üres szemgödrű arcát, de már egyáltalán nem ijedt meg tőle, hanem jelnek vette, hogy a sorozatgyilkos ismét a környéken van. Emiatt még inkább megnyújtotta lépteit. Tíz másodpercbe sem került eltalálni a járműig, beülni a volán mögé és beindítani a motort. Innen már az autó saját fényszórói segítették a tájékozódást. Nem kellett túl messzire menni, csak a csonka Váradi család otthonáig, ahová 3-4 percen belül már meg is érkezett. Ott, amikor az ajtón átrohant, máris megcsúszott a járólapos padlón. Lenézett és nagy menynyiségű vörös folyadékot talált, ami széles folyóként mutatta az utat. A rendőr követni kezdte a vért és Vass Mária hálószobájába érkezett, ahol a magatehetetlen asszony feküdt, kit a fia kétségbeesetten szólongatott:

– Tarts ki! Mindjárt jön a segítség! Hallasz engem? Mondj már valamit!

Albert tudatta érkezésének a tényét:

– Itt vagyok már! Mentőt kell hívnunk, de minél hamarabb, és jeget vagy bármi hideget kell tenni a sebekre! Hívom a mentőt, addig keress valami ideglenes megoldást, meg szedd össze édesanyád fontosabb holmijait, mert egyhamar nem engedik ki!

Nem kellett kétszer elmondani, a kapkodó kamasz sietve gyűjtött össze mindent, ami mozdítható, míg Albert a hívást intézte. Mikor mindenki teljesítette a rábízott feladatot, Albert fontos kérdéseket címzett Zolihoz:

– Miért nem a mentőt hívtad először? Miért engem? Ne érts félre, nem okozott nehézséget eljönni, csak nem értem.

– Azért, mert megöltem egy embert is.

– Mi!? Honnan tudod, hogy halott?

– A fejét körülbelül egy ötcentis húscafat tartja a helyén, ebből gondolom.

– Elmondanád a teljes sztorit?

– Hogyne. Sötét volt, zajt hallottunk, külön irányokba indultunk el, hogy utánanézzünk, és arra jöttem vissza, hogy anyámat szurkálja egy csávó egy akkora késsel, mint az alkarom. És nem is tudtam, mit cselekszem, csak azt akartam, hogy hagyja abba, kikaptam a kést a kezéből és elvágtam a torkát, olyan mélyen, hogy kis híján lefejeztem.

Albert tapasztalt járőr volt, hasonló esetet hallott már rengeteget, de sosem gondolta volna, hogy olyanokkal is meg fog történni, akiket ismer személyesen is. Feltette a következő kérdést is meglepettsége dacára:

– És ki volt a támadó?

– Honnan tudjam!? Sötét volt. Annyit nem tudtam kinézni belőle, hogy férfi vagy nő. Vagy hogy emberi lény-e egyáltalán. Amikor kiömlött a vér a nyakán keresztül, akkor derült ki anynyi, hogy ember volt, nem szellem.

Vass Mária, habár a halál kapujától pár centire hevert, vontatottan, nyöszörögve beleszólt:

– Szentesi László... Szentesi... Ő volt az!

– Mi!? Az öreg Laci bácsi, a tehenes fickó!? – csodálkozott Zoli.

– Igen.

Albert így már a hölgytől is tudott kérdezni:

– Milyen oka lehetett erre?

– Nem kérdeztem meg tőle, ha nem baj...

– Jaj, nem azért kérdezem! Bocsánat, szakmai ártalom. Akkor inkább azt kérdezem, segíthetek-e valamiben?

Mivel már behallatszottak a mentőautó jellegzetes szirénahangjai, így a súlyosan megsebesült nő csak annyit felelt:

– Már nem szükséges, de köszönöm.

Hordágyra és infúzióra tették az egyedülálló édesanyát, a fiú eközben a kis táskában összegyűjtött pakkot is átadta az ápolóknak, akik letették azt a jármű padlójára, oda, ahol majd a hordágy is lesz. A mentőautó egyre halkuló szirénáinak kíséretében Albert még egy kicsit ottmaradt fia barátjával:

– Lesz mit enned, míg édesanyád kórházban lesz?

– Igen, meg most már én is dolgozom.

– Nagyszerű, és merre?

– Az általános iskolában vagyok ilyen gondnok, karbantartó-féle.

– Gratulálok hozzá! És a társaság? Nem lesz nehéz egyedül élni az elkövetkezendő időkben?

– Köszönöm, és nem tudom, de majd kitalálok valamit, hogy lekössem magam addig.

– Helyes! De nem akarom tovább rontani a hangulatot, viszont a hullával kapcsolatban is kéne intézkedni!

– Hogyhogy? Önvédelem volt! Akkor nem kerülök bajba. Vagy mégis?

– A régi rendszerekben még így volt, de a Csonka-rendszer egészen más. Itt ennek is van következménye, mert ez is szellemeket hagy maga után...

– Mire számíthatok? Tíz év? Húsz év? Halál?

– Dehogy! Az önvédelem továbbra is enyhítő körülmény, de már nem mentség. Merre van a halott?

– A kamra bejárata előtt.

– Akkor megkérlek rá, hogy maradjon is ott, te meg itt. Szakszerűen és törvényesen kell elszállítani.

– De nem akarok még börtönbe vonulni! Egész biztos nincs semmi joghézag?

– Sajnos nem vagyok jogász, így gőzöm sincs, hülyeséget meg nem akarok mondani.

– Milyen büntetéseket szoktak ilyenkor kiszabni?

– Azt sem tudom, de általában 3-4 évekkel meg szokták úszni, ha jól tudom.

Erre a mondatra a punkból minden szín eltűnt, egycsapásra hideg veríték és falfehérség árasztotta el, majd megkapaszkodott a radiátor csövében. Albert látta a rémületet a kamaszon, és a maga módján próbálta vigasztalni:

– Hé! Nyugi! Még mindig enyhébb, mint amire elsőre tippeltél. És ki tudja, lehet, hogy még ennél is kevesebb vár rád.

Hosszas csend és sokkos állapot után nem bírt tovább a csendben létezni a lelkileg megsemmisített fiú, és tombolni kezdett. Bakancsával mindent pusztítani kezdett, mi az útjába került: a szék lapjára tiport, mely nyomban ketté is hasadt, az asztal egyik lábát kirúgta úgy, hogy minden a földre hullott, ami rajta volt. Az asztal közepét egykor büszkén ékesítő virágváza most egy olyan rúgást kapott, mely szilánkok raját engedte szabadon a sötét éjszakában. A nyugodt férfi, mielőtt a fiú még nagyobb károkat okozott volna, lefogta, és kicsit erélyesebben szólt hozzá, bár még mindig inkább türelmesen:

– Hé! Azért ne rombold szét az egész házat! Ha lehiggadsz, sajnálni fogod.

– Rohadjon meg minden ezen a tetves bolygón! Csonka Jávorral az élen, meg az idióta, bunkó rajongóival! Hogy baszná

241

meg egy elefánt azt az utolsó majmot, amelyik kitalálta, hogy börtönben a helyem, csak mert nem nézem végig, ahogy kivégzik az anyámat! Mi a büdös francot kellett volna csinálnom!? Vittem volna neki egy pohár vizet, hátha megszomjazott szegény!?

– Egyetértek az indulatoddal. Nekem sem tetszik, ami újabban folyik ebben az országban, de sajnos nem tehetünk ellene semmit!

– Dehogynem! Dobjunk be pár koktélt, csak előtte a kanócokat ne felejtsük el meggyújtani!

– A helyedben nem tenném! Elhiszem, hogy haragszol a Harmadik Szemre, a szavazóikra, a rendfenntartó erőkre, talán még rám is, de ez akkor sem megoldás, mert akkor még ki is végeznek.

– Végezzenek, a franc sem bánja! Az anyám haldoklik, a barátnőm faképnél hagyott, ráadásul bármerre lépek, ott vannak azok az átkozott élőhalottak. Ott lebegnek, mint a keselyűk, körtáncot járnak felettem, arra várva, hogy egy legyek közülük.

– Akkor inkább verj szét még egy asztalt, de ebben az állapotban inkább ne hozz nagyobb döntéseket. Holnap majd a kollégákka meg a kapitánnyal megpróbálunk kitalálni erre valamit, jó?

– De mégis mi menthet fel az emberölés alól, ha már az önvédelem sem?

– Abban tudok bízni – és ezt magánemberként mondom –, hogy a Csonka-kormány még egy fél éves sincs, a törvények, melyeket kísérleti céllal hoztak, talán eltörlődnek, ha látják, hogy semmi értelmük. Vagy pedig részletesebben dolgozzák majd ki azokat.

– Ahhoz tényleg valami isteni csodára lenne szükség.

– Hiszel Istenben?

– Melyikben?

– Á! Tehát hithű ateista vagy, ugye? – mosolygott félig fájdalmasan Albert.

– Most sem érezteti velem az Öreg, hogy támogatna.

– Én nem tudom, mit higgyek. A szellemekben sem hittem, erre mi van? A szemem láttára rombolják le a... Hé, várjunk!

– Mi az?

– Lehet, hogy semmi. Mindegy! Ezt most léptesd át!

– De mi az? Valamit a szellemekről akart mondani.

– Csak kis hülye flashbackek. De most már valamivel ugye nyugodtabbnak érzed magad?

– A körülményekhez képest? Talán.

– Rendben. De mennem kell közben, mert otthon már szerintem mindenre gondolnak.

– Jól van! És köszönöm a segítséget és a támogatást!

– Ugyan! Ez a dolgom!

VAN EGY ELMÉLETEM

Néhány nap múlva Albert ismét munkába állt, mivel a szabadsága már letelt, és már elég részletgazdag tervet állított össze, amitől azt reméli, hogy fia barátjának büntetését akár még el is törölheti, de minimum jelentéktelenné redukálja. A főkapitánysági épület a reggeli órákban még csak félig telt meg, és az a néhány ember is csak ráérősen rendezgette az aktákat, volt aki a fegyverét tisztogatta, mások a kávéautomatánál várták, hogy a még náluk is lassabb gép szép türelmesen ürítse az eldobható műanyagpohárba a pillanatnyi feltöltődést adó forró, gőzölgő, fekete folyadékot. Az összkép azt sugallta, hogy ezek az emberek időmilliomosok, azonban ebben a világban senki se volt az. Pusztán feladták az elérhetetlen kergetését, és inkább csak az alapvető szükségleteikre korlátozták igényeiket. Ez viszont egyáltalán nem volt elmondható Albertről, ki megnyújtott léptekkel, de még éppen nem futva, csak sietve haladt Hegedűs János irodája felé. Az ajtón bekopogott a megszokás kedvéért, viszont az ajtó pár pillanattal hamarabb nyílt, mint ahogy elhangzott volna a „Tessék!" felszólítás. Az izgága férfi átkerült az iroda belső terébe, látogatásának céljáról pedig a főkapitány érdeklődött előbb:

– Mi járatban már megint?

– Van egy elméletem, hogy...

– Jaj, Albert! Tudja, hogy itt nem elméletekre, hanem tényekre alapozunk.

– Igen, tudom. Váradi Zoltán és Szentesi László ügyéről lenne szó.

– Azt a nyomozást meg Lilláék vezetik. Keresse inkább őket!

– De önnek jobban hinnének!

– Rendben, akkor hallgatom. Mi az az elmélet?

– Szentesi László már túl volt a hetvenen, ráadásul nem is volt egy nagydarab fazon. Azonban a látlelet alapján a késszúrások Vass Mária oldalán és hasán néhol 10-12 centi mélyre hatoltak be. Fizikailag erre az öreg Laci bácsi nem lett volna képes, főleg egy olyan tompa késsel, mint ami a bizonyítékraktáron is van.

– Mit akar ezzel mondani? Nem ő volt a támadó?

– De, ő volt, ez kétségtelen. De mi van, ha egy másik entitás költözött belé a támadás idejére?

– Hallja maga, hogy miket beszél!? Értem, hogy már a csapból is szellemek folynak, de azért egy alsó határt húzzunk meg!

– Van más is. Semmi indítéka nem volt az öregnek a támadásra. Se vagyoni, se személyes, semmi...

– Indíték? Az a legkevesebb! Nem mindenkinek van szüksége rá. Irakban harcolt, valószínűleg PTSD-je volt. Egyéb?

– Boncolást kérek! Vagyis inkább azt szeretném, ha Lilláék kérnék, az ő hatáskörük.

– Majdnem lefejezte az öreget a maga fiának az idegbeteg haverja. Mit boncoljunk rajta?

– Érdemes lehet alaposan utánajárni. Nem véthetünk olyan hibát, mint Bakos Izsák Katona Xavér kapcsán!

– Bakos Izsák előre megírta az ítéletet, az nem tévedés volt, hanem gyilkosság.

– Ahogy akarja! De én tévedésből sem akarok gyilkossá válni.

– Jól van! Megemlítem a javaslatát Lillának...

– Nagyon szépen köszönöm!

– De nem fogom erőltetni.

– Rendben! Akkor is köszönöm. De megyek is, mert vár a munka.

– Rendben! További szép napot!

Albert ebben az érzelmileg igen csak felvegyített állapotban kereste meg járőrtársát, aki történetesen ugyanezzel foglalatoskodott: Tamás is tűvé tette az őrsöt Albertért. Miután a folyosón futólag találkoztak, rögvest el is indultak egyszerre mozogva a már második otthonként szolgáló gépjármű felé. Nyugodt külvárosi körút elé néztek, de legutóbb mikor ezt az útvonalat járták körbe, groteszk élményben lett részük, hiszen ekkor ismerték meg Káin „művészetét." Ez pedig egy olyan mély élmény volt, mely ellehetetlenítette a csendes utazást. Tamás jelölte meg aggodalma tárgyát:

– Hú de utálom ezt az útszakaszt! Borsózik tőle a hátam.

– Tudom, nekem is! Gyorsan lezavarjuk, nem lesz gond, rendben?

– Rendben lesz minden, csak hát na… Az a kikapart szemű nő még mindig kísért a hullafoltos bőrével, de a legrosszabb, hogy ötletem sincs, hogy tényleg a szelleme, vagy csak az emléke.

– Ha belegondolsz, egyikkel se jársz jobban. Ha tényleg az igazi szellem, az azért szívás, mert valódi, ha meg csak a saját elméd terrorizál, az elől meg nem tudsz elrejtőzni.

– A szellemek elől sem. Tudják, hogy hol vagy, beléd kapaszkodnak, és azután sem eresztenek, ha meghaltál.

– Pont mint a saját elméd…

A hirtelen meginduló mondat közepén Albertre kiültek a gondolkodás, és megdöbbenés jelei, elkomolyodott, és leesett az álla. Ezután mély, lassú hangon folytatta:

– Hallod! Eszembe jutott egy vad elképzelés. Mi van akkor, ha ez az egész csak a fejünkben van?

– Hogy micsoda?

– A kísértetek, meg ez a sok minden. Valamikor azt hallottam, hogy létezik egy „lelki fertőzés" nevű jelenség, ami arról szól, hogy ha sokáig élsz együtt valakivel, aki elmeséli a hallucinációit, egy idő után te is elkezdesz képelődni. Ha ezt tudatosan használják ki, az meg a „gázlángolás." Mennyi az esély arra, hogy gázlángolták az egész bolygót?

– Szinte nulla. Bocsi, első hallásra elgondolkodtam rajta, de mivel magyarázod a múltkori nagy Poltergeist-inváziót, ami átsöpört az országon?

– Földrengéssel?

– Nem fut át tektonikai törésvonal az országunk alatt, így aligha. Ráadásul nálunk minden árammal működő cucc is megőrült, még a mobiltelefonok, és zseblámpák is.

– Azok lehet elromlottak volna amúgy is, és csak véletlen egybeesés volt.

– Most működik minden.

– Akkor passzolom.

– De amúgy hogyhogy megint szkeptikus vagy? Pedig te is átéltél már ezt-azt, nem?

– Átéltem, ez igaz, de szeretném azt hinni, hogy meg fogom magyarázni, mint ahogy a régi énem tette volna. Mindegy, nem akartam itt konteó-gyártásba bonyolódni.

– De! Folytasd! Ebben a világban őszintén, mi számít szerinted már ostobaságnak?

– Na jó, te akartad, de szólok, hogy elég nagy baromság.

– Nem baj, hátha mégsem.

– Szóval az az elméletem, hogy a kamaszok elkezdték ugye ezt a hülye internetes hülyéskedést, ez alulról szerveződött. De volt ez a szekta, a Harmadik Szem, aki pártnak kiadva magát hatalomra akart törni. Nem volt nehéz, mert mindkét alternatíva nagy szopás lett volna, és ezt ki is használta Csonka Jávor minden egyes nyilvános fórumon, így bekerültek nemcsak a parlamentbe, de kormányoznak is, gyakorlatilag a nagy semmiből elindulva. Mióta ők vannak hatalmon, minden egyes csatornán csak ezek az átkozott szellemek mennek, olyan műsorokban is, melyeknek komolyabb témákkal kellene foglalkozniuk. És én is csak azóta tapasztalok ilyen-olyan dolgokat, mióta a csapból is ez folyik. Bele beszélik az emberbe.

– Logikusnak tűnik, de mit akarnak ezzel elérni szerinted?

– Tudom is én? Bármit, amit szeretnének: figyelemelterelés valami nagyobbról, vagy idegronccsá tenni a társadalmat, hogy kevesebbet gondolkodjanak, a politikai ellenfeleiket túlszárnyalni egy álprobléma megoldására hivatkozva, amit nem mellesleg ők maguk idéznek elő... bármi lehet.

– Ha már figyelemelterelés valami nagyobbról, az amerikai háborúról tudsz valamit?

– Annyit, hogy kitört, meg mindenki mindenki ellen van. A kontinensen egyszerre zajlik polgárháború, világháború, tömegverekedés, meg minden egyéb marhaság. Neked van infód?

– Semmi. Egy pár napja nem beszélnek róla, pedig jó múltkorában az is mindennapos téma volt.

– Furcsa. Na de mindegy, ez nem a mi dolgunk, koncentráljunk arra, amiért itt vagyunk!

– Ugyan! Csendes környék ez, mi baj lehet?

– Na látod!? Az elméletem most igazolta be önmagát. Úgy vágtál bele, hogy félsz attól, hogy ismét találunk egy Káin-áldozatot, de mihelyst elkezdtünk beszélni a szellemekről, ki is zökkentél.

Tamás sűrű pislogásba, és orrnyereg-dörzsölgetésbe kezdett, egy fél másodpercre maga elé meredt, majd elmosolyodott:

– Oké, elismerem, ez tényleg bevált!

A nagy önfeledt elmélkedés közepette a két rendőrnek fel se tűnt, hogy mindjárt bezárják az első kört, és nem is vették volna észre, ha Tamás nem kiállt fel: „Fékezz! Gyorsan!" Albert reflexből is benyomott egy satut, de az ütközést nem kerülhette el így sem. Még a szélvédőn látta, ahogy egy óvodás, esetleg kisiskolás korú gyermek zuhan a kerekek alá. A jármű ajtajai úgy vágódtak ki, mint a kobra csuklyái, és a megriadt egyenruhások szinte ész nélkül rohantak, hogy megkeressék a kisfiút, ám legnagyobb meglepetésükre az úttest teljesen üres volt. Nem hogy a kisfiút, de még annak nyomát sem volt képes felfedezni se Albert, se pedig Tamás. Emiatt ösztönösen kutakodni kezdtek. Míg Tamás az autó alá hajolt, hogy ott keresse az áldozatot, Albert a közeli bokrokat lapozgatta végig. Tamás csak árnyékot, Albert pedig csak még több levelet talált. Később közösen szétnéztek a gépkocsi mögött is, de ott sem fogadta őket egyéb, mint a ritkán lakott környékhez jutó kopottas útburkolat. Szétnéztek a vízelvezető árkokban is, melyek azon kívül, hogy csontszárazak voltak, nem nyújtottak túl szokatlan látványt. Tamás ekképp jelzett társának: „Nem találtam semmit! Te?" Egy kis tétovázás, nézelődés, és tollászkodás után felegyenesedett Albert is, hogy válaszolhasson: „Nincs itt semmi. Pedig láttam!"

– Éppen ez az! Egy körülbelül 130-140 cm magas fiú gyermek, sötét haj, vízszintes csíkozású póló, vagy pizsama.

– Igen, pontosan ezt láttam én is! Hova a francba bírt eltűnni!?

– Talán sokkot kapott, megijedt, és elrohant.

– Azt láttuk volna kiszálláskor. Rögtön kivetettük magunkat az üléseinkből.

– De a fejünket is forgattuk, talán pont elkerültük, ahogy fut.

– Nem zárhatjuk ki. Na mindegy. Ha már megálltunk, kérsz egy cigit?

– Leszokóban vagyok.

– Jól van, te tudod.

Ezzel Albert a zsebébe nyúlt, hogy a fémdobozt szétnyitva magához vegyen egy szál ropogós cigit. Tamás végig kísérte szemével a műveletet, egész az első slukkból származó füstfelhőig bírta, de meggondolta magát:

– Na jó, szerintem egy szál még nem a világ. Kaphatnék mégis csak egyet?

– Hát... Te tudod... Tessék!

Ezzel Albert társa felé tartotta a doboz tartalmát, hogy húzza ki a számára legszimpatikusabb szálat a teljesen egyformák közül. Mikor már mindketten eregették füstöt, elméletek töredékei kerültek az éterbe:

– Szerintem el se ütöttük azt a gyereket. – szólalt meg Albert.

– Hogy érted?

– Lehet csak átszaladt előttünk, be az erdőbe, és éppen csak súroltuk.

– El tudom képzelni, bár attól még felébresztett a jelenet.

– Nem baj, a jelentésből inkább hagyjuk ki, ha lehet!

– Benne vagyok! Nem találtuk meg sehol, de még a nyomát se, úgyhogy gyakorlatilag ez meg se történt.

– Tudtam én, hogy tudod mire gondolok. Na de üljünk vissza, zavarjuk le még a köreinket, de most már figyeljünk oda jobban!

Ahogy lassan, de biztosan csökkentették a szolgálati járműtől való távolságot, úgy egyre kuszább érzelmek telepedtek a két járőrre. Albert mielőtt a kulcsot elfordította az önindítóban, reflexből belenézett a visszapillantó tükörbe is, hiszen bele ivódott: járőrözés közben ha meg kell állni, majd megint elindulni, olyankor gyanúsított ül a hátsó ülésen a rács mögött. A középső tükröt választotta, és abban pillantott meg két teljesen fehér, de annál üresebb szemet, melyek egy kisfiú arcában ültek. Hátrafordult ösztönösen, közben Tamást is vállon bökte, míg egyértelmű kérést intézett felé: „Húzd elő a fegyvered!" Így aztán az ülésre keveredett démoni arcú gyermekre két CZ P09-es is meredt egyszerre. Egy ilyen óvodáskorú gyermek ilyen körülmények között annyira megrémülne, hogy még talán sírni se maradna lélekjelenléte, de az ülésre telepedő nem így reagált. Eltátotta a túlvilág minden sötétségét magába foglaló száját, és sípoló, magas hangot hallatott. Ez ment úgy fél percig, mire megunta, a száját összecsukta, a szemei pedig visszaereszkedtek eredeti helyükre. Albert ekkor hangos felismerést tett: „Ottó, te vagy az!?" A gyermek csak nézett bambán, mintha nem is értené mi volt a kérdés, vagy hogy egyáltalán kérdést kapott. Tamás vette át a stafétabotot:

– Milyen Ottó? Ismered?

– Igen, ismerem. A fiam haverjának a barátnőjének a testvére.

– Bocsi, ezt nem tudom követni. Hogy került ide?

Ottó is megszólalt, igaz kicsit késve:

– Haza akarok menni! Miért vagyok itt?

Albert rögtön belekapaszkodott a ténybe, hogy a gyermek már végre beszél is:

– Emlékszel hogy kerültél ide?

– Nem! Hol vagyok?

– Arra se emlékszel, hogy a sze...

Tamás erre Albertnek halkan odasúgja, hogy a gyerek ne hallja meg:

– Inkább ne erőltessük, ha nem emlékszik, annál jobb, vigyük haza, és kész!

Albert rövid morfondírozás után újra felnézett a gyerekre, aki ekkor már újra a torzult arcával tapadt a rácsokra, és már csak néhány centire volt a rendőrtől. Albert megrémült, mikor furcsa szikrázó érzést kezdett az arcán tapasztalni, így kipattant a járműből, és négy lövést adott le a hátsó ülésre. Ahhoz, hogy megérthessük, milyen eseménysorozat végét kapta el a két járőr, vissza kell mennünk arra az estére, amikor Amerikában felrobbant a Magellán, és Magyarországon kopogó szellemek hada zubogott végig.

A LÉLEKTÖRLÉS LÉLEKTANA

Kírának nem maradt ideje feldolgozni azt, hogy akiben egykor a vőlegényét látta, már nem több egy vadidegennél, hiszen az idővel történő versenyfutásban már eldörrent a rajtpisztoly, és a táv, mely a fiatal lány és családja előtt állt nem volt éppen a leghosszabb. Ottó viselkedésének drasztikus változását csak egyetlen dologgal tudták megmagyarázni: a Tanzániából hozott kísértet beleköltözött, a test eredeti lakóját pedig a légkörrel tette egyenlővé. A tények, habár ezek voltak, a család míg mozogni látta a hússal borított csontvázat, hinni is tudott abban, hogy azt az erre jogosult lélek teszi, vagy legalábbis újra tenni fogja. A családi kupaktanács spontán bontakozott ki, mikor Karola ingerülten javasolta:

– Csináljon már valaki valamit! Mire várunk?

– Gondolkodom. – fogalmazott Móric higgadtan, és tömören.

– Gondolkodsz... Eszem megáll! Egyáltalán nem izgat a fiúnk sorsa?

– Izgat, de míg tombolok nem tudok kitalálni semmi értelmeset.

– Hívjunk orvost most azonnal!

– Az nem tűnik jó ötletnek.

– Aztán mi a frászkarikáért nem!?

Kíra is becsatlakozott:

– Azért, mert szellemtámadás. Az orvosok egyenesen a kormánynak jelentik az ilyet, és ha visszanyomozzák, hogy ez egy lélektörlő, rájönnek, hogy mi hoztuk ide. Akkor Ottót se mentsük meg, ráadásul mi is rendesen beszopjuk.

– Akkor hívjunk egy papot? – félve, ugyan, de Móric ezzel az ötlettel állt elő.

– Felőlem sámánt is, ha az visszahozza a kisfiamat!

A higgadt férfi ránézett a pillanat töredéke alatt kiüresedő lányára, és ezt kérte tőle:

- Hozd a noteszem, meg a telefonomat!

Kíra elrohant a fiókhoz, és egy fél percbe se került, mindkét tárgyra rátalált. Móric elkezdett a noteszben lapozgatni, ezalatt Ottó egyre nagyobb károkat tett a lakásban: vázák szétpukkanása hallatszott a szomszéd szobából, mely hang után Karola kezdett rohanni. Míg a nő futott, további törések, sikolyok, dobbanások, és egyéb zajok terjengtek a levegőben. A folyosó végén mikor a nő eltűnt, nem sokra rá egy jól felismerhető, kifeszített tenyerű pofon hangja is elcsattant. Ettől Móric és Kíra egyszerre rezzentek meg, majd az apa ránézett a lányra:

– Hát... Anyádat inkább ne hergeljük fel, ha azt mondja, piros az ég, ráhagyjuk.

Ekkor elcsattant még egy pofon, melyhez Kíra késleltetve fűzte hozzá:

– Benne vagyok.

Karola végül előjött feldúltan a szobából, és kipirult arcát próbálta lefedni a tenyerével, arcán pedig a világ minden bánata, és haragja egyszerre tükröződött. Meg se kérdezték tőle, hogy mi történt, de a kimondatlan kérdésre azonnali válasz érkezett:

– Felpofozott ez a mocskos kölyök, de ez még hagyján: elhordott mindenféle kurvának, meg még azt is megkaptam tőle, hogy miért egy ilyen – idézem – „tohonya mamlasznak kellett szétrakjam a lábam" ahhoz hogy ő megszülethessen.

– Karola! Nyugodj le, ez nem Ottó, csak annak adja ki magát. Egy pár másodpercet kérek, megtaláltam Krisztián atya számát, hívom is.

– Jó! Hívjad akkor, ne tökölj itt feleslegesen!

Móric villámgyorsan pötyögte be a számot, és négy sípolás után bele is szóltak a vonal túl felén, amiből nem hallott semmit a család többi tagja, csakis az apát: „Atyám! Nem zavarok?... Nagyszerű! Le tudna jönni hozzánk, mert a kisfi... Honnan tudta?... Rendben, nagyon szépen köszönjük!... Viszont hallás!"

A kétszemélyes közönség egyből faggatózni kezdett:

– Na, mit mondott? Tud segíteni?

– Lehet. Lejönni lejön mindenképp, de furcsállottam, hogy tudta, hogy ördögűzés kell.

– Honnan tudta?

– Azt mondta szó szerint, hogy „az most lényegtelen, összepakolok, és meglátjuk mit tehetünk." Órákra nyúló percek után a türelem és a józan ítélőképesség egyre inkább veszíteni kezdett befolyásából. Ottó nem állt le agresszív kirohanásaival, önmagában is megpróbált kárt tenni: saját karjába harapott, de a tejfogaival még nem tudott belőle konkrét darabot kiharapni. Pont ebben a pillanatban hallatszott az ajtón a kopogás is. Móric kinézett a kémlelőnyíláson, és felismerte Krisztián atyát, aki látványos méretű bőrönddel, és hoszszú fekete reverendában érkezett. A pap ránézett a családapára:

– És hol van a megszállt személy?

– Kövessen engem, vagy a hangokat, atyám!

A távolból már lehetett hallani a ropogó, recsegő sikolyokat, így aztán az atya máris a kereszt után nyúlt, mely a reverendája alatt pihent. A kereszt pontos, és méretarányos másolata volt az eredeti megfeszített megváltónak. Maga a kereszt fából készült, amin egy nikkel bevonatú vasból készült Jézust ábrázoló szobor kapott helyet, és feje felett még az „I.N.R.I." rövidítés is kiolvasható volt. Ezt a műalkotást pajzsként tartotta maga előtt a felszentelt lelkész, már akkor is, mikor még csak útban volt abba a szobába. Mikor az ajtón belépett, azt látta, hogy Ottó, normális kisgyermek módjára békésen alszik, ráadásul éjjeli fény mellett. Semmi sem utalt arra, hogy a gyermek rossz lenne, a padlón széthagyott játékokon kívül. Krisztián atya leeresztette a keresztet maga előtt, mint a középkor lovagja a pajzsát az elmaradt ütközetnél. Egy darabig az volt az arcára írva, hogy „Biztos ide kellett jönnöm?" végül pedig hangot is adott kételyeinek:

– Nos a helyzetet nem annyira értem. Biztos, hogy ez a gyermek az, akit gonosz szellemek sanyargatnak?

– Igen, pár perce olyan szavakkal illetett, melyeket inkább nem ismételnék meg, pofon vágott, és összetört vagy két vázát. – Bizonygatta Karola a maga igazát.

– A sikolyokat maga is hallotta, ugye? – kontrázott rá Móric.

– Igen, hallottam, és épp ezért nem értem mi folyik itt. Minden esetre, biztos ami biztos, megáldom a házat, ha nem bánják.

– Mennyibe fog az nekünk kerülni?

– Jaj, Móric, ne legyél már ennyire zsugori! Áldja csak meg a házat, atyám! – a családanya így korrigált.

– 17000 Ft-ot kérnék majd szobánként.

A két szülő szeme tökéletes szinkronban akadt fel, hebegtek-habogtak, de végül Móric kinyögte a kulcsmondatot:

– Jól van, nem bánom, legyen! Fizetünk.

– Csak vicceltem! Ingyen végezzük, mert az állam alapvető ellátásnak minősítette.

Ettől a mondattól a Móric, és Karola ugyanolyan tökéletes szinkronban sóhajtottak fel, mint amilyenben sokkjukat is kifejezték, a végén, habár a feszültséget még így is késsel lehetett volna vágni, egy aprócska mosoly mégis felgörbült az arcokra.

A reverendás férfi nem komolytalankodott tovább, maga elé emelte újra a feszületet, és egy füstölőt is elővett, így járta körbe a lakást, mialatt a család erőnléti sorrendben követte őt. Közvetlen mögötte haladt Móric, utána eggyel Kíra, a sor végét pedig Karola zárta, emiatt mindenki biztonságban érezhette volna magát, azonban a keresztet ékesítő fémesen csillogó Jézus szobor felszínén oda nem illő tükröződést vett észre a pap, melyet az elméje emberi arcként értelmezett. Később pedig a szobor elkezdett sárgás-narancsos, később vörös árnyalatban izzani. A hő egész gyorsan terjedt, nem sokkal később már a fa is felforrósodott, így Krisztián atya eldobta a tárgyat, nehogy lángra kapjon. Ekkor viszont egy magas vékony árny elnyúlt szájjal villant fel a menetoszlop előtt, mint aki végig csak erre a pillanatra várt.

Móric előre lépett, és felvette a padlón heverő nemes tárgyat, majd nemes egyszerűséggel a pokolfajzat arcába tolta azt, mitől a lény hátrahőkölt és látszólag elillant. Karola rémülten kiáltott:

– Mi az isten verése volt ez!?

Észrevette a családanya, hogy egy egyházi személy jelenlétében nem biztos hogy ez volt a legillendőbb kifejezés, így gyorsan korrigált:

– Már bocsánat atyám, de nagyon megijedtem!

– Ne bánkódj, gyermekem! Nekem sokkal bűnösebb mondat jutott eszembe... Amiben szintén szerepel az Úr neve.

– És akkor most tuti, hogy eltűnt ez az izé? – Érdeklődött Kíra.

– Nem vagyok biztos én abban. A biztonság kedvéért várjunk még pár percet, ha nem bánják.

– Dehogy bánjuk! Maradjon, amíg szükségesnek látja! – Ajánlkozott Móric, majd átvezette a családját, és a plébánost a nappaliba, ahol körbeültek egy asztalt, és elkezdték értelmezni az eseménysorozatot. Hosszú, kínos csenddel kezdődött a konferencia, a légtér annyira elhalkult, hogy már lassan a saját vérkeringését is hallotta minden résztvevő. Ezt kiküszöbölendő, a vendég hozzálátott saját nézőpontjának kifejtéséhez:

– Nem akarok nagyobb pánikot generálni, de ez amit láttunk, nagy eséllyel egy lélektörlő volt.

– Tudjuk mi az, de akkor ez mit jelent Ottóra nézve?

– Semmi jót! A lélektörlő egy olyan tisztátlan szellem, ami már életében sem volt szent életű. Olyan emberek válhatnak lélektörlőkké a haláluk után, akik életükben állandóan hamis személyazonosságokkal leplezték valódi énjüket. Csalók, gengszterek, szökevények, gyilkosok... csupa gyarló jellem. Mi a plébániában úgy véljük, hogy magától az Úrtól próbálnak ily' módon rejtőzködni, hogy megússzák a tűzpróbát.

Ez bizonyára valamit eltörhetett a már amúgy is pengeélen álló Kírában, és agresszíven nyilvánult meg:

– De ha ez az Isten olyan mindenható, miért hagyja, hogy ezek létrejöhessenek, miért engedte nekik már életükben is, és egyáltalán miért árasztotta el a Földet ilyen kegyetlenségekkel? És kérem ne jöjjön azzal, hogy „Isten útjai kifürkészhetetlenek" mert válaszokat akarok a ködösítés helyett!

– Kislányom! Ez szerintem nem a legjobb alkalom! – Reagált Móric csak úgy tömören.

– Semmi gond. Válaszokkal is tudok szolgálni, és ha megfelel, kicsit eltérek az egyházi sablonoktól: Kit érdekel, hogy miért történt? Megtörtént, és kész! Három út áll előttünk, a beletörődés, a beleőrülés, és a túlélés. Az Úr mint mindig, most is szabad akaratot biztosít nekünk.

Egy ilyen pozitívan sötét hangulatú szónoklat még egy átlagembertől is szokatlanul hatott volna, egy paptól pedig egyenesen sokkoló, és vagy fél percig csak úgy maradt arckifejezések töltötték fel a kommunikációs csatornákat. A szünet után újra Krisztián atya szólott:

– De ha vallásos szemszögből is tudni akarjátok, akkor talán ez a végítélet. A Jelenések Könyve emelt már szót a halottak felemelkedéséről, de nem gondoltuk volna, hogy szó szerint teljesedik be a prófécia. Isten megunt minket, mert kicsúsztunk a kezei közül, és a helyébe akartunk lépni. Hát eljött ez a nap is.

– Talán megunt minket, talán nem. Ez engem ne haragudjon, de nem érdekel! Ottó lelkét vissza tudjuk hozni? – Vágott bele durván megint csak Kíra.

– A világ álláspontja az, hogy nem. De én, mint Isten szolgája, bízom benne, ha elég erősen kérjük, a Mindenható kivételt tehet.

– Ennyi? Imádkozzunk, és ez az egész meg sem történt?

– Mit vársz tőlem, gyermekem? Egyszerű földi halandó vagyok, mint bárki más. Nem tehetek csodát, legfeljebb kérhetem.

– Van rá esély, hogy Ottó lelke egyáltalán még létezik?

– A lélek nem törlődhet. Ezt az elnevezést, hogy „lélektörlő" mindig is elutasítottam, mert eretnekségnek gondolom. Jobban szeretem azt mondani rájuk, hogy „betolakodók"

– Aha, értem... Tehát meg tudnánk idézni az öcsémet most itt?

– Felejtsd el! – Tiltakozott határozottan a plébános.

– De ha van rá mód, meg kell tennünk!

– Bűncselekményekbe nem bonyolódom. A legális módszerekkel kell megoldanunk.

– Jó! Maga kísérletezzen legális módszerekkel, én inkább bűnözni fogok, amelyikünk hamarabb ér el sikert, majd jelez.

Azzal a lendülettel Kíra fel is állt a székéről, és határozott lépteket vett a szobája felé. Hűvösebb vérmérséklettel, de tartalmi egyezéssel Karola vette át lánya helyét a diskurzusban:

– Igaza van! Ha lenne más járható út, azt választanám, de meg kell próbálnunk, másképp nem bírnék tükörbe nézni.

– De meg kell érteni, hogy ez nem csak törvénytelen, veszélyes is. Ki tudja milyen ártó szellemnek nyitnak kaput, lehet egy újabb lélektörlő jön, lehet, hogy egy kopogó szellem, vagy éppen a saját képmásuk. Ha szerencséjük van megússzák pár plafonból lógó végtaggal, de azoktól se könnyű ám szabadulni. A legrosszabb esetben akár démonok is előjöhetnek, vagy talán még maga a Sátán is.

– Hát akkor jöjjenek ebben a sorrendben! Mit veszíthetünk még!?

– A lányukat, egymást, az életet, a szabadságot... Már ne értsenek félre, megőrzöm a titkot, ha mégis szeánszra kerül a sor, de én inkább nem tenném.

Móric pedig így vélekedett:

– Én sem tartom rózsás ötletnek, de mi más reményünk lehet?

– Akkor ez esetben azt tudom mondani, hogy én erről nem tudok semmit, itt se jártam, nélkülem találták ki az egészet. Viszont ha mégis olyan jönne, akit nem akartak, keressenek megint, legfeljebb ha ki is tudódik, azt mondjuk jó ideje kísért, csak nem akarta senki nagy dobra verni. Ez így jó lesz?

– Természetesen, és nagyon szépen köszönjük a segítséget!

Krisztián atya már a kilincset tapogatta, mikor Kíra visszajött egy tapadócsíkos jegyzettömbbel, egy kis pohárral, egy filctollal, és egy marék vékony gyertyával. A lány utána szólt:

– Most mi történt?

– Semmi, semmi! Csak én már hazafelé tartok, de mondtam a szüleidnek is, hogy ha valami rosszul sül el, keressenek bátran!

– Jó, de hát rá is ér még!

– Köszönöm szépen, de tényleg nem akarok tovább zavarni, így is nagyon későre jár már.

– Oké, akkor viszont látásra, és köszönünk mindent!

– Igazán nincs mit! Dicsértessék!

A bejárati ajtó lassan, de biztosan követte a távozó papot az ajtófélfáig, és még volt egy vékony rés, de a család máris hozzálátott a titkos tevékenység előkészületeihez. A két szülő csak értetlenül figyelte, ahogy a lányuk a jegyzettömb lapjaira betűket ír fel, de mindegyikre csak egyet. Körülbelül a „G" betűnél járhatott, mikor Móric hangot adott tanácstalanságának:

– Ezzel hogy fogjuk Ottót visszahozni?

Kíra mint aki átmenetileg megsüketült, csak véste egyik betűt a másik után a sárga cetlikbe. Míg apja kimondta a kérdést, már eljutott a lány a „Q" betűig is. Karola volt az, aki ideiglenes, de hiányos válasszal szolgált:

– Türelem, nemsokára megtudjuk! Én bízom benne.

A jelek arra utaltak, hogy Kíra mégiscsak hallja a szüleit, hiszen egyre sebesebb tempóban írt, olyannyira sebesen, hogy már a „Z" is helyet kapott az utolsó papírdarabon. Elkezdte sorba rendezni a betűket az asztalon, hogy egy kört formáljanak, illetve egy zöld cetlire „IGEN" és egy piros cetlire egy „NEM" feliratot is felírt, melyeket a körön kívül helyezett el szimmetrikusan, és letette a poharat mindennek a közepére, majd mikor már a gyertyákat látta el lángokkal, hatalmas késéssel, de válaszolt szüleinek:

– Tehát a lényeg, hogy meg fogjuk idézni Ottót, a pohárra mindhármunknak rá kell tennie a jobb mutatóujját, de fontos hogy ne mozgassuk a poharat, és ne emeljük fel az ujjunkat. A betűkhöz, vagy az igen-nem szavakhoz fog menni a pohár, és így válaszol majd a lélek.

– Mármint Ottó, ugye?

– Igen, legalábbis remélem.

– És ha előjön, hogyan tovább? Hogy hozzuk vissza?

– Ötletem sincs, de majd kitalálom.

– Oké, akkor kezdjünk bele! – Zárta rövidre Móric az anya-lánya társalgást.

A három ujj rákerült a pohárra, és elkezdtek vele körözni, először még szándékosan mozgatták a család tagjai, de már a sokadik megtett kör után Karola ismét türelmetlenné vált:

– Ezt meddig kell csinálni?

– Még vagy kétszer érjünk körbe!

Az utolsó kör után Kíra megállította a poharat, majd felszólította a légkört: „Ha van itt valaki, adjon egy jelet!" Az idő lelassult, olyan élesen figyelt mindenki, az óra leggyorsabb, és leghosszabb mutatója is épphogy csak vánszorgott, és ez a mutató mindössze három egységet tudott ugrani a következő kérdésig: „Van itt valaki? Kérem adjon jelet!" Ugyanez a feszültséggel teljes légkör tért újra vissza, azonban most a bejárati ajtón heves dörömbölés ütötte fülön, és szíven a társaságot. A hang villámcsapásszerűen zsibbasztotta le a jelenlévőket, de ugyanilyen gyorsan meg is könnyebbültek, mikor a dörömbölés után elhangzott: „Itt a rendőrség! Kérem nyissanak ajtót!" Az első reakció persze összehangolt sóhaj volt, a második pedig Karolától érkezett: „Rendőrség!? Minek az ide?" Móric magabiztosan emelkedett el ülőhelyéről, miközben egy „Majd megnézem" mondatot hagyott maga után. Kíra már vette volna a levegőt a mondathoz: „A pohárról ne..." De késő volt: Móric ujja és a lefordított pohár alja közzé levegő került, így megtört a lánc, de a férfi mit sem sejtve elindult az ajtóhoz, és udvariasan kiáltott a túloldalt álló rendőrhöz: „Máris megyek!" Mikor pedig elérte a célállomást szembetalálta magát egy fiatal, elegáns rendőrrel, ki nem tartotta magában egy pillanatig sem a látogatása okát:

– Jó estét kívánok! Gyertyafényt láttunk kiszűrődni az ablakokon át. Minden rendben van?

A családapa agyán átfutott, hogy ha elmondja az igazat, kattan a bilincs, és improvizálni kezdett:

– Tudja, kiment az áram a lakásban, és míg vissza nem jön, szeretnénk látni is ezt-azt.

– Ezt-azt? Ezt kifejtené bővebben?

– Hát tudja, hogy ne verjünk le semmit, meg mi se essünk hasra.

– Értem. Azért szeretném ellenőrizni, hogy tényleg kiment-e a villany, ha nem probléma.

A kérés miatt Móric megdöbbent, és ha azonnali választ adott volna, bizonyosan dadogás lett volna belőle, de ehelyett várt néhány másodpercet, és még a segítségét is felajánlotta:

– Kövessen, mert nem lehet látni semmit. Ide még nem raktunk gyertyákat. Van önnél zseblám...

A mondat közepén a járőr már visszafogott mosollyal világított a gyanútlan férfi arcába, akit a túl sok fény hunyorgásra késztetett:

– Értem, tehát akkor van... Rendben, kövessen!

Eközben abban a szobában, ahol a szeánsz zajlott, minden megfagyott a látogató érkezésének időpontjában, és tudták, egyetlen rossz szó, vagy egy csúszás a hangsúlyozásban elég lesz a lebukáshoz. A rendőr azonban inkább kapcsolókat keresett, melyekkel ellenőrizheti az elektromosságot. Mikor az első ilyen meglett, Móric már a garatjában érezte a szívdobogását, miközben jeges veríték indult meg a homlokán. A járőr ujjai ahogy a kapcsolót megérintették, a férfi azt érezte, rögtön elájul, de meglepetésére valóban nem jött a rettegett fényáradat. A megkönnyebbülést tilos volt kimutatni, éppen ezért lehetett olyan intenzív érzés. Mikor végzett, az egyenruhás így köszönt el: „Jól van, akkor rendben is vagyunk, elnézést a kellemetlenségért, további szép estét!"

– Köszönjük, önnek is!

– Ja, és külön bocsánat, hogy felébresztettem a kisfiát!

– Semmi gond, visszaaltatjuk!

– Rendben! Viszont látásra!

– Viszlát!

A sokkhatás lassan szivárgott Móricból, és mikor már újra tisztán tudott gondolkodni, az a szobába történő belépés előtt volt. Újra eszébe jutott a mondat, melyet ösztönösen szűkíteni kezdett: „Ja, és külön bocsánat, hogy felébresztettem a kisfiát!"... „bocsánat, hogy felébresztettem a kisfiát!"... „felébresztettem a kisfiát!"... „a kisfiát!" Mikor az apa elméje elhalkult, azt sem tudta, melyik részén kezdjen bele az élményeibe, ha majd a családja elkezdi kérdezni az utóbbi pár percről. A kilincset hangtalanul, mégis gyorsan nyomta le, mikor visszatért köreibe, ahol máris kérdések fogadták:

– Na? Elment már? – érdeklődött Karola halk, remegő hangon.

– Igen, el. Mindent rendben talált és továbbállt.

– Mivel tudtad kimagyarázni? Csak azért kérdezem, hogy egyformát mondjunk.

– Áramszünettel. Pár kapcsolót felkapcsolt, de nem jött a fény, így a gyertyákról is elhitte, hogy csak világításra kellenek.

– Áramszünettel!? Hát mikor itt járt a pap Ottó szobájában égett a villany.

– Lehet akkor még nem ment ki.

– Lehet, de azt súgja az ösztönöm, hogy valami nincs rendben, úgyhogy bemegyek hozzá!

Azzal a lendülettel Karola felpattant, és sietve rohant a gyerekszoba felé, így nem hagyott más választást a család tagjainak azon kívül, hogy kövessék őt. Mikor benyitottak egyszerre meglepő, de legbelül mégis várt látvány fogadta őket, a gyermek lámpája égett. Azért a kapcsolókat ők is végigbogarászták, de egyetlen fényforrást se tudtak működésre bírni. Ennek ellenére az az egy éjjeli lámpa töretlenül világított. Karola némán szedte össze elméletét, először az alvó gyermekre nézett, majd a lámpára, majd közeledni kezdett a fiúhoz, de közben a szemét még a lámpán tartotta. A tenyerét óvatosan a gyerek arca elé lógatta, és tartotta vagy fél percig, de a felismeréstől, hogy még egy enyhe fuvallatot sem érez, falfehérré vállt, a szemei csillogni kezdtek. Azonban a lámpa ekkor kettőt villant. Erre felfigyelt Móric és Kíra is, amitől ismét villant kettőt. Karola hisztérikus elcsukló hangon kiáltott fel:

– Úr isten! Ottó bent rekedt a lámpájában!

A lámpa megint villant kettőt, amitől Móricnak támadt egy ötlete:

– Ha most tényleg az van, amire gondolunk, akkor kommunikálhatunk is vele. Mondjuk, hogy a két villanás igen, az egy meg nem, és kérdezzünk tőle.

Kíra nyomban ki is próbálta: „Ottó, tényleg te vagy az?" erre pedig a lámpa valóban kiviláglott kétszer. Móric tette fel a következő kérdést: „Emlékszel, mikor most nemrég kirándultunk Japánba?" A kérdésre összezavarodott arcok meredtek a férfi felé, de a lámpa nem dőlt be a trükkös kérdésnek, mivel csak egyetlen alkalommal erősítette meg a fényét.

– Milyen Japán? – kérdezte Kíra

– Csak biztosra akartam menni. Nemmel válaszolt, tehát tényleg Ottó az.

– Igaz, igaz. Akkor most én is kérdezek egyet: Vissza tudsz térni a testedbe?

A lámpa egyetlen villanása érzelmileg földhöz vágta a hozzátartozókat, de az apában annyi erő még maradt, hogy megkérdezze: „Valaki az utadban áll?" A dolgok akkor kezdtek egyre ijesztőbbé válni, mikor két villanás követte a kérdést. Móric tudta, hogy a barkochba most nem fér bele az időbe, úgyhogy utolsó kérdését intézte a lámpához, melyben úgy tűnt fia szelleme raboskodott: „Kint egy asztalon elkezdtünk egy szeánszot. Az asztal közepén van egy pohár. Azt innen tudnád mozgatni?" Az erre érkező háromszoros villogás megzavart mindenkit, de Karola felvetette: „Ez azt jelenti, talán?" És mivel a szellem igenlő választ adott, így Kíra mondta ki a végszót: „Akkor meg kell próbálnunk! Gyorsan! Siessünk!" Mindenki kapkodva vetődött az asztalhoz, és az ujjak is szinte katonás rendben pattantak fel a pohárra, majd Karola ingerülten és zaklatottan kérdezett: „Ki az, aki nem enged vissza?" A pohár azonban nem mozdult egy millimétert sem. Kíra fejtette meg ennek az okát: „Előbb körözni kell vele párat." Az üvegpohár nyikorgott az asztal lapján, már majdnem el is tört, olyan gyorsan futtatták le vele a kötelező köröket. Az anya megismételte előző mondandóját, mire a pohár lassan megindult a betűk felé, közben az apa volt az, aki felírta ezeket. Semmi más nem volt hallható a pohár súrlódásán és a toll susogásán kívül. A betűkből összeálló üzenet ez volt: „Többen is vannak" Móric folytatta tovább a túlvilági interjút a fiával: „Ismersz valakit közülük?" A pohár ettől a „NEM" feliratra állt be. Néhány másodpercig tartó kínos hallgatás zaja csendült fel, majd a fojtogató ürességet az idősebb lány kezdte el kitölteni: „Hogy néznek ki?" A pohár sokáig cikázott az asztalon, de ez nem jelentette azt, hogy használható választ is kapnak a kérdezők, pusztán az rakódott ki a betűkből, hogy „Nem merek rájuk nézni." Fagyos libabőr borította el mindhárom testet, és a félelemtől Kíra szemébe még jéghideg könnyek is gyűltek, amin keresztül még látta bátornak és erősnek gondolt édesapja kétségbeesett, egyszer falfehér, egyszer paprikavörös ábrázatát. Egyszer csak a pohár mindenféle külső ok nélkül új túrára indult az asztalon. Ettől azonnal levette az újját mindenki, és még a lábakat is felemelték a padlóról, magzatpózba kuporodva várták a végeredményt, mivel a pohár így sem hagyott fel a mozgással, teljesen magától vándorolt. Az így kapott üzenet már rövidebb volt: „Egy majom." A rettegés nyomban elhagyta a házat, helyébe pedig az összezavarodottság érzése került. Móric most először mosolygott. Sőt nevetett: „Mi az, hogy egy majom? Ti is így raktátok össze?" Verbális megeresítés nem, de egy bólintás, és egy vállvonás érkezett a család két női tagjától. Még a megkönnyebbülő sóhajt sem volt idő útnak ereszteni, egy groteszk bőrálarc hullott az asztal közepére, ezzel leverve és összetörve a poharat. Ez egy farsangi szemüvegre emlékeztetett, de a bőr amiből készült nyers volt. Látszott rajta, hogy egyáltalán nem esett át semmi – féle cserzési folyamaton, és bizonyára emberi bőrből készülhetett. Fekete foltok tarkították, bizonyára a szövetek elhalása még csak nemrég kezdődhetett el, így ez a maszk nem lehetett régebbi néhány napnál. Ennek ellenére kemény, és nehéz volt, legalábbis úgy tűnt, mert hozzáérni már nem mert senki. Az első sokk után ösztönösen a plafon irányába indultak a szemek, csakhogy a tekintetek találkoztak egy másikkal. Sötét volt, de két szem csillogása látható volt, melyek rendellenesen külön-külön mozogtak, mint a kaméleon szemei. Kíra felkapcsolta mobiltelefonján a zseblámpát, és kocsonyaként remegő ujjaival irányította a fényt a plafonra. A szemek majdnem egy méternyi véres és rongyos szövetzsinóron, talán látóideg és szemmozgató izmokon lógtak le egy csimpánz üres szemgödrű arcából. A majom a radiátor csöveibe kapaszkodva lógott, de csak míg nem ugrott Karola nyakába. Ettől a nő zihálni kezdett, és sikoltozni egyszerre, pedig az állat még nem is okozott neki konkrét fizikai fájdalmat, igaz a szemgolyói a dermedt nő ölében gurulgatottak fel-alá, miközben vérfirkát hagytak a fehér farmeron. De a konkrét támadás sem váratott sokat magára, mivel a nőt kulcscsonton harapta a csimpánz, olyan erősen, hogy még a fogából is tört le egy darab, ami elpattant a friss nedves csontszöveten. Móric felkapott egy széket, hogy azzal üsse le a majmot, de az gyorsabb volt, a szék meg nem tudott időben megállni, így annak háttámlája is a feleség arcán hasadt ketté, a felugró démoni majmot épp csak súrolva. A csimpánz bal kezével lógott a függönytartón, majd démoni csimpánzszerű kacagásával búcsúzott, mielőtt az ablakot áttörve távozott.

Karola eszméletlenül feküdt a padlón összekócolt végtagokkal, Kíra pedig megvető pillantásokkal méregette ügyetlen apját, aki rémületében rögtön lehajolt feleségéhez, hogy ellenőrizze állapotát. Lélegzett és volt pulzusa is, így Móric fellélegezhetett, már nyúlt is volna a telefonhoz, hogy mentőket hívjon, de eszébe jutott, hogy a teljes történetet elő kell adni, és akkor bizony mindennek vége, így inkább sokkfektetésbe helyezte a magánkívüli asszonyt, a lábait felpakolta ugyanarra a székre, amitől a traumát kapta, és innen már csak várni kellett, hogy az agy újra a megfelelő vérellátást kapja. Kírának ekkor megmagyarázhatatlan érzete támadt, és megnyújtott léptekkel közeledett öccse szobája felé. Először lenézett a küszöbre, és mikor látta, hogy már semmilyen fény nem szűrődik ki az ajtó rései alatt, érezte, hogy csak egy vékony fadarab áll közte, és a tragikus felismerés között. A lány úgy gondolta, hogy a tragédiával is jobb szembesülni, mint bizonytalanságban élni, így inkább benyitott. A gyermek lámpája már ugyanolyan sötét volt mint a városban található több tízezer másik, emiatt a szénfekete levegőn kívül nem is látszott más ott, és akkor. A mobiltelefon vakuja most is enyhített a nyomasztó üressegen, de az ide-oda pásztázó vízszintes fényoszlop felfedte Ottó üres ágyát is. A gyerek nyomtalanul eltűnt, mintha sosem járt volna ott. A kisfiú néha-néha még felbukkant a ház falai között, de tudta jól mindenki, hogy ez már nem az a gyermek, aki beleszületett a családba. Sőt, nem is igazán ember már, de talán nem is élőlény, pusztán egyik hamis identitása a sok közül a legősibb gonosznak, mely talán még a Mindenhatótól is idősebb. Ez is egy volt a világon élő több milliárd sötét családi titok közül, melyet ugyanúgy nem hagytak kitudódni, mint más családok a saját szennyesüket. Pedig ha Albert, vagy Tamás, vagy talán mindkét rendőrjárőr ismerte volna ezt a szőnyeg alá sepert történetet, most nem kellene azon törjék a fejüket, hogyan magyarázzák ki a vadonatúj rendőrségi járgány kristálycukorrá lőtt ablakait.

HOGYAN TOVÁBB INNEN?

Ahogy a riadalom keltette bénultság engedett szorításából, Kővári Albert szépen lassan felfogta, hogy mit is tett. Tamás a tíz ujjával kócolta a haját, amitől még a sapkája is a porba hullott. A lövöldöző rendőr társa volt az, aki hamarabb gyűjtött erőt a szavakhoz:

– Albert! Hogy a francba fogunk ezzel elszámolni!? Ha elmondjuk az igazat, repülünk.

– Csak én repülök.

– Tessék?

– Én lőttem szét az ablakot, én vállalom a következményeket.

– De engem meg melléd osztottak be. Meg kellett volna akadályozzalak, de csak álltam ott, mint fasz a lakodalomban.

– Nem tudhattad mire készülök, szóval ezt a vitát nem folytatom.

– Megvan! Találjunk ki egy fedősztorit: kocsikázgattunk körbe-körbe, erre egy maszkos, kapucnis huligán bedobta az ablakot egy téglával. Na? Milyen?

– Hol a huligán? Hol a tégla? Hová tűntek a golyók a tárból?

– A huligán eltűnt a fák között, én reflexből utánadobtam a téglát „vissza a feladónak" címszóval, a golyók meg figyelmeztető lövések voltak, de a kapucnis alak nem állt meg.

– Jó, de te beszélsz először, ha kérdezik.

– Nyugi, bízhatsz bennem!

– És akkor most törött ablakkal megyünk tovább?

– Erre a kis távolságra már szerintem nem probléma.

– De egy ember is lásson meg, utána egész Kígyósmező rajtunk fog röhögni.

– Gyorsak leszünk. Fel se fog tűnni senkinek.

– Oké, akkor üljünk vissza. Remélem több meglepetés nem lesz máról.

Némán folytatódott az út, de csak néhány percig, míg újabb ismerős alak rajzolódott ki a távolban, aki célirányosan integetett két kézzel a rendőröknek. Tamás szúrta ki először:

– Hé, Albert! Ott az a csaj nekünk jelez?

– Hol, merre?

– A kanyarban az utolsó fa mögött.

Alber kinyújtott nyakkal, és tágra nyílt szemekkel pásztázta a tájat, mikor meglátta, hogy pontosan miről is beszélt a kollégája. A felismerés akaratlanul is megformálódott:

– Öcsém! Az meg Veronika!

– Ne mondd már hogy még egy ismerős!

– A fiam barátnője.

– Ja, hogy úgy! Gratulálok nekik!

– Nem, csak simán barátok. De nem is ez a lényeg. Megállok, hogy mit akarhat.

– Rendben!

Ekkor a lassuló kék-fehér festésű szirénával ellátott gépjármű le is húzódott az integető lány mellé. Albert ki is nyitotta az ajtót, ezzel a gesztussal is a legnagyobb odafigyelést tanúsítva, majd a lényegre tért:

– Szia! Mondd miben segíthetünk!

– De jó hogy találkoztam önökkel! Pont az őrsre tartottam, mert információim vannak.

– Információid? Milyen ügyben?

– Zoliról van szó, meg Laci bácsiról!

– Jó, szállj be, és elviszünk, majd ott rögzítjük a vallomásodat hivatalosan is.

– Nagyon szépen köszönöm!

Hálálkodott Veronika, majd helyet foglalt a hátsó ülésen. Egy darabig forgolódott, nézelődött, még a rácsot is megtapogatta, és megszólalt:

– Tisztára mint a filmekben!

– Mármint micsoda? – Kérdezett vissza Albert

– A rács a hátsó ülés előtt. Bocsánat, még sosem ültem rendőrautóban, és ismerkedem a környezettel.

– Hidd el, nem akarod megszokni.

– Tudom hogy hivatalosan is rögzítik majd a vallomásom, de addig összefoglalhatom pár mondatban?

– Hogyne! Természetesen!

– Szóval információim vannak arról, hogy Laci bácsit megszállta egy lélektörlő azon az estén, ami azt jelenti, hogy bizonyos értelemben már halott volt, mikor betört Zoliékhoz. Így Zoli nem hagyott maga után új szellemet, ergo ártatlan, mert egyszerű önvédelem volt.

– Hát a végét a bíróság majd eldönti, előre még ne igyunk a medve bőrére!

– Igen, tudom, csak úgy megörültem ennek a reménysugárnak, hogy már előre kombinálok. – magyarázta Veronika még lelkesebb stílusban a gyors ünnepélyes hangvételű vallomás-öszszefoglalóját. Ekkorra viszont már a jármű is célba ért, ahonnan a két járőr elkísérte Veronikát az épületen belül a kihallgató szobába. Míg a lány vallomását rögzítették, Tamásból kibukott az eddig szunnyadó filozófus:

– Azért ha belegondolunk nem furcsa ez? Ilyen vidám vallomást hallottál már gyilkossági ügyben?

– Vidámat nem, de érzéketlent rengetegszer.

– De még az is természetesebb reakció, nem?

– Nem. Veronika együtt örül Zolival, hogy talán szavakkal visszaadhatja neki az életet. Semmi nem garantálja, de már a gondolat is felrázza. Az ő életében ettől még semmi sem fog változni, de Zolit lehetséges hogy kemény börtönévektől menti meg. Ellenben aki érzelmi semlegességgel tud egy gyilkosság kapcsán nyilatkozni, az vagy elkövető, vagy kolléga… De lehet, hogy mindkettő.

– De Szentesi László halála egyáltalán nem viseli meg? Elég közkedvelt ember volt.

– Veronika mindig is mindenben a szépet kereste, ne téveszszen meg a sötét öltözéke, mert a lelke annál világosabb.

Miközben ezt vitatta a két jó baráttá lett kolléga, addig az ajtó másik oldalán Virág Lilla és Bíró Félix előkészültek, hogy rögzítsék Nemes Veronika tanúvallomását. A főkapitányság ebben a tekintetben eléggé hagyománytisztelő módon járt el. A legtöbb helyen már laptopon, vagy tableten rögzítették az ilyesfajta nyilatkozatokat, de Kígyósmezőn nem. Itt még mindig a '90-es évek szellemiségét követve magnókazettákra örökítették meg a kimondott szavakat. Félix értett a szerkezethez, mivel rendőri pályafutása előtt pont ilyen antik technológiai eszközökkel kereskedett. Így rá hárult ennek a régi magnónak is a beüzemelése.

Belehelyezte a kazettát, megnyomott pár gombot, hogy Lillának már csak egyet kelljen, és távozott, hogy a két nő négyszemközt folytathassa. A nyomozónő egyből a lényegre tért a kötelező név, helyszín, és dátum hangos kimondását követően:

– Innen átadom a szót. Kérem fejtse ki, miről szeretne vallomást tenni!

– Szóval azon az estén, mikor a gyilkosság történt, láttam, ahogy Laci bácsi mögött megjelenik...

– Na, na, na, na! Álljunk meg! Ki az a Laci bácsi?

– Szentesi László.

– Rendben van, köszönöm, folytathatja.

– Szóval megjelent mögötte egy árnyék, vékony és magas volt, de az arca folyamatosan változott. Néha afrikai nő volt, máskor szlávos jegyeket mutató férfi, utána ázsiai gyermek, és az arcok egyre gyorsabban változtak, mígnem Lac... azaz Szentesi László mellkasából kilebegett egy fénylő borostyán sárgás gömb. Ez felment az utcai lámpába, de az áramszünettel együtt el is tűnt, ahogy az a váltakozó arcú nyurga alak is. Ekkor pedig Szentesi László elindult az utca végére Váradi Zoltánék irányába, de lehet, hogy a saját otthonába, az is útba esett neki.

– És miért várt eddig a vallomástétellel? A nyomozás már egy bő hete zajlik.

– Mert nem tudtam, hogy összefüggés lehet a két eset között, mostanra állt össze a kép.

– Aha, értem. Ezt az eseménysorozatot, amit ön leírt látta még valaki más is?

– Talán még néhányan az utcából, de nincs tudomásom róla.

– Tehát nem.

– Én nem ezt mondom. Csak annyit, hogy nem tudom, hogy látta-e még valaki.

– Szóval nem tudja bizonyítani, hogy más is látta az esetet?

– Azt nem, de magát az esetet talán.

– Mi az hogy talán? Vagy igen, vagy nem!

– Arra gondolok, hogy egy lélektörlő támadását láttam, és úgy tudom, akit egy ilyen szellem támad meg, annak a szíve kifehéredik, míg a mája elfeketedik, mintha a szívből minden vér a májba torlódna.

– Honnan van ez az információ?

– Angol és orosz nyelvű internetes fórumokon, illetve kis mennyiségben magyarul is találni erről információt.

– Orosz? És a cár csak úgy hagyta, hogy egy ilyen felfedezés napvilágra kerüljön?

– Cár? Milyen cár?

– Nem is hallott róla? Oroszország visszatért a hagyományaihoz, mondván, hogy egy modern, spiritualitástól elforduló materiális irányítás nem alkalmas a kísértet-probléma kezelésére. De mindegy, nem akarok politizálni... Tegyük fel, hogy hiszek magának. Akkor a kórboncnok kolléga egy fehér szívet, és egy fekete májat fog találni az áldozat testében?

– Ha igaz, amit olvastam, akkor igen.

– Kérem, egyértelműen válaszoljon!

– Nem tudom. Még nem tapasztaltam ilyet.

– Igen, vagy nem?

– Igen! A mája fekete, a szíve fehér lesz!

– Rendben, köszönöm. Hozzájárul ön ahhoz, hogy ezt a hangfelvételt összevessük a boncolás eredményével?

– Persze, természetesen!

– Büntetőjogi felelőssége teljes tudatában kijelenti, hogy amennyiben ellentmondást tapasztalunk, hamis tanúvallomás-tétellel gyanúsíthatjuk önt?

– Igen. – Sóhajtott a megizzasztott lány stresszel színig töltve.

– Ez elég gyenge volt, de elfogadom. Már csak pár kérdést szeretnék feltenni, nem baj, ha nem tud válaszolni. Megengedi?

– Persze, természetesen.

– 2036. augusztus 27. Örkény. Mond magának valamit ez a dátum és helyszín?

– Augusztus 27-e az a legutóbbi szerda, Örkény meg nem egy író volt?

– Örkény egy Pest megyei város. – mosolyogta el magát az egyébként katonás szigorú detektív

– Sajnos nem ugrik be semmi.

– A híradóban is bemondták, hogy ott is találtak egy kivágott szemű, lecsiszolt fogú holttestet. Így esetleg rémlik valami?

– Lehet. Egy fiatal nő, ugye?

– Majdnem! Egy 65 éves férfi az áldozat.

– Akkor sajnos nem tudom. Tudja mostanában ritkán nézek tévét.

– Semmi probléma, ebben az esetben végeztünk, és köszönjük, hogy nyilatkozott!

– Én is köszönöm, hogy meghallgatott.

– További szép napot, viszont látásra!

– Köszönöm, viszont! Viszont látásra!

Veronika, ha bár kissé megrémült a furcsa stílusú nőtől, úgy távozott a teremből, mint aki jelentős siker előtt áll, de még azért az alagút árnyékában. Ez a reménykedő optimizmus letagadhatatlanul kiült a tekintetére is, de az oka nem. Emiatt Albert pár szóra megállította, még mielőtt teljesen a háta mögött hagyja az egész épületet:

– Hogy ment? Sikerült?

– Egyelőre nem tudom. Az utolsó kérdése furcsa volt, nem is tartozott a tárgyhoz.

– Mit kérdezett?

– Valamit Örkényről, meg a múlt szerdáról. Szerintem azt a sorozatgyilkost is kergeti, de nem akarok találgatni.

Albert először csak nyelt egy mélyet, hogy kitörni készülő döbbenetét palástolja, majd higgadtan magyarázta:

– Mindegy, azzal ne törődj, Lilla már csak ilyen.

– Akkor megnyugodtam. Na de nem is zavarok tovább, köszönök mindent, és további jó munkát!

– Szia, szép napot!

Ahogy a régóta nem látott fekete hajú fiatal nő elhagyta a főkapitányságot, egy pislogásnyi idő sem telt el, Albert társával vitatta meg a hallottakat, a hivatalostól élesen eltérő nyelvezettel:

– Amúgy te tudod, hogy Lilla mi a bánatos franckarikáért nyomoz még Káin után? Világosan elpofázták, hogy akadjunk le az ügyről, vándorol, emiatt az aktuális körletre tartozik. – Halkabban! Pont ott megy mögötted. – Nagy ívben leszarom, hogy hol megy! Nem gyanús neked semmi ezzel kapcsolatban. – De igen, viszont akkor is jobb lenne máshol megvitatni. – Maradhatunk, mert lekanyarodott a folyosó végén. – Állapította meg Albert, miután gondosan hátranézett. Tamás is ellenőrizte, diszkréten kinyújtott nyakkal, így már ő is ki merte mondani gondolatait:

– Na szóval. Reggel velem is megvitatta, és végig azt éreztem, hogy ki akar kezdeni.

– Hogy érted?

– Mintha rám akarná verni az egészet. Vagy ő Káin, vagy fedezi a gyilkost.

– Biztos nem lehet Lilla, mert ő szerdán ki se mozdult az irodájából. Egész nap aktákat elemezgetett a számítógépen.

– Saját szemeddel is láttad?

– Nem, de az előzményekben meg lehet nézni központilag is.

– És az szerinted olyan megbízható?

– Nem tudom, nem értek hozzá.

– Ne legyél ilyen naiv. Biztosra veszem, hogy köze van az ámokfutáshoz.

– Most hogy mondod... Emlékszel, mikor Zoli hívott mikor azt a szem nélküli női szellemet látta?

– Akkor is rá akarta verni a tarajos haverodra, csak mert punk.

– Pontosan. Tökéletes bűnbak lett volna. Nem elég hogy extrém módon néz ki, régebben kábszizott is, alvajáró is, meg volt az a banános sztori... Úr isten! – Sápadt el Albert a fájdalmas felismeréstől.

– Mi az? Mi történt?

– Ő nyomoz a Szentesi László gyilkosság kapcsán is! Ahol Zoli a vádlott... Nem hiszem el! A kígyó mindjárt a farkába harap, úgyhogy muszáj lépnünk.

– De mit? Nem miénk az ügy!

– Akkor meg kell szerezzük, méghozzá kurva gyorsan, különben egy 18 éves kölyköt lehet kivégeznek azért, amihez köze sem volt.

ÚJRAEGYESÜLÉS

Veronika nem is sejtette mekkora fordulatról maradt le, csak azt az egyet remélte, hogy kórboncnok majd megtalálja a fekete máját, és a fehér szívet. Az elmúlást jelképező őszi évszak mivel már vészesen közeledett, a levegő is kicsit hűvösebb volt, és már a fák zöld lombkoronái közt megjelent néhány sárgás és barna levél is. Ez a látkép alkalmas volt az életét elindító fiatal nőnek, hogy elmorfondírozzon mindenen, ami a háta mögött van, és ami vár rá. Pár nap múlva kezdődik az egyetem, az egyetem, melyre öntudatának ébredése óta vágyott. Végre esély nyílik rá, hogy orvos legyen. De az örömet fokozatosan beárnyékolták a következő gondolatai: „Mi egy orvos hivatása?" Egyértelműen életek megmentése. De ki akar küzdeni az életért, ha már nyilvánvaló, hogy a halál csak egy átváltozás? Lesz még valaha szükség orvosokra? A szellem egy magasabb rendű lény: sosem éhezik, nem fárad el, nem öregszik nem vonatkoznak rá sem emberi, sem természeti törvények, nincsenek kötelezettségei, sem pedig fájdalmai. Ki választaná ez ellen azt az életet, ami ennek szöges ellentéte? Szerencsére nem tudott túlzottan elmerülni fájó gondolataiban, hiszen a távolban mozgást vett észre, az ragadta meg a figyelmét. A fekete pontszerű árny lobogott, mintha egy gyufa lángjának árnyéka lenne. De a tűznek nincs árnyéka. Ahogy csökkent a távolság, kiderült, az az árny nem is olyan pontszerű. Egyenesen monumentális, legalábbis a megszokott dolgokhoz képest. Később kirajzolódott egy ló és annak lovasa. Egy kis időbe került, míg Veronika felismerte, ki is az illető. Balla Martin, az egész nyáron nem látott évfolyamtárs. A fiú a legtermészetesebb módon üdvözölte a meglepett ismerősét:

– Cső! Mizu?

– Nem is tudom mi lepett meg jobban, te, vagy a lovad, vagy az, hogy van egy lovad.

– Ó igen. Nos ez egy nagyon hosszú történet.

– Nem baj, most ráérek, meg régen találkoztunk, szóval mondd csak el! – hárította játékosan Veronika Martin kitérési kísérletét.

– Jó, elmondom, de ne röhögj ki!

– Jól kezdődik! – vigyorgott tovább a lány.

– Bulgáriából jött az ötlet. Szófiában történt ráadásul, szóval figyelj, mert komoly lesz!

– Már régóta figyelek.

– Szóval ott láttam a szálloda ablakából, ahogy egy részeges tahó lovasszekérrel vág neki az autópályának, itt riadóztattam mindenkit, mert még viccesnek tartottam. Egyszer csak a ló egy ponton úgy döntött, hogy nem megy tovább.

– De hogy? Nem tudott? Vagy állt előtte valami?

– Éppen ez az: semmi az égegyadta világon. A leálló sávban ment, szóval érted, a forgalom mellett, de előtte üres volt a terep.

– Értem. Oké, folytasd!

– Na. És akkor mikor a ló megállt, az iszákos barom elkezdte a lovat verni, de a ló csak állt. Hosszú véres sebek voltak már szerencsétlen állaton, a fehér lovon a vörös vér még jobban rikított. Nyerített, ágaskodott, vergődött, de egyetlen centit se volt hajlandó előre mozdulni, és a végén a ló összeesett, és ott pusztult el.

– Hogy rohadna el az a köcsög!

– Várjál, most jön a lényeg! A piás faszkalap leugrott a szekérről, pontosabban lehullott róla, felállt, és gyalog indult tovább, kettőt-hármat még bicegett, de vagy öt méter múlva lidércek kapták el. Az összes életerőt lecsapolták belőle, és a lova mellé zuhant a szeszkazán is. Tanulság: a ló megmenthette volna az életét, ha hagyja neki. Szóval ezért közlekedek egy ideje így... Nem akarok meglepetéseket.

– Most tényleg nem röhöglek ki, ez jó ötlet! Mennyibe került a jószág?

– Loptam. – válaszolt Martin természetes hidegséggel.

Veronika erre csak a szemének sarkig történő kinyitásával tudott válaszolni.

– Vicceltem! Nagyfater tenyészti őket, és elmondtam, hogy mit láttam a nyaraláson, és ő javasolta, hogy mától járjak lóháton.

– Amúgy nem rossz ötlet. Egyszer lehet én is szerzek egy lovat. Könnyű amúgy irányítani?

– Nem irányítani kell! Meg kell értetni vele, hogy hova akarsz menni, és ha megbízik benned, el is visz... De az emberek bizalmát te könnyen elnyered, szerintem az állatokét se nehezebb. Na de mielőtt túlságosan mélyre megyek, nálad mi a helyzet?

– Felvettek az egyetemre, E hónap második hétfőjétől kezdek.

– Gratulálok! Az orvosira?

– Pontosan.

– Hát ez nagyszerű hír! De miért vagy így letörve?

– Szokás szerint túlgondoltam megint mindent. Semmi komoly.

– Aha... Értem...

– Na és Dáliával mi van mostanság? Ezer éve nem hallottam felőle.

– Nem akarok pletykálkodni, úgyhogy maradjon köztünk, de pszichiátrián kezelik.

– Tessék!? Hogyhogy!?

– Nem tudta feldolgozni, hogy egy ártatlan embert lincselt meg, és nekem mondta, hogy látja a szellemét, ahogy ott áll éjjelente az ágya mellett, és a testének minden zugából törött csontok állnak ki.

– De akkor az lehet, hogy tényleg a csávó szelleme, nem?

– Dália sem azért vonult elmegyógyintézetbe, mert szellemek kísértik, ennyi erővel mindenki mehetne. Hanem nem tudott aludni, folyamatosan szorongott, és egyre ingerültebbé vált. Még annyira maradt ereje, hogy önként bevonuljon, mert úgy érezte, ha emberek között marad, ártani fog annak is, akinek nem akar.

– Ó szegény! Ne mondd már! Meg tudjuk látogatni valamikor?

– Esélytelen! A saját közvetlen családtagjait is csak egyesével engedik be hozzá, heti 20-25 percre. És a te barátaidról mit lehet tudni.

– Szégyenlem, de jó ideje nem beszéltem senkivel, Bálintról a legfrissebb infóm, hogy Szlovákiában megkergették a lidércek a családját.

Martinból hisztérikus nevetés robbant ki, de rögtön korrigált is:

– Bocsánat! Nem azért nevetek, mert mulatságosnak találom, hanem nem gondoltam volna, hogy ismerőssel is történhet hasonló.

– Én árnyékembereket hoztam Izlandról, szóval engem annyira nem lepett meg.

– Ja, árnyalakok körülöttem is lebzselnek. Eleinte rettegtem tőlük, de mióta rájöttem, hogy nem tudnak ártani, hidegen hagynak. Téged hogy érint?

– Én már az árnyékok előtt láttam kivágott szemű szellemeket, talán még Poltergeist-et is meg ugye a kar a plafonból...

– Most hogy így mondod, eszembe jutott, hogy Kírával meg Dáliával egyszer a suli előtt a bokorban láttunk egy kifordult szemű, hosszú szájú akármit. Olyat láttál már?

– Nem még, de nem is akarok.

– Miért, az milyen kategória?

– Lélektörlő. Állítólag az emberi testből kiűzi az eredeti lelket, ami ezzel megszűnik létezni, majd a helyébe lép egy időre. Ahogy a beköltöző lélek is távozik, az emberünk összeesik mint egy zsák krumpli, a lélektörlő meg átveszi a személyazonosságának látszatát.

– Hogy mi!? Zsálya füsttel el tudtuk takarítani, akkor is az?

– Elvileg néha az is használ, de nem mindig. Lehet szerencsétek volt.

– Látom sok dologról maradtunk le, te is én is. Mit szólnál a következő szombaton egy amolyan „újraegyesülő" bulihoz? Hívnánk Kírát, Zolit, Bálintot, ott lennénk mi is, de sajnos Dáliát nem tudom beszervezni.

– Jól jönne, mert tényleg régóta nem beszéltem egyikőjükkel sem.

– Oké, akkor el is kezdem szervezni, ahogy hazaérek, rendben?

– Jó, jó! Majd én is elküldök pár üzenetet.

Martin ezzel visszaült a lóra, és az állat rögtön tudta merre folytatódik az út, már el is tűnt a háttérben a rejtélyesen megjelenő régi ismerős. Veronika is hazatért idő közben, éppen csak nagy vonalakban összegezte szüleinek, hogy a tanúvallomását megtette, de részletekbe nem ment bele, és a többiek se nagyon erőltették. A napok ingerekkel zsúfoltan pörögtek a várt szombat irányába. Körülbelül szerdára össze is állt, hogy hol, mikor és hányan találkoznak. Veronika elsőre érthetetlennek tűnő üzenetet kapott pénteken Bálinttól: „Bocsi, elfelejtettem szólni, de legyen nálad valami ami vasból készült. Mindegy hogy mi, minél nagyobb, annál jobb, de fontos hogy vas legyen. Nem jó más fém. Ha kell, ellenőrizd mágnessel, de ez életbe vágó." A lány nem tudta hova tenni a tanácsot, de ennek ellenére kérdés nélkül megfogadta. Sejtette, hogy a túlvilági lényekkel állhat valamiféle összefüggésbe, de nem kérdezett utána jobban. Aznap este a fészerben talált egy rozsdás kalapácsfejet, ami úgy 18 centi hosszú, és 5 centi vastag lehetett. A vörös rozsda egyértelműen elárulta az anyagát, így mágnesre se volt szükség, becsúsztatta a hulladéknak kinéző kincset a táskája aljára. Közben kiderült az is, hogy a létszám még annyira sem lesz teljes, mint eredetileg gondolták: Kíra enyhén szólva a háta közepére sem kívánja az egészet, öccse elvesztése, szakítása, és anyja kórházba kerülése miatt. Zoli hasonló okokból hezitál: az ő anyja most jött ki a kórházból, de neki a rendőrségi hercehurca, és szintén a szakítás tompítja kedvét. De ennek ellenére nem mondta, hogy nem lesz ott, még ez bizonytalan. A hely pedig, a mindenki által jól ismert Támaszpont nevű katonai témájú romkocsma volt. Ezen kis épület előtt találkozott egymással Martin, Bálint, és Veronika a szürkületi órákban szombaton. Bálint érkezett utoljára, talpig láncingben, mint aki félúton van a pszichiátria, és a jelmezbál között, azonban a láncing valódi volt. Veronika rögtön kapott az alkalmon, hogy viccesen csipkelődjön:

– Az igen, komám! De kirittyentetted magad a mulatozásra! – fogalmazott Veronika erőltetett régiességgel.

– Nálad van vas?

– Azt hittem pénzzel fogunk fizetni.

– Nem úgy értem. Olvastad az üzenetem?

– Persze, nyugi! Hoztam egy kalapácsfejet, de most már érdekelne, hogy mire fog kelleni.

– Remélem semmire, de inkább legyen, mikor nem kell, minthogy ne legyen, mikor kéne.

Martin hangosan, már-már nyerítve felrikkantott:

– Ember! El se kezdtünk még inni, már piás vagy?

Veronika ismét elég magasnak találta a labdát ahhoz, hogy lecsapja:

– Na te csak hallgass! A másik időutazó a lóháton. Nekem akkor gondolom kardot kellett volna hozzak.

Bálint eddig bírta, inkább utalások nélkül kimondta az egyenes választ:

– Szóval a vas a lélektörlők ellen kell. Zoli mesélte, hogy egyszer meg akarta támadni egy, de nem tudott ártani neki, a kabátján a szegecsek, az oldallánca, meg az acélbetét megvédték. A fatert meg a rendőrautóba épített szintén vasból készült rács. Tehát kezdem elhinni, hogy a vas kivédi a támadásaikat. Amúgy Martin, milyen lóról beszéltek ti meg? (Utolsó mondatát Bálint már csak olyan mellékesen tette hozzá.)

– Ja igen, hát hasonló okok miatt. A lovak megérzik, vagy kiszagolják, vagy látják a szellemeket, és félnek is tőlük. Így lóháton ha akarnék se tudnék szellemekkel telezsúfolt helyre menni.

– Most mivel jöttél?

– Erre a pár méterre? Hát biciklivel. Na de menjünk is be, mielőtt bezárnak!

– Jó ötlet!

Azzal szép, fegyelmezett sorban lépte át a küszöböt a három fiatal, kikérte ki-ki a maga italát, és az első szabad asztal mellé le is telepedtek, ami egy csapatszállító teherautó motorházteteje volt. A korsókból azonban csak lassan fogyott a folyékony kenyér, mivel mondanivalója volt mindenkinek bőven. Veronika nyitotta meg a konferenciát, egy kicsit keserű kijelentéssel:

– Azért kár, hogy a többiek nincsenek itt. Zoliékról tudtok valamit? Annyi van meg, hogy szétmentek, de nem kérdeztem rá, hogy miért.

– Nekem annyit mondott, hogy „Kíra bekattant, és elkezdte őt hibáztatni azért, mert kísértetek forgatják fel a családja életét." Szó szerint így mondta, ez nem az én véleményem. – Válaszolt Bálint.

– Hogy mi? De hát már lassan egy éve vagyunk ebben, most jutott eszébe?

– Én nem ítélkezem. Zoli a haverom, de őt se kell félteni. Meg hát ha engem kérdeztek, amúgy sem illettek össze. Csoda, hogy ilyen sokáig bírták.

– Sajnálom őket attól függetlenül. És akkor egyikük se ugrik le?

– Zoli még most se döntötte el, de Kírára ne számítsunk! Az öccse holttestét a rózsabokorból szedték össze, nemrég volt a temetése is, szóval...

– Hogy mi a franc van!? – Lépett be az eddig csendes Martin.

– Figyelj, ne verjük nagy dobra, de egy lélektörlő végzett vele, hivatalosan sikerült elsimítani az ügyet, és papíron szívrepedés áll, szóval inkább ezt a részét jegyezd meg!

– Szívrepedés? Mitől?

– Hirtelen sokkhatás, vagy rémület váltotta ki. Valószínűleg megijedt egy kísértettől. Ez áll a jelentésben.

– És ezt honnan tudod? – Vágott közbe Veronika.

– Addig faggattam, hogy miért nem jön, hogy elmondta, de lelkemre kötötte, hogy ne terjesszem el a hírt.

– És te mit csinálsz? Elterjeszted! Bravó!

– Nem akarom bevédeni Bálintot, de egy ekkora titkot rohadt nehéz megtartani. Én annyira nem ismertem a csajt, de ha az én egyik közelebbi ismerősöm járna így, én tuti nem tudnám eltitkolni. – Lépett fel Martin amolyan „ügyvédi" szerepben.

– Oké, ebben is lehet valami. De ugye, nem mondtad másnak?

– Apám nem tudja, ha erre gondolsz. Meg nem is érdekli, mert Zoli ügyét ak... hoppá... Na mindegy... Szóval nem érdekli, és pont.

– Nyugi, tudok róla! Tettem vallomást az érdekében, pont az öreged vitt el az őrsre, mert félúton találkoztunk.

Martin megint kívülállónak érezte magát, de már szégyellt újabb kérdést feltenni, így csak csendesen kortyolgatta a sörét, és hallgatózott.

– Milyen vallomást? Mit láttál, ami felmentheti a gyilkosság alól?

Martin ekkor visszaköhögte a sört a pohárba, a korsót hozzácsapta az asztalhoz, és a nyelve és az a kevés alkohol átvette az uralmat az agya fölött:

– Hogy most akkor mi a pék fasza van!? Az egyik haverunk gyilkos? Ő Káin?

– Nem, nem Káin. Önvédelem volt, de hosszú lenne kifejteni.

– Eszem megáll! Három hónapja nem találkoztunk, és elszabadul a pokol. Egyéb?

– Amerika nem létezik. Szétatomozták egymást, így megint Európa húzza a világ szekerét. – Tromfolt rá Veronika.

– Ja, azt tudom, meg az régi sztori. – legyintett.

– Na látod! Egy egész kontinens megy a süllyesztőbe, le van sajnálva, de ha egy ismerősöd önvédelemből öl, már ki vagy borulva.

– Na jó, most megfogtál. – vigyorgott sejtelmesen a már ittasodó fiú.

– Az nem akkortájt volt, mikor a kopogó szellemek végigsöpörtek az országon? – Vette fel a fonalat Bálint.

– De-de. Akkor.

– Akkor viszont nem kopogószellemek voltak. A sok atombomba lökéshulláma ért el ide, az remegtetett meg mindent, ami nem volt leszögelve.

– Jaj! Már meg konteókat gyártunk? – méltatlankodott Martin.

– Hallottál már a Cár bombáról?

– Arról nem, csak hogy a ruszkiknál megint cár van.

– Na a Cár bomba a hidegháború alatt épült legnagyobb hidrogénbomba volt. Tervezésénél felmerült, hogy ez már lehet a Földet is le fogja téríteni a keringési pályájáról. Azóta ki tudja milyen, meg mennyi ilyen szörny épült még. Lehet jóval nagyobbak is.

– Hé, srácok! Ezt az atombombás elméletet nem hivatalos forrásból szereztem.

– De Amerika tényleg lakatlan már.

– Lehet hogy a kísértetek miatt: Elmenekültek, meghaltak, megőrültek...

Martin ezen a ponton a témát erősen elfordította a hétköznapi történések felé: „Tök mindegy mi van Amerikával, én hozok még egy sört!" Azzal már viharzott is a pult felé. Ahogy a tekintetek óhatatlanul is követték a harmadik felet, feltűnt, hogy a kocsma ajtaja lassan nyílik, és először egy piros égnek álló hajtincs tűnt ki a résen. Oda is kiáltott neki Bálint:
– Zoli! Tudtam, hogy csak eljössz! Várj, odamegyek!
Azzal Bálint is felállt, Veronika pedig kényelmes távolságból nézte, ahogy a három fiú találkozik. Látta rajtuk, hogy rengeteg mondanivalójuk van egymásnak, így addig úgy döntött, közelebbről is szemügyre veszi a Támaszpont régi vágású, de modern belsejű doboztévéjét. A kép tűéles, és rikítóan élénk színezetű volt, míg kikapcsolt állapotban a '80-as éveket idézte. Pont véget ért a focimeccs, és rövid híradó következett. A szalagcím ez volt: „Elérte Budapestet Káin!" Mikor ezt a címet meglátta, megkérte a pultost, hogy hangosítson a tévén, amit kérdés nélkül meg is tett a vendéglátó, így Veronika már kristálytisztán hallhatta a részleteket, miszerint: „Már a harminchatodik alkalommal csapott le az önmagát csak „Káinnak" nevező vándorló sorozatgyilkos. Kígyósmezőtől indult feltehetően áprilisban, és szeptember 6-ára, azaz ma reggelre a Fővárost is elérte, ezzel dél-észak irányban majdnem átszelte az országot. Úti célja továbbra is ismeretlen. A tett helyszínén ezt a vérfagyasztó üzenetet találták a helyi hatóságok: „Nyugodjatok meg, én csak egyetlen embert keresek, de nem tudtam ellenállni a kísértésnek, hogy gyakoroljak. Szerintem 36 alkalom elég volt, de ki tudja... Lehet kinyírok még párat, mire megtalálom a prédámat." Arra kéri a kormány a lakosságot, hogy aki a szóhasználat, vagy bármi más alapján gyanakodik valakire, az jelezze az ország bármelyik főkapitányságán." A lány nem lett kisegítve az információval, úgyhogy inkább amellett döntött, hogy csatlakozik a fiúkhoz, de csak úgy csendesen, kíváncsi volt ki veszi észre őt előbb. Bálint volt az:
– Na, pont most akartunk utánad menni! Minden rendben?
– Igen, csak rám tört egy fura kellemetlen érzés.
– Menjünk máshová?

– Nem! Jó lesz itt, csak... Csak újabban ingadozik a hangulatom.

– Hát akkor felvidítunk! Kitalálunk valami frappáns állatságot, jó?

– Az most jól esne, köszi!

Ahogy mindenki visszaült az asztalokhoz, és egyre jobban fogyott az alkohol, az a bizonyos „isteni szikra" megvillant Bálint elméjében, amit egyetlen percig sem titkolt el:

– Hé srácok! Beszéltük Verával, hogy csinálnunk kéne valami emlékezeteset. Mit szólnátok ahhoz, ha versenyt futnánk az utcán, de azzal a szabállyal, hogy minden ablakra, vagy ahol nincs, ott kerítésre rá kell sózni egy isteneset. Az nyer, akire hamarabb kiabál rá valaki.

– Pár hónapja díjaztam volna, de most egy darabig nem hiányzik a feltűnés. Az ötletet attól még támogatom, csak csendesebb hülyeség kéne. – Tette hozzá Zoli.

– Szerintem se kéne ezt megcsinálnunk, túl durva. De köszi, hogy ötletelsz. – Erősített rá Veronika.

– Akkor kukkoljunk! – Javasolta Martin.

A csapat egy emberként röhögött fel, de valahol egy bizonyos szintig el is gondolkodtak az ötleten. Bálint egy kicsit racionálisan közelítette meg:

– Ez jó! Kicsi az esély, hogy lebukunk, mégis sok impulzus érhet. Én benne vagyok.

– Szerintem is jó ötlet végignézni, ki kivel baszik. – Zoli így vélekedett az ötletről, amit Martin nyomban ki is egészített:

– Vagy hokizik.

– Úr isten srácok! De perverzek vagytok egytől egyig! – szólalt meg Veronikából egy nőiesebb nézőpont.

– Akkor ez azt jelenti, hogy benne vagy?

– Hogyne! Egyszer élünk! Meg jól fog mutatni az orvosi pályafutásom elején, ha esetleg lebukunk.

– Ez szarkazmus, vagy tényleg támogatod? Nem tudtam eligazodni.

– Megyek veletek, de tényleg tartok, hogy észrevesznek, szóval ne húzzuk sokáig, rendben?

Zoli kimondta a végszót:

– Oké, akkor előtte még egy kört mindenkinek, és csapassuk!

Az az utolsó egy-egy pohár hamar kiürült, és mint akik csak egyszerűen haza tartanak, illedelmesen elköszöntek a pultostól, mielőtt kiléptek az utca sötétségébe. Sok bokor, trafó, egy buszmegálló, és jó néhány fa volt az utcán, így rejtekhelyből nem volt hiány. Azonban legalább ugyanennyi utcai lámpa is volt, tehát a sötétség nem volt eléggé átfogó. Ezért egy kihaltabb területet kellett először keresni, vagy legalábbis egy olyat, ahol gyengébbek a fények. Mivel ilyen nem volt, ráfogták az egyik sövényre, és mögé kucorodtak, majd az azzal szemben lévő bérház ablakai között válogattak. Többségük már fekete volt, de akadt néhány, ahol még rikított a lámpa fénye, vagy éppen sejtelmesen sugárzott némi fényt egy-egy kisebb asztali lámpa. Volt aki csak tanult egy füzetből. Feltehetően egyetemista lehetett a korából kiindulva. Vagy talán KRESZ-et tanult. A szomszéd ablakban csak unalmas jövés-menést lehetett látni, de egyszer csak Bálint vigyorogva felszólalt, igaz, suttogva: „Nézzétek már! Az a figura épp most fényezi a bohócot, ha értitek, mire gondolok." Veronika rögtön forgatni kezdte a fejét, és rövid, tömör „Hol?" kérdéssel reagált. Bálint elröhögte magát: „Sehol, csak kíváncsi voltam, kit érdekel a legjobban."

– Hú de vissza fogod ezt még kapni, te gyerek! – viccelődve bosszankodott a zavarba hozott lány, majd folytatta: De amúgy szerintem ennyi legyen elég, mert jönnek-mennek a rendőrök is, nehogy baj legyen.

– Majd azt mondjuk, berúgtunk, és eltévedtünk, legfeljebb hazavisznek minket.

– Én inkább a saját lábamon tenném meg az utat, ha nem bánod.

A vitának Zoli vetett véget, döbbenetet, és félelmet tükröző hangon:

– Nézzétek már! Ott a földszinten razziáznak a kékek!

– Látom én is! Mi történhetett? – erősített rá Martin.

– Hol van, én nem látom? – Kérdezte kórusban a másik két fiatal, de azzal a lendülettel meg is találták, amit kerestek, egy idő után Bálint megjegyezte:

– Ezek nem hétköznapi rendőrök! Fekete a minta ott, ahol kéknek kéne lennie. Új egység lenne?

– Vagy álrendőrök. – folytatta a tippelgetést Veronika.

Ekkor azonban pisztolylövés dörrent el, és hatalmas villanás fénylett fel az eddig feketén tátongó földszinti ablakban. Még ekkora távolságból is fülsiketítő volt a hang, de eldörrent újra, és most vér is fröccsent az üvegre. Egyszerűen kővé dermedtek a bámészkodók, és amit utoljára láttak az az volt, hogy egy fekete egyenruhás rendőr egy szellemidéző ingát tesz egy műanyag tasakba, hanyag mozdulattal bevágta az autó hátsó ülésére, és hideg természetességgel továbbállt, majd pár házzal arrébb ismét bekopogott. Ezt már senki nem akarta kivárni, úgyhogy amíg lehetett, mindenféle egyeztetés nélkül mind a négyen egyszerre iramodtak neki az éjszakának, és csak remélni tudták, hogy közben a lehető legkisebb zajt csapják. Ezt a reményt azonban nem táplálta sokáig Bálint láncingének igen jellegzetes, és hangos csattogó csörgése...

A BONCOLÁS

Hiába csörgött Bálint láncinge, a titkos rendőr oda se vetette tekintetét, mert kóbor kutyának vélte. Ez a feketébe burkolózott rendőri alakulat közvetlenül Csonka Jávornak tartozott jelentési kötelezettséggel, céljuk a titkos szeánszok felkutatása, és az azokat végzők helyszínen történő kivégzése. Így nem csoda, hogy a lánccsörgés nem az a hang, amire nyomban felkapják a fejüket, sokkal inkább ablakon kiszűrődő gyertyafényeket keresik. Tevékenységeik véget is érnek a pirkadat első fényeire. Az egyik ilyen vöröses sárgás ébredés egyetlen ember életében sorsdöntő pillanat volt, hiszen eljött a nap, amikor felboncolják Szentesi László holttestét, Virág Lilla gyenge beleegyezésére. Hogy a nőt mennyire hidegen hagyta az eredmény, jól mutatta, hogy már csak akkor lépett be a hullaházba, mikor a két patológus már a külső megtekintésről készített feljegyzéseket. A talpig fehérbe öltözött férfiak egy határozott mozdulattal rántották ki a tepsit a szekrényből, és ezzel nagy mennyiségű száraz jéggőz tört elő. Hogy hamarabb kezdhessenek, elkezdték a gőzt a tenyerükkel oszlatni, úgymond „hessegetni." Az egyikük gumikesztyűs ujjával megbökdöste a jéggé fagyott idős úr földi maradványait, és csak hanyagul odavetette társának:

– Ez már jó régóta itt lehet. Nézd milyen keménnyé fagyott! Hogyhogy csak most kell felnyitnunk?

– Akkor lazítsunk, míg egy kicsit olvad! Amúgy lövésem sincs, de ez nem is ránk tartozik. – Folytatta a másik még közönségesebb stílusban. Mindkét szakember felült egy másik asztalra, egy másik lepedőbe tekert holttest mellé, és a magasabbik elővett egy ételhordóban egy adag hideg spagettit, és csak úgy ahogy volt, elkezdte enni. A másik rámutatott az áldozat torkán a vágásra:

– Nézd már, Gergő! A fazonnak kint van a csigolyája is. Ezt rendesen tepsibe rakták.

– Szerinted ki tehette?

– Nem értek hozzá, de hallottam egy Richard Ramirez nevű tagról, aki pont ugyanígy vágta el egy áldozat torkát.

A megkésett nyomozónő úgy lépett az elmélkedésbe és a terembe, mintha az elejétől fogva ott lett volna:

– Nem az éjjeli vadász, de zenei ízlésük kétségtelenül hasonló. Nevet viszont nem mondhatok.

A Gergő névre hallgató magas boncmester illedelmesen reagált:

– Kezét csókolom, kisasszony! Pont magára vártunk.

– Kisasszony már régóta nem vagyok, de bóknak veszem, hogy annak nézett, köszönöm. Szóval a lényeg: mivel sok helyen kell lennem, most csak beköszöntem, de majd néha-néha bejövök. Addig is jó munkát, és majd értekezünk.

– Rendben van! Jó mun...

A mondat vége már nem hangzott el, Lilla úgy eltűnt a teremből, akárcsak egy szellem, magára hagyva a fehér ruhásokat.

– Hú de siet! Mi azért se fogunk kapkodni. – Jelentette ki az alacsonyabbik orvos, akit amúgy Bertalannak hívtak.

Gergő odalépett a hullához, ismét megbökdöste, majd öszszegezte:

– Egy kicsit már olvadt, de még mindig beton. Mit csináljunk?

– Én megmondtam, hogy nem kapkodom el.

– De lehet nemsoká visszajön, és ha addig semmi se történik, mit mondunk?

– Te amit szeretnél, én meg azt, hogy „Kezét csókolom, kisasszony!"

– Hehehe... Nagyon vicces vagy!

– Ne aggódj, nekem is bejön. Főleg amiatt, hogy mozog.

– Hát, Berci, ha te nem erre születtél, akkor senki sem! De én megcsinálom azt az ipszilont, hogy legalább annyi is történjen.

– Oké.

– A bordafeszítő már a tiéd lesz!

– Ó hogy a gránát emelne meg! Jó, legyen! – kuncogott egyet a morbid humorú kórboncnok.

Gergő mindeközben erőteljesen koncentrált arra, ahogy a szike mint egy ezüsthajó, siklik keresztül a bőrsejtek tengerén.

A vágásnak a lehető legtisztábbnak kellett, hogy legyen, így könnyebb volt megkülönböztetni a természetes sérülésektől. A bőr késve, de elpattant a sebészszike nyomán, mint a gumi, felfedve ezzel a vázizmokat. Néhány perces művelet volt, de úgy döntött Gergő, hogy átadja a stafétabotot a még ennyire sem szorgalmas kollégájának:

– Na kapd szét azokat a vázizmokat, és feszítem én a bordát, így kvittek leszünk?

– Jól van, megyek is.

Bertalan csak lassan, komódosan vonszolta magát a holttesthez, annak ellenére, hogy világos célzást kapott egy magas rangú nyomozótól, hogy sietni kellene. Hogy ez az idő rövidebbnek tűnjön, addig Gergő beszélgetést kezdeményezett:

– Mi a véleményed arról, hogy Csecsenföld megint ki akar lépni az orosz föderációból?

– Ő dolguk. De amúgy miért is akarnak függetlenedni?

– Vallási okok miatt. Úgy vélik, hogy erre a nagy világrengető kísértet-invázióra csak az iszlám tud megoltást, a többi vallás téved.

– Az összes vallás téved.

– Hogy érted ezt?

Bertalan közben a fehér kesztyűjét összevérezte a vázizomzattal, hogy stabilabban álljon a vágás alatt, és a szike hegyét is beillesztette a rostok közé, majd válaszolt:

– Úgy, hogy amíg nem érinted meg a holtak hideg és merev húsát, te is azt hiszed, hogy vár rád valami odaát.

– De hát van élet a halál után, ez már be lett bizonyítva.

– Igen, de nem olyan, mint ahogy a vallások képzelik. Ugyanolyan silány és egyhangú hétköznapokat élsz meg akkor is, mert itt rekedsz. És nézheted, ahogy egykori létezésed kézzel fogható bizonyítékaira földet szórnak, vagy elégetik azokat... Persze csak miután mi még jól össze is vagdaltuk.

– De ha létezik szellem, csak helyes valamelyik vallás, nem gondolod?

– Nem. Hiszem azt, hogy ez egy tudományos felfedezés.

– Kifejtenéd bővebben?

A szike ennél a kérdésnél fejezte be teljesen az útját, így az eszköz átmenetileg megpihenhetett némi vegytiszta szeszben.

Bertalan ellépett a testtől, lehúzta a maszkját, és teljes odafigyeléssel magyarázta elméletét:

– Valami mozgat, nem? Ugyanaz vagy, mint aki a tepsiben leszel. Akkor miért nem tudsz majd mozogni? Mert az anyagtalan irányítód elhagy. Mint az út szélén hagyott motorhibás gépkocsi... A sofőr attól még él valahol, hogy üres az autó... Nem beszélve arról, hogy 21 grammal könnyebb leszel a halál után. Lennének tudományos kiindulópontok.

A gondolat hatására átmeneti csend telepedett a hullaházra, és a boncmester fizikailag is visszatért a munkájához. kisvártatva fülsértő nedves ropogás, és recsegés csendült fel. Gergő jól tudta mi ez a hang:

– Szétkaptad a bordakosarat is?

– Persze, azért szeretnénk hala... Hallod...

Lepődött meg a szakember, mialatt tátott szájjal meredt a felnyitott mellkasra.

– Mi az, mi történt?

– Még jó hogy ketten vagyunk, mert lövésem sincs mit nézek most pontosan.

– Jól van, ne szórakozz, inkább megnézem én is.

– Azt jól teszed.

Ahogy Gergő is odalépett, egy az egyben lemásolta munkatársa reakcióját, miközben a hófehér szívet bámulta kétségbeesetten. Annyi lélekjelenléte volt még, hogy megkérdezze:

– A mellkason volt szúrt seb?

– Miért? Kellett volna?

– A szívből hiányzik az összes vér, csak úgy tűnhetett el, ha egy fecskendővel leszívták.

– Milyen tű megy át a szegycsonton, amit bárki be tud szerezni? Ráadásul a torkát is elvágták, miért ölték volna meg kétszer?

– Lehet a torkát utólag vágták el, nem?

– Nem hinném. A szövetkárosodás és a véralvadék alapján azt látom, hogy még élt, mikor ezt a sebet kapta.

– Létezne, hogy csak a szívéből tűnt el az összes vér? Ez lehetetlen. A többi szerve hogyan néz ki? Mutasd csak!

Bertalan tovább feszítette a bordákat, és vágást, amitől Gergő észrevett még egy részletet:

– Nézd a máját! Korom fekete!

– Az amúgy is elég sötét, ne foglalkozz vele!

– Ja, barnás, de ez olyan mint egy darab szén.

– Most hogy mondod, tényleg sötétebb az átlagosnál. De engem a fehér szív jobban érdekelne.

– Mintha a szívből minden vért átvezettek volna a májba. Kérdés, hogy ezt hogy lehetett kivitelezni.

– Még jó, hogy a kísértetek gondolatával is engedélyezett játszanunk...

– Persze, a legtöbben kényelmi okokból ráfogják, hogy lélektörlő... Ismerem ezeket a kamu cikkeket, de én a régi módszerekhez is ragaszkodom még.

– Ha a régi módszerek megállták volna a helyüket, most nem múlt időben beszélnénk róluk. Ameddig nincs értelmes ötlete egyikünknek sem, rá kell írnunk a jelentésre, hogy kísértettámadás történt.

– Ó! De azt még külön a kormánynak is el kell küldenünk! Tököm tele már ezzel a sok adminisztrációval!

– Az csak egy e-mail, nem a világ. Papír alapon elég a rendőrségnek.

– Jó, rendben van. Egy kicsit még törjük a fejünket, de legyen ez, ha nem jövünk rá másra!

Az ajtó persze a legjobb pillanatban vágódott ki, mögötte Virág Lilla nyomozóval, és egy határozott kérdéssel:

– Uraim! Megvan már az eredmény?

– Nos van pár tippünk, de... de még nem tiszta minden részlet. – hebegett-habogott a két patológus, felváltva.

– Ezt meg hogy értsem? Szakmailag felkészületlenek?

– Természetesen nem ezzel van a gond, csak ilyet még nem láttunk.

– Nem-e? Akkor hadd vessek rá egy pillantást én is!

– Nem javaslom, mert borzalmas lát...

– Hagyjuk a dumát! Láttam én is ezt-azt, amitől talán maguk lennének rosszul. Engedjenek!

Azzal Lilla lerántotta a fehér lepedőt a felnyitott hulláról, és rögtön kiszúrta a fehér szívet és a fekete máját. Azonnal tudta, hogy Veronika vallomása ettől a pillanattól kezdve érvényesnek tekintendő. Úgy tűnt ezt a nő nem így tervezte, és ettől izzadni és szédülni kezdett. Gergő volt az, aki a hölgy állapota felől elsőként érdeklődött:

– Mi mondtuk, hogy nem egy szép látvány. Hozzak valamit? Nem ül le valahova?

Lilla továbbra sem válaszolt, és ez már a másik boncmestert is elkezdte nyugtalanítani:

– Szerintem tényleg jobb lenne, ha leülne. Addig hozok önnek egy pohár vizet, az majd segíteni fog.

Erre a sokat látott rendőrnő futólépésben távozott a folyosóra, még éppen egy ajtócsapást lehetett hallani, közvetlenül az öklendezés és a hányás idegpróbáló hangjai előtt. Míg Lilla ezzel szenvedett, Bertalan rögtön elkezdett gúnyolódni, erőltetett nőies hangon:

– „Láttam már én is ezt azt…" Meg a nagy lófaszt! – Ekkor Bertalan elröhögte a saját poénját, és hozzátette: „Eskü, hogy véletlenül rímelt!"

– Jó, hát lehet amúgy is stresszes napja volt, és ez a hab a tortán.

– De akkor meg minek veri magát, ha tudja, hogy nem bírja… Sosem értettem ezeket az embereket.

Hamar összeszedte magát a tekintélyelvű nő, és visszalépett a patológiára, ahol rögtön így nyitott:

– Amelyikük arra tippelt, hogy stresszes napom volt, az eltalálta, a másiknak meg gratulálok, hogy ennyi kultúrával is megszerezte a diplomát. Biztos nem volt egyszerű. De térjünk a tárgyra: mi az eddigi tippjük?

– Lélektörlő. Csak az lehetett. Megszállta az öreget, és ezután három dolog történhetett: elvágta a saját torkát, valaki aki már amúgy is meg akarta ölni, most érte utol, vagy pedig belekötött valakibe, akinél méretes kés volt. Magyarul, mielőtt a torkát elvágták, technikailag már halott volt…

Az így is feszült rendőrnő már a monológ közepén elkezdett egy lepedőt gyűrögetni, de mire véget ért az eszmefuttatás, le is rántotta, és földhöz vágta. Ettől néhány sebészszerszám is megcsörrent a padlón, és teli torokból üvölteni kezdett, élénkvörös fejjel:

– Azonnal találjanak ki valami értelmeset! Ezt az ökörséget maguk sem hiszik el, igaz!?

– De kérem, a szervek elszíneződése alapján más nem lehet.

– Nem érdekel! Akkor azt a részt ne írják a jelentésbe, csak írják rá, hogy a torokvágás vitte el!

– Tőlem aztán... – vont egyet a vállán Bertalan, és el is indult a laptop irányába, a megnyitott félkész jelentéshez. Gergő állt az útjában, és határozottan, röviden reagált:

– Nem!

– Hogy mi? Maga most tényleg ellenkezik!? Ráadásul velem!? – Háborodott fel Virág Lilla.

– Miért akarja, hogy torokvágás álljon a jelentésben? Kit akar rács mögött tudni ennyire? Az áldozat igazi halálát kísértet okozta, nem ember! Bármit is tervez, nem asszisztálok semmiben, ami szembe megy az eskümmel, és a józan ítélőképességemmel!

– Akkor nem voltam elég világos. Vagy megcsinálja, vagy beperlem mindkettejüket, hogy szexuálisan zaklattak! Lőttek a karrierjüknek, ha van a családjuknak is... Gondolják még át!

Ezzel a lendülettel az ajtó nagy robajjal csapódott be az egyenruhás mögött, a két boncmester pedig csak tanácstalanul nézett egymásra. Az órák innentől úgy teltek, mintha napok lennének, a műszak vége már csak egy öt percre volt a nagy falióra szerint, de az akkor még egy teljes hétnek tűnt. Gergő tartotta magát az elveihez, és az igazi jelentést továbbította, de tekintettel volt a korrupció-kész kollégájára is, így a „Boncolást végző szakorvos(ok)" rovatban aláírásként csakis a „Dr. Rákóczi Gergő" név szerepelt. Persze az egészséges gyomorideg nem hagyta aludni a patológust, félt attól, hogy az elszánt rendőrnő betartja az ígéretét, és pereskedni fog, de eközben a lelkiismerete mégis tiszta volt, mert úgy érezte, erkölcsileg ez volt a követendő útvonal. Másnap váratlanul mégiscsak betoppant Virág Lilla, és a boncteremben hangosan megkérdezte az akkor már nagyobb létszámú brigádot: „Melyikük Dr. Rákóczi Gergő?" A már amúgy is ideges férfi nyelt egy utolsót, és remegő térdekkel, de mégis előlépett:

– Én vagyok.

– Beszélhetnénk négy szem közt?

– Hogyne. – majd újra nyelt egyet, és tétovázva követni kezdte a váratlan vendéget. Mikor már úgy tűnt, senki sem hallja a párbeszédet, Virág Lilla egy eddig ismeretlen oldalát mutatta:

– Csak bocsánatot szeretnék kérni a tegnapiért. Tudja, nagyon ki voltam bukva amúgy is, összekeveredett a fejemben egy csomó minden, még magam sem tudom miért mondtam, amit mondtam.

– Hát... Azért be kell vallanom, hogy egy szemhunyásnyit sem aludtam az éjjel...

– Tudom, tudom, vagyis inkább csak sejtem, és ezért is szeretném önt kárpótolni.

– Szükségtelen. Elfogadom a bocsánatkérést.

– Ne vegye tolakodásnak, de arra gondoltam, meghívnám magát vacsorára hozzám.

– De ugye nem fél, hogy molesztálni fogom? – vigyorgott sandán a boncmester.

– Úr isten, most jut eszembe, hogy még ilyet is mondtam! Te jó ég! Mekkora idióta voltam. – szörnyülködött tovább Lilla.

– Semmi probléma. Hányra menjek?

– Tényleg elfogadja?

– Hogyne. De csak ha a férje nem ellenzi.

– Férj? Ugyan! Tudom én milyen kiállhatatlan természetem van, senki se lenne hajlandó elvenni.

– Ne legyen magához ilyen szigorú! Szóval? Hány órára menjek?

– Hétkor jó lesz?

– Pont addig tart a műszakom, de mondjuk nyolcra odaérek, ha még nem késő.

– Oké, akkor nyolc. Ja, és ha visszamegy, kérem rögtönözzön! Mondja azt, hogy kikérdeztem egy ügyben, mint szemtanút!

– Jó, de miért is? Mégis van férje?

– Jaj, nem erről van szó, csak tudja szeretem az ilyesmit diszkréten kezelni.

– Akkor ez esetben kitalálok valamit.

– Nagyon szépen köszönöm! És akkor nyolcra várom!

– Ott leszek!

A TAKARÍTÁS

Az idő Lilla ellen dolgozott. Tudta jól, azonnal cselekednie kell, hogy titka megmaradjon, nem maradhatnak elvarratlan szálak. Ezért rögtön a társát, Bíró Félixet kezdte az épületben felkutatni. Sehol sem találta, csak Albertbe botlott bele:

– Bocsi, nem láttad Félixet?

– Legutóbb az ebédlőből jött ki, azóta nem tudom hol van.

– Király! Köszi!

– Szívesen.

Lilla további sebes lépteket tett meg az étkezde felé, és szerencséjére pont belefutott a társába is, aki így szólt hozzá: „Csak bent maradt a telefonom, de sietek vissza, nyugi!" Pár perc múlva elő is jött, és lehúzódtak az irodába, ahol már Lilla tette fel régóta tartogatott kérdését:

– Megérkezett már a jelentés a boncolásról?

– Postán, vagy e-mailben kapjuk?

– Postán. Jött már?

– Nem néztem még. Miért, baj van?

– Nincs semmi baj.

– Akkor miért vagy ilyen feszült?

– Mert egy helyben áll minden. Mit tudunk eddig?

– Váradi Zoltán különös kegyetlenséggel végzett Szentesi Lászlóval, ami miatt komoly börtönévekre számíthat, főleg ha még az öreg szelleme is a helyszínen rekedt, márpedig ott rekedt, mert akit ilyen módon tesznek el láb alól, nem találja meg a békét.

– Észlelte valaki az öreg szellemét?

– Lilla... Nap mint nap több ezer szellemet látnak az emberek fejenként. Fogalmam sincs. Nézz oda a sarokba.

Félix az ujjával is mutatta az utat, Lilla pedig észre is vett egy alakot, kinek félméterenként kiállt a bőre alól valamilyen törött csont, az állkapcsa lógott, és szeme vérben forgott. Mellette pedig egy lila esőkabátos, szőkésbarna hajú nő állt kivésett szemekkel. Majd Félix folytatta:

– Emlékszel még azokra az időkre, mikor ettől a szívedet öszszerántotta volna a görcs? Ma már senkit se érdekel.

– Ezeket én is szoktam látni, de mi közük van az aktuális ügyhöz?

– Hogy még ha látják is Szentesi László szellemét, el se jut a tudatukig. Nincs már semmi meglepő benne, ezért be se fogják jelenteni.

– És ha kikérdezünk pár embert?

– Az sem jó. Vagy azt fogja mondani, hogy nem látta, mert nem is emlékszik rá, vagy azt fogja mondani, hogy látta, de csak azért, mert rákérdeztél, és igazából azt se tudja miről van szó. De minek neked a szelleme? A felvágott torkú holttest nem bizonyít eleget?

– Csak szeretnék alapos lenni. Nem akarok tévedni.

– Figyelj! Szerintem ez egyértelmű. A tarajos kölyök bepiált, az öreg biztos olyat szólt, ami nem tetszett neki, oda ment, és a többit tudjuk. Zárjuk le az ügyet, és haladjunk. Káinnal mi van már?

– Megsejtették Alberték, hogy kutatunk utána, szóval óvatosabbnak kell lennünk.

– Jó, de ha rájövünk ki volt az, utólag fel kell fednünk mindent, ugye tudod?

– Utólag hősök leszünk. Nem csak itt, az egész ország szemében. Akkor már senkit se érdekel majd, hogy pár szabállyal szembe mentünk.

– Jogos. Akkor mi legyen a Szentesi László gyilkossággal?

– Várjuk meg a boncolási jegyzőkönyvet, mert így is áthágtunk egy pár szabályt, és részemről is lezárhatjuk.

– Rendben, addig megírom a jelentést.

– Oké, akkor nem is zavarok addig, majd találkozunk!

Ezzel Lilla már éles kanyart vett az ajtó után az irattár felé. Szeme egész úton úgy járt mint a vasvilla, de átmenetileg elillant az izgalma, mikor rájött, hogy senki sem vette észre. Ott pedig elővett egy köteg régi aktát, melyeken 1980-tól 1990-ig szerepeltek a dátumok, még utoljára körbenézett, és zubbonya alól kivette a postaládából kicsempészett boncolási eredményt, és becsúsztatta a stósz közepére. Majd ezzel a rakással felszerelve csak pár lépés volt az iratmegsemmisítőig, ahová ötösével, sőt néha tízesével tömködte a papírokat a fuldokló gépbe. A rendellenesen hangos nyikorgásra Albert is felfigyelt, és észrevette, hogy Lilla csak úgy darálja egyik papírt a másik után. Pont abban a pillanatban került be a tegnapi boncolás jegyzőkönyve is. Albert nézte egy darabig az elfoglalt kollégát, majd halkan üdvözölte:

– Helló!

Ettől a nő kicsit megijedt, de mikor felnézett, próbált úgy tenni, mint aki megkönnyebbült:

– Úr isten! Csak te vagy az?

– Hát a pápa nem ért rá, úgyhogy leugrottam helyette. Hogy vagy?

– Darálom már ezt a sok ezeréves szemetet. Így is alig van hely, mi a francért nem álltunk át e-mailre?

– Miért, ezek mikoriak?

– Nyolcvantól kilencvenig egy kisebb kupac. De még lesz egy jó pár ilyen.

– Akkor még gyerekcipőben járt az internet, azért nem kaptunk e-maileket ezekről. De miért most foglalkozol ezzel?

– Régóta terveztem, de most értem rá.

– Most én is ráérek. Átveszem ha szeretnéd.

– Tényleg megtennéd? (kérdezett a nő színlelt örömmel)

– Persze. De nem garantálom, hogy mind meglesz.

– Nem baj, amennyi sikerül, azzal is kevesebb van. De akkor megyek is tovább, majd beszélünk még.

Ahogy a nő elsietett, Albert halkan mormogta az orra alatt: „Abban teljesen biztos lehetsz!" Pár iratot a hangja miatt ő is becsúsztatott a gépbe, hogy meggyőzze kollégáját, de kíváncsiságból kihúzta a dobozt, és a sok mállófélben lévő sárgás barna csík között talált egy pár hófehér, majdnem fényes papírmasét. Nem fogott hozzá kiválogatni, de egyet azért kivett, hogy szemügyre vegye. A csík alsó ötöde körül észrevett egy hármast és egy félbevágott hatost. A dátum helye, és ebből kikövetkeztette, a dátumban 36-os szám szerepel. 12 hónap, és 31 nap van, így ez csak évszám lehet, az iratok '80 és '90 közöttiek, így ez a dátum minden bizonnyal 2036 lesz. Albert nem akart kirakózni, csak lefotózta mobiljával, amit látott, és a dobozba is befotózott, hogy látszanak a fehér csíkok a sárgulók között. Lilla pedig szemmel láthatóan kiegyensúlyozottabban viselkedett a nap további részében, mert úgy vélte, a legnagyobb kockázattal járó lépésen sikeresen túl van. Azonban lassan, de biztosan eljött az este nyolc is, addig viszont mindenki a sablonok szerint végezte a dolgát: A járőrök járőröztek, a nyomozók nyomoztak, és a főkapitány irányította a folyamatokat. Egy magányos személyautó azonban már alig várja, hogy az ismét civil ruhát öltő női sofőrje elfordítsa a kulcsot, hogy ezzel már egy nyugodtabb, és kellemesebb légkör is megnyíljon. Fél hét lehetett, mikor Lilla már magánemberként végre hazaért a viszonylag nagy, és rendezett, egyelőre még emberi mozgástól mentes otthonába. Serényen várta vacsoravendégét, a nem létező port törölgette mindenről, ami a szeme elé került, ez fél nyolcra kész is lett. Saját sminkjét és haját pont a csengőszóra tudta befejezni, még a tükör előtt állt, mikor kiabált: „Nyitom!" Az ajtó mögött pedig csokornyakkendőt, fehér inget és fekete zakót viselő, stílusosan hátrazselézett hajú boncmester állt. Háta mögül előre nyújtotta karját, és egy doboz bonbont tartott a kezében, majd megszólalt:

– Nem tudom, hogy eltaláltam-e az ízlését, de ezt önnek hoztam.

– Szerintem, ha átlépi a küszöböt, onnantól inkább tegeződjünk, rendben?

– Rendben!

– Akkor? Belépsz végre, vagy inkább az asztalt vigyem ki? (egy sejtelmes kacsintással jelezte a nő tréfás szándékát a mondandója mögött)

Ekkor a férfi fülig érő vigyorral az arcán lépett be Lilla lakásába, és úrias mozdulattal ült le a már előre megterített asztalhoz. Mikor a nő is megérkezett, hirtelen eszébe jutott még egy illemszabály. Felpattant gyorsan, hogy kihúzza a széket az érkező hölgy előtt, de ő erre csak ennyit reagált:

– Hű, milyen illedelmes! De ne fáradj, csak lazulj el!

– Jól van, akkor ellazulok. – mondta Gergő kicsit tétovázva.

– Még mindig nem vagy laza. De akkor megtöröm én a jeget: bevallom nagyon megtetszett, ahogy szembeszálltál velem tegnap.

– Igen?

– Hogyne! Tudod, férfiak között dolgozom nap mint nap, elég magas beosztásban, és hát unom már, hogy mindent rám hagynak. Egy férfinak igenis legyen saját nézőpontja, és vállalja is fel!

– Ó! Meglepődtem, hogy ez bejött neked! Tényleg így érzel?

– Persze. És most ki vele: neked milyen benyomásaid vannak?

– Ebben mindig béna voltam, de amúgy te is szimpatikus vagy.

Erre Lilla felemelte a szemöldökét, és gyanakvóan kérdezett vissza:

– Tényleg? Még egy ilyen csúfos bemutatkozás után is?

Gergő erre már határozottabban reagált:

– Igen! Igen, így is. Tudtam én, hogy csak az az egy napod volt olyan, amilyen, és amúgy jó ember vagy.

– Jaj, még elpirulok, ne mondj már ilyeneket! (vihogott zavarában a nő, majd terelt) Szereted a rumot jéggel?

– Hogyne! Igaz nem vagyok nagy ivó, de néha jól esik.

– Jól van, akkor várj, hozok egy-egy pohárral, és szerintem igyunk erre az új ismeretségre!

Gergő már egyedül ült az asztalnál, így volt ideje kifújni a stresszt egy kis levegővel, majd elmosolyodott, és érezte, hogy valami egészen új vár rá az életben. Lilla is megérkezett két pohárral, melyben rumban úszó jégkockák lebegtek. Koccintottak, a nő gyorsan húzóra megitta, a férfi csak kortyolgatta, ízlelgette. Ezt Gergő észre is vette:

– Az igen! Még egy meglepetés! Hogy bírtad így leküldeni?

– Bocsi, nem akartam alkoholistának tűnni. A kávét is így szoktam, és ez azt hiszem rám ragadt.

– Nem kell kimagyarázni, mert tetszett. De bevallom nekem több idő fog kelleni, mert hirtelen elszédülök tőle.

– Hosszú még az éjszaka, nem kell sietned. (most már félig-meddig perverz mosollyal nézett az asztal másik végén ülő öltönyös fazonra)

Ettől persze félrenyelte a rumot az elegánsan öltözött férfi, és köhögni kezdett, majd tovább részletezte a flörtölő nő:

– Igen, pontosan úgy értem, ahogy gondolod. Nyugi, ha zavar perelhetsz is... Ha érted mire gondolok...

– Biztos nem fogok ilyet tenni. De utoljára mégis megkérdezem: Biztos hogy nincs férjed?

– Dehogy van! De ne aggódj, ha lenne, ezért az estéért el is hagytam volna.

Gergő poharából is kezdett elfogyni a rum, a jégkockák is összementek, erre a férfi elkezdett szédülni, és köhögni. Egyre hangosabban, és egyre jobban duzzadó nyaki erekkel. Végül a szeme fehérje is kezdett vörösödni, mire Lilla úgy látta, most már kiléphet szerepéből, és gyomorszájon vágó, hideg, flegma stílusban folytatta:

– Tényleg elhitted, hogy kellenél te szerencsétlen?

Kis szünet után kivett egy jégkockát a haldokló férfi poharából, és megmutatta neki:

– Ez itt színtiszta nikotin, amit tapaszokból nyertem ki, és zártam jégbe. Meg van benne egy kis talajfertőtlenítő is, mert nem bíztam a nikotinban. Nem tudom most melyiktől indultál meg a másvilágra, de nem is érdekel. Az apámat nem fogja börtönbe juttatni egy ilyen kis túlbuzgó selyemfiú!

Gergő még párat krákogott, miközben vér tört elő a szájából, de Lilla erre is tréfásan reagált:

– Ja, hogy azt kérdezed, ki az apám? Hát Káin! Hidd el nem akartad volna apósnak. Na de jó éjt, majd regg... Hülye vagyok... Nem ébredsz fel reggel. Akkor csaj jó éjt!

Az áldozat utolsó erejével még a vérét a gyilkosa arcába köpte, majd összeesett a szőnyegen, amitől végleg kilehelte a lelkét.

NEM MONDTAM, HOGY VÉGEZTEM!

Szeptember már a végét járta, emiatt a sötétség is hamarabb telepedett a világra, mintha a természet ilyen formában közölné a télbe vezető haldoklását. A Fővárosban borostyán sárga, és fehér közterületi lámpák fényei furakodtak a tej sűrűségű köd, és szmog házasságából született baljós felhőbe. Pedig még csak délután hat óra lehetett. A ködben attól még az élet virágzott. Dudaszó, fékcsikorgás, cifra káromkodások, és látássérülteket segítő sípolások, és hangosbemondók tanúskodtak arról, hogy csak a természet vonul félre, az ember egy pillanatra sem. Aki beljebb merészkedett ebbe a titokzatos világban nem csak a modern nagyvárosok képével találkozhatott, hanem pár elfeledett praktikát is újrahasznosítva. A járdán magányosan sétált egy férfi, talpig lovagi páncélban, hogy eredeti, vagy replika volt, talán még viselője se tudja, de szín vasról volt szó, mert veszedelmes fantomok csak köröztek körötte, mint a keselyűk, de lecsapni rá egyik sem tudott... Vagy talán nem is mert. A négysávos úttesten már korosodó idős hölgy lóháton várt az eredetileg gépjárműveknek szóló zöld fényjelzésre. Olyanok is voltak, akik égő fáklyákkal világítottak a mellékutakon, nagy valószínűséggel zsálya égett a botok végén, mert a kísértetek őket is csak tisztes távolságból figyelték. Azonban akadt egy különös férfi, kinek fejbúbja már kopasz és fényes volt, de oldalt és hátul még hosszú, de már ősz tincsek lógtak körben. Bajusza és szakálla is csapzott, és kócos volt, mint egy hontalannak, de legalább jól illett hozzá az olajfoltos kockás ing. De biztos hogy olajfoltok voltak? A kezén két ujj egy levágott fej üres szemgödreiben pihent, mialatt hüvelykujját a szájban helyezte el. Így úgy fogta azt a fejet, mint egy tekegolyót. De arcán nem volt semmi olyan jel, ami arra utalt volna, hogy a férfi tudja milyen veszélyes tettet készül végrehajtani. Nyílegyenesen vette az irányt a rendőrségre, önkiszolgáló módon kitárta az épület ajtajait, szabadon engedve ezzel a benti nyomasztó neon fényt, majd mielőtt belépett, a fejet begurította a folyosóra, mint egy tekegolyót. Az emberi maradvány úgy pattogott a talajon, mint egy medicinlabda: pattogott valamennyire, de nem esett túlzásba. A fiatal első napos irodista lány, ki épphogy elmúlt tizennyolc, egyenesen a levágott fej szemébe – pontosabban szemének helyébe – nézett. Hisztérikus sikolya pisztolyt tartó rendőrök kisebb csoportját vonzotta oda. A csapzott kinézetű férfi fapofával, zsebre dugott kézzel lépett be az épületbe. Rémült tisztek szólongatták:

– Fel a kezekkel, különben lövünk!

De az alak, mintha meg se hallotta volna, csak ment tovább.

– Nem hallotta!? Emelje fel a kezeit, különben lövünk! – kiabált a tiszt most már feszültebben.

– Jól van már! Felteszem, ha ettől megnyugszanak! – válaszolt unott, vontatott hangon az ijesztő idegen.

– Ki maga?

– Milyen kérdés ez? A nevem kell, a foglalkozásom, az hogy miként azonosítom önmagam, vagy hogy kinek gondol a társadalom?

– Az istenért! Bökje már ki a kibaszott nevét, hogy haladjunk!

– Melyik nevemet? Amelyikkel születtem, amelyiket később vettem fel, vagy amivel berobbantam a közbeszédbe?

A legmagasabb rangú egyenruhás pisztolyának csövével idegesen súrolta a halántékát, miközben kis területet járkált be igen sűrű léptekkel, de bedobta első tippjét: „Vagy úgy... Szóval... Maga lenne Káin... Remek!"

A férfi, mint a színházi színész a darab végén meghajolt, és széles, gonosz mosollyal erősítette meg a kérdezőt:

– Na csakhogy kitaláltátok a levágott fejből, meg abból, hogy beléptem. De nem csodálom, hogy nehéz feladvány volt, ha már a legeszesebb is így tartja a fegyvert. Vagy csak a legrangosabb?

Ezzel Káin ki is provokálta, hogy a pisztoly csöve, már rá nézzen, amitől a fickó megint csak vigyorgott, mint egy drogos, és folytatta kiselőadását:

- Én lennék az első, akit lelő, igaz? És ha megtenné? Azzal nyugtatná magát, hogy „csak egy pszichopata volt, meg is érdemelte" és hasonlók, de ez nem változtatna azon, hogy már ön se ártatlan többé az Úr szemében. Tudja a parancsolatok... „Ne ölj!"

- Ja, mert magát aztán biztos aranyhintóval viszik a menynybe, miután svájci sajttá lyuggatom, nem?

- Hé, én Káin vagyok! Az úr teremtett engem ilyennek. Rám nem vonatkoznak a földi halandóknak szánt parancsolatok.

- Na jó, nincs időm a prédikációra! Bilincseljétek meg, felvesszük a vallomását, ami alapján karóba húzzák!

A fiatal gyakornokok kocsonyaként viselkedő ízületekkel közeledtek az emberi szörnyhöz, aki tréfásan odaszólt nekik:

- Dobjátok ide azt a karperecet, ha annyira féltek tőlem, felrakom magamnak, és mehetünk!

- Azt lesheted, te kis köcsög! - Reagált zsigerből a türelmét vesztett tiszt, majd kollégáihoz is intézett egy tömör utasítást: Srácok, ti meg igyekezzetek már!

Káint végül bilincsbe verve vezették át a kihallgató szobába, ahol ámokfutásának minden vérfagyasztó részletét büszkeséggel, és élvezettel mesélte el a kötélidegzetű nyomozóknak. Az egyszerű kérdéseket rendszerint összetett válaszok követték:

- Mi a neve?

- Születési, felvett, vagy művész?

- Mind a három ebben a sorrendben.

- Csonka Ágostonként születtem, Később anyám nevét felvéve Virág Ágoston lettem, és Káinként ismert meg az ország.

- Összefoglalná röviden, mi motiválta tetteire?

- Mindenki a miérteket kérdezi, ilyenkor kedvem lenne visszakérdezni, miért érdekli ez magukat. Megtettem, nem mindegy mi volt rá az okom?

- Akkor is szeretnénk tudni.

- Ha ennyire fontos... Akit megölök, annak a lelke beáll a magánhadseregembe, és így hatalmat, sikert fogok szerezni... Ami már karnyújtásnyira van.

Ekkor a nyomozó flegmán lehajtotta szemüvegét, hogy felette nézzen ki a bilincsbe vert gyilkosra, és a következő kérdését már így tette fel:

– Tehát önnek bilincsbe verve, vallomástétel alatt, centikre a halálbüntetéstől az a benyomása, hogy a siker kapuit döngeti?

– Igen! – vigyorgott Charles Mansont idézően az elkövető.

– Egyedi világképe van, azt meg kell hagyni! Említette ön egy üzenetében, hogy csak egyetlen emberre vadászik, miért ölt meg 37-et?

– Negyvenötöt! A fejjel együtt negyvenhat. De már elmondtam! Gyakorolni akartam.

– Az előbb azt mondta, hogy az áldozatai beállnak a magánhadseregébe.

– Ja meg az is. De arra majd később lesz szükségem.

– Később? A vallomásai és a bizonyítékok alapján legkésőbb karácsonykor karóba húzzák!

– Az is később van, nemde? Amúgy nem választhatnám az ingát? Mindig is érezni akartam, hogy közelít felém az a nagy penge.

– Majd a bíróság eldönti. Szóval a kérdésem a következő: Ki az az egy ember, akit mindenképp utol akar érni? Vagy netán már utol is érte?

– Nyomozó úr! Ha igazán tehetséges lenne a szakmájában, már rég rájött volna.

– Miből kellett volna rájönnöm?

– A nyomokból, mi másból? Már éppen csak ki nem mondtam a nevét.

– Na jó! Ezt akkor még később megvitatjuk. Volt önnek tettestársa is?

– Nem is tudná mennyien. Alsó hangon vagy 40-50 ember biztos támogat engem.

– Mi ez a jelenidő? Nem látja, hogy itt a vége?

– Nem mondtam hogy végeztem! – rikkantott fel dühösen az eddig jéghideg gyilkológép.

– Szóval! Voltak tettestársai, avagy sem?

– Igen, a lányom, Virág Lilla. Nélküle nem kaptam volna vissza a késemet a kígyósmezei rendőrség bizonyítékraktárból.

– Az ötven társa közül pont a lányát árulja el először!? Milyen ember maga!?

– Azt hittem tudják, milyen ember vagyok! A lányom miatt nem aggódom, maguk szerint most csak egy korrupt rendőr, de a történelem majd hősként fogja emlegetni.

– A kihallgatás első szakasza mindjárt véget is ér, szóval összegezném: Ön azt állítja, hogy ön Káin, a hírhedt vándorló gyilkos, akinek a lánya rendőr a szülővárosában. Továbbá a semmiből beállít ide egy levágott fejjel, hogy vallomást tegyen, holott nem érte utol az eredeti célszemélyt. Tudja bizonyítani, hogy ön Káin?

– Itt van a késem a csizmám szárában, amit a lányom viszszaszerzett még tavasszal, behoztam egy fejet, amit én vágtam le a hitvány és mulandó testről, de ha akarja, elmesélek egy történetet, amit csak a gyilkos tudhat. Rendben?

– Persze, hallgatom.

– Szóval Halász Hugót önök másodjára, vagy harmadjára találták meg, ezt nem tudom, de időrendben ő volt az első. A fogait lecsiszoltam, ez igaz, ráadásul gyémántkoronggal. Gondolom ezt kimutatta az elektronmikroszkópos vizsgálat is. Ezután a szemeit vágtam ki, ez nagyon fontos. Enélkül a lelke nem csatlakozik a seregemhez. Ami pedig a lényeg: Mikor a hullát vittem az erdőbe, egy földút melletti kis házban akkor húzták fel a redőnyt, mikor pont előtte mentem el. A hulla arca telibe bebámult az ablakon, és láttam, hogy a bent lévő szőke csaj úgy csuklik össze, mint a colostok. Még elgondolkodtam azon is, hogy bemegyek, és őt is beveszem a klubomba, de aztán hallottam két férfi, vagy fiú hangot az udvarról, szóval jobbnak láttam, ha elhúzok.

– Ismerte ön Halász Hugót, vagy a szőke lányt az ablakból?

– Dehogy! Halász Hugónak akkor tudtam meg a nevét, mikor nyomeltakarítás közben leesett a személyi igazolványa, és ösztönösen elolvastam. A szőke csajt ismerem látásból, valami tarajos fiúja van, de őt is csak látásból ismerem.

– Köszönjük a vallomását. Élvezze vendégszeretetünket a fogdán a tárgyalásig! – gúnyolódott a nyomozó, majd fegyveres rendőrökkel bezáratta a gyanúsítottat. Ahogy a nehéz vasajtók elzárták Káint a civilizációból a főkapitányságon házibuli hangulat lett úrrá. Maga Tokaji István, a Budapesti rendőrfőkapitány lépett ki irodájából, hogy ünnepélyesen rögtönzött beszédet tartson az egész állománynak. Széles mosollyal az arcán ült le egy tetszőlegesen kiválasztott íróasztalhoz, és csak úgy családias magaslatokból foglalta össze a történteket: „Kedves kollégák! Nagy nap a mai. Igaz, ez a félkegyelmű önként vállalta magát, de kiemelném Németh György százados hősies, és emberpróbáló perceit, amikor fogadta a jövevényt. A héten át is adjuk a kitüntetését. De ugyanez vonatkozik az összes társára, aki akkor ott volt vele. Tudjátok jól, hogy mi a véleményem a firkászokról, de tudjátok mit? Aki a leghamarabb rendel ide egyet, az vendégem egy sörre!" Erre harsány nevetés, ujjongás, és tapsvihar árasztotta el a teljes őrsöt, de a főkapitány folytatta: „Komolyan mondom! Egy ilyen kaliberű nehézfiú ritkán akad csak úgy véletlenül horogra. Ezt meg kell ünnepelnünk, és ránk is fér, hogy kipihenjük a hét hónapja tartó tortúrát, amit az az úriember okozott, aki most a helyére került." Ekkor egy alig húszéves meggyötört fiatal srác lépett ki, hogy szembesítse az őrsöt a valósággal: „Verjétek bele az egész retkes bulitokba! Én felmondok!" Azzal a fiú az állához tartotta a fegyvert, és meghúzta a ravaszt. A golyó azonban nem ütötte át az agytörzsét, ellenben az állkapcsát rendesen helyben hagyta. A felső zápfogainak gumói tökéletesen merőlegesen álltak az alsók oldalaival, ami a másik oldalon keletkezett 24 centis szakadék miatt jöhetett létre. A golyó még a bal szemét is szétlőtte, miután a létfontosságú szerveket kikerülve beleágyazódott a plafonba.

– Gyorsan, Réka! Hívd a mentőket! Ákos, próbáld meg csillapítani Robi vérzését! Én szétnézek a fogdán, mert rosszat sejtek! – Osztotta ki a feladatokat a főkapitány, majd szavát tartva élesen a fogda felé irányította a lépteit. Káin észre is vette, ahogy idegesen egyszemélyes razziába kezd Tokaji István, és gúnyosan meg is szólította:

– Mi történt? A kis nyikhaj felismerte a menyasszonyát?

– Milyen menyasszonyt?

– Akit ti már csak nyaktól felfelé láthattatok élőben... Tudod... A tekegolyó. – majd sandán kacsintott, mint aki csak egy partimeghívást tett, ettől a főkapitány vérnyomása az egekbe szökött, és idegesen kereste a kulcsokat a cellához. Káin továbbra sem állt le:

– Már meg ki akarsz engedni!? Ha ezt előbb tudom hamarabb fejezem le a kis libát!

– Fogd már be a pofádat te aljas rohadék! – mormogott Tokaji István az orra alatt.

– Hé, hé, hé! Mi ez a modor kérem? Csak érdeklődöm.

– Igen!? Na megvan a kulcs te tetűláda! Akkor legyél ekkora sztár, ha átlépem a küszöböt!

A termetes főkapitány nyakon ragadta a pszichopatát, és toroknál fogva felnyomta a falra. A feje már kezdett lilulni, de még mindig mosolygott, és ez tovább hergelte a már így is tomboló tisztet:

– Hogy lehet a hülye fejedről lemosni azt az idióta vigyort!? Ha tudnám, hogy nem maradsz itt szellemnek, kinyírnálak te szarházi! – üvöltötte teli torokból, mialatt rugdosta a földön fekvő gyanúsítottat, de ekkor a cellában megjelent egy fej nélküli nő, ki a kezével üres szemgödrű, és hegyes fogú fejét fenyegetően tolta a főkapitány arcába, aki ettől meg is hátrált. A falfehérré nyugodó rendőr el is felejtette, mit akart eredetileg, de Káin eszébe juttatta: „Na látod! Ezért nem győzhettek ellenem soha!"

A CSAPDA

Virág Ágoston – vagy ahogy az ország megismerte: Káin – tárgyalásai a vártnál hamarabb zárultak le, és mivel minden jel egyértelműen bizonyította a férfi bűnösségét, 2036. október 31-ére tűzték a kivégzésének napját, a módszer pedig felnégyelés lovakkal. Évszázadok óta ez az első alkalom egész Európában, hogy ezt az elfeledett kegyetlen kivégzési módszert alkalmazzák. Amikor a gyilkos meghallotta az ítéletet, a megbánás legapróbb jelét se mutatta, sőt gúnyolódott a kiválasztott halálnemen: „Vigyázzatok! A végén még elszalad velem a ló!" Persze a morbid poénon senkinek sem volt kedve nevetni, így a tréfás kedvű halálraítélt ebbe is belekapaszkodott: „Tudom, hogy sajnáltok, de ne aggódjatok, úgysem tűnök el az életetekből!" A sajtó, és a híradó ekkor zsúfolásig volt a témával, így nem maradt ember az országban, akinek ne lett volna valamilyen álláspontja a kérdésben. Balla Martin a családi asztalnál értesült a hírről, és szüleivel azon kezdett elmélkedni, hogy jó ötlet-e kísértetet csinálni egy már amúgy is romlott és gonosz emberből. A családfő arra tippelt, hogy Káinnak nincs is lelke, így rá semmi sem vár a halál után. Az anya ennyire nem volt ítélkező, ő arra gondolt, „biztos kitaláltak erre is valamit" de hogy pontosan mit, azt nem részletezte. Futógondolatként a Kővári család házában is felröppent, hogy mi lesz Káin szellemével, de ők inkább ünnepi hangulatban várták, hogy a négy ló elinduljon négy különböző irányba az elkövető hozzájuk kötött végtagjaival. Inkább ez volt az a kérdés, ami az ifjú Kővári Bálintot lázban tartotta:

– És akkor ez is nyilvános lesz, mint a középkorban?

– Jaj, Bálint! Ne akard élőben megnézni. – csillapított az aggódó anya túlzottan lelkes fián, de az apa már másképp látta:

– Megvan rá az esély. Nagyon remélem, én biztos ott leszek az első sorban!

– Albert! Normális vagy!? – érdeklődött Kőváriné Nagy Tekla.

- Miért? Ritkán lát az ember ilyesmit, ráadásul régóta üldözzük már a figurát.
- Azt csinálsz, amit akarsz, de a fiúnkat nem rángatod bele!
Bálint végül kijózanította az összeveszés előtt álló szüleit:
- Hé, nyugodjatok meg! Csak eszembe jutott... Lehet nem is lesz nyilvános.
- Adná a jó isten! - mormogott halkan Tekla az orra alatt, de senki se hallotta, így úgy tűnt, Bálint mondta ki az utolsó szót. A kivégzés ténye Nemeséknél is felvetett pár kérdést. Itt a családanya felvetette a gyanút, mi van, ha ártatlan embert végeznek ki. De lánya hamar meggyőzte, hogy egyértelműen az igazi gyilkos került kézre. Október 31-ig mindenhol ezt lehetett hallani. Az emberi tömegek duruzsolásában mindig ott volt a „kivégzés" vagy a „végrehajtás" szó, akkor is, ha fényes nappal, zöld hajnalban, vagy sötét éjjel töltötték meg az emberek az utcákat. Még azt az utcát is, ahol az a bizonyos erőd állt, mely elzárja az emberi szörnyeket a civilizációtól. A telefonzsinórként tekergő pengés drót, más néven „NATO háló" komoly véráldozatokat kíván azoktól, kik kiutat keresnek. A déli szárny kerítésén már három méteres csíkban meg is alvadt a legutóbbi szabadságkereső vére, amit most legalább ugyanilyen hosszú nyelű eszközökkel takarítanak az alacsonyabb fizetésű dolgozók. Aki más útvonalat keres, annak ott vannak a mindent kiszagoló kaukázusi medveölők. Orosz mintára cserélték le a rottweilereket erre az igencsak termetes, és beszédes nevű kutyára. Az intézmény még csak négy éve üzemel így, de volt már rá példa, hogy a tapasztalatlanabb smasszerek sem tudták kimenteni az elítéltet a szilánk-gyártó állkapcsok közül. Emiatt már az udvaron is lebegnek kósza kísértetek, akik már az örökkévalóságig a falak között rekedtek. A tornyokban a mesterlövészek a hazai tervezésű Gepárd M6 Hiúz típusú puskákkal pásztázzák a potenciális kijáratokat. És aki jártas a fegyverekben, tudja, hogy ezek az 50 kaliberes tölténynyeket meggymagként köpködő mordályok mekkora károsodásokat vihetnek végbe az emberi szövetekben. A véznábbakról még a végtagokat is letépheti egy-egy jó helyre leadott lövés. Ez a börtön annyira titokzatos, hogy hivatalosan

el sincs nevezve, de a foglyok egymás között azonban nevezik pokolnak, Kolimának, vagy vágóhídnak. Földalatti metróhálózatokban történik meg az elítéltek beszállítása, így aki ide kerül, meg se tudja tippelni, hogy az ország melyik pontján van, ha egyáltalán még az országban van. Ezekből adódóan a szökésnek már technikailag is csekély az esélye. Bent az épületben a gumifalú, de vasajtajú cellák egyik ajtaján keservesen dübörög egy kétségbeesett huszonéves ifjú, mialatt kiabál: „Segítség! Vigyenek másikba, de most rögtön!" Aztán elhallgat, de dörömböl tovább. Néhány perc szünet után ismét rikoltozik: „Én nem akarom ezt a cellát! Másikat akarok!" Egy bő negyedóra múlva az egyik őr kényelmesen, apró, lassú léptekkel vánszorog le a 731-es cellához, miközben a kulcscsomó csengőként csörög az oldalán. A 15 centi hosszú, és három centi magas kis kémlelő nyílást fedő vaslemez nyikorogva, de gyorsan nyitotta meg az utat a napfény előtt a Jenei Róbert nevű fegyencnek, aki katartikus érzésekkel fogadta a nevelőtisztjét:

– Hál' istennek! Könyörgöm, rakjanak másikba! Nem bírom ezt a faszit!

– Talán ő sem bír téged, és akkor mi van?

– Nem hagy aludni, állandóan bizarr dolgokat suttog a fülembe.

– Még most se jöttél le az anyagról?

– Csak terítettem, de nem kóstoltam!

– Akkor is egy alja narkós patkány vagy! Pont a helyedre kerültél, na jó éjszakát!

Az őr már hüvelyk- és mutatóujjai közzé fogta a kis kallantyút, hogy még azt a kis leheletnyi fényt is kioltsa, de a fegyenc gyorsan még hozzátette:

– Aláírom, narkós barom vagyok, de ez itt mellettem egy gyilkos! Nem fair, hogy egy cellába raktok vele.

– Az sem fair, hogy a hitvány szutykos véredet mossák a takarítók a falról. Szökni próbáltál, mire számítottál? Lapos tévére, nagy medencével, meg három laoszi kurvával!? Na ott rohadj el, ahol vagy!

Aztán az őr végül szigorú tekintettel behúzta a kis lemezt, és szapora léptekkel tért vissza az irányítóközpontba. A cellán belül azonban folytatódott az őrület. Róbert fülébe késként hasított az újabb suttogás:

– Kitalálom. Most bőgni fogsz, mint egy köcsög. Ugye?

– Szállj már le rólam, te elmebeteg fasz!

– Egyre jobb! Gyerünk! Add csak ki!

– Kussoljál már te szemét, mert...

– Mert? Mert? Mi lesz, ha nem!?

– Elvágom a torkod, és kitépem rajta a nyelved!

– Ilyet én is csináltam egy csajnak még anno. Erősen kell a nyelvét markolni, nehogy visszacsússzon, mert akkor kezdheted elölről... Tudod a nyelv...

– Hát mikor fogsz már végre megszűnni!? – Kiáltott félelemmel és haraggal vegyesen az egykori drogdíler, de Káin, a vándorló gyilkos ugyanolyan hideg maradt:

– Ja, bocsi, elfelejtettem, hogy az a nővéred volt! Mindegy akkor is jólesett. A szeme még megvan, ha gondolod... Bocsi, hülye vagyok... Neked az apádat nyírtam ki még Örkényen.

Az eddig könyörgő elítélt türelme itt fogyott el, és torokszaggató üvöltés közben rávetette magát a sötétben suttogó pszichopatára. Puszta kézzel fojtogatni kezdte, fejét a falba csapkodta, és félelemből gyűlöletté változó hangulatban üvöltözött vele: „Na idefigyelj, te kis retek! Nem érdekel, a plusz tíz év, az életfogytiglan, de a halált is leszarom, de itt most öllek meg helyben!"

Ezalatt Káin, csak vigyorgott, de a hangok kiszűrődtek a folyosóra, ettől az őr már futólépésben rohant a cellához, ugyanúgy elhúzta a kis ablakot, és beszólt: „Észnél vagy, 321-es!? Október 31: ezt várd még ki! Három tetves nap! Szétkapják a lovak, te még üdülsz nálunk röpke 8 évet, és utána mehetsz a dolgodra."

Virág Ágoston persze erre menten felkapta a fejét, és odaszólt a foglárnak: „Jut eszembe! Mi van az utolsó kívánsággal?"

– Három napod van átgondolni.

– De én már a kezdetektől tudom mi legyen az.

– Jó, akkor mondd ki, ha ettől jobban érzed magad!

– Szeretnék személyesen találkozni a miniszterelnök úrral.

Az őr a váratlan kérés hallatán csak hebegett-habogott:

– Már... Mármint... Hogy Csonka Jávorral?

– Nem, baszd meg, Horn Gyulával, szerinted kivel!?

– Vegyél vissza az arcodból, de sürgősen!

– Bocsánat. Csak hát igen fontos lenne. Nem akartam ilyen nyers lenni.

– Kegyelmet remélsz tőle?

– Nem! Csak akarom, hogy végre ő is lássa meghalni az egyik áldozatát. Az valami isteni érzés, és szeretném, ha az államfőnknek én lennék az első.

– Szokatlan kérés, nem garantálok semmit.

– Akkor én sem garantálom, hogy nem járok vissza kísérteni.

Erre közbevágott a 321-es fogoly is:

– Kérem, intézzék el! Bele fogok dögleni, ha még nyolc évig idejár. Főleg, ha még lebeg is hozzá.

– Neked nem osztottunk lapot! – Intette rendre a szigorú fegyőr a rabruhás lelki roncsot.

Az a három nap már egy szempillantás alatt le is pörgött, és az utolsó hajnal hosszú árnyakat adott az udvaron erdőbe rendezett karóknak és bitófáknak. Virág Ágoston tyúklábmintás öltözékében reggel reklámba illő módon kinyújtózott, estefelé pedig az őrök kikísérték az étkezdéhez, hogy utoljára még jóllakhasson az ámokfutó. Nagy adag pacalt tettek elé, és türelmesen várták, hogy úrias stílusban elfogyaszthassa. Egyszer csak megszólalt Káin:

– Nem fejezhetném be a maradékot a vesztőhelyen? Tudják, ahol a sok bitófa, meg karó van.

– Ott talán jobb lenne az étvágya? – kérdezett vissza flegmán a börtönszakács a háttérben.

– Ami azt illeti, igen! Hallottak már Vlad Tepesről?

– Drakuláról? Természetesen.

– Szeretném magam úgy érezni, mint ő. Egyszer azt kérte a szolgálóitól, hogy az általa karóba húzott emberek szenvedéseinek zajában fogyaszthassa el fejedelmi lakomáját. Én nem tartom magam fejedelemnek, de kíváncsi vagyok, milyen érzés.

– A nagy francokat! Itt eszed meg, és pont a végén! A miniszterelnök teljes napirendjét átrendeztük a becsavarodott elméd miatt.

Ekkor Káin, mintha élete legjobb hírét kapta volna meg, hirtelen kiemelte fejét a tálból, és örvendezni kezdett:

– Elintézték? Hú de jó! Nem maradok hálátlan ígérem... Vagyis... Erre a pár órára, ami még hátra van. Jut eszembe, milyen érzés az, amikor valakit lovak tépnek szét?

– Pár óra múlva megtudod.

– Arra vagyok kíváncsi, hogy amint kiszakadnak végtagjaim, rögtön elvérzek majd, vagy látom még ahogy az állatok viszik a darabjaimat?

– A szerencsésebbek rögtön belehalnak.

Ezzel egy időben Csonka Jávor is átlépte az erődített börtönépület égig érő kapuit, egyedül Kalmár Titusz kísérte el, és még testőrök se voltak jelen a belépéskor. Hű társa meg is kérdezte a miniszterelnöktől:

– Hogyhogy csak engem kértél kísérőnek? Testőrök nem is kellenek egy ilyen helyre?

– Ugyan! Ahol medveölők vigyázzák a rendet, mi szükség van bármilyen emberi védelemre? – legyintett gúnyosan Csonka Jávor, de ugyanezt a kérdést feltették neki a portán is, ahol már Kalmár Titusz válaszolt helyette: „A miniszterelnök úr bízik az intézmény biztonságában." A megviselt külsejű, karikás szemű portás mosolygott egy keveset, majd egy iratot, és egy tollat nyújtott a miniszterelnök felé.

– Ezzel mit csináljak? – kérdezte a meglepett államfő.

– Kérem, legyen szíves aláírni! Ez a nyilatkozat bizonyítja, hogy teljesítettük az elítélt utolsó kívánságát, hogy később ne legyen belőle kavarodás.

Kezébe is vette a dossziét, gondosan beleolvasott az első mondatokba, majd a helyzet iróniájára így reagált a politikus:

– Na így se jártam még, hogy a saját törvényeim visszajönnek hozzám. Üsse kő! Példát kell mutatnom. – Azzal fogta, és a lap aljára el is helyezte szignóját Csonka Jávor, és mivel testőrök nélkül érkezett, három börtönőr felajánlotta neki, hogy a veszélyes részeknél átkísérik csőre töltött géppisztolyokkal a kezükben. Ez később kiderült, csak a formaság miatt kellett, hiszen a masszív acélajtók a cellák bejáratánál titokban tartották az elítéltek előtt az ország vezetőjének jelenlétét. Semmiféle atrocitás, még verbális sem érte az öltönyös látogatót. A vesztő-hely volt az út vége, ahol már a hírhedt sorozatgyilkos hevert a lovak közé kötözve. Káin szemtől szembe került Magyarország vezetőjével, és viszonylag szerény kíséretével, de még ilyen szo-rult helyzetben is képes volt flegmán szólni:

– Négy szem között nem lehetne?

– Feleségül ne vegyen valamelyikünk? – kérdezett vissza szarkasztikusan az egyik őr, de Csonka Jávor csak ránézett a kíséretére, és beleegyezően bólintott.

– Most komolyan!?

– Igen. Az utolsó kívánságot teljesítenünk kell, hogy ne ma-radjon itt a lélek, ráadásul ebben a helyzetben nem jelent ránk veszélyt.

– De miniszterelnök úr! Ez az ember...

– Igen, tudom milyen ember, de jogos a kérés, engednünk kell!

Még egy kis tanakodás, hezitálás után a rögtönzött őrség el-hagyta a kivégzés helyszínét, csak az elítélt, a miniszterelnök, és a hóhér maradt bent, akinek majd a lovakat kellett szétugrasz-tania a lemenő nap utolsó sugarára. Káin bele is kezdett régóta őrizgetett gondolatainak kibontásába:

– Nem gondoltam, hogy eljössz, fivérem!

– Miért? Miért kellett ide jutnod!? Kinek lett most jobb, hah!?

– Apánk is így akarta volna! Te voltál a kedvenc mindig is. Az első szülött, a diplomás, a politológus, aki egy nemzetet pász-torként vezet majd, mialatt az én nevemet benövi a gaz.

– Neked is lett volna lehetőséged kitörni! De sosem voltál hajlandó tenni semmiért! De hagyjuk a múltat! Miért hívtál ide?

– Hát még mindig nem érted, Ábel?

– Ábel!? – kérdezett vissza zsigerből az összezavart minisz-terelnök, majd kikerekedtek a szemei, mikor a felismerés gyo-morszájon vágta, és a sokkos állapotában így folytatta:

– Értem... És te lennél Káin... Egy embert üldözöl... De gyako-rolsz előtte... Engem akartál megölni a kezdetektől fogva, igaz?

– Igen, úgyhogy el is kezdeném, ha nem bánnád!

– Onnan? Hogyan? Meg se bírsz mozdulni.

– Nekem nem is kell.

– Na jó! Elég ebből a cirkuszból! Hóhér! Tedd a dolgod! – intett oda a miniszterelnök a csuklyás ismeretlennek, hogy végezzen a testvérével. Persze a lelkileg kitakarított titokzatos férfinak nem kellett kétszer mondani, lőtt egyet a levegőbe, hogy a lovak rémületükben szétszaladjanak. Az állatok valóban megrémültek, meg is bokrosodtak, de egy centit nem voltak hajlandóak megtenni előre. Csonka Jávor nem értette: „Miért nem történik már valami!?" Virág Ágoston diadalittasan belekiáltott az égboltba: „Mutassátok magatokat!" Majd csak ekkor vált láthatóvá 30-40 kivágott szemű, de egyedi módokon megcsonkított emberi alak, férfiak, nők, idősek, és fiatalok vegyesen. Kört formáltak, melybe a négy lovat egyszerre zárták be, a körből két szellem kilépett, és eloldozták az elítéltet. Ördögi vérszomj tükröződött a gyilkos szemében, és lassú léptekkel közeledett az egyre döbbentebb Csonka Jávorhoz. A két testvér mozgásban volt, de a távolság ugyanakkora maradt köztük, mert míg egyikük előre lépett, a másik azzal arányosan hátrált. Virág Ágoston gyorsan megunta ezt a játékot, sarokba szorította az államfőt, majd nyakkendőjénél fogva a földhöz rántotta, ahol már a lovak hámjairól a kötelek látszólag önmaguktól tekeredtek a földön fekvő végtagjaira. Amíg dermedten forgolódott a felkészületlen látogató, megpillantotta a fel-fel villanó, üres szemgödrű alakokat: az egyik egy fiatal nő volt, nyelve a felvágott torkából lógva csepegtetett vért a homokba. Egy másik fiatal nő a hóna alatt tartotta levágott fejét, míg középen egy lilás arcbőrű középkorú férfi állt, horzsolásokkal a nyaka környékén. Ezek a részben emberinek tűnő lények sebesen kötögették a csomókat Csonka Jávor csuklói, és bokái köré. Majd csak ezután döbbent rá a miniszterelnök, hogy véres kormányváltás előtt áll, utolsó szó jogán megpróbált hatni öccse nem létező lelkére: „Ez igen! Így kell elbánni a családtagokkal, mi!? Legalább nézz a szemembe, míg megölöd a bátyádat!"

– Ó, igen, a szem! Jó is hogy mondod. Titusz! Elhoztad a késemet!? – kiáltott hátra Káin Csonka Jávor első emberének. Kalmár Titusz ekkor újra kilépett az udvarra, hogy a csapzott külsejű férfinak átadja nehéz hegyű vadászkését. Ekkor a miniszterelnököt újabb sokk érte, és mindent rákiabált egykori bizalmasára, ami csak a csövön kifért:

– Te aljas rohadék! A kurva anyádat basztad volna meg, te szemét! Megbíztam benned, te majom! Hatalmat bíztam rád... Igen, neked ugatok, Kalmár Titusz!

De csak szótlanul, szemlesütve állta a verbális bántalmakat a lebukott áruló. Szégyenében lakkcipőjével a vércseppes homokot egyengette. Ezt látva már Virág Ágoston is megszólalt:

– Nyugalom, Titusz! Nem kell már sokáig hallgatnod. Az én rendszeremben még nagyobb hatalmad lesz.

Azzal pedig át is vette a már azóta kabalává átlényegült gyilkos fegyvert, és csak kimérten közeledett magatehetetlen bátyához, aki még most is menteni kívánta a menthetőt:

– De akkor se tudsz hazajutni! Lövésed sincs róla, hogy hol vagyunk.

– Még mindig a Fővárosban vagyunk.

Ettől már ökölbe szorult a megkötött férfi keze, és ismét dühbe gurult:

– Ezt is az a mocskos patkány mondta el neked, mi!? Remélem őt is kinyírod te elcseszett pszichopata!

– A saját vonatod árulta el. Tudod, amelyik Kínába megy... Amikor elindul a Keleti pályaudvarról úgy összerázza a földet, hogy még a metróban is érezni, amivel ideszállítottak minket. Ráadásul tompán még hangosbemondó is lehallatszik... vagyis inkább érzem a hanghullámait. Tehát a Keleti innen délre van, nagyjából 20 percre, ha metróval megyünk.

Több kérdés nem maradt, így Káin fel is kiáltott:

– Hóhér! Tedd a dolgod!

A hóhér meghúzta a ravaszt az eget néző fegyverén, amitől a lovak a szélrózsa minden irányába megiramodtak. Négy pukkanás hallatszott, mintha egy géppisztoly négy lövést adott volna le, de ezek csak a két combnyak, és a két vállízület szétválását jelezték. Ezek olyan hangosak voltak, hogy még a gyomorból jövő halálhörgés hangját is átütötték. Ekkor azonban Káin elkezdett erősen koncentrálni behunyt szemmel, amitől újra a szellemkör vette körbe a lovakat. Csonka Jávor falfehér volt már ekkor a fájdalomtól, és remegni, izzadni kezdett a vérveszteségtől, mely egyelőre még csak belső vérzés volt. A gyilkos a késével ekkor odalépett a haldoklóhoz, és megjegyezte tréfásan: „Bocsi, ezt majdnem elfelejtettem. A szemedbe kellene néznem!" Majd lehajolt hozzá, késének hegyét beillesztette az alsó szemhéj, és a szemgolyó közé, és rutinos mozdulattal vágta át a látóideget, és a szemmozgató izmokat. Végül két ujjával emelte ki a csontos gödréből a kocsonyaként remegő látószervet. Mind a két alkalommal megtette. Mikor ezzel végzett, hátralépett, a vérző szemeket hanyagul a zoknijába csúsztatta, és a kísérteteket távozásra intette. Ettől a lovak még egyszer neki iramodtak, és már nem volt halálhörgés, ami a hús nyálkás szakadásának recsegését elnyomhatta volna. A végtagok 20-20 méterre kerültek a törzstől, és még két-három alkalommal megemelkedett a néhai miniszterelnök mellkasa, míg végül az utolsó levegőjét is szabadon engedte. Virág Ágoston diadalittasan hagyta el a helyszínt, ahol Kalmár Titusz gondterhelt arca fogadta. Az új vezér ekképp szólította meg:

– Hé! Fel a fejjel! Ettől a pillanattól fejedelem vagy!

– A mozgalmunk kész arra, hogy az ország élére fogadjon. Megbarátkoztunk azzal is, hogy a Szent Koronával is igazoljuk uralkodásodat. De mit mondunk a népnek?

– Amikor az öcsém bejött, aláíratta vele a papírt a portás?

– Persze, hogyne.

– És ott volt az indigópapír alatta, meg a mi dokumentumunk?

– Igen.

– Akkor aláírta a lemondását a javamra. Mi a probléma?

– Hát tudod... Az hogy... Hogy is mondjam... Már ismer téged az ország, és...

– Ja, hát igen. Sorozatgyilkos vagyok, na és? A sorozatgyilkosokat csak az áldozatok környezete gyűlöli, a kívülállók isteníteni is hajlandóak a magunkfajtákat. Menjünk, kérjük vissza a holmijaimat, amiket leadtam, hogy visszaadhassam ezt a tyúklábmintás pizsamát, és lássunk hozzá a teendőinknek!

HAPPY END

Káint a miniszterelnök fondorlatos meggyilkolása után két szűk héttel, november 13-án királlyá koronázták, és számítása bejött. Áldozatainak rokonai, és családtagjai agresszív és véres lázadásokat robbantottak ki országszerte, de a király fanatikus rajongói parancs nélkül önkéntes alapon leverték az összeset. I. Ágoston megtartotta Csonka Jávor árnyék hatóságát, a fekete ruhás rendőri különítményt, valamint új erőszakszervezetet alapított áldozatainak szellemeiből, kiknek feladatuk az ellenállók, és lázadók folyamatos lelki terrorizálása, kikészítése, vagy végső esetben ártalmatlanítása. Kővári Bálint elvégezte a rendőr fősulit, és egy év múlva olyan magasra mászott a ranglétrán, hogy I. Ágoston árnyék-rendőrségének főkapitánya lett. A feladatuk továbbra is az illegális szeánszok lebuktatása volt. A hír hallatán Kővári Albert mély depresszióba zuhant, és megtagadta gyermekét. Később az alkoholban, és a kábítószerben keresett megnyugvást. 2041. augusztus 16-án agyér-elmeszesedés, és májzsugor vitte át a túlvilágra. 2038. április 20-án lemészárolták a teljes Major-családot Kígyósmezőn, mert egy razzia során megtalálták a betűkkel ellátott cetliket, és a poharat. Pechükre pont használták az adott pillanatban, abban a reményben, hogy Ottó szelleme mégis előkerül. Az első golyót Karola kapta kulcscsontba, utána hatot Móric: kettőt fejbe, négyet gyomorba. Végül pedig Kíra egyetlen golyót kapott a szeme közé, gyilkosa nem volt más, mint Kővári Bálint vadonatúj, élére vasalt egyenruhájában. Mikor a már férfivá érett fiú észrevette, hogy az édesanya csak megsebesült, őt is halántékon lőtte, majd mint aki jól végezte dolgát, osztagával beültek a legközelebbi gyorsétterembe. Váradi Zoltán megrendezte saját halálát, hogy megszökhessen, és új életet kezdjen. Folyamatban volt ellene az eljárás a Szentesi László gyilkosság kapcsán, így horgászbalesetet színlelt. Fejjel lefelé fordított egy csónakot a

Kőrös folyón, néhány személyes holmiját és pár horgász felszerelést is a folyóba dobott. Anyjára bízta a titkát, akit ha bárki kérdez az ügyről, csak ennyit mond: „Sosem érdekelte a fiamat a pecázás, egyszer jött egy hirtelen ötlet, hogy kipróbálja. Gondoltam magamban, mi baj lehet... Aztán elment..." De a valóságban csak szakállat növesztett, haját kilapította, és új személyi igazolványt hamisíttatott. Jelenleg partizán stílusú, földalatti mozgalmat szervez, hogy egy szép napon megdönthesse a király hatalmát. Nemes Veronika is elérte álmait, orvos lett. Korábbi aggályai, miszerint felesleges szakma lesz, alaptalannak bizonyultak. Hiába tény, hogy a halál nem végleges, még mindig félünk tőle. 2047-ben a Balkánra vezényelték, hogy szerb katonák sérüléseit lássa el, akik az albánokkal és a törökökkel vívtak kétfrontos háborút. Igen, merthogy geopolitikai átrendeződés is zajlott: Kitört a III. világháború, és egyáltalán nem hasonlít arra, amilyennek mindig is képzeltük. Vallási alapon szerveződik: Az ortodox, katolikus, és református országok mind egy nagy keresztény szövetségbe tömörödtek, így Európa majdnem minden országa egy oldalon harcol a velük szemben álló iszlám tömbbel, melynek három legerősebb hatalma Törökország, Egyiptom, és Szíria. A skandináv félsziget egész a pogányságig tért vissza, egyelőre semleges pozícióban várnak a „nevető harmadik" szerepére. A háború kirobbanásának igazi oka az volt, hogy minden vallás úgy gondolja, csak ők oldhatják meg a világot sújtó kísértetjárást, ebben pedig minden más vallás csak akadályt jelent. Eretnek, és kafir – ez lett a korszellem két leggyakoribb szitokszava. Ha pedig egy kis időt szánunk arra, hogy fentről nézzünk erre a káoszra, rádöbbenünk, hogy az egyetlen igazán félelmetes szellem, mely a földet kísérti, az nem más, mint a sötét középkor szelleme.

A szerző

Szabó Csaba Debrecenben született 1998.06.13-án.
Jelenleg a Debreceni Egyetem média és kommunikáció
szakán tanul, közben a Vodafone-nál dolgozik
ügyintézőként. Íróként látja magát a jövőben. Hobbijai
az olvasás, zenehallgatás, írás, kerékpározás, filmnézés,
különleges képességének pedig a transzmediális és
intramediális világok elképzelésének képességét tartja.

novum KIADÓ A SZERZŐKÉRT

A kiadó

Aki feladja,
hogy jobbá váljon,
feladta,
hogy jobb legyen!

E mottó alapján a novum publishing kiadó célja
az új kéziratok felkutatása, megjelentetése,
és szerzőik hosszútávú segítése. Az 1997-ben
alapított, többszörösen kitüntetett kiadó az egyik
legjelentősebb, újdonsült szerzőkre specializálódott
kiadónak számít többek között Ausztriában,
Németországban és Svájcban.

Valamennyi új kézirat rövid időn belül egy
ingyenes, kötelezettségek nélküli kiadói
véleményezésen esik át.

További információkat a kiadóról és
a könyvekről az alábbi oldalon talál:

w w w . n o v u m p u b l i s h i n g . h u